Ein wirklich leistungsfähiger
totalitärer Staat wäre ein Staat,
in dem die allmächtige Exekutive
politischer Machthaber
und ihre Armee von Managern
eine Bevölkerung von
Zwangsarbeitern beherrscht,
die zu gar nichts gezwungen
zu werden brauchen,
weil sie ihre Sklaverei lieben.

(Aldous Huxley in »Schöne neue Welt«)

»Die perfekte Diktatur wird
den Anschein einer Demokratie machen,
in dem die Gefangenen nicht einmal da-
von träumen auszubrechen.
Es ist ein System der Sklaverei,
bei dem die Sklaven dank Konsum
und Unterhaltung ihre Liebe
zur Sklaverei entwickeln.«

Dieses Zitat wird fälschlicherweise oftmals
Aldous Huxley zugeschrieben.
Es stammt jedoch aus der Feder
einer unbekannten Autorenschaft,
die Huxleys Werk »Brave New World«
lediglich zusammenfasste.
Diese Zusammenfassung ist jedoch
insoweit authentisch,
als Huxley sich inhaltlich
mehrfach ähnlich geäußert hat.
In einer Rede vor Studierenden in Kalifornien
sagte er 1959 beispielsweise,
dass er glaube, »dass künftige Diktaturen
Menschen dazu bringen,
ihre Beherrschung nicht als solche
zu empfinden, weil sie durch neue Techniken
der Propaganda und Gehirnwäsche
sowie durch pharmazeutische Methoden
manipuliert werden«.

Inhalt

Empört euch! (Konstantin Wecker) Seite 6

Teil I

Auf dem Seziertisch Seite 11

Was Sie zuvor wissen sollten Seite 13

Bevor mich der Pathologe aufschlitzte Seite 19

Genf, Frühsommer 2009 Seite 29

Gießen, Pathologie, Raum 508 Seite 36

Trottel am Werk Seite 51

Opfer der Impfstory? Seite 83

Genf, Schweinegrippe 2009 Seite 93

Teil II

New Orwell 2034 Seite 131

Besuch aus Großbritannien Seite 133

Alte Geschichten Seite 152

Das Video vom Prozess 2025 Seite 177

Das Urteil Seite 253

Teil III

Fahrt ins Ungewisse 2034 Seite 257

Auf dem Weg nach Weimar Seite 273

Ein Fantasie-Urteil auf dem Weg nach Berlin Seite 298

Das Reichstheater: *ER* ist wieder da – Seite 314

Dank Seite 340

Anhang: Dokumente aus dem Bunker Seite 342

Inhalte der Zeitreise-Romane Seite 362

Stefan Koenig

2034

10 Jahre nach Corona

Bericht über die willkommene Diktatur

Fantastischer Zeitreise-Roman
Band 11

Empört euch

Sie sind wie wir. Doch sind sie es nicht gerne.
Sie machen sich nicht gern mit uns gemein.
Sie schickanier‘n uns lieber aus der Ferne
Und wollen gleich nur unter ihresgleichen sein.

Wir zahlen Steuern und sie setzen ab.
Wir legen Hand an und sie spekulier‘n.
Und halten unsre Ängste klug auf Trab,
Damit wir nichts kapieren beim Verlieren.

Sie sind die Reichen. Manchmal auch die Schönen.
Sie reden Unsinn und der wird gern publiziert.
Sie faseln gern von viel zu hohen Löhnen
Und dass das unsre Wirtschaft ruiniert.

Die Börse jubelt, wenn sie die entlassen,
Die ihnen ihren Reichtum eingebracht.
Gerichtlich sind sie eher nicht zu fassen,
Denn die Gesetze sind für sie gemacht.

Empört euch, beschwert euch
Und wehrt euch, es ist nie zu spät!

Empört euch, gehört euch
Und liebt euch und widersteht!

Die Visionäre spar‘n sich kühnere Entwürfe,
Selbst die Saturierten wirken blutleer, wie kastriert.
Die Demonstranten fragen scheu,
Was sie noch dürfen,
Und an der Börse wird ein Gesslerhut platziert.

Die Menschenwürde, hieß es, wäre unantastbar,
Jetzt steht sie unter Finanzierungsvorbehalt –
Ein Volk in Duldungsstarre, grenzenlos belastbar,
Die Wärmestuben überfüllt,
Denn es wird kalt.

Den meisten ist es peinlich, noch zu fühlen
Und statt an Güte glaubt man an die Bonität,
Man lullt uns ein mit Krampf
und Kampf und Spielen
Schau'n wir vom Bildschirm auf,
Ist es vielleicht zu spät …

Die Diktatur ist nicht ganz ausgereift, sie übt noch.
Wer ihren Atem spürt, duckt sich schon präventiv.
Und nur der Narr ist noch nicht ganz erstarrt,
Er übt noch und wagt zu träumen,
deshalb nennt man ihn »naiv«.

Empört euch …
Verschwört euch …

Wir brauchen Spinner und Verrückte,
Es muss etwas passier'n.
Wir sehen doch, wohin es führt,
Wenn die Normalen regier'n.

(Songtext von Konstantin Wecker
aus dem Jahr 2011)

Bitte vergessen Sie nicht,
dass es sich bei dem vorliegenden Werk
um eine frei erfundene Story handelt.
Keine Angst also, *SIE* sind nicht gemeint!
Personen- und Orts-Namen,
die Ihnen vielleicht
bekannt vorkommen mögen,
gehören *nicht* zu real existierenden
Personen oder Orten.
Jedenfalls gibt es sie so nicht, nicht so!
Orte, Ereignisse und Romanfiguren
sind allesamt Erfindungen.
Nackte Illusionen.
Faktische Fiktionen.
Fiktive Fakten.
Berlin und Frankfurt
– gibt es diese Orte wirklich?
Ich bin mir in nichts mehr sicher.
Vielleicht wissen *Sie* mehr.

Der Autor legt Wert auf die Feststellung,
dass Alice Weidel und Karl Lauterbach
tatsächlich *nicht*
mit Adolf Hitler gesprochen
oder Deutschland geteilt haben.
Und noch etwas:
Ich bin Timur Vermes
für seinen Roman
»Er ist wieder da«
äußerst dankbar – ein starkes Buch!
Aber auch diesbezüglich lege ich
Wert auf die Feststellung,
dass der hier erwähnte Timbur Varmes
nicht mit Timo Vermes identisch ist

Teil 1

Auf dem Seziertisch
2022

Was Sie zuvor wissen sollten …

Ich schreibe Ihnen aus dem Jahr 2034. Und ich lebe noch, besser gesagt: gerade noch. Im Jahr 2022 – und damit beginne ich meinen Tatsachenbericht – lag ich als Corona-Impfopfer auf dem Seziertisch der Pathologen, gelähmt und hilflos, mit starren Augen an die Decke schauend, während ich mitbekam, wie man mich aufschneiden wollte. Ich sah mein letztes Stündlein schlagen. Überhaupt – schlagen war »in«. Draußen schlugen sich in Straßenschlachten Geimpfte und Ungeimpfte. Dann erinnere ich mich an einen schrecklichen Wintersturm im selben Jahr – es war der Sturm des Jahrhunderts.

Schließlich folgte ein erholsames und hoffnungsvolles Jahr 2023, und wir riefen die »Freie Republik« aus. Während in der zersplitterten Restrepublik das Covid-Virus und eine ziemlich wirre Politik tolle Blüten trieben, blieb unsere Freie Republik erstaunlich Virus frei. Vor zehn Jahren aber, im Jahr 2024, legte die neue Ampel-Regierung ein Gesetz nach dem anderen vor – was allerdings die grundgesetzliche Substanz unseres Gemeinwesens gehörig untergrub. Rundum spielte zudem die ganze Welt verrückt.

Die Hysterie um Covid-19 bringe mehr Menschen um als Covid selbst, sagten einige. Andere meinten, diese Art Aussagen seien eine Verharmlosung eines gefährlichen Virus, wie ihn unser Planet noch nicht erlebt habe.

Während dieses zweijährigen Pandemie-Palavers verdoppelten die zehn reichsten Familiendynastien der Welt ihr Vermögen auf 1,5 Billionen Dollar, was einem Durchschnittszuwachs von 1,3 Milliarden pro Tag entsprach. Demnach stieg das Vermögen der Milliardäre während der Pandemie stärker als in den gesamten vierzehn Jahren zuvor.

Für Milliardäre glich die Pandemie einem Goldrausch. Regierungen hatten Milliarden in die Wirtschaft gepumpt. Ein Großteil dieser Milliarden blieb bei Menschen hängen, die von steigenden Aktienkursen besonders profitierten. Während ihr Vermögen so schnell wuchs wie nie zuvor und einige von ihnen aus Langeweile und luxuriösester Neugier Ausflüge ins All unternahmen, hatte die weltweite Armut drastisch zugenommen.

Prost!

Zum Wohl!

Nun ja, ich möchte Sie, liebe Leserschaft, nicht mit Trivialitäten langweilen. Wir kennen das alles zur Genüge. »Im Westen nichts Neues« – dieser Anti-Kriegs-Roman von Erich Maria Remarque aus dem Jahr 1928 hatte mich als Gymnasiast besonders beeindruckt. Er handelt vom Ersten Weltkrieg. Ein Nachkriegsroman. Dann kam der Mann aus Österreich mit dem ekligen Schnauzer und verwandelte Remarques Nachkriegsroman in einen Vorkriegsroman.

Ich erinnere Sie ungern, aber es scheint mir angemessen: Noch immer schreibe ich aus dem Jahr 2034. Vor einem Jahr, genau am 30. Januar 2033 – auf den Tag genau hundert Jahre nach *SEINER*

Machtergreifung – rief Alice Weidel in Berlin vom Balkon des neuen Stadtschlosses aus das Fünfte Reich aus. Dabei schwenkte sie die schwarz-weiß-rote Reichsfahne, in der Mitte ein kreisrundes Weiß mit ihrem Konterfei. Gleichzeitig proklamierte Karl Lauterbach in Frankfurt am Main vom Balkon des Römers aus die Fünfte Republik – in Schwarz-Rot-Gold, in der Mitte ein kreisrundes Weiß mit einem fetten Schweizer Roten Kreuz. Das Interessante daran: Beide Staatsformen unterschieden sich kaum. Und dann kam da noch jene bereits erwähnte Gestalt ins Spiel, die jeder kennt – ja, *ER* war plötzlich wieder da. *ER* war das Ergebnis jener unsäglichen Corona-Pandemie. Spannend war die Frage, wo er sich feiern lassen würde – bei Alice oder bei Karl?

Diktatoren lieben es, ihre Wiederauferstehung in anderen Gewändern zu zelebrieren. Und die dazu gehörigen feschen Diktaturen verbrämen sich in neuen Staatsformen (möglichst digital) und wollen nicht als Diktaturen erkannt werden. Das alles ist verständlich. (Verkleidete Karnevalisten möchten bei einem vereinsinternen One-Night-Stand auch nicht immer erkannt werden – Alimente, Alimente!). Und wenn ich völlig unbefangen zurückblicke, so begann alles zunächst ziemlich demokratisch.

Wenn ich Ihnen, meine verehrten Leserinnen und Leser, alles der Reihe nach erzählen soll, dann muss ich wohl oder übel bei jenem Übel aus Wuhan anfangen. Vielleicht aber liegt aller Anfang, gewissermaßen die Geburt der Pandemie, in den Köpfen einiger weltbeherrschender Multimilliardäre. Dann würde mich der Erzählstrang erst einmal in die

Schweiz führen. Schweizer Käse? Vielleicht. Vielleicht aber auch nicht.

Sie bemerken sicher: Ich befinde mich an einer Weiche und bin bereits jetzt in der misslichen Lage, diese Weiche stellen zu müssen. Die Wege scheinen sich zu trennen – warten wir ab, ob sie wieder zusammenfinden. Verworrene Wege? … Okay, geben Sie sich einen kleinen Ruck und gehen Sie mit mir diese – vielleicht weite, vielleicht aber auch kurzweilige – Strecke mit. Immer in der sprichwörtlichen Hoffnung, dass alle Weg nach Rom führen … oder eben in die Schweiz.

Was Sie unbedingt noch wissen sollten …

Ich habe mir erlaubt, Personen der Zeitgeschichte mit ihren Klarnamen zu benennen. Nur *SEINEN* Namen habe ich nicht verwenden können, weil er mir bis zum heutigen Tag einfach entfallen ist. *SEIN* Vorname begann mit »A« und klang so ähnlich wie Arnulf, Alfons oder Arthur. *SEIN* Nachname begann mit »Hit« oder »Höt« oder »Hät« und könnte Hätler gelautet haben. Aber – ehrlich gesagt – ich weiß es nicht mehr.

In den Fällen, in denen es sich nicht um Personen der Zeitgeschichte handelt, tauschte ich die Namen aus. Wer immer sich wiedererkennen mag, dem sei es unbenommen, sich in die Stiefel einer beliebigen Romanfigur zu stellen. Ich selbst nenne mich so, wie mich mein Autorenname ausweist. Personen, die in diesem Roman nicht vorkommen, obwohl es ihnen vielleicht eine Ehre gewesen wäre, mögen mir verzeihen. Weniger bekannte Personen, die mir gerade deshalb nahe stehen, habe ich verfremdet.

Die hier geschilderte Geschichte gehört zweifellos in die offizielle Geschichtsschreibung und ist somit eindeutig wahr – selbst dann, wenn die Geschichte eines Tages von regierungshörigen Historikern auf Geheiß der Machthaber umgeschrieben werden sollte. Was hier geschrieben steht, ist unverfälschte Zeitgeschichte. Sie ist aus der unmittelbaren Wirklichkeit geschöpft und allein der schöpferischen Suche nach dem Sinn einer Pandemie geschuldet, von denen manche Querulanten vermuten, sie sei erfunden – was ich übrigens sehr bezweifele. Falls Sie die hier geschilderte und heute erlebte Zeitgeschichte so (oder so ähnlich) wie ich empfinden, dann befinden Sie sich auf der gesegneten Seite der Geschichtsschreibung. Natürlich hoffe ich, dass Sie dabei nicht auf dem Seziertisch landen, wie es mir passierte.

Und jetzt zur Sache!

Es ging um alles. Wenn es um das eigene Leben geht, es sozusagen auf dem Spiel steht, erlebt man eine schauerliche Zitterpartie. Sie können gerne aus Sympathie mitzittern. Der Ehrlichkeit halber aber muss ich Ihnen gestehen: Es ist mir egal.

Jetzt ist es mir egal, völlig egal.

Kurz bevor mich der Pathologe aufschlitzte

Ich liege da; jedenfalls habe ich das unbestimmte Gefühl, dass ich liege. Aber ich weiß es nicht mit hundertprozentiger Gewissheit. Ich habe das Gefühl, dass meine Augen offen sind, doch selbst das könnte ich nicht beschwören, denn es ist so dunkel, dass ich einen Moment lang glaube (wie lange genau, das weiß ich nicht), ich sei vielleicht noch immer bewusstlos. Dann wird mir langsam klar, dass Bewusstlose nicht solche Gefühle haben können. Ein Fetzen Erinnerung dringt zu mir durch und behauptet, das Unglück habe mit der Diskussion um die Corona-Impfung begonnen.

Es stimmt ja auch, noch vor kurzem hatte ich mit meinem Arbeitskollegen Ben (wir arbeiten im gleichen Verlag im gemeinsamen Büro, aber ohne Maske) das sehr spezielle Thema diskutiert: Wer kann wen anstecken? Wer ist für wen gefährlich? Sollten wir uns auf drei Metern Entfernung acht Stunden am Tag gegenüber sitzen und uns unter einer widerlichen Maske bei der Arbeit abquälen?

Kein einfaches Thema: Sollte man das Virus mit einem unwirksamen Impfstoff, den man alle paar Wochen neu spritzen musste, gewissermaßen mit einer Art Dauerimpfschleife, bekämpfen? Oder sollte man auf die Eigenimmunisierung vertrauen, nachdem die erste und aggressivste Virusvariante durch war? Zu letzterem gab es eine Menge länderspezifischer Beispiele. Aber weder Ben noch ich hatten damals das Bedürfnis, uns mit dieser Frage als Hobbyforscher hervorzutun und das Laien-Spiel der »Alleswisser« auf Social Media mitzuspielen.

Und es interessiert mich im Moment auch wirklich nicht. Im Moment habe ich das Gefühl, mich durchs Dunkel zu bewegen, von einem leisen rhythmischen Geräusch begleitet, das nur ein quietschendes Rad sein kann.

Ich bin ziemlich sicher, dass ich mich ohne mein Zutun bewege. Und ich spüre mich; spüre meinen Körper von der rasierten Glatze bis zu den pedikürten kleinen Fußzehen. Ich glaube, etwas rundum riecht nach Gummi oder Vinyl – und dieser Geruch rollt mit mir. Das ist keine Bewusstlosigkeit; meine Empfindungen sind zu echt, um ein Traum zu sein.

Wo also bin ich?

Was passiert mit mir?

Bin ich der, den ich persönlich kenne, wenn ich noch in den Spiegel schauen könnte?

Seien Sie, verehrte Leser, bitte in den kommenden Minuten tapfer. Zumindest *Sie* sollten unerschrocken und bei Bewusstsein bleiben.

Wenigstens *Sie!*

Sie wissen, was auch ich weiß: Ich liege im Dunkeln und rolle und glaube, ich sei bewusstlos. Dann dämmert mir langsam, dass Bewusstlose nicht das Gefühl haben, sich durchs Dunkel zu bewegen, von einem leisen, rhythmischen Geräusch begleitet, das nur ein quietschendes Rad sein kann. Das idiotische Quietschen jenes dämlichen Rades verstummt, und ich höre plötzlich auf, mich zu bewegen. Der Gummigeruch bekommt eine zweite Dimension und wird als Knisterton hörbar. Kann so etwas sprechen? Oder ist das eine menschliche Stimme?

Stimme Eins: „Wohin soll er?"

Keine Antwort. (Versinkt jetzt mein Hörorgan in die besagte Bewusstlosigkeit?)

Nach langer Pause, Stimme Zwei: „In die 508, glaub' ich ..." Erneute Pause, jedoch nicht so lange wie zuvor, dann: „Ja, doch, Tiefgeschoss, die Fünfhunderter-Abteilung."

Ich werde wieder in Bewegung gesetzt, diesmal etwas langsamer. Da schlürfen Füße, wahrscheinlich in irgendwelchen Badelatschen, vielleicht in Clogs. Die Besitzer der Stimmen sind auch die Besitzer der Schuhe. Schon wieder halten sie inne und Stimme Eins sagt:

„Komisch, warum für das Tiefgeschoss die Raum-Nummern aus dem fünften Stock vergeben wurden."

Stimme Zwei: „Weil es nur vier Stockwerke gibt, Blödmann!"

Ich kapiere das Ganze nicht; ich höre ein Geräusch, als drücke jemand auf einen schwergängigen Knopf, dann höre ich einen dumpfen Schlag, dem ein leises Zischen folgt. Aha, eine Sicherheitstür, die mit Druckluft geöffnet wird.

Hey, was ist hier los?, schreie ich, aber der Schrei tönt nur in mir, wahrscheinlich nur in meinem Kopf. Mein Mund bewegt sich nicht, ebenso wenig wie meine Lippen, die geschlossen bleiben, lose aufeinander liegend. Ich denke, ich kann sie fühlen – und meine bleierne Zunge, die wie eine Flunder auf dem

Meeresboden meiner Mundhöhle liegt. Aber ich kann diese Flunder nicht aufscheuchen, nicht in Bewegung bringen. Trotz meiner starken Willenskraft bleibt sie einfach wie betäubt auf dem feuchten Boden und rührt sich nicht.

Das Ding, auf dem ich zu liegen scheine, kommt wieder in Fahrt. Ein großes rollendes Skateboard? Ungewöhnlich, sehr ungewöhnlich, das kenne ich nur aus der Simpson-Serie! Eher ein rollendes Bett. *Ahhh,* jetzt dämmert's mir: eine Krankentrage. Ich liege auf einer rollbaren Krankentrage. Damit habe ich mal auf einer Anti-Castor-Demo Bekanntschaft gemacht. Damals hatten sich die Sanitäter über meinen zusammengeschlagenen Zustand belustigt und dachten, ich würde sie nicht hören. Sei's drum. Sehr unsensible Sani-Täter. Egal. Es ist Vergangenheit.

Das Letzte, was mit mir geschehen ist, woran ich mich im Moment erinnere, spielte sich an einem schönen Mai-Nachmittag in einer Kabine in jenem umgeräumten Möbelhaus *Roller* in Heuchelheim ab – später einmal werde ich behaupten »Heuchelheim« oder auch »Meuchelheim« seien geeigneten Namen für so ein Impfzentrum gewesen.

Ich versuche krampfhaft, mich zu erinnern, was geschehen ist. Da war zuerst der Arzt, der routinemäßig und ziemlich unbeteiligt nach meinen Vorerkrankungen fragte. Ich schilderte ihm ausführlich meine Bedenken. Zwischendurch kamen zwei Mädels in ihren sterilen Impfklamotten und fragten ihn irgendeinen organisatorischen Kram. Schließlich sagte er wie abwesend zu mir: „Alles kein Problem. Kabine 3 ist frei."

Dann setzte er mir die Spritze. Das Schild auf seinem Kittel weist ihn als Dr. Widuweit aus. Der kurze Pieks, dann zehn Minuten abwarten. Und dann geschah es wohl. Was dann passierte, entzieht sich meiner Erinnerung.

Was mein *Hier* und *Jetzt* allerdings betrifft, wird mir aus den Reden der fremden Stimmen klar, dass ich im fünften Stock eines Krankenhauses bin, dass mir etwas sehr Schlimmes zugestoßen ist, und dass ich operiert werden soll. Andererseits liegt das fünfte Stockwerk im Tiefgeschoss … Wie geht das? Wie passt das zusammen?

Da sagt Stimme Eins: „Ist doch einfach Schwachsinn, dem Untergeschoss hohe Raum-Nummern zu verpassen."

„Wegen der Angehörigen", höre ich Stimme Zwei antworten. „Die brechen doch sonst in Tränen aus, wenn sie am Telefon erfahren, sie sollen mit dem Aufzug ins Untergeschoss auf -1 fahren, um dann Raum -13 aufzusuchen. Minusgeschosse, Hölle, Tod und Teufel und dazu diese martialische Unglückszahl – 13. Jeder gefühlvolle ärztliche Kondolenz-Versuch wäre für die Katz. Problem verstanden, Bubi?"

Meine Gedanken fliehen zurück zum Krankenhaus und überhören das Gehörte. In der Krankenhaus-Idee stecken viele beruhigende Gedanken. Ich habe keine Beschwerden, spüre keine Schmerzen. Von der Kleinigkeit abgesehen, dass ich in Todesangst schwebe, fühle ich mich total fit. Nur eines wirkt auf mich etwas beunruhigend: Wenn das Krankenpfleger sind, die mich in einen OP-Saal rollen, warum kann ich sie dann nicht sehen, obwohl, wie ich denke, meine Augen offen sind? Und warum kann ich nicht sprechen und sie fragen?

Eine dritte männliche Stimme ruft von etwas weiter her: „Hier zu mir, Jungs!"

Mein rollendes Bett wird in eine neue Richtung geschoben, und die Frage, die mir durch den Kopf geht, lautet: *In welche Scheiße bin ich verwickelt?*

Und wer hat meine Operation veranlasst?

Hängt das nicht davon ab, wer du bist, frage ich mich, denn das ist wenigstens etwas, was ich weiß, wie ich jetzt feststelle. Ich bin Stefan Koenig, das wird wohl stimmen. Aber was macht man hier mit mir?

Zweite Stimme (spricht direkt über meinem Kopf): „Hui, haben Sie die Haare schön, Frau Doktor!"

Vierte Stimme (weiblich, eher kühl): „Immer wieder nett, Ihre Komplimente, Pit. Aber könnten Sie sich eventuell ein wenig beeilen? Ich möchte gerne zu *WER WIRD MILLIONÄR* zu Hause sein und einen netten Abend mit meinem Gast aus Amerika verbringen."

Die Jauch-Sendung um Viertel nach acht. Es muss ein Freitag sein. Es ist noch Nachmittag, vielleicht später Nachmittag, aber hier ist es rabenschwarz, Schwarzer Frühling 2022 hin oder her, warum ist ein Mai-Nachmittag total finster? Was geht hier vor? War ich wirklich im Impfzentrum, bevor ich hierher kam? Was habe ich gemacht? Oder anders gefragt: Was hat man mit mir gemacht? Warum habe ich nicht am PC gesessen und meine Covid-Story zu Ende gebracht? Oder habe ich sie gar schon bei Facebook eingestellt und ich habe ... habe ... habe vielleicht unangenehmen Besuch bekommen?

Ein Geräusch: *KLACK!* Ein Geräusch, das ich liebe. Ein Geräusch, bei dem ich mich sicher fühle. Ein Anschnallgurt. *Aha,* ich werde liegend im Auto gefahren. Ich werde wahrscheinlich jeden Moment zu Hause ankommen.

Eine Art Taxi-Service.

Aber alles totaler Quatsch, kann gar nicht sein, denn ein fahrendes Auto macht Geräusche einer anderen Art – das hier quietscht höchstens wie ein kaputtes Rad an einem Kettcar.

Ich werde an Schultern und Waden gepackt und hochgehoben. Das erschreckt mich furchtbar, und wieder versuche ich zu schreien. Wieder bleibt der Schrei irgendwo im Nirwana zwischen Wollen und Können stecken. Kein Ton verlässt meine tonformende Mundhöhle ... Oder vielleicht ein einziges winziges Quietschen nur, viel leiser als das des Rades unter mir. Wahrscheinlich nicht einmal das. Wahrscheinlich bilde ich mir das nur ein.

Warum tut meine Zunge nichts? Plötzlich schießt mir ein schrecklich obszönes Bild durch den Kopf, das eine befreundete Malerin für den Kunstverein Laubach, KVL, gemalt hatte. Kurz, sehr kurz, schießt die Erinnerung ein, wie sehr sich der örtliche Karnevalsverein und der Kunstverein um das Kürzel KVL stritten. Ich liebe Vereinsstreitereien. Sie beweisen immer wieder Einsteins Relativitätstheorie – denn es gibt sie tatsächlich, die relative Blödheit. Natürlich hat Einstein weit darüber hinaus gedacht, relativ gesehen. Letztlich entschied zwischen den konkurrierenden Vereinen das Los. Gezogen hatte ich (als neutraler Schriftsteller) jenes friedensstiftende Glückslos. Leider erinnere ich mich im Moment nicht mehr, wer sich nun glücklich fühlen und KVL nennen durfte.

Meine Gedanken reißen ab. Dann, mit einem Mal, werde ich in dem mich umgebenden Dunkel durch die Luft geschwungen. *He, lasst mich nicht fallen, ich habe Rückenprobleme,* versuche ich zu sagen. Es stimmt zwar nicht, doch wann taugen Notlügen, wenn nicht in dieser Situation? Und auch diesmal bewegen sich weder Lippen noch Zähne. Meine Zunge liegt weiter auf dem Meeresboden. Die Flunder ist inzwischen vielleicht für immer eingeschlafen, und ich habe jetzt einen schrecklichen Gedanken, der Angst auslöst, die fast schon einer gediegenen Panik gleicht: Was ist, wenn sie mich falsch hinlegen, wenn meine Zunge nach hinten rutscht und meine Luftröhre blockiert? Ich werde nicht mehr atmen können. Das meinen Leute, wenn sie sagen, jemand habe seine Zunge verschluckt, nicht wahr? Kein Atem, kein Leben. Kein Leben, kein Buch, kein Bericht über jenes Jahr 2034, von dem ich jetzt nicht einmal weiß, ob ich es je erleben werde. Langsam drehe ich am Rad ...

Ich rekapituliere nun ein drittes Mal, was bisher geschah: Ich glaube, ich bin bewusstlos und werde auf einer Krankenliege zum OP gefahren. Aber das kann nicht stimmen, denn Bewusstlose kriegen eigentlich nichts mit. Ich hingegen kriege allerhand mit. Ich höre mehrere Stimmen, und ich habe das Gefühl, dass ich Gefühle habe. Aber ich sehe nichts. Und ich kann nicht sprechen. Jedenfalls nicht wirklich. Ich spreche mehr in Gedanken. Alles, was sich Erinnerung nennt, besteht darin: Ich saß auf einem Plastikstuhl und starrte, nach der Impfspritze, zehn lange Minuten auf die große Uhr, die vor Bens und meiner Nase an der Frontseite der Beratungskabine tickte – wie eine Zeitbombe.

War das ein überirdischer Hinweis: Deine Zeit läuft ab?

Oder hatte ich einen besonders schwierigen Corona-Ausbruch und bin hinüber – und was ich wahrnehme entspricht jener bekannten Nahtod-Erfahrung?

Oder will man mich retten – wovor auch immer? Komme ich jetzt unters Messer? Warum? Wozu? Was ist hier wirklich los?

Zweite Stimme (Pit): „Der wird Ihnen gefallen, Frau Doktor, er sieht aus wie Stephan Remmler. Vielleicht ist er's. Seine Personalien und die Impfakte kommen in den nächsten dreißig Minuten, hat man uns versprochen."

Ärztin: „Wer ist Remmler?"

Dritte Stimme, scheint ein junger Mann zu sein, kaum älter als ein Teenie: „Das ist dieser Sänger von der Gruppe *TRIO*. Ihr Jahrgang, Frau Doktor! Sind 1982 mit dem Hit *»Da da da«* groß rausgekommen. Ich glaub' aber nicht, dass er's hier ist."

Das löst Gelächter aus, in das die weibliche Stimme einstimmt (eher zweifelnd), und als ich auf etwas gelegt werde, das sich wie ein ungepolsterter Stahltisch anfühlt, macht Pit bereits den nächsten köstlichen Witz. Er hat anscheinend ein ganzes Repertoire davon auf Lager; vielleicht sogar auswendig Gelerntes von der Facebook-Seite »Humor ist, wenn man trotzdem lacht«. Ich jedenfalls verpasse diese neuerliche Heiterkeit, weil mich jähes Entsetzen befällt. Wenn meine Zunge meine Luftröhre blockiert, werde ich nicht atmen können, das war der Gedanke, der mir noch eben durch den Kopf gegangen war. Aber was ist, wenn ich gar nicht atme?

Was ist, wenn ich tot bin? Was ist, wenn der Tod genauso aussieht? Man kann nicht mehr sprechen, kann nichts mehr sehen – außer schwärzestes Schwarz.

Das passt. Das passt mit schrecklicher Genauigkeit zu allem. Das unheimliche Dunkel. Der Gummigeruch – als Sanitäter bei der Bundeswehr hatte ich einmal eine Inventur für Leichensäcke durchführen müssen, natürlich ohne Leichen. Und jetzt erkenne ich dieses Gefühl, diesen Geruch plötzlich wieder.

Großer Gott, ich bin in einem Leichensack.

Genf, Frühsommer 2009

Lange ist's her, das Jahr 2009. Die erste große Weltwirtschaftskrise nach 1929. *Bumm!* – das Platzen der US-Immobilienblase 2007. US-Bankencrash 2008, erweitert von Banken- und Unternehmens-Crashs in Europa in der Folgezeit. Vernichtung von Kapital in Billionenhöhe. Pleite der größten US-amerikanischen Investmentbank »Lehman Brothers« – gegründet 1848 auf dem profitablen atlantischen Geschäftsfeld des Sklavenhandels. Jetzt war alles mit einem Schlag futsch. Die Zeit zwischen 2007 und 2010 – die erste bedrohlich große Krise des Casinokapitalismus.

Es ist Frühsommer. Genf, die Hauptstadt des gleichnamigen Schweizer Kantons. Eine Stadt zwischen den Alpen und dem Juragebirge vor der spektakulären Kulisse des Mont Blanc an der Südspitze des Genfer Sees. Sitz der Weltgesundheitsorganisation, *WHO*, und diverser Waffenhändler-Ringe und Politkrimineller – was natürlich nichts zu sagen hat. Vielleicht aber ist die unmittelbare Nähe der Gemeinde Cologny, gelegen am östlichen Genfer Seeufer, von etwas mehr Bedeutung. Dort hat Klaus Schwab, Gründer und Präsident des Weltwirtschaftsforums, *WEF*, samt seiner Stiftung seinen Geschäftssitz. Und er ist sehr geschäftig. Jahr für Jahr schart er die wichtigsten und mächtigsten Wirtschaftsbosse um sich. Sie beratschlagen. Sie denken nach. Sie planen. Sie spielen Strategien durch. Alles halb so wild.

An jenem Frühsommerwochenende, an einem Samstag, kurz vor Mitternacht, geht die *WHO*-Chefin, Margaret Chan aus der Volksrepublik China, und *WEF*-Chef Schwab, ein deutscher Wirtschaftswissenschaftler, schweigsam ihren Gleichgesinnten zum Schwarzen Salon voraus. Nicht alle ihrer sieben Gäste kennen sich in dem langgestreckten, stahlgestärkten Glasgebäude aus. Thierry Malleret, Schwabs strategischer Mitstreiter, ist das erste Mal dabei; Gates hatte darauf bestanden.

Der Sekretär des Präsidenten der Rockefeller Foundation, Edwin R. Embree, und der Schatzmeister dieser einflussreichen Stiftung, Mr LG Myers, haben zwar mit dem Bellagio Center – der Villa Serbelloni im italienischen Bellagio am Comer See – ein äußerst repräsentatives Konferenzzentrum, aber es herrschte von Anbeginn Einvernehmen darüber, dass das heutige Treffen in der Zentrale zukünftiger Entscheidungen hier stattzufinden habe, hier, im Haus der Weltgesundheitsorganisation.

Die neun mächtigen Entscheidungsträger treten wie Verschwörer auf, sind es aber nicht. Im Gegenteil: Ihre Ideen und Absichten sollen sehr publik werden. Sie haben eine Nachtsitzung vor sich. Und überhaupt: Es liegen nicht nur ein paar Nächte, nein, es liegen äußerst schwierige und langwierige Monate der publizistischen Kriegsführung im Namen der Weltgesundheit vor ihnen.

Der Flur liegt verlassen im Halbdunkel, und selbst im Aufzug sind die neun philanthropischen

Avantgardisten – denn so verstehen sie sich – unter sich. Nicht einmal die Wachmannschaft des Sicherheitsdienstes hat auch nur einen der Gäste gesehen. Niemand der Security-Leute hat auch nur einen blassen Schimmer von diesem Vorgang. Und sie können das Treffen allein deshalb nicht wahrnehmen, weil die Gruppe das Gelände weitab vom Zentralgebäude über eine unterirdische, unauffällige Einfahrt inmitten der Genfer Altstadt, direkt neben dem zentralen Innenstadtparkhaus, erreicht hat und nun die letzten Meter zu Fuß im Inneren des Glasgebäudes zurücklegt.

Die Geheimnistuerei wäre eigentlich nicht nötig gewesen, denn man trifft sich sowieso in regelmäßigen Abständen auf Konferenzen und Meetings von Denkfabriken und Stiftungen. Doch dieses Treffen war eilbedürftig. Es war kein anderer gemeinsamer Termin frei gewesen. Und die grassierende Schweinegrippe nahm keine Rücksicht auf die Terminkalender der Mächtigen.

Der Mond scheint müde durch ein paar Wolkenfetzen in den Glaspalast hinein, und der Sommer kann sich noch nicht entschließen, ob er sich in Bewegung setzen soll. Es ist nicht das erste Mal, dass sich die Gruppe hier trifft. Doch dieses Treffen ist von höchster Bedeutung. Ein mächtiger Mann geht neben Margaret Chan, die ihm die größtmögliche Aufmerksamkeit zukommen lässt, schließlich ist er – noch vor der Rockefeller Foundation – der größte Geldgeber ihrer Organisation.

Bill Gates steht mit Frau Chan seit ihrer Nominierung als Generaldirektorin der WHO im Jahr

2006 in ständiger Verbindung. Gates und seine Frau Melinda, beide beratende Mitglieder der World Health Assembly, dem *WHO*-»Parlament«, hatten die Wahl der Chinesin als Generalsekretärin befürwortet. Lange zuvor hatten sie bereits Kontakte zu ihr geknüpft – die Volksrepublik China musste bei ihrem Plan mitspielen, sonst wäre das globale Spiel schon zu Beginn verloren gewesen.

Außerdem bestand die Absicht, das chinesische Hochsicherheitslabor in Wuhan gemeinsam mit personellen und finanziellen Mitteln der »Rockefeller University« und Rockefellers »Johns Hopkins University« in Kooperation mit der Gates-Stiftung zu unterstützen. Dann hatte man einen Fuß in der Tür. Es ging um die Viren-Forschung, genauer gesagt: um die Erforschung von Viren, die durch Mutation vom Tier auf den Menschen überspringen können – „gain of function research". Das ist Forschung, Viren gefährlicher zu machen, worauf das *Institut für Virologie* in Wuhan ausgelegt war. So etwas wird in den USA nur dem Militär und den Geheimdiensten erlaubt. Deshalb kann sich daran kein privater Geldgeber beteiligen und mitmischen. Anders in der Volksrepublik China.

Der große ovale Tisch erinnert ein wenig an den Besprechungstisch im Oval Office des Weißen Hauses. Frau Chan hat Wasser und Säfte vor jedem Platz servieren lassen; Salate werden später als Vorspeise kredenzt und irgendwann wird das Menü aufgefahren. Die Generaldirektorin weiß, was sich gehört und wendet sich zu Beginn ihrer Besprechung an die Eheleute Gates: „Ohne die Mittel Ihrer-Stiftung, verehrte Melinda, lieber Bill, wären viele Gesundheitsziele unserer Organisation, etwa die Ausrottung der Kinderlähmung, gefährdet. Wir sind Ihnen zu großem Dank verpflichtet."

„Keine Ursache. Das ist Vergangenheit", ergreift Bill Gates das Wort. „Wir haben ein neues, überaus großes, weltumspannendes Projekt vor uns, das weit über jenes frühe Projekt in Sachen Kinderlähmung hinausgeht. Ich würde mich freuen, wenn die Anwesenden den Vorschlägen meiner Frau und mir folgen könnten."

Margaret Chan ist beruhigt, dass Bill nicht auf Mr Gostin, ihren Direktor des *Collaborating Centre on National and Global Health Law* der *WHO* zu sprechen kommt. Gostin ist notwendigerweise anwesend. Sie hatte befürchtet, das könne zum Einstiegsproblem werden. Erst kürzlich hatte er nämlich ein unglückliches Interview in der *Washington Post* gegeben. Obwohl er die „Großzügigkeit und den Einfallsreichtum" von Philanthropen wie Gates lobte, hatte er Bedenken hinsichtlich der übermäßigen Abhängigkeit von privaten Spenden geäußert.

„Der größte Teil der Gates-Gelder ist an spezifische Ziele gebunden. Das bedeutet, dass die *WHO* nicht selbst Prioritäten setzen kann, sondern einem weitgehend privaten Akteur verpflichtet ist. Und die Gates-Stiftung hat natürlich keine demokratische Rechenschaftspflicht."

„Zu viel Einfluss?", hatte daraufhin der letzte Fragesatz in dem Artikel der *Washington Post* gelautet.

Fast hätte die Sache in einem Pressekrieg geendet, aber Chris Elias, Präsident des »Global Development Program« der *Bill & Melinda Gates Foundation,* hatte recht diplomatisch eine Gegenmeinung in der *Washington Post* untergebracht. Es hatte zur Beruhigung der Gemüter beigetragen. Er räumte ein, dass es im Laufe der Jahre „oft Bedenken und Kritik in Bezug auf unseren Einfluss bei der *WHO*" gegeben habe. „Aber man muss erkennen, dass die *WHO* ein globales Programm hat, das von ihren Mitgliedsstaaten beschlossen wird", hatte er geschrieben.

Und weiter: „Wir haben auch Programme, die von unserem Vorstand entwickelt und geprüft werden. Wir unterstützen also die Bereiche der *WHO,* die mit unseren Strategien übereinstimmen." Dies bedeute aber auch, ergänzte Elias, dass „einige Bereiche besser finanziert werden als andere, weil wir nicht eine Strategie für alles haben." Dies sei eine Schwachstelle, mit der sich die *WHO* auseinandersetzen müsse.

Mr Embree, der Sekretär der Rockefeller Foundation, schaltet sich ein: „Auch wir unterstützen mit unserem »Pandemic Prevention Institute« Ihre Organisation, Mrs Chan. Wir unterhalten globale Netzwerke von Laboren, gemeinnützigen und internationalen Organisationen, Regierungen und Privatunternehmen. Somit haben wir die Kompetenz, um die notwendigen globalen Überwachungskapazitäten zu stärken."

Heute geht es um besonders wichtige Kapazitäten und um eine Schwachstelle, weshalb Mr Schwab und Thierry Malleret vom *World Ecomic Forum* an der Besprechung teilnehmen. Und die Schwachstelle hat auch einen Namen: *CRASH* – der Niedergang des globalen Währungs- und Wirtschaftssystems und die darauf folgende Notwendigkeit: *The Great Reset* – Der große Umbruch. Die Neue Weltordnung.

Aber um all dies durchzusetzen, muss ein eindrucksvoller Anlass abgewartet werden. Ohne Anlass keine Chance auf eine große gesellschaftliche Umwälzung. Es muss ein Anlass sein, der mit einer grundlegenden Allgemeinangst einhergeht – wie zum Beispiel bei der derzeit grassierenden *»Schweinegrippe«*. Dann könnten mit »pandemischer Überzeugungsarbeit«, wie Klaus Schwab meint, die Weichen für eine globale Umwälzung der bestehenden Verhältnisse gestellt werden. Und Bill Gates stimmt ihm zu. Dann stünde für die Menschheit der Weg in die Zukunft offen.

Bill Gates geht's ums Gemeinwohl.

Gießen, Pathologie, Raum 508

Ich denke im Moment weder an den großen Crash noch an die große Erlösung durch die großartigen Erlöser Gates, Schwab, Rockefeller, Bezos, Musk, Zuckerberg und die anderen multimilliardenschweren US-Weltenlenker. Ich bin ganz bei mir, hier in diesem kalten Raum, auf diesem kalten Seziertisch. Ich höre die erste Stimme: „Unterschreiben Sie bitte hier, Frau Doktor? Aber gut aufdrücken – es sind drei Durchschläge."

Das Geräusch eines Kugelschreibers auf Papier. Ich stelle mir vor, wie der Besitzer der ersten Stimme der Ärztin ein Schreib-Brett hinhält.

Oh Heiliger Bimbam, komme über mich und lass mich bitte nicht tot sein!, versuche ich zu schreien und bringe keinen Ton heraus. Immer noch sehe ich ein Bild vor mir: Wie mich der beratende Impfarzt desinteressiert anschaut, wie er mich mit seinem harmlosen Allerwelts-Lächeln darauf aufmerksam machen will, dass alles gut geht.

Ich versuche erneut, etwas hinauszubrüllen, doch kein Laut kommt über meine bewegungslosen Lippen.

Aber ich atme doch ... stimmt's? Ich meine, ich kann nicht spüren, dass ich's tue, aber meine Lunge scheint in Ordnung zu sein, sie pocht nicht oder schreit nach Luft, wie sie's manchmal tut, wenn ich zu lange unter Wasser war, also muss mit mir alles in Ordnung sein, nicht wahr?

Wärest du tot, murmelt die Stimme in meinem Unterbewusstsein, *hättest du den Leichensack aus Vinyl nicht gerochen. Eine Leiche kann nicht riechen, oder kann sie?*

Pit: „Was machen Sie nächsten Samstagabend, Verehrteste?"

Wenn ich tot wäre, kann ich dann wirklich hören, was Pit sagt? Und kann ich die Sprache der Lebenden, zu denen ich nicht mehr gehöre, dann noch verstehen? Ich höre doch (und verstehe) die Antwort der Ärztin, die jetzt sagt, dass sie nächstes Wochenende ihren Hund badet, der auch Pit heißt. *Was für ein Zufall!* ... Worauf wieder alle lachen. Wenn ich tot bin, warum bin ich dann nicht entweder gefühllos oder in das blendend weiße Licht eingehüllt, von dem in Nahtod-Berichten so oft die Rede ist? Wo ist das Licht am Ende des Tunnels?

Wo bleibt das Auge Gottes? Und was habe ich zuletzt *wirklich* gesehen, wenn ich etwas gesehen habe?

Dann ist ein scharfes Reißen zu hören, und plötzlich bin ich in jenes weißes Licht eingehüllt, an das ich gerade gedacht habe. Es ist blendend hell wie die Sonne, wenn sie an einem Wintertag durch die Wolkendecke bricht. Ich versuche meine Augen schützend zusammenzukneifen, aber nichts passiert. Meine Lider gleichen Jalousien, deren Mechanik defekt ist.

Ein Gesicht beugt sich über mich, verdeckt einen Teil des grellen Lichts, das nicht von irgendeinem gleißend hellen Himmelskörper, sondern von in Reihen angeordneten Leuchtstoffröhren an der

Decke über mir kommt. Das Gesicht gehört einem gut aussehenden jungen Mann von ungefähr fünfundzwanzig Jahren. Er sieht aus wie einer dieser Muskelmänner, die in *Baywatch* oder *Melrose Place* die Strände bevölkert haben. Jedoch geringfügig intelligenter. Eine Menge schwarzes Haar quillt unter seiner achtlos getragenen Chirurgenhaube hervor. Er trägt auch den dazu passenden Kittel. Seine Augen sind kobaltblau, genau die Farbe, auf die angeblich alle Frauen fliegen. Kleine Sommersprossen übersäen seine Wangen.

Ich stelle mir vor, dass sich gleich eine ganze Schar junger Medizinstudenten über mich beugt, um mich neugierig zu mustern, damit sie abends in ihrer Stammkneipe über mich ablästern können, von wegen alter Knochen mit Piercing an der Brustwarze und Tattoo auf der Leiste („Schuster bleib bei deinen Leisten, *ha ha ha*) und so weiter …

„He, Mann“, sagt der Baywatch-Athlet. Ihm gehört die dritte Stimme. „Dieser Kerl sieht wirklich wie Stephan Remmler aus! Vielleicht nicht mehr gerade der Jüngste …“ Er beugt sich tiefer über mich. Eines der flachen Bänder, mit denen sein grüner Kittel am Hals zugebunden wird, kitzelt mich an der Stirn. „… aber yeah, ich sehe die Ähnlichkeit. He, Stephan, sing uns was!“

Hilf mir!, ist es, was ich zu singen versuche, aber ich kann nur mit meinem starren Totenblick in seine kobaltblauen Augen sehen; ich kann mich nur fragen, ob ich tot bin, ob die Sache wirklich so abläuft, ob es jedem so ergeht, nachdem die Pumpe versagt hat. Wenn ich noch lebe, wie kommt es dann, dass er nicht gesehen hat, wie meine Pupillen sich verengt haben, als das Licht sie getroffen hat? Aber ich weiß die Antwort darauf … glaube sie jedenfalls zu kennen. Sie haben sich *nicht* zusammengezogen. Deshalb ist das grelle Licht der Leuchtstoffröhren so schmerzhaft.

Das Kittelband kitzelt meine Stirn wie eine Feder.

Hilf mir!, kreische ich den Baywatch-Mucki-Man an, der vermutlich ein Assistenzarzt oder vielleicht bloß ein Medizinstudent ist. *Hilf mir, bitte!*

Meine Lippen zittern nicht einmal.

Das Gesicht des jungen Mannes weicht zurück, das Band kitzelt nicht mehr, und all dieses weiße Licht flutet durch meine Augen, die nicht wegsehen können, flutet direkt in mein wehrloses Gehirn. Das ist ein höllisches Gefühl, eine Art Vergewaltigung. Muss ich noch lange hineinstarren, werde ich blind, denke ich, und diese Blindheit wird eine Erleichterung sein.

KLACK! Das Geräusch des einrastenden Anschnallgurtes.

Jetzt beugt sich ein weiteres Gesicht in mein Blickfeld. Darunter ein weißer Kittel statt eines grünen, darüber ein üppiger, zerzauster orangeroter Haarschopf. Ausverkaufs-IQ, das ist mein erster Eindruck. Das kann nur Pit sein. Er trägt ein breites dämliches Grinsen zur Schau, die Art Grinsen, die ich als Oberstufen-Grinsen bezeichne, das Grinsen eines Jungen, der auf einem vergeudeten Bizeps die Tätowierung *GEBOREN, UM BÜSTENHALTER ZU ZERREISSEN* tragen sollte. Er erinnert mich zudem aber auch an jenen unsäglichen Ewig-Abiturienten-CDU-Zappel-Philipp-Großmaul-Amthor.

Wo haben mich diese Blödmänner aufgegabelt und wie haben Sie mich transportiert? In einem dieser hässlich-grauen Minnas der Pathologen?

„Stephan!", ruft Pit aus. „Jesus, du siehst guuuut aus! Das ist echt 'ne Ehre! Sing für uns, großer Junge! Sing, Stephan, sing um dein Leben!"

Irgendwo hinter mir erklingt die Stimme der Ärztin, kühl, nicht einmal mehr vorgebend, diese Possen amüsant zu finden: „Schluss jetzt, Pit." Dann in eine andere Richtung: „Was ist mit ihm passiert, Tim?"

Tims Stimme ist die erste Stimme – Pits Partner. Ihm scheint es etwas peinlich zu sein, mit einem Kerl zusammenzuarbeiten, der gerne Oliver Pocher wäre. „Ist im Impfzentrum zusammengeklappt, einfach vom Stuhl gefallen und war sofort mausetot, Herztod. Die Sanis meinen, so schnell könne eine Spritze nicht wirken, wie er vom Stuhl gesegelt wäre, vielleicht vorgeschädigt. Herzdruckmassage habe nicht gefruchtet. Wahrscheinlich hätte ihn sowieso bald irgendein kleiner Schock einfach umgehauen."

Noch einmal rekapituliere ich: Ich liege hilflos und starr in einem Leichensack, wahrscheinlich in einem Autopsie-Raum. Irgendwelche Idioten erlauben sich Scherze auf meine Kosten, und ich glaube, dass ich atme, aber es nicht merke. Wie sollen es da die Knallköpfe merken, die mich für Stephan Remmler halten? Nur die Aufschnitt-Ärztin („Dürfen es 50 Gramm Aufschnitt mehr sein?") scheint noch einen Funken Respekt vor meiner Leiche zu haben.

Pit schaut noch immer auf mich herab, blöde und fasziniert. Nicht mein Tod interessiert ihn, sondern meine Ähnlichkeit mit TRIO-Sänger Stephan Remmler. Oh ja, ich bin mir dieser Ähnlichkeit bewusst, bin nicht darüber erhaben gewesen, sie bei bestimmten Gesangsgelegenheiten auszunützen. Ansonsten ist nicht viel damit anzufangen. Und unter diesen Umständen … mein Gott!

„Wer hat den Totenschein ausgestellt?", fragt die Ärztin.

„Der Impfarzt, Dr. Widuweit, und der herbei gerufene Kollege, ein Notarzt namens Dr. Schlauer. Die beiden haben ihm die Absolution zur Himmelfahrt erteilt", sagt Tim und blickt dabei kurz auf mich herab. Mindestens zehn Jahre älter als Pit. Schwarzes, an einigen Stellen grau meliertes Haar. Brille.

Wie kommt's, dass keiner dieser Leute sehen kann, dass ich nicht tot bin?

„Das hier ist Schlauers Unterschrift auf Seite eins … sehen Sie?", fährt Tim fort.

Das Rascheln von Papier, dann: „Jesus, Maria und Josef! Schlauer! Den kenne ich. Der hat Noah untersucht, nachdem die Arche am Berg Ararat gestrandet war."

Pit sieht nicht so aus, als habe er den Scherz verstanden, aber er lacht mir trotzdem schallend ins Gesicht. Ich rieche Zwiebeln in seinem Atem, ein kleiner Rest Mundgeruch von einem Döner, und wenn ich Zwiebeln riechen kann, muss ich atmen. Das *muss* ich, nicht wahr? Wenn ich nur …

Bevor ich diesen Gedankengang zu Ende bringen kann, beugt Pit sich noch tiefer über mich, und mich durchzuckt ein Hoffnungsstrahl. Er hat etwas gesehen und will mich mit Mund-zu-Mund-Beatmung wieder beleben. *Gott segne dich, Pit! Gott segne dich und deinen Zwiebel-Atem!*

Aber das blöde Grinsen verändert sich nicht, und statt seinen Mund auf meinen zu drücken, ergreift er mit einer Hand meinen Unterkiefer. Jetzt hält er die eine Seite mit seinem Daumen und die andere mit seinen Fingern fest.

„Er lebt!“, plärrt Pit. „Er lebt, und er wird für den Stephan-Remmler-Fanclub von Raum 508 singen!“

Seine Hand packt fester zu – das tut entfernt weh wie das Abklingen einer örtlichen Betäubung mit Novocain. Er fängt an, meinen Unterkiefer so auf und ab zu bewegen, dass meine Zähne klappern. Plötzlich fängt er mit schrecklich atonaler Stimme zu singen an:

„Was ist los mit dir mein Schatz, aha?
Geht es immer nur bergab, aha?
Geht nur das, was du verstehst, aha?
This is what you got to know:
Let you go, it didn't show.”

Mein Mund öffnet und schließt sich unter dem groben Druck seiner Hand; meine Zunge steigt und fällt wie ein auf der Oberfläche eines schwankenden Wasserbetts liegender toter Hund.

Ich weiß nicht warum, aber ich muss jetzt an eine TV-Krimiserie denken.

„Schluss damit!", faucht die Ärztin ihn an. Das klingt ehrlich schockiert. Pit, der das vielleicht spürt, hört keineswegs auf, sondern macht fröhlich weiter. Seine Finger graben sich jetzt in meine Wangen. Meine unbeweglichen Augen starren blind nach oben, direkt in sein blödes, singendes Maul:

„Da da da
Ich lieb dich nicht, du liebst mich nicht.
Da da da
Ich lieb dich nicht, du liebst mich nicht.
Da da da
Ich lieb dich nicht, du liebst mich nicht.
Da da da
Ich lieb dich nicht, du liebst mich nicht.
Da da da"

Ich glaube, ich muss kotzen. Aber nichts passiert. Ich lenke mich mit einem Erinnerungsversuch ab: Was war eigentlich vor dieser Impfung geschehen? War ich nicht mit Ben bei Freunden eingeladen gewesen? Doch, da war etwas. Meine Erinnerung wird sehr konkret. Meine Freunde, ein Pärchen um die sechzig Jahre alt, hatten Ben und mich ausgeladen, weil wir uns noch nicht hatten impfen lassen …

Endlich hört der Schwachsinnige mit seinem schwachsinnigen Song auf, und doch erinnert er mich damit an eine schöne Zeit in den Achtzigern.

New Wave, Neue Deutsche Welle, Fehlfarben, Spider Murphy Gang, Geier Sturzflug, Hubert Kah.

Unangenehm spüre ich die Sprengsel seiner feuchten Aussprache auf Stirn und Wangen, aber ich kann nichts wegwischen. Scheiße. Plötzlich beugt er sich wieder über mein Gesichtsfeld und starrt mich wie ein wildgewordener DJ an und singt mit seiner schrägen Stimme weiter:

„Ich lieb dich nicht, du liebst mich nicht – Aha!
Ich lieb dich nicht, du liebst mich nicht – Aha!
Ich lieb dich nicht, du liebst mich nicht – Aha!
Soso, du denkst, es ist zu spät, aha!
Und du meinst, dass nichts mehr geht, aha!
Und die Sonne wandert schnell, aha!
After all is said and done"

Mir gruselt's. Werde ich gleich in ein Kühlfach geschoben, zu all den anderen?

Plötzlich muss ich an HIT RADIO FFH denken. Ist das hier alles nur ein Hörspiel? Aber das kann nicht sein!

„Schluss hab ich gesagt!", zischt die Ärztin jetzt mit einem ganz entschlossenen Unterton. Dann ist sie da, eine Frau in einem grünen Arztkittel, deren Mütze an einem Band um den Hals und wie Cisco Kids Sombrero über ihren Rücken herabhängt. Sie trägt kurzes, aus der Stirn zurückgekämmtes Haar, ist gut aussehend, aber ein wenig streng – eher apart als hübsch. Sie packt Pit mit einer Hand, deren Nägel sehr kurz geschnitten sind, und zerrt ihn von mir weg.

„He!“, sagt Pit empört. „Hände weg von mir!“

„Dann lassen Sie Ihre Hände von ihm“, sagt sie unüberhörbar verärgert. „Ich habe Ihre Dummenjungenstreiche satt, Pit, und wenn Sie nächstes Mal wieder damit anfangen, erstatte ich Meldung.“

„He, nur nicht aufregen“, sagt der Baywatch-Typ (ihr Assistent). Er sagt es offenbar in Richtung von Pit. Das klingt besorgt, als fürchte er, Pit und seine Chefin könnten ihren Streit auf der Stelle mit den Fäusten austragen. „Schluss jetzt, okay?“

„Warum ist sie so eklig zu mir?“, fragt Pit. Er versucht noch immer empört zu wirken, aber tatsächlich winselt er jetzt. Dann in eine andere Richtung: „Warum sind Sie so eklig zu mir? Haben Sie Ihre Tage, liegt's daran?“

Frau Doktor, hörbar angewidert: „Schaffen Sie ihn hier raus.“

Tim: „Komm jetzt, Pit. Wir müssen uns die Einlieferungspapiere quittieren lassen.“

Pit: „Yeah. Und ein bisschen frische Luft schnappen.“

Ich höre mir das alles an, als käme es aus HIT RADIO FFH jenem Sender, den ich bald schon als private Aktiengesellschaft mit meinen Bücher-Fans betreiben würde. Fabulieren und Rekapitulieren ist hier in diesem schrecklich langen Moment meine einzige geistige Nahrung: Ich liege hilf- und reglos wie ein Toter in einem Leichensack auf einem Stahltisch. So fühlt es sich zumindest an. Depperte Medizinmänner machen sich über meine Leiche lustig, und ich starre ununterbrochen in die grellen Neonröhren über mir und kann die Augen nicht schließen und hoffe, dass ich erblinde, um diese Augenlicht-Folter nicht länger ertragen zu müssen. Die pathologischen Idioten, die sich mit mir beschäftigen, merken nicht, dass ich noch lebe – aber ehrlich gesagt, bin ich mir selbst nicht ganz sicher …

Jedenfalls halten sie mich für Stephan Remmler, den *TRIO*-Sänger, dessen Hit *„Da Da Da"* sie mir laut und respektlos und mit feuchter Aussprache mitten ins Gesicht singen. Und dann gibt's da noch diese Ärztin, die mich bisher noch nicht einmal richtig angeschaut hat … und jetzt endlich schmeißt sie Pit und seinen Kumpel raus.

Raus mit euch, ihr schrecklich unfähigen, ihr schrecklich ungerechten Pathologen …

Ich sehe jetzt keine Person mehr, kein dämliches oder beleidigtes Gesicht, aber ich kann mir denken, dass Pit ziemlich beleidigt sein muss. Er (oder Tim) gibt ein Räuspern von sich, dann schlurfen Schritte. Sie schlurfen Richtung Ausgang, nehme ich an. Tatsächlich, Pit ist offensichtlich eingeschnappt, denn nun fragt er die Ärztin aus einiger Entfernung, warum sie nicht einfach ein rotes Bändchen um den Arm trägt, wenn sie ihre Tage hat, damit die Leute wissen, woran sie sind. Ich höre noch, wie sie ein wirklich wütendes *„RAUS!"* brüllt. Dann ist wieder ein leises Zischen zu hören und wahrscheinlich öffnet sich in diesem Moment die Druckluft-Tür, aber all diese Geräusche vermischen sich in meinem Gehör zu einer völlig neuen und doch irgendwie bekannten Szenerie.

Ich höre mit einem Mal (Vergangenheit, ick hör dir trapsen!), wie es bei mir zuhause im Erdgeschoss klingelt, während ich oben im Badezimmer noch unter der Dusche stehe. Ich erinnere mich jetzt, wie ich mich eilig abrubbelte und an die Sprechanlage eilte. Es war mein Hausarzt, ein guter Bekannter, der mich seit einigen Wochen bekniete, ich möge mich unbedingt impfen lassen. Er meinte es zweifellos gut mit mir. Ich hatte mir schnell einen Trainingsanzug angezogen – so ein Teil war neuerdings kein modisches Verbrechen mehr, vielmehr ein *must have.*

„Aha", sagt Dr. Neumann. „Du hast schon dein Krankenhaus-Outfit angezogen."

Wir hatten gelacht. Dann habe ich ihm ein weiteres Mal erklärt (es war wohl schon mein dritter Versuch), warum ich mich in meinem besonderen Fall nicht mit einem völlig neuartigen, durch keinerlei Langzeitstudie abgesicherten Grippeimpfstoff impfen lassen wollte.

Während ich im Moment immer noch den eiskalten Stahl des Seziertisches unter mir spüre, bin ich mir der damaligen Situation und meiner Argumentation voll bewusst. Das ermutigt und erschüttert mich zugleich. Ich bin mir jetzt sicher, dass ich zwar lebe und dennoch dieser Situation, in die ich geraten bin, hilflos ausgeliefert bin.

Meine Erinnerung trügt mich nicht, mein Gehirn funktioniert noch einwandfrei. 1970 war ich zwanzig Jahre alt und lebte in Westberlin. Damals war in Funk und Fernsehen und von der *BILD*-Zeitung bis zum *SPIEGEL* vor einer schrecklichen Infektion, der Hong-Kong-Grippe, gewarnt worden. Deshalb hatte ich mich im Frühherbst 1970 von meiner Hausärztin mit dem gerade ein Jahr zuvor in

Europa zugelassenen neuen Influenza-Impfstoff impfen lassen. Innerhalb eines Tages erkrankte ich schwer mit Dauerfieber über vierzig Grad. Meine normale Körpertemperatur beträgt 36,5 Grad. Meine damalige Ärztin in Berlin-Charlottenburg war täglich in unsere Wohngemeinschaft gekommen, um mich mit Fieber senkenden Mitteln zu behandeln. Aber sie schlugen nicht an. Das Fieber zehrte acht lange Tage immer mehr an mir. Dann konnte ich nicht mehr essen und litt abwechselnd unter Dauerschüttelfrösten und enormem Schwitzattacken.

Schlafanzug und Bettwäsche mussten mehrmals am Tag gewechselt werden. Schließlich wies mich die Hausärztin in das Martin-Luther-Krankenhaus ein. Von ursprünglich 78 Kilo war mein Gewicht innerhalb von zehn Tagen auf 54 Kilo heruntergegangen. Meine Muskeln degenerierten zu wabbeligem Pudding. Im Krankenhaus rang ich vier Wochen lang um mein Leben und hing Tag und Nacht an Infusionen. Nachdem ich entlassen worden war, hatte ich für ein halbes Jahr ein durchgehendes Schlappheits- und Mattigkeitsgefühl und keinen Geschmackssinn. Das alles kehrte erst im Laufe des kommenden Jahres langsam und etappenweise wieder zurück.

„Sehr bedauerlich, wirklich, dem ist nichts hinzuzufügen … aber …“, hatte Dr. Neumann meinen Krankenbericht von damals kommentiert, bevor er kurz darauf fortfuhr: „… aber wenn du einmal ein Auto kaufst, dass schon nach einigen Kilometern einen Motorschaden hat, wirst du dir dann niemals mehr ein Auto anschaffen?“

Ich hatte Rainer Neumann, meinen lieben Bekannten, den Arzt meines Vertrauens, mit dem ich in einem gemeinnützigen Verein zur Unterstützung von Flutopfern im Ahrtal zusammenarbeitete, erstaunt angeschaut. Ich war erst einmal ob dieses hanebüchenen Vergleichs sprachlos. Dann setzte ich uns einen grünen Tee auf und sagte nur einen Satz: „Rainer, glaubst du im Ernst, dass dein Vergleich auf die Sache zutrifft?"

Er hatte mich gutgläubig, von seinem Argument absolut überzeugt, angeschaut und mir eine Gegenfrage gestellt: „Was sollte an dem Vergleich falsch sein?"

„Bleiben wir bei den Autos!", antwortete ich ihm. „Stell' dir vor, du fährst auf der Autobahn und hast es satt, von den hinter dir fahrenden Geschossen gejagt zu werden und möchtest entspannt fahren. Du siehst auf der rechten Fahrspur eine große Lücke zwischen zwei LKW, die beide mit ihren angenehmen 100 Stundenkilometern dahinfahren. *Freiwillig* wechselst du zu ihnen auf die Spur.

Nach einer Weile bremst der vordere Lastwagen langsam ab, du ebenso, aber der hinter dir fahrende LKW-Fahrer reagiert nicht zeitig und du siehst ihn näher kommen und links neben dir schießen die Geschosse vorbei und du kannst nicht ausweichen und wirst in Sekundenschnelle zusammengequetscht.

Dein Auto ist futsch, aber das ist das Wenigste. Du selbst wirst gerade noch lebend aus dem Auto gezerrt, bevor es lichterloh brennt; du hast zahlreiche Knochenbrüche, überstehst das Ganze, auch wenn du noch monatelang darunter körperlich und psychisch leidest und nicht voll funktionsfähig bist. Du zweifelst, ob du jemals wieder gesund wirst, ob du jemals studieren und jemals deinen Lieblingsberuf als Journalist ausüben kannst

Und jetzt meine Frage an dich: Würdest du dich nach einem solchen Erlebnis jemals wieder *freiwillig und ohne Not* in die rechte Autobahnspur zwischen zwei LKW einfädeln?“

Trottel am Werk

Ich starre immer noch in das grelle Vergewaltigungslicht. Um nicht diesem Dauerschmerz ausgeliefert zu sein, versuche ich meine Augen nach innen zu drehen, was natürlich nicht funktioniert. Also bemühe ich mich um die Gnade meines inneren Auges, auf dass es mich ablenken und darüber aufklären möge, was vielleicht wirklich am Tag meiner ersten Corona-Impfung geschehen war. Vielleicht ist nicht der Stich in den linken Oberarm die Ursache dafür, dass ich nun hier liege. Ich konzentriere mich ganz und gar auf die Frage, was in den Stunden vor meinem gemeinsamen Gang mit Ben zum Impfzentrum geschehen war.

Und wo überhaupt war jetzt Ben?

An diesem Punkt komme ich nicht weiter. Mein Kurzzeitgedächtnis funktioniert im Moment offensichtlich nicht so gut wie meine Langzeiterinnerung. Ich weiß nur eines mit Sicherheit: Nach dem Impfstich dauerte es nicht lange, bis mich eine Dunkelheit überkam … bis ich ein rollendes Gefühl unter meinem Hintern verspürte ... auf einer fahrbaren Krankentrage in einem nach Plastik stinkenden Leichensack mit Reißverschluss, und dann der dämliche Rhythmus des quietschenden Rades und die noch dämlichere Stimme: „In welchen sollen wir ihn bringen?“ (Pit: „508, glaub ich. Ja, doch, Tiefgeschoss, die Fünfhunderter-Abteilung.“)

Wichtig ist, *dass* ich überhaupt denken kann – und diese idiotischen Staatsdiener in ihrer trostlosen Pathologie, die den ganzen Tag nichts Besseres zu tun haben, als sich über die ihnen anvertrauten Leichen lustig zu machen, merken nicht, dass ich denke, dass ich atme, dass ich lebe. Sie tun so, als sei es das Natürlichste der Welt, dass hier nur Leichen existieren. Real existierende (lebende) Leichen. Kaum zu glauben, dass sie so unsensibel und unkritisch sind und nicht einmal einen winzigen Gedanken-Funken daran verschwenden, dass ich noch leben könnte. Ist natürlich mein Pech.

Allmählich bezweifele ich, dass dieser Raum etwas mit Medizinwissenschaften und Pathologie zu tun hat.

Doktor Schlauer, der Arzt, der am besten TV-Arzt geworden wäre, ich kenne ihn. Ausgerechnet *er* hat mich für tot erklärt. Wie ich vermuten kann, hat er das ohne große Umstände getan, ganz unbürokratisch, einmal einen Spiegel vor den Mund halten, dann den Puls fühlen, dann die Lampe aufs Auge richten – alles tot und starr, gut so, Leichenschein ausfüllen, ab zur Pathologie wegen ungeklärter Todesursache, unglücklicherweise passiert in einem Impfzentrum, na ja, vielleicht hatte der Typ Corona und ist deshalb so schnell zusammengesackt, wer kann das schon wissen. An sich ist Schlauer ein netter Kerl, Jäger, Skatspieler und heimlicher Trinker, was jedermann weiß. Er ist immer zerstreut, ein Fossil. Ja, ein Fossil hat mich für tot erklärt. Dann hat mich Pit, der Mann mit dem blöden Anstaltsgrinsen und den eindeutigen Absichten hinsichtlich der Aufschnitt-Ärztin, noch einmal für mausetot erklärt.

Diese merkwürdige Ärztin, Mrs Cisco Kid, hat mich noch nicht einmal angeschaut, nicht wirklich. Wenn sie‘s tut, wird sie vielleicht ...

„Ich hasse diesen Trottel“, sagt sie, nachdem die Druckluft leise zischend das automatische Schließen der Tür signalisiert. Jetzt sind wir nur noch zu dritt, aber die Ärztin, die noch irgendwas mit mir vorhat, glaubt freilich, sie seien nur zu zweit. Ich verabscheue diese Unaufmerksamkeit im öffentlichen Dienst. Später wird sie ihre Pension Monat für Monat peinlichst genau prüfen, wird den Kontoauszug anhauchen, versuchen, ihm den Puls zu fühlen, zwischen den Fingern reiben und auf Echtheit überprüfen, weil ihr 5.200 Eier im Monat zu wenig erscheinen.

Da wird sie sehr, *sehr* aufmerksam sein. Darauf wird sie eine Menge Zeit verwenden. Sie wird die amtliche Bezüge-Stelle in Wiesbaden anrufen und fragen, warum ihre Pensionsbezüge immer noch nicht erhöht wurden und sie wird … weiß Gott was noch alles unternehmen. Aber hier lässt sie mich – ohne mich berührt zu haben – einfach liegen und ins grelle Licht starren; Folter pur. Sie hasst Pit, den Trottel – und ich hasse sie!

Eine meiner Stärken ist mir erhalten geblieben – ich rekapituliere. Das ist eine journalistische Wiederholungstechnik, um mir selbst immer wieder klar darüber zu werden, was wirklich geschah und geschieht und um mich in der Gegenwart zu halten: Ich bin mir jetzt absolut sicher, in einem grässlichen

Aufschnittraum zu liegen und empöre mich (rein innerlich, rein gedanklich, denn ich kann weder reden noch zucken, noch blinzeln) – ja, ich empöre mich über den respektlosen Umgang mit mir als Leiche. Noch habe ich die Hoffnung, dass mich die Aufschnitt-Ärztin („Dürfen es ein paar Gramm Aufschnitt mehr sein?" – „Schon okay, legen Sie ruhig noch die Scheibe Gelbwurst obendrauf!") gründlich untersucht und entdeckt, dass ich lebe (wenn ich noch lebe, was ich – ehrlich gesagt – gar nicht so genau weiß ...)

„Wieso kriege ich immer die Trottel, Klaus?"

„Keine Ahnung", sagt Klaus, dessen Gesicht ich kurz gesehen habe und der eine schier unheimliche Ähnlichkeit mit Klaus Kinski aufweist. „Pit ist ein Spezialfall in den Annalen berühmter Trottel."

Ich denke bei dem Wort „Trottel" sofort an meinen Auftritt bei der Ex-Kanzlerin vor sechs Jahren. Damals war ich, wie Sie sich erinnern werden, als V-Mann für die Regierungschefin tätig und sie hatte mir als Tarnnamen „Trottel" zugewiesen, weil das am unauffälligsten in ihrer Umgebung sei, und ich hatte bedenkenlos zugestimmt. Hauptsache gutbezahlter V-Mann mit vielen Kreuz- und Querverbindungen, aber immer im Netz der bundesdeutschen Geheimdienst-Seilschaften, eingebunden ins Kartell eines verschwörerischen Schweigens, jenem STASI-Nachfolgekartell, das jedenfalls *rechtzeitig* die Akten schreddert, bevor das Volk schreit, es sei das Volk – und die Schnüffler-Zentrale stürmt.

Zurück zu den Tatsachen. Ich liege hilflos hier und höre, wie Klaus über seinen Kumpel denkt: „Pit ist ein wandelnder Hirntoter, Frau Doktor; das ist so, damit müssen wir leben."

Die Ärztin lacht, und etwas klappert. Auf dieses Klappern folgt ein Geräusch, das mich erstarren lassen würde, wenn ich nicht längst erstarrt und stumm (aber leider nicht blind und nicht gehörlos!) hier herumläge: Stahlinstrumente, die aneinander klirren. Sie sind irgendwo links neben mir, und obwohl ich nicht nach links blicken kann, weiß ich, was die beiden Helden hier vorbereiten: die Autopsie. Das regt mich gewissermaßen ein wenig auf, das werden Sie wohl verstehen! Oder soll ich sagen: es regt mich erheblich auf? Nutzt alles nichts, denn ich liege tatsächlich da wie tot, regungslos, fern jeglicher Gemütsäußerung. Blitzschnell taucht ein Bild vor mir auf, das Bild, wo ich für einen Werbefilm als Schönheitschirurg meine sieben Sachen packe, um den interessierten Damen ein passendes Halloween-Outfit zu verpassen. Eigentlich müsste ich mich als Hobby-Chirurg meinen hier tätigen Kollegen durchaus verbunden fühlen. Tu ich aber nicht. Ich habe Angst vor ihnen.

Schon lande ich wieder in der traurigen Realität. Vielleicht wäre es angenehmer gewesen, in einem Leichenschauhaus zu landen, wo man wenigstens seine unaufgeschnittene Ruhe hat. Nein, ich bin in der Pathologie, wo man gerne alles auf einen eiskalten, silberblitzenden Stahltisch legt und aufschneidet – nur so zum Spaß, um festzustellen, dass jemand mausetot ist und an irgendetwas Unheimlichem gestorben ist. Ein Beruf für Nichtzimperliche. Aufklärungsquote an die hundert Prozent, denn die meisten Fälle, die hier anlanden, sind tatsächlich mausetot. Und meistens sind sie an tausend Möglichkeiten gestorben. Aber ich, verdammt noch mal, ich lebe! Ich spüre, dass ich lebe.

Die Nichtzimperlichen wollen mir das Herz rausschneiden. Wahrscheinlich ist es schon längst in einem galanten Vorzugsdeal (in einem schicken Restaurant) an den höchst bietenden Herzchirurgen verkauft, der es zu seinem Spezialangebot macht und unter der Hand so viele Scheine kassiert, wie eine ALDI-Kassiererin in fünf Jahren verdient.

Warum mein Herz? *Mein linker Arm!,* kreische ich in meinem Kopf. *Schaut auf meinen Arm, ihr blinden Hühner, dort seht ihr den Einstich.* Aber das wissen sie ja, sie wollen in meinem Inneren nach den Auswirkungen schauen, da bin ich mir sicher.

Vielleicht haben sich meine Augen doch etwas an die Helligkeit gewöhnt. Am obersten Rand meines Blickfelds erkenne ich jetzt ein Gestell aus rostfreiem Stahl. Es sieht wie ein überdimensionierter Zahnarztbohrer aus, aber das Ding an seinem Ende ist kein harmloser Bohrer, der dich die Nerven deines Zahnes einzeln spüren lässt (falls die lokale Betäubung schusseliger Weise vergessen wurde). Es ist eine übliche Kreissäge, nur etwas feiner in Aussehen und Handhabung. Die Mediziner nennen sie Gigli-Säge, womit sie einem die Schädeldecke aufschneiden, um den Kopfinhalt zu überprüfen.

Ein Geräusch. Ein schrecklich realistisches Geräusch. Ich kann nicht tot sein; ein Toter kann so etwas Schreckliches nicht mehr wahrnehmen, sonst wäre er nicht tot. Aber konnte das je in der

Vergangenheit jemand bezeugen? Konnten Tote jemals wiederauferstehen und darüber Zeugnis ablegen? Ist meine Argumentation gerichtssicher? Ist die Logik alleine ein Beweis? Das Geräusch lässt mich aus der Haut fahren – aus der Haut fahren?

Klirr. Klirr. Klunk. Eine kurze Pause. Dann so ein lautes *KLANK!,* dass ich zusammenzucken würde, wenn ich dazu imstande wäre.

„Wollen Sie den Brustkorb öffnen?“ fragt sie.

Klaus, vorsichtig: „Wollen Sie wirklich, dass ich es mache?“

Ich denke, dass es sich anhört wie eine Geflügelschere. Eigentlich wäre mir ein Pizzateiler angenehmer, irgendwie ästhetischer. Doch ich verwerfe meine idiotischen Gedanken, denn ich höre gerade, was die Ärztin antwortet.

Frau Doktor Cisco, freundlich wie jemand, der eine Gunst erweist und Verantwortung überträgt: „Ja, ich denke schon.“

„Also gut“, sagt er. „Sie assistieren mir?“

„Ihre zuverlässige Kopilotin“, sagt sie und lacht. Ihr Lachen wird von einem Schnapp-schnapp-Geräusch kurz unterbrochen. Das ist das Geräusch einer durch die Luft schneidenden Schere.

Die müssen doch erst mal meine Körpertemperatur messen, denke ich. *Haben die kein iPad mit integriertem Temperaturfühler?* Panik bricht in meinem Oberstübchen aus, echte Panik.

Schon stelle ich mir den blitzeblank geputzten Stahltisch vor, auf dem gleich eine mordsmäßige Sauerei veranstaltet wird. In der ARD – erinnern Sie sich, liebe Leser? – haben seit 2002 Kommissar

Frank Thiel (Axel Prahl) und Gerichtsmediziner Prof. Karl-Friedrich Boerne (Jan Josef Liefers) im Münsteraner »Tatort« Verbrecher gejagt. Man sah Boerne bei seiner Arbeit in jenem klinisch kalten Raum. Ich habe das gerne geschaut und mit Wissbegier! Und deshalb weiß ich genau, was jetzt kommt.

Man wird mich zu Studienzwecken auseinandernehmen wie ein Hühnchen oder wie eine Tierversuchsratte. Wenn ich mich nicht täusche, werde ich das deutsche Fernsehen bald schon nicht mehr erleben können. Auch gut, bewahrt es mich doch vor einigen Enttäuschungen und Karl Lauterbachs Dauerpropaganda, der ich aufgesessen bin. Hätte ich mich nur nicht auf diese Impfung eingelassen. Es ist zu spät. Ich sollte meine falsche Entscheidung in dieser Situation hinweglächeln. Aber ich kann nicht lächeln. Und ich kann diesen beiden Sezieraffen mit nichts klarmachen, dass ich noch voll da bin. Also, so gut wie voll.

Ich weiß, was Klausi und seine Chefin vorhaben. Die Schere hat lange, scharfe Klingen, sehr scharfe Klingen, und große Öffnungen für die feinen Arzthände. Trotzdem muss man wie ein Bayer auf den Wies'n beim Armdrücken kräftig sein, um gegen den Brustkorb zu gewinnen. Die untere Klinge gleitet in den Bauch wie in Butter – oder wegen mir wie durch Margarine … für Cholesteringeschädigte. Dann Schnipp-Schnapp durch die nervösen Nervenbündel des Sternums nach oben und durch das kräftige Geflecht aus Muskeln und Sehnen darüber. Dann ins Zwerchfell. Wenn die Klingen diesmal zusammenkommen, tun sie es mit einem lauten Knirschen, während die Knochen sich teilen und der Brustkorb auseinanderplatzt wie bei einer Weihnachtsgans, deren gut gemeinte Füllung aus aufquellenden Esskastanien besteht.

Ich lausche, hoffe auf ein paar wenige, aber rettende Worte wie zum Beispiel „So, jetzt überzeugen wir uns erst mal selbst von seinem Tod, bevor wir ihn öffnen." Aber das Geschirr-Geklapper geht weiter. Ich versuche trotz aller Panik zu rekonstruieren, was mit mir geschehen sein mochte. War ich in den Tagen vor der Impfung mit irgendetwas Ungewöhnlichem in Berührung gekommen? Hatte ich etwas Falsches gegessen? Ich kann mich an nichts Außergewöhnliches erinnern. Woran ich mich jetzt – aufdringlicherweise – noch einmal erinnere, ist jener Morgen, als mir mein Hausarzt einen Überzeugungsbesuch abstattete. Einen Zeugen-Jehova-Besuch.

„Du wirst nur Nachteile ernten, wenn du dich nicht impfen lässt", hatte Dr. Rainer Neumann gemeint. „Welches Impferlebnis du vor vierzig Jahren hattest, wird niemanden mehr interessieren."

„Ich habe alle anderen Impfungen davor und danach schadlos überstanden. Ich habe lediglich Vorbehalte gegenüber kurzfristig zugelassenen und nicht hinreichend geprüften Erstimpfstoffen in Sachen Influenza. Politisch verordnete Nachteile sind mir weniger wichtig als meine Gesundheit."

„Damals, 1970, wurden alle Grippeimpfungen auf Basis von Hühnereiweiß entwickelt und verimpft", erläuterte Rainer. „Bis etwa 2008 waren es weitgehend hochgereinigte Impfstoffe, aber sie basierten dennoch auf Eiweißbasis. Das hat zu den untypischen Reaktionen bei bis zu zehn Prozent der Geimpften geführt und den schlechten Ruf der Grippeimpfungen begründet."

„Das war für mich lebensbedrohlich und nicht nur irgendein schlechter Ruf", hatte ich ein wenig konsterniert eingewendet.

„Heute ist aber alles ganz anders", fuhr er fort. „Heute werden alle Impfstoffe gentechnisch und damit ohne Fremdeiweiß als Totimpfstoff hergestellt. Ein Unterschied wie Fahrrad und Auto. Beides Verkehrsmittel, aber nicht vergleichbar."

„Beides sind jedenfalls Impfstoffe, die damals wie heute als superfortschrittlich, modern, medizinisch und medizintechnisch auf dem Höchststand gelobt wurden. Aber sie wurden ohne die notwendigen Langzeitstudien zugelassen."

„Klar ist jedenfalls, dass auch dich das Virus erreichen wird", sagte Rainer. „Du fällst in die Altersgruppe der Gefährdeten – das kann für dich zum Hochrisiko werden. Doch ein anderer Aspekt ist von noch größerer Bedeutung: Wie viele andere steckst du an und bringst sie damit in Lebensgefahr? Oder welche Menschen erleiden wegen deiner Infektion unter Umständen lebenslange Dauerschäden?"

Das hatte ich als eine schwere und völlig fehlgeleitete moralische Keule empfunden. Schließlich konnten die Ungeimpften nirgendwo hin, während sich die Geimpften ungeschützt treffen und feiern konnten. Obwohl sie ebenfalls Virenträger sein konnten. Waren denn nicht sie die wahren Virenschleudern? Sie durften Restaurants besuchen und dicht an dicht in Stadions stehen. Es war Unsinn, was Neumann redete, doch ich schwieg. Mir war klar, dass die hier eingeforderte, angebliche Solidarität nicht nur einseitig, sondern auch bloß ein Vorwand und ein bösartiger gesellschaftlicher Spaltpilz war.

Meine Gedankenpause hatte mein wenig sensibler Hausarzt genutzt, um sein nächstes Geschütz aufzufahren: „Und du solltest bedenken, dass du große Intensivkapazitäten blockierst, wenn du möglicherweise im Krankenhaus behandelt werden musst. Dadurch können andere dringende Notfälle nicht behandelt werden."

Was sollte ich einem solchen Schwachsinn entgegensetzen? Am liebsten hätte ich ihm geantwortet: „Ja, lieber Rainer, ich bin in allen Punkten schuldig. Ich persönlich habe unser Gesundheitssystem ruiniert – nicht der Gesundheitsminister Jens Spahn und seine Ganoven aus Lobby und Partei. Zwar hatte er erst vor zwei Jahren für die weitere Reduzierung der Krankenhausversorgung (»Wir haben zu viele Krankenhäuser«) und für eine weitere »effiziente« Privatisierung die Propagandatrommel gerührt, aber das war wohl nur einer seiner beliebten Scherze. Nein, mein lieber Freund und Doktor, ich gestehe: Ich, der Ungeimpfte, bekenne mich in allen Punkten schuldig!"

Aber ich hatte eisern geschwiegen.

Rainer hatte dies als stillschweigendes Einverständnis gewertet, denn er war ungerührt fortgefahren: „Auch über die erheblichen Zusatzkosten, die durch die Ungeimpften für die Allgemeinheit entstehen, wird wenig gesprochen."

Das war für mich der unerträgliche Höhepunkt seiner Schwurbellogik. Erst einen Tag zuvor hatte ich eine Studie der People's Vaccine Alliance, PVA, gelesen. Die PVA, zu der rund 80 Organisationen wie die international anerkannten Institutionen *Oxfam* und *UNAIDS* gehören, nahm sich regelmäßig die Quartals- und Neunmonatsberichte der US-Konzerne Pfizer und Moderna und des deutschen Unternehmens Biontech vor. Nach der Analyse der Zahlen kam man auf einen diesjährigen Gesamtjahresgewinn der Firmen vor Steuern in Höhe von 34 Milliarden Dollar – allein mit den Corona-Impfstoffen.

„Weißt du, dass die Pharmakonzerne Biontech, Pfizer und Moderna mit ihren Corona-Vakzinen 93,5 Millionen Dollar pro Tag oder 1000 Dollar Gewinn jede Sekunde machen? Was glaubst du, wer die Kosten verursacht? Die Ungeimpften oder die Geimpften? Was glaubst du, wer die Kosten trägt? Zahlen die Geimpften ihre Impfung selbst? Oder zahlt die Allgemeinheit, der Staat? Woher kommt wohl das unverschämt viele Geld? Wer wirft es den Pharmakonzernen so willig in den weit geöffneten Rachen?"

Rainer hatte mich erstaunt angeschaut. Und diesmal hatte ich nachgelegt: „In Wahrheit zahlen die Ungeimpften für die Geimpften mit! So herum wird ein Schuh draus!"

Da hatte er endlich seinen Mund gehalten. Ich hatte noch erläutert, dass die erwähnten Pharma-Unternehmen in der Pandemie fünf neue Milliardäre, nämlich die Chefs der Vakzin-Konzerne, hervorgebracht hatten, die zusammen derzeit über ein Nettovermögen von 35,1 Milliarden Dollar verfügen.

Offensichtlich bin ich noch klar bei Verstand, wenn ich mich an diese unerfreuliche Begegnung mit Dr. Neumann erinnern kann. Schließlich hatte ich bis dahin tatsächlich gedacht, er sei der Arzt meines Vertrauens.

Auch dass ich mich an die Zahlen so gut erinnere, gibt mir Mut und Zuversicht – nein, ich kann noch nicht hinüber sein. Aber vielleicht bin ich es bald – und diese Aussicht ist irgendwie zermürbend.

Doch meine Gedanken lassen jetzt keine weitschweifige Vergangenheitsbewältigung zu. Ich male mir schon wieder aus, wie die Schere weiterschneidet, durch die Knochen … *Schnipp-KNIRSCH, Schnipp-KNIRSCH, Schnipp-KNIRSCH,* etwas splittert in meiner Brust, Muskeln zerreißen wie aufgespannte Gummibänder beim Gummitwist. Dann schauen diese nachlässigen verbeamteten Medizinmänner beziehungsweise diese Medizinfrau auf meine freigelegten Lungen und vielleicht ruft Frau Doktor entzückt aus: „Noch ein Nichtraucher. Wie sauber!"

Ein hohes, durchdringendes Surren – wirklich ein Geräusch wie von einem Zahnarztbohrer.

Klausi-Mausi: „Kann ich …"

Er sieht zwar Kinski ähnlich, *er hat aber nicht dessen aufbrausend-cholerisches Durchsetzungsvermögen,* denke ich. *Gottseidank!*

Frau Dr. Cisco-Kid, deren Stimme tatsächlich etwas mütterlich klingt: „Nein! … Damit!" Schnipp-schnapp. Als Demonstration für ihn.

Das können sie nicht machen, denke ich. *Sie können mich nicht aufschneiden … ich kann FÜHLEN!*

„Warum?", fragt er.

„Weil ich es so will", sagt sie, was erheblich weniger mütterlich klingt. „Wenn Sie später allein verantwortlich arbeiten, Klausi-Boy, dann können Sie machen, was Sie wollen. Aber hier bei mir, in Brigitte Möllers …"

(Aha, so heißt Cisco-Kid in Wirklichkeit!)

„… Autopsie-Raum, bauen Sie keinen Mist, sondern fangen mit *dieser* Schere an."

Autopsie-Raum. Sofort denke ich an einen Horror-Schriftsteller. Das ist's! Endlich. Jetzt ist es heraus. Ein Autorenkollege, ein Experte in Sachen Horror, hat mich als Sezier- und Studienobjekt für seine Geschichte benutzt und entführen lassen. Schriftstellern traue ich jeden Mist zu, nur damit sie ihre Auflage steigern können. Ich bin sein Studienobjekt. Ich bin die Ratte auf dem Seziertisch. Scheiße.

Noch einmal von vorne: Ich liege in einem Autopsie-Raum, vielleicht nackt in einem Leichensack, nur mein Gesicht schaut aus der Hülle, und meine braun-grünen Augen sind gezwungen, in das grelle Neonröhrenlicht zu starren. Meine Schmalzohren müssen das spielerische Schnipp-schnapp der Seziershere hören, die gleich an meinem Körper zum Einsatz kommt. Und ich kann mich bei den ignoranten Pathologen nicht verständlich machen, obwohl es für jeden normalen Menschen wahrscheinlich wahrnehmbar wäre, dass ich noch lebe.

Mensch Meier, sind das Experten!, denke ich wütend. Doch selbst die Wut bleibt irgendwo in mir stecken. Und dann schreie ich ganz laut: *HALLO! HALLO!* Aber die da draußen sind taub. Der einzige, der meinen Schrei hört, bin ich.

Mir ist nach einer Gänsehaut am ganzen Körper zumute, aber natürlich passiert nichts; meine Haut bleibt glatt. Meine Gedanken kreisen noch kurz um Ben und eine unserer letzten Corona-Diskussionen. Es ging um *Biontech,* als das Unternehmen 2019, kurz vor der Pandemie, an der Börse Kapital einwarb. Laut Börsengesetz war es gezwungen, seine Investoren auf »die Risiken in Bezug auf unser Geschäft« hinzuweisen.

Ben hatte mir daraus vorgelesen: „Keine mRNA-Immuntherapie wurde bisher zugelassen. Sie wird möglicherweise auch nie zugelassen. Die Entwicklung von mRNA-Arzneimitteln ist aufgrund der neuartigen und nie dagewesenen Kategorie von Therapeutika mit erheblichen klinischen Entwicklungs- und Zulassungsrisiken verbunden. Unsere Produktkandidaten könnten nicht wie beabsichtigt funktionieren, unerwünschte Nebenwirkungen hervorrufen oder andere Eigenschaften aufweisen, die ihre Zulassung verzögern oder verhindern."

Das also war Originalton *Biontech.*

Innerlich seufze ich gerade, was aber außer mir niemand bemerkt. Ich bin es schon gewohnt. Der Mensch ist eben ein Gewohnheitstier. Aber ich wehre mich mental gegen jenen Zustand, den man schlichtweg »Resignation« nennt.

Plötzlich unterbricht mich das Dozentengefasel der Pathologin. „Denken Sie daran …“, sagt Dr. Möller (Cisco-Möller; Ärztinnen und Studienrätinnen tragen vorzugsweise Doppelnamen, wahrscheinlich weil sie auf eine Verdoppelung der Pensionsansprüche hoffen), „… jeder Dummkopf kann lernen, den Schalter einer Gigli-Säge zu betätigen und drauflos sägen ... Aber Handarbeit ist immer am besten.“ Ihr Tonfall klingt jetzt dozierend. „Okay?“

„Okay“, bestätigt ihr Anlernling.

Sie werden es tun. Sie werden mich aufschneiden – mit dieser verdammten Geflügelschere. Ich bin sicher, dass sie es im Namen meines Horror-Kollegen tun. Vielleicht haben sie anhand seiner Storys diesen abscheulichen Beruf gelernt. Vielleicht waren Horrorgeschichten in ihrem Studium sogar eine Lern- und Prüfungseinheit mit 100 Credit Points – inklusive einer Studienexkursion in irgendein Gruselhaus der Disney-Parks. Ich denke da an *Phantom Manor*.

Ich muss irgendeinen Laut, irgendeine Bewegung machen, sonst tun sie‘s wirklich. Quillt oder spritzt gar nach dem ersten Schnitt mit der Schere Blut heraus, werden sie zwar wissen, dass irgendwas nicht in Ordnung ist, aber dann ist es sehr wahrscheinlich zu spät. Zu spät für mich. Dieses erste *Schnipp-KNIRSCH* wird passiert sein, und meine Rippen werden an meinen Oberarmen liegen, während unter den Leuchtstoffröhren und den entsetzten Blicken dieser sogenannten Pathologen mein

Herz in seinem von Blut glänzenden Beutel wie wild um sich schlägt ...

Gerade will ich mich auf meine Brust konzentrieren, um einen Schrei zu starten, da höre ich, wie sich die Druckluft-Tür mit diesem bekannten Zischen öffnet und die Ärztin begeistert ausruft: „Hi, Mr King. Treten Sie ruhig näher, wir haben Sie bereits erwartet."

Ich höre näher kommende Schritte. Ich höre wie mein Namensvetter in gebrochenem Deutsch antwortet: „Wie göht es Öhnen? Darf ich?"

Ich höre, wie Kleider abgelegt werden. Klausi-Boy wird von Dr. Möller vorgestellt.

„Holen Sie bitte für Mr King die vorgeschriebene Kleidung, die Haube und den Mundschutz."

„Okay", sagt Klaus und man hört eine blecherne Schranktür quietschen und ein Flüstern zwischen der unbekannten Ärztin und dem berühmten Schriftsteller. Dann rascheln Kleidungsstücke, das Flüstern hat aufgehört, und mehrere Schritte nähern sich meinem Tisch. Habe ich »meinem Tisch« gesagt? Das ist natürlich Quatsch, und das wissen Sie auch, verehrte Leserin, verehrter Leser. Es ist ein extra für Stephen King aufgebauter Seziertisch, an dem (aus mir) eine Extrawurst für ihn fabriziert wird – nur, damit seine Story glaubwürdiger klingt.

Wie ich aus seiner Biografie weiß, spricht Stephen King ein mehr oder weniger gutes Schuldeutsch, so, wie man in Maine eben Deutsch lernt, ein breites *Quark-quark-quark* und die Verben als Substantiv.

„Wo setzen Sie den Schnitt an?"

(„Woa sötzen sö dön Schneiden an?" So etwa klingt sein Deutsch, ohne dass ich das dramatisch finde – unter anderem weil ich weiß, dass Sie, liebe Leser, ebenso wie ich der Überzeugung sind, dass er ansonsten hervorragend schreibt.)

Dramatisch ist etwas ganz anderes. Dramatisch ist zum Beispiel meine ganz persönliche derzeitige Situation. Ich liege hilflos hier und kann nur im Entferntesten daran denken, jemals wieder eine Geschichte zu schreiben. Ich weiß, dass ich am Ende bin. Ist es das Ende der Geschichte, wie es der US-amerikanische Politologe Francis Fukuyama in einer wirren Analyse vor dreißig Jahren einmal feststellte?

Ich zumindest will noch nicht am Ende sein, und deshalb konzentriere ich mich ganz auf meine Brust. Ich drücke oder versuche es zumindest ... Und höre etwas.

Einen Laut!

Ich habe einen Laut von mir gegeben!

Er bleibt größtenteils in meinem geschlossenen Mund, aber ich kann ihn auch in meiner Nase hören und fühlen – ein leises Summen.

Wäre das toll, wenn ich hier vor Stephen King aus dem Wachkoma erwache! Ich bin mir inzwischen ziemlich klar darüber, dass ich im Wachkoma liege, nur weiß ich nicht sicher, ob das mit jenem Impfstich zu tun hat. Aber das ist im Moment auch wirklich nebensächlich.

Ich freue mich auf Kings Gesichtsausdruck, wenn ich mich plötzlich aufrichte, ihm die Hand reiche und ihm für sein Gesamtwerk danke. Ich konzentriere mich erneut, gebe mir größte Mühe, wiederhole den Vorgang und bringe diesmal einen Ton hervor, der etwas lauter ist und wie Zigarettenrauch aus meinen Nasenlöchern quillt: *Nnnnnnn* ...

Jetzt muss ich an einen uralten Fernsehfilm von Alfred Hitchcock denken, den ich vor ewig langer Zeit gesehen habe, in dem Joseph Cotten nach einem Verkehrsunfall gelähmt war und den Ärzten schließlich durch eine einzige Träne zeigen konnte, dass er noch lebte. Zumindest hat dieser winzige, an ein Mückensirren erinnernde *Nnnnnnn*-Laut mir selbst bewiesen, dass ich lebe, dass ich nicht nur ein Überbleibsel des Pfingstgeistes bin, der sich noch in der irdischen Hülle meines eigenen toten Körpers aufhält.

Außerhalb meiner Gedankenwelt höre ich die Schnippelärztin gerade etwas erklären: „Der Unterschied zur Rechtsmedizin, Mr King, ist folgender: Wir Pathologen machen Leichenöffnungen, wenn die Todesursache unklar, aber natürlich ist. Es wirkt vielleicht unlogisch, aber Pathologen dürfen nur sezieren, wenn eine natürliche Todesursache vorliegt. Gerichtsmediziner hingegen sezieren nur dann, wenn fremde Gewalt im Spiel gewesen sein könnte."

Als ich meine gesamte Konzentration bündle, kann ich spüren, wie Luft durch meine Nase und meine Kehle hinunterströmt, um den Atem zu ersetzen, den ich jetzt verausgabt habe, und dann stoße ich sie wieder aus und arbeite schwerer, als ich je als Teenager zur Weihnachtszeit bei der guten alten Bundespost gearbeitet habe, als ich Geschenkpakete in den vierten und fünften Stock (ohne Aufzug) austrug. Jetzt, auf dem Seziertisch, arbeite ich wirklich schwerer, als ich je in meinem Leben gearbeitet habe, weil ich jetzt um mein Leben arbeite, und die da neben mir müssen mich hören, lieber Jesus, *sie müssen!*

Nnnnnnn …

„Hören Sie gerne House-Musik?“, fragt die Ärztin (Sie fragt den berühmten Mr Schriftsteller, nehme ich an). „Ich habe aber auch amerikanische Country-Songs …“, beeilt sie sich hinzuzufügen.

Stephen gibt einen abwehrenden Laut von sich. Ich höre ihn kaum und ziehe keine unmittelbaren Schlüsse aus dem Gesagten, was vermutlich eine Gnade ist.

„Schon gut“, sagt sie lachend. „Ich habe auch klassische Musik.“

„No, nein, nein, no Classics, please!“, ruft Grusel-King aus. „Haben sö dee *Toten Hosen*?“

„Warum nicht? Eine liegt genau vor uns“, scherzt Frau Dr. Möller und fügt halb singend hinzu: „An Tagen wie diesen …“

„Haben Sie die wirklich in Ihrer Playlist?“, fragt ungläubig Klaus, der unsichere Anlernling. Und ich hoffe schon, dass er über all dem vergisst, mich aufzuschneiden.

„Na, seh‘ ich etwa immer noch spießig aus, wenn ich meinen grünen Kittel ausziehe?“

Ich höre die Stimme der Ärztin und das Rascheln eines Kittels, der gerade abgestreift wird. Sie wird doch vor Stephen King, Klausi-Mausi und mir keinen Striptease hinlegen?

Hört mir zu!, kreische ich in meinem Kopf, während meine unbeweglichen Augen zu dem eisigweißen Licht aufstarren. *Hört auf, wie Hausfrauen auf dem Marktplatz zu schwatzen, und hört mir endlich zu!*

Ich fühle mich verzweifelt – wie damals zu meinen besten Facebook-Zeiten, als ich mich selbst mit Bluttransfusionen retten musste und genau wusste, dass die Menge im Beutel nicht ausreichen würde. (Dass sich so vieles im Leben wiederholt, ist eine der Merkwürdigkeiten, die ich mir als Story vorknöpfen werde, sofern ich diesen Seziertisch hier lebend verlasse … Obwohl, stopp: Als nächstes Projekt steht »Willi, der Held von Lich« auf meinem Schreibplan – ein wütender Elon-Musk-LKW, selbstfahrend, selbstdenkend, der gegen ein Logistikmonster kämpft …)

Ich fühle wieder Luft durch meine Atemwege strömen, und das bringt mich auf die Idee, was immer mir zugestoßen ist, könnte allmählich abklingen … aber das ist nur ein schwaches Echozeichen auf dem Radarschirm meiner flüchtigen Gedanken. Vielleicht klingt es ab, aber eine Erholung alleine wird jetzt keine Option für mich sein. *Sie müssen mich hören!* Meine gesamte Energie ist darauf konzentriert, sie dazu zu bringen, meine zart gehauchten Töne zu vernehmen, und diesmal *werden* sie mich hören, das könnte ich wetten.

„Gut, dann die *Toten Hosen*", sagt sie. „Es sei denn Mr King möchte aus gegebenem Anlass »Mein Herz« von Beatrice Egli hören. You like her?"

Endlich sehe ich das Gesicht meines Protagonisten kurz über mir, sehe seine schräge Brille, sehe, wie er verneinend den Kopf schüttelt („Nein, keine Egli isch kennen"). Ich sehe, wie er seine Brille zurechtrückt, als er wohl die Instrumente in Augenschein nimmt, die links von mir auf einer (dem Klang nach) stählernen Ablage liegen; sehe, wie er wahrscheinlich zur Ärztin schaut, sehe ihren Zeigefinger auf die Gegend deuten, wo mein Herz noch schlägt, was sie und die beiden anderen allerdings nicht wissen.

Jetzt spricht Frau Doktor ihren Helfer an: „Sind Sie einverstanden, wenn ich zu Ehren Ihrer ersten Autopsie und zu Ehren unseres Ehrengastes einen Song der *Toten Hosen* abspiele?"

„Ist mir eine Ehre!", ruft er, und alle drei lachen.

Mein Ton beginnt herauszukommen, und diesmal ist er lauter. Nicht so laut, wie ich gehofft habe, aber laut genug. Sie müssen ihn hören, sie *müssen!* Dann, als ich eben beginne, den Ton wie eine rasch erstarrende Flüssigkeit aus meiner Nase zu pressen, füllt der Raum sich (viel zu laut) mit dem Gitarren-Geklimper und den (für mich) absolut unpassenden Singsangworten: „Ich wart' seit Wochen auf diesen Tag …"

„Leiser!", schreit Frau Dr. Cisco-Möller. Sie schreit komisch übertrieben. Bei diesem ganzen Krach ist mein eigener nasaler Laut, ein verzweifeltes kleines Summen durch die Nase, nicht besser zu hören als ein Flüstern in einer Eisenschmiede.

Jetzt beugt ihr Gesicht sich wieder über mich, und mich erfasst neues Entsetzen, als ich sehe, dass sie eine Schutzbrille aus Plexiglas trägt und ihre Gesichtsmaske über Mund und Nase hochgezogen hat. Sie blickt über ihre Schulter zurück. Gleich wird sie Stephen erklären, wer von ihnen was und warum und wie aufschneidet und wonach sie suchen und was sie zu finden hoffen. Vielleicht erfahre ich in meinen letzten Minuten zumindest von ihr, was mir zugestoßen sein könnte. Eine Vermutung würde mir reichen.

„Ich strippe ihn für Sie“, erklärt sie Klaus, dann beugt sie sich mit einem glitzernden Skalpell in der Hand zu mir her, beugt sich, vom Gitarren- und Gesangsdonner der *Toten Hosen* begleitet, über mich.

Meine momentan einzige geistige Stärke liegt in der Rekapitulation: Noch immer liege ich starr und steif in einem Autopsie-Raum und rechne damit, dass man mich mit einem zackigen Schnipp-schnapp aufschneidet, um meine angebliche Todesursache zu ermitteln. Zu meiner großen Überraschung tritt Stephen King neben die Aufschnippelmedizinerin und ihr Helferlein (Klausi-Mausi), um sich alles erklären zu lassen, weil er dieses Mal eine authentische Horrorgeschichte schreiben möchte. Er möchte alles möglichst realistisch schildern, wofür ich als Autor durchaus Verständnis aufbringe. Aber nicht als scheintote Nichtleiche, die bloß im Wachkoma liegt und alles (sehr realistisch) mitbekommt. Soll ich ihn jetzt hassen?

Die Pathologin beugt sich über mich, und ich hoffe, dass sie das blanke Entsetzen in meinen Augen erkennen wird. Ich summe verzweifelt, aber das ist zwecklos. Ich kann mich nicht einmal selbst hören.

Das Skalpell schwebt eine kurze Zeit über mir, dann schneidet es.

Ich schreie in meinem Kopf auf, aber ich spüre keinen Schmerz, sondern nur, wie mein Polohemd in zwei Stücken zur Seite gleitet. (Und ich dachte erst, ich sei schon nackt; dabei hatte man mich wahrscheinlich nur aus dem Leichensack befreit.) Mein Hemd fällt auseinander, wie mein Brustkorb es tun wird, wenn Klaus seine erste Brustkorböffnung an einem lebenden Patienten vornimmt.

Ich werde hochgezogen. Mein Kopf fällt nach hinten, und ich sehe einen Augenblick lang Klaus von unten, der sich seine Schutzbrille aus Plexiglas aufsetzt, während er an einem Stahltisch steht und ein erschreckendes Sortiment von Werkzeugen begutachtet. Ich sehe sie nur flüchtig, sehe den erbarmungslosen Satinglanz stählerner Klingen. Dann werde ich wieder flach hingelegt, und mein Hemd ist fort. Jetzt spüre ich meine Haut noch mehr als zuvor.

Ich bin bis zur Taille nackt. In dem Raum ist es kalt. Dann ist wieder Dr. Möllers halbvermummter Kopf über mir.

Sieh dir meine Brust an!, kreische ich sie an. *Du musst sehen, wie sie sich hebt und senkt, selbst wenn meine Atmung noch so flach ist! Du bist die gottverdammte Expertin, Herrgott noch mal!*

Stattdessen sieht sie durch den Raum und spricht laut, um die Musik der *Toten Hosen* zu übertönen („In dieser Nacht der Nächte, die uns so viel verspricht, erleben wir das Beste, kein Ende ist in Sicht“, singt diese unsensible Band, und ich stelle mir vor, wie ich diesen grölenden Siegersong in den Höllenfluchten bis in alle Ewigkeit hören werde.)

„Worauf tippen Sie? Boxer oder Jockey?"

Mit einer Mischung aus Wut und Entsetzen erkenne ich, wovon die Rede ist.

„Boxer!" ruft Klaus zurück.

Von Stephen King höre ich kein Wort, außer vielleicht einem dezenten Räuspern, das zu ihm gehören könnte.

Klaus: „Natürlich! Sehen Sie sich den Kerl bloß an!"

Arschloch!, würde ich am liebsten brüllen. *Du denkst wahrscheinlich, dass jeder Ü-Vierziger Boxershorts trägt! Du denkst wahrscheinlich, dass du mit vierzig keinesfalls …*

Frau Doktor knöpft meine Bermudashorts auf und zieht den Reißverschluss herunter. Unter anderen Umständen wäre ich wahrscheinlich äußerst glücklich, wenn eine so aparte Frau (ein bisschen streng, ja, aber trotzdem irgendwie hübsch) das täte. Heute jedoch …

„Sie haben verloren, Klaus", sagt sie. „Jockey-Shorts. Fünf Euro in die Kaffeekasse."

„Am Zahltag", sagt er und kommt herüber. Sein Gesicht gesellt sich zu ihrem. Die beiden blicken durch ihre Plexiglasbrillen auf mich herab wie zwei Außerirdische, die einen Entführten begutachten. Ich versuche sie dazu zu bringen, dass sie meine Augen sehen, dass sie sehen, dass ich sie anstarre, aber diese beiden Dummköpfe haben nur Augen für meine Unterhose. Und Stephen King schaut mir auch nicht in die Augen, denn sonst würde ich ihn sehen; wer weiß, wohin er guckt, um seine nächste Story makaber anzureichern.

„Ooooh, und rot!" sagt Klaus. „Ein Swinger!"

„Ich würd's eher ein verwaschenes Rosa nennen", antwortet sie. „Da haben wir uns ja ein besonderes Sonderexemplar für Mr King ausgesucht."

Ich höre sie lachen, auch das Lachen von Mr King. „Heben Sie ihn für uns hoch, Klaus, er wiegt eine Tonne. Kein Wunder, dass er einen Herzanfall gehabt hat. Lassen Sie sich das eine Lehre sein."

Ich bin fit!, brülle ich sie an. *Und ich wiege keine Tonne! Wahrscheinlich fitter als du, altes Miststück!*

Wieder einmal überhören sie mich.

Meine Hüften werden plötzlich von kräftigen Händen hochgerissen. Mein Rückgrat knackt; dieses Geräusch lässt mein Herz erneut jagen.

„Sorry, alter Junge", sagt Klaus, und ich friere plötzlich noch mehr, als meine Shorts und die rote Unterhose heruntergezogen werden. Ich schäme mich; schäme mich nicht vor Dr. Möller und ihrem Azubi. Ich schäme mich vor Stephen King, der mich und meine ganze schmale Männlichkeit sezierend in Augenschein nimmt, um alle Einzelheiten weltweit in einer seiner Storys zu verwursten.

„Hoch das Bein zum Ersten", sagt sie und hebt einen Fuß, „und hoch das Bein zum Zweiten", während sie den anderen Fuß hebt, „runter mit den Mokassins, runter mit den Stinkesocken …"

Sie macht abrupt Halt, und ich schöpfe erneut Hoffnung.

„Hey, Klaus."

„Yeah?"

„Tragen Leute normalerweise Bermudashorts und Mokassins, wenn sie sich im Mai in ein Impfzentrum begeben?"

„Warum nicht? Es hat draußen 26 Grad."

„Trotzdem komisch", sagt sie.

Hinter ihr (aber das ist nur *eine* Schallquelle, tatsächlich umgibt mich der Krach von allen Seiten) sind die *Toten Hosen* bei »Steh auf, wenn du am Boden bist« angelangt. Jetzt singen sie: »Nur keine Panik, so schlimm wird es nicht! Mehr als deinen Kopf reißt man dir nicht weg! Komm und sieh nach vorn!« Es ist Frontmann Campino alias Andreas Frege, der da grölt, und ich frage mich, wie irre er tanzen würde, wenn er ungefähr drei Stangen Hi-Core-Dynamit in seinen Hintern gerammt bekäme.

„Wenn Sie mich fragen, hat dieser Kerl sich selbst in Schwierigkeiten gebracht", fährt die Pathologin fort. „Ich denke, er hätte sich vor der Impfung von einem Kardiologen beraten lassen sollen. Oder wollte er uns mit seinem tollen Herzstillstand erschrecken? Wenn er wüsste, was wir alles zu sehen bekommen …" Wieder lachen alle drei.

Die *Toten Hosen* verstummen und ein Radiosender meldet sich mit der Stimme von Frankreichs Präsident Macron zu Wort. Er ist ein Schüler aus Klaus Schwabs Denkfabrik, und er hat es auf Ungeimpfte abgesehen. Mich betrifft es nicht, ich bin ja jetzt geimpft – auch wenn es mir derzeit wenig nützt.

„Ich habe große Lust, die Ungeimpften zu nerven, also werden wir fortfahren, dies bis zum bitteren Ende zu tun", tönt es aus Macrons Mund – natürlich in Französisch, aber simultan übersetzt von einer deutschen Radiostimme. Er sagt, er wolle die Franzosen grundsätzlich nicht nerven, aber die Gruppe derjenigen, die störrisch seien, verkleinere man so. *Hoffentlich unterliege nicht auch ich diesem Reduzierungsprogramm,* denke ich. Ich fühle mich in diesem Moment äußerst genervt.

„Ich werde sie nicht ins Gefängnis bringen, ich werde sie nicht zwangsimpfen, aber ich werde sie unendlich nerven!", fährt der Herr Präsident fort.

Ist das eines demokratischen Präsidenten würdig? Einen Moment lang zerbreche ich mir darüber ernsthaft den Kopf.

Alleine schon seine martialischen Gedanken, er wolle die Leute »natürlich nicht« in den Knast bringen oder zur Zwangsimpfung abführen lassen, sind verräterisch. Es stinkt nach Rache, nach einer schockierend undemokratischen Attitüde. Während sich zu meiner vorhandenen körperlichen Starre noch eine seelische Sonderschockstarre gesellt, führt Macron in aller präsidialen Würde weiter aus, dass in wenigen Tagen Ungeimpfte keinen Zugang mehr zu Restaurants, Kulturstätten und Fernzügen haben sollen.

Im Moment ist mir – mir persönlich – diese Welt aus Konsum und Reisen sehr, sehr fern … Fernzüge hin oder her.

Klaus streckt seine Hände, die in weißen Gummihandschuhen stecken, über meinem Gesicht aus, legt sie aneinander und biegt die Finger zurück. Während seine Knöchel knacken, rieselt Talkumpuder wie Puderzucker auf mich herab.

„Wollen Sie jetzt die Temperaturmessung und Erstuntersuchung übernehmen?“, fragt die Ärztin.

Nein!, brülle ich. *NEIN,* er ist noch Student, *was machst du da?*

Klaus betrachtet sie, als sei er auch schon auf diese Idee gekommen. „Das wäre … hm … nicht ganz legal, stimmt's? Ich meine … Aber für Mr King wäre es auch ein Erlebnis, wenn er über die Glanztaten eines Anfängers berichten könnte, oder?“

Alle drei lachen verhalten.

Ich komme mir plötzlich wie ein Lauscher an der Trennwand vor, der sich Intimitäten anhört.

Während Klaus spricht, sieht sie sich nach Stephen um, begutachtet übertrieben den Raum, und ich beginne, Schmetterlings-Vibrationen in der ärztlichen Frauen-Aura zu spüren, die Schlimmes für mich bedeuten könnten. Ob streng oder nicht, ich glaube, dass Cisco – alias Dr. Brigitte Möller – scharf auf Mr King ist. Jesus, was, wenn sie den Azubi machen lässt und mit Stephen nach Boris-Becker-Manier in irgendeiner Besenkammer verschwindet?

„He“, sagt sie mit heiserem Flüstern wie auf der Bühne, „ich sehe hier niemandem außer uns dreien.“

„Das Tonband …“

„Läuft noch nicht“, sagt sie. „Und sobald es läuft, wird Mr King keine Fragen stellen und schweigen, als wäre er nicht anwesend, right?“

Stephen antwortet mit einem verständnisvollen „Yeah, sure!“

„Und sobald das Tonband läuft“, fährt sie fort, „werde ich die ganze Zeit dicht neben Ihnen sein, Klaus … jedenfalls erfährt niemand etwas anderes.

Und das werde ich auch die ganze Zeit sein. Ich will nur diese Dias und Diagramme hier einordnen. Und wenn Sie sich wirklich unbehaglich fühlen …“

Ja!, schreie ich Klaus aus meinem unbeweglichen Gesicht an. *Fühl dich unbehaglich! SEHR unbehaglich! ZU unbehaglich!*

Dass sie mich aufschnippeln werden, ist schon schwer genug für mich zu ertragen – das werden Sie doch sicherlich verstehen, verehrte Leserschaft! Aber dass man obendrein noch ein Tonbandprotokoll anfertigt, das reißt mich glatt vom Hocker beziehungsweise vom Seziertisch. Diese Stümper merken nicht, dass ich noch lebe. Ihm, Stephen King, kann ich es nicht übel nehmen. Er macht den Scheiß mit, um eine seiner Storys mit glaubwürdigen Tatsachen anzureichern. Doch auf die Ärztin und den doofen Studenten bin ich stinksauer. Wenn ich die Sache überlebe, dann …

Klaus ist höchstens vierundzwanzig, und wahrscheinlich hofft er, dass diese aparte, strenge Frau Pathologin tatsächlich mit Stephen King in irgendeinem abgelegenen Sezierraum verschwindet, damit er freie Bahn hat, mich auseinanderzunehmen. Nach dem Motto: *Ja, Mami, ich trau mich ganz alleine an den hier ran!*

Ich glaube, er will das ganz allein schaukeln. Ich kann seine Begierde durch die Plexiglasbrille erkennen.

„Sie können gerne bei mir bleiben, wenn Sie wollen … Ich traue mich …“, sagt er – aber er meint das Gegenteil; weder will er, dass sie bei ihm bleibt und sieht, welche Scheiße er anrichtet, noch traut er sich wirklich; er will nur nicht, dass jemand seine Unsicherheit mitbekommt. Aus den Augenwinkeln sehe ich, wie die smarte Ärztin einen Blick Richtung Mr King wirft.

„Klar“, sagt sie. „Sie müssen irgendwann ins kalte Wasser springen, Klaus. Und wenn's wirklich sein muss, spule ich das Tonband zurück.“

Er wirkt verblüfft (und Mr King entfährt im Hintergrund ein „Oh!“)

Klaus: „Das können Sie?“

Sie lächelt. „Im Autopsie-Raum 508 gibt's viele Geheimnisse, mein Lieber.“

„Das glaube ich gern“, sagt er und erwidert ihr Lächeln, bevor er über mein starres Blickfeld hinausgreift. Als seine Hand zurückkommt, hält sie ein Mikrofon, das an einem schwarzen Kabel von der Decke herabhängt. Das Mikro sieht wie eine Träne aus Stahl aus. Der Anblick macht diesen Horror auf eine bisher nicht existierende Weise real.

Aber sie werden mich nicht wirklich aufschneiden, nicht wahr?

Klaus ist zwar kein Veteran der Pathologie, aber sicherlich *hat* er doch eine Ausbildung als Mediziner, oder? Er muss fühlen, dass mein Herz noch schlägt – wenn er mich vor dem Aufschneiden nur einmal, ein einziges Mal, anfasst, und dann wird er zumindest meine noch immer warme Haut fühlen und endlich Verdacht schöpfen. Er *muss* Verdacht schöpfen.

Trotzdem sehe ich noch immer die Schere vor mir – diese große Geflügelschere – mit ihrem erbarmungslosen Satinglanz, und ich frage mich, ob ich noch leben werde, wenn er mein tropfendes Herz aus dem Brustraum hebt und es für einen Moment vor meinem starren Blick hochhält, bevor er sich abwendet, um es in die Waagschale plumpsen zu lassen. Ich könnte in jenem grässlichen Moment noch leben, so scheint es mir; das könnte ich wirklich. Heißt es nicht, das Gehirn könne nach einem Herzstillstand bis zu drei Minuten lang weiterarbeiten?

Opfer der Impfstory?

Wenn es stimmen sollte, dass ich ein Opfer der vermaledeiten Impfstory geworden bin, dann hoffe ich auf eine Aufarbeitung. – immer vorausgesetzt, ich überlebe. Aber welcher Art könnte die Analyse sein? In Form einer wissenschaftlich-historischen Grundsatzarbeit an der Berliner Charité? Langweilig! Oder in Form einer medizinischen Studie, die ich gemeinsam mit renommierten Virologen, Infektiologen und Immunologen ausarbeite und bei *Pegasus Bücher* veröffentliche? Liest kein Mensch!

Am ehesten fände ich eine juristische Aufarbeitung angebracht. Ein Prozess müsste her. Man müsste den oder die Verantwortlichen für meine gesundheitliche Beeinträchtigung ermitteln und in einem Gerichtsverfahren die Problematik für die heutige Öffentlichkeit und für die Nachwelt schonungslos dokumentieren. Das Thema wäre ganz klassisch: Ein Impfzentrumbetreiber und sein ausführender Arzt verursachen Impfschäden, für die sie nicht aufzukommen bereit sind.

Schließlich haben die juristisch unbewanderten und hilflosen Bürger in ihrer panischen Angst vor dem Virus allem bedingungslos zugestimmt, was man ihnen unmittelbar vor der Impfung vor die Nase hielt. Ja, die Hilfe suchenden Impflinge haben in ihrem gehorsamen Vertrauen im Vorgriff all den handelnden und weisungsgebundenen Personen einen Blankoscheck ausgestellt. Sie haben die Betreiber wie die behandelnden Ärzte, aber auch die staatlichen Stellen, die die Kampagne organisieren und am Laufen halten und die Menschen mehr oder minder zur Impfung zwingen, von der Haftung befreit. Wie ich finde: unter Vortäuschung falscher Tatsachen und unter indirektem Zwang. Das müsste ich beweisen. Keine einfache Sache. Schließlich gilt im Bürgerlichen Gesetzbuch wie im Strafrecht: Unterschrift ist Unterschrift. Einverständnis ist Einverständnis. Aber ist es wirklich so einfach?

Vor Gericht müssten sich die handelnden Personen für ihre Taten verantworten. Im Prozess würde es um sehr konkrete, fallbezogene, aber auch um weitreichende Fragen gehen, darunter auch, wie wir in Zukunft leben wollen. Werden wir uns für die Freiheit oder die Sicherheit entscheiden? Wollen wir, dass die Würde des Menschen trotz einer pandemischen Virengefahr noch gilt? Wie viele Sterbefälle sind akzeptabel und wie verhält es sich mit der Verhältnismäßigkeit von Maßnahmen, die uns Sicherheit vorspiegeln, aber keinesfalls Sicherheit gewährleisten?

Gilt noch der Rechtsstaat? Oder erheben sich einflussreiche Menschen zu gottähnlichen Machthabern? Ist es nur ein Kampf um Nuancen oder auch ein Kampf ums Leben? Geht es ums Prinzip – aber um welches, und ist es verfassungskonform? Vielleicht löst ein Prozess all meine bisherigen Fragen: Wem kann man noch trauen? Wer sagt die Wahrheit? Wer streut mir Sand in die Augen? Gibt es Situationen in unserem Leben, in denen es richtig, vernünftig und klug ist, eine bestimmte Anzahl Menschen dem Virus zu überlassen?

Wie viel Schutz ist möglich, wie viel Schutz ist erträglich? Darf der Staat mich gegen meinen Willen schützen? Darf der Staat ein Leben gegen ein anderes Leben aufwiegen?

Irgendwie freue ich mich, auf dem Seziertisch liegend, dass ich solch überaus schwierige Fragen im Angesicht meines Todes noch stellen kann – wenngleich ich sie im Moment nicht zu beantworten vermag. Natürlich kann ich zu diesem Zeitpunkt nicht wissen, dass ich genau diesen Prozess im Jahr 2025, ein Jahr nach dem offiziell verkündeten Ende jener nichtpandemischen Pandemie führen werde.

Ich denke. Also bin ich. Also lebe ich noch.

„Ich bin so weit, Frau Doktor", sagt Klaus, dessen Stimme jetzt fast förmlich klingt. Irgendwo läuft ein altmodisches Tonband mit. Die neue Technik hat in der guten alten Pathologie noch keinen Einzug gehalten. Ich weiß nicht warum, aber gerade jetzt erinnere ich mich, dass selbst auf Polizeistationen erst zur Jahrtausendwende – das heißt mit zehnjähriger Verspätung – auf die Computeroffensive der Unterwelt mit der Anschaffung von PC's reagiert wurde. Jahrelang hinkte man mit Schreibmaschinen den Ganoven (auch denen mit weißem Kragen) hinterher.

Heute wissen wir, warum in der Zeit, als sich die internationale Finanzwelt zur globalen Geheimregierung entwickelte, der Staat von dieser Seite keinen Ansporn erhielt, die Informationstechnologie auszubauen. Meine Gedanken werden abrupt unterbrochen – obwohl ich mir einen Sekundenbruchteil lang die Frage stelle, wie es meinem Gehirn möglich ist, in einer solchen Situation wie der meinen, solch heikle Fragen aufzuwerfen.

„Dann mal los!“, lässt sich Frau Dr. Möller mit Schwung in der Stimme vernehmen.

Die Autopsie beginnt.

„Wenden wir diesen Pfannkuchen mal“, sagt sie fröhlich und mit dieser unbekümmert schwingenden Stimme, und ich werde genauso schwungvoll umgedreht. Mein linker Arm fliegt seitwärts, federt zurück und knallt seitlich ans Stahlgestell, dessen hochstehende Kante sich in meinen Bizeps gräbt. Das tut verdammt weh, der Schmerz ist fast unerträglich, aber er macht mir nichts aus.

Ich hoffe inständig, dass die Metallkante meine Haut aufplatzen lässt, bete darum, zu bluten wie eine Sau, was echte Leichen nicht tun. Dann würden diese pathologischen Analphabeten gewiss merken, dass sie am falschen Objekt arbeiten. Gut, dann müsste Stephen King halt wieder unverrichteter Dinge nach Maine abreisen. Na ja, was heißt »unverrichtet«? Vielleicht würde er sich noch ein Schäferstündchen mit Frau Doktor im Nebenraum gönnen. Vielleicht gibt es dort einen gepolsterten Seziertisch. Aber was kümmert‘s mich! Ich muss trotzdem innerlich lächeln, weil mich diese Phantasie einfach nicht loslassen will.

„Hoppla“, sagt Dr. Möller. Sie hebt meinen Arm wieder hoch und lässt ihn neben meinem Körper auf den Tisch plumpsen.

Jetzt ist's meine Nase, die mir die meisten Sorgen macht. Mein spitzer und vorwitziger Riechkolben wird auf dem Tisch plattgedrückt. Erstmals sendet meine Lunge SOS-Rufe aus – ein benommenes Gefühl von Sauerstoffmangel. Mein Mund ist geschlossen, meine Nase plattgedrückt und teilweise blockiert (wie sehr, kann ich nicht beurteilen; ich kann nicht einmal spüren, wie ich atme, nicht wirklich). Was ist, wenn ich so ersticke?

Dann passiert etwas, das mich völlig von meiner Nase ablenkt. Ein riesiger Gegenstand – er fühlt sich wie ein Baseballschläger aus Glas an – wird grob (ohne Butter, wie Mama es stets machte) in mein Rektum gerammt. Ich versuche wieder zu schreien und bringe nur dieses schwache, elende Summen heraus.

„Thermometer drin", sagt Klaus. „Ich lasse den Timer laufen."

„Gute Idee", sagt sie und bewegt sich weg. Lässt ihm etwas mehr Freiraum. Lässt ihn dieses Baby Probe fahren. Lässt ihn *mich* Probe fahren. Die Musik wird etwas leiser gestellt.

„Der Untersuchte ist ein weißer Mitteleuropäer, Alter im Moment unbekannt", sagt Klaus, der jetzt ins Mikrofon spricht, für die Nachwelt spricht. „Sein Name ist Stefan Koenig, wohnhaft »Auf dem Rücken 20«, aus Laubach."

Dr. Möller, aus einiger Entfernung: „Sein Alter müsste im Impfpass stehen. Warum ist der nicht bei ihm?"

„Es sollen noch einige Unterlagen nachgeliefert werden. Ging im Impfzentrum wohl alles ein bisschen schnell und drunter und drüber. Na ja ...", sagt die Stimme von Klausi-Mausi entschuldigend, als hätte er persönlich die Sache verbockt.

„Der Untersuchte stammt aus Mainhattan. Bitte korrigieren Sie: Laubach durch Mainhattan ersetzen."

„Wie kommen Sie darauf?", fragt Klaus.

„An seiner Hose war ein Hinweiskärtchen einer Reinigungsfirma aus Mainhattan befestigt."

„Hmm ..."

Eine Pause, dann wieder Klaus, der jetzt leicht nervös zu sein scheint und für das Tonband etwas widerwillig seine Stimme erhebt: „Dr. Möller teilt mir mit, dass der Untersuchte in Wirklichkeit in Mainhattan wohnt, das früher fast Bundeshauptstadt geworden wäre, wenn nicht die Amerikaner ..."

„Schluss mit der Geschichtsstunde, Klaus."

Lieber Gott, was haben sie mir in den Po gesteckt? Irgendeine Art Thermometer für Kühe und Pferde? Wäre es nur ein wenig länger, könnte ich die Kugel am vorderen Ende ablecken, glaube ich. Und sie haben mit dem Gleitgel arg gespart ... Aber wozu auch Gel verplempern? Ich bin schließlich tot.

TOT.

„Sorry, Doktor", sagt Klaus. Er fummelt in Gedanken nach der Stelle, wo er stehen geblieben ist, und findet sie endlich wieder. „Die folgenden Angaben werden vom Vordruck der Sanitäter übernommen. Sie stammen von einem in Laubach ausgestellten abgelaufenen Rezept für Herzmedikamente. Der Tod wurde festgestellt von, äh, Dr. Schlauer. Der

Untersuchte wurde am Auffindungsort im *Roller*-Impfzentrum für tot erklärt."

Ich versuche tief einzuatmen, um mich für die Todesursache zu rüsten, aber ich kann es einfach nicht. Mein Atem scheint so schrecklich flach zu sein, dass er sich nicht aus der Ruhe bringen lässt, auch nicht, wenn er erfährt, warum er so flach ausfällt.

„Als Todesursache kommt eindeutig Herzschlag in Frage", sagt Klaus. Eine Hand gleitet leicht über meinen nackten Rücken bis zu meiner Arschspalte hinunter. Ich bete, dass er das Thermometer herausziehen wird, aber das tut er nicht.

Stattdessen sagt er: „Rückgrat scheint intakt zu sein, keine anziehenden Phänomene."

Anziehende was? *Phänomene?* Scheiße, für was halten Sie mich eigentlich, für eine Insektenfalle?

Kurze Unterbrechung

Sie, verehrte Leserinnen und Leser, werden gewiss verstehen, dass ich an diesem Punkt eine Verschnaufpause benötige. Ich berichte Ihnen zwar aus dem Jahr 2034 und das geschilderte Ereignis hat sich bereits vor zwölf Jahren abgespielt, aber es nimmt mich noch heute mit, wenn ich nur im Entferntesten daran denke.

Eigentlich sollten mich die derzeitigen totalitären Zustände voll in Beschlag nehmen. Wenn ich an mein Hier und Heute denke, könnte ich vor Verzweiflung am laufenden Band schreien … und schreien … und schreien. Aber ich reiße mich am Riemen. Es ist wichtig, dass die, die sich noch erinnern und die noch schreiben können, ihre Erinnerungen in irgendeiner sicheren Form verewigen. Die vergangenen Jahrzehnte, ja, die gesamte Vergangenheit darf nicht ausgelöscht werden.

Es bedarf einer zuverlässigen Form der Dokumentation und Archivierung, damit meine Aufzeichnungen nicht entdeckt und für immer vernichtet werden. Zudem würde man auch mich eliminieren – ein Staatsfeind weniger kann den Herrschenden von heute nur gelegen kommen. Menschenleben zählen nicht mehr. Kurioserweise begann der autoritäre Staat aber schleichend, mehr oder weniger geplant, aber genau mit dieser heuchlerischen Prämisse, man wolle Leben retten – das war damals zwischen 2020 und 2024.

Die Zeiten erscheinen mir wirr und verrückt. Und die Menschen von heute, im Jahr 2034, scheinen mir abgestumpft und in ihrem innersten Wesen zutiefst demokratiefeindlich zu sein – als hätten sie sich schon immer nach einer Wohlfühldiktatur gesehnt. Sie wollen geführt werden. Ohne zu brüllen, brüllen sie nach einem Führer, der heutzutage modernerweise auch eine Führerin sein kann. Natürlich gibt es dem Anschein nach noch unterschiedliche Systeme, weltweit wie auch in deutschen Landen. Sie haben richtig gelesen. Auch in »deutschen Landen«!

Es stimmt, zwei scheinbar unterschiedliche Systeme haben sich in Deutschland herausgebildet. Vor einem Jahr, am 31. Januar 2033, rief Alice Weidel in Berlin vom Balkon des neu restaurierten Stadtschlosses das Fünfte Reich aus – ich erwähnte es bereits. Mein Urteil stand von Beginn an fest: Sie ist eine ungeschminkte Heuchlerin mit all ihren unerfüllbaren Versprechen und miserablen Lügen. Das Fünfte Reich umfasst das ganze einst so widerspenstige Ostdeutschland, und es umfasst die Nordlichter und Westländer und reicht bis zur nördlichen Grenze von Hessen

Die Hessen, die Rheinland-Pfälzer und alle, die südlich davon angesiedelt sind, hat sich der ehemalige Gesundheitsminister Karl Lauterbach unter den Nagel gerissen. Er ist inzwischen der allmächtige Chef der Soziodemographischen Gesundheitspartei Deutschlands, SGD. Die SPD ist untergegangen. Kalle hat es bauernschlau angefangen und seinem gesunden, neuen Deutschland einen republikanischen Anstrich gegeben. Vom Balkon des Frankfurter Römers rief er fünf Tage nach Weidels Berliner Reich die Fünfte Republik aus. Dieses Mal ganz ohne stotterndes Äh und Ähm. Dass solche Witzfiguren einmal Geschichte schreiben würden, war damals, als ich noch auf dem Seziertisch lag, völlig undenkbar.

Ich werde darauf später zurückkommen. Was Sie aber bereits jetzt wissen sollten: De facto machte es keinen Unterschied wo man lebte – beide Systeme waren aus ein und demselben deutschen Eichenholz geschnitzt … hart, unerbittlich, verlogen, ohne Empathie, denunziationsfördernd, herrschsüchtig, Unterwerfung fordernd, Untertänigkeit einfordernd, den Irrsinn als Allgemeinsinn verkaufend – aber immer Weltoffenheit und Toleranz heuchelnd.

Lange habe ich mich gefragt, was damals wohl Ausgangspunkt all dieser wesentlichen Veränderungen gewesen war. Was war die Ursache all dessen? Und was war Wirkung gewesen? Gab es denn überhaupt einen nachweisbaren, einen offensichtlichen Ursache-Wirkungs-Zusammenhang? Alles schien so kompliziert geworden zu sein, so undurchschaubar, so unerklärlich, so hoffnungslos komplex. Und wann hatte das alles begonnen? War die einmal ausgemachte Ursache wirklich die ursprüngliche Quelle, woraus sich die Wirkung wie ein Bach ergoss und im weiteren Verlauf zur Quelle weiterer Ursachen wurde? Immer wieder landete ich während meiner Grübeleien bei jener Zusammenkunft in Genf im Jahr 2009.

Genf, Schweinegrippe 2009

Frühjahr 2009. Ein lebensgefährliches Virus, die sogenannte Schweinegrippe scheint die Menschheit tödlich zu bedrohen. Auf ihrer vertraulichen Tagung kommen die neun Personen im Genfer *WHO*-Gebäude nach der gegenseitigen Präsentation ihrer Projekte – sie nennen es »Strategien für die Welt von morgen« – auf die aktuelle Situation zu sprechen. Bisher debattierten sie über die Weltgesundheit im medizinischen, aber auch im ökonomischen, ökologischen und gesellschaftspolitischen Sinn.

„Die *WHO* ist extrem beunruhigt von dem, was in Mexiko und in den USA passiert", wirft Mrs Chan nach einer kurzen Besprechungspause in die Neuner-Runde ein.

„Ja, wir haben es mit einem völlig neuen Grippevirus zu tun, das für die Menschheit eine größere Gesundheitsgefahr denn je darstellt", stimmt ihr Bill Gates zu.

„Das Virus ist äußerst ansteckend und überträgt sich leicht von Mensch zu Mensch", ergänzt Melinda Gates.

Die Gruppe erörtert die Situation. Im April 2009 wurden in Mexiko die ersten Fälle dieses neu entdeckten Grippevirus gemeldet. Ich hatte davon gehört und gelesen, da ich Nachrichten aus Mittelamerika seit meinem dreimonatigen Mexico-Besuch kontinuierlich verfolge. Die dortigen Massenmedien – in Mexiko allesamt auf dem Niveau einer zigfach blutrünstigeren *BILD*-Zeitung als wir sie kennen – schürten Panik. Angst steigert die Auflage. Und das brachte die hier Versammelten auf eine – aus ihrer Sicht – durchaus realisierenswerte Idee. Unentwegt berichten die Medien weltweit von dem hochansteckenden neuen Grippe-Virus H1N1.

„Wir sollten die Situation nutzen und die *WHO* als zentrale Steuerungsbehörde endlich einer Feuertaufe aussetzen", sagt Gates, und an Frau Chan gewandt: „Lassen Sie uns ein großes, ein einzigartiges Hilfsprogramm starten. Wir organisieren in großem Umfang Impfstoff für Mexiko und instruieren anhand der Verpflichtungserklärung unserer Mitgliedsländer die staatlichen Aufsichtsbehörden. Wir liefern ihnen Daten. Wir liefern ihnen Lösungen. Man wird die Impfstrategie länderspezifisch umsetzen. Wir erklären den Notstand. Aber dazu wäre es nötig, eine Pandemie auszurufen."

„Unsere John-Hopkins-University könnte zuverlässig die notwendigen Daten liefern. Darauf sind wir spezialisiert", sagt der Manager der Rockefeller Foundation, Edwin R. Embree.

„Wenn die Sterbefälle hoch genug ausfallen, auch wenn es nur in einem einzigen Land wäre, können wir eine weltweite Pandemie ausrufen, da gebe ich Ihnen recht", antwortet Mrs Chan. „Die Gefahr der globalen Ausbreitung des H1N1-Virus ist ja zweifellos gegeben. Ja, wir wären sogar verpflichtet sie auszurufen!"

Die Gastgeberin blättert in ihren Unterlagen, die in geordneter Form vor ihr liegen. Sie hält eines der Blätter hoch und fährt fort: „Die Übersterblichkeit haben wir zwar auf unserer letzten Sitzung bereits aus dem Kriterienkatalog herausgenommen beziehungsweise relativiert. Wir waren uns einig, dass es in der Hauptsache um die Vitalität des Virus, um seine Ausbreitungsgeschwindigkeit und nicht um eine bloß statistische Sterberate gehen kann."

Sie erntet zustimmendes Kopfnicken.

Klaus Schwab schaltet sich ein, er weiß, dass es wichtig ist, die Medien auf seiner Seite zu haben. „Man sollte die Medien täglich mit den von uns erhobenen Daten und den entsprechenden Interpretationen und Schlussfolgerungen bedienen und dies nicht dem Ermessen einzelner Redaktionen überlassen. Die Staaten jedes Kontinentes müssen uns als die einzige Kompetenz akzeptieren. Und natürlich müssen die Sterbefälle und Inzidenzen glaubwürdig in Verbindung mit dem Virus gebracht werden. Das darf man nicht statistischen Laien überlassen."

„Sprecher des französischen Gesundheitsministeriums haben allerdings bereits etwas in die Welt gesetzt … viel zu voreilig …", wirft Schwabs französischer *WEF*-Stratege Malleret ein.

„Nämlich?" Mr Gostin sitzt neben seiner Chefin und schaut Monsieur Malleret fragend an.

„Sie suggerieren, der neue Virus H1N1 sei weit weniger gefährlich als die Vogelgrippe H5N1, die eine viel höhere Sterberate habe. Sie haben behauptet, es seien Horrorvorstellungen, die da verbreitet würden."

Margaret Chan sieht Malleret überrascht an. „Horrorvorstellungen?"

„Ja, im Pariser Gesundheitsministerium hat man behauptet, es würden viele Fälle ungeachtet der Ungefährlichkeit weiterhin in die Krankenhäuser eingeliefert werden. Man wirft Ihnen beziehungsweise uns …“ Malleret hüstelt verlegen, „… also, man wirft der *WHO* bereits in diesem Stadium vor, man hätte auf eine sogenannte »sture Art und Weise« einfach den Pandemieplan angewendet.“

Mrs Chans Mitarbeiter, Mr Gostin, schaut Malleret erstaunt an und sagt: „Und das, obwohl die Pandemie noch nicht offiziell erklärt wurde!“

„Was schlussfolgern wir daraus?“, fragt Mrs Gates.

„Wir müssen die Gesundheitsbehörden und die politischen Entscheidungsträger von vornherein auf unsere Linie bringen“, sagt Gostin. „Es geht nicht an, dass von verschiedenen Institutionen konkurrierende Ansichten vertreten werden. Gerade das verunsichert die Bevölkerung, auf die es ankommt …“

„… und die möglichst vollständig durchgeimpft werden muss, wenn wir die Impfstrategie als probates Mittel zu einer Krisenbewältigung nutzen wollen“, fügt Bill Gates hinzu.

„Wir sollten die einmalige Chance dieses neuen Virus nutzen und unseren Plan Probe laufen lassen“, sagt Klaus Schwab. „Letztlich geht es um die Frage, wie unsere Wirtschaft und die gesamten Gesellschaften weltweit zum Nutzen zukünftigen Wirtschaftens und zukünftigen staatlichen Handelns umgestaltet werden sollen …“

„… und dies, ohne dass die Mehrheit der Bevölkerung die notwendigen, aber zweifellos gravierenden Änderungen als negativ empfindet und den notwendigen Umbruch verhindert", ergänzt Thierry Malleret. „Wir müssen die Menschen auf diesem Weg des Umbruchs mitnehmen!"

„Ist das die »Diktatur der Eile«, von der Sie in Ihrem Strategiepapier sprechen?", fragt Mrs Chan. „Wollen Sie damit sagen, dass Eile geboten ist?"

„So in etwa", entgegnet Malleret, „aber es verhält sich wesentlich komplizierter. Diese neue, von der Geschwindigkeit besessene Kultur der Unmittelbarkeit spiegelt sich in allen Facetten unseres Lebens bereits wieder, von der Just-in-time-Beschaffung bis zum Hochfrequenzhandel, vom Speed-Dating bis zum Fastfood. Insoweit treffen wir auf einen Nährboden, der unseren Plan befördern wird."

„Aber was sagt das *uns*, die wir *heute* eine Entscheidung zu treffen haben?", beharrt die *WHO*-Chefin auf ihrer Frage.

Bill Gates räuspert sich diskret. „Ich verstehe Mr Malleret so, dass wir uns beeilen müssen, wenn wir die einmalige Gelegenheit zur Umsetzung unserer Vorhaben nicht versäumen wollen. Vielleicht haben wir erst in vielen Jahren wieder eine solch pandemische Gelegenheit. Die Schweinegrippe scheint mir in ihrer Dimension hinreichend gefährlich, um unseren Plan umzusetzen."

„Vergessen Sie bitte bei allen Planungen nicht, dass wir die Mehrheit der Staatsführungen überzeugen müssen. Diese entscheidende Vorarbeit steckt noch in den Kinderschuhen; besser gesagt, sie steckt fest", lässt sich Klaus Schwab hören. „Vom Gottesstaat Iran über das hinduistische und buddhistische

Indien bis hin zum sozialistischen Inselstaat Kuba, Russland und dem kommunistischen China …" Schwab wirft Chan einen entschuldigenden Blick zu, bevor er fortfährt: „… über die EU bis hin zu den nordamerikanischen Demokratien müssen sich alle Staatsführer einig sein, dass ihnen und ihren Gesellschaften ein Neustart nach der Pandemie nützlich sein wird. Natürlich insbesondere um der körperlichen und seelischen Gesundheit aller ihrer Bürger willen!"

Margaret Chan schaut ihren Vorredner kritisch an. „Heißt dies, dass die *WHO* die Pandemie noch nicht gegenüber der Weltgemeinschaft erklären sollte?"

„Doch, Sie sollten es tun! Man muss den Stier bei den Hörnern packen", antwortet Schwab. „Die Gelegenheit ist günstig. Wann, wenn nicht heute? Wir müssen das Geldsystem grundlegend erneuern – und zwar bevor die Banken crashen. Und der Crash steht vor der Tür! Wir müssen Wirtschaft und Gesellschaft völlig neu denken. Bislang haben es die Menschen in Form einer schleichenden Veränderung ihrer Lebensverhältnisse gemerkt. Aber irgendwann bringt ein einziger Tropfen das Fass zum Überlaufen."

„Und sei es ein gehusteter kleiner Virustropfen", bemerkt Bill und sieht seine Frau Melissa auffordernd an.

„Ja", sagt sie, „erst passiert es schleichend, dann plötzlich. Es passiert im Kleinen wie im Großen. Es gilt für große Systemveränderungen und Brüche im Allgemeinen. Unsere darauf spezialisierte Stiftung hat hierzu Untersuchungen angestellt: Die Dinge ändern sich zunächst allmählich und dann ganz plötzlich. An genau diesem Punkt stehen wir heute."

„Es gibt einen breiten Konsens unter den Entscheidungsträgern aller UN-Staaten zur Notwendigkeit der ökologischen Umsteuerung. Auch diese enorme Triebkraft sollte unbedingt genutzt werden. Damit ziehen wir die grünen Kräfte in unser Lager. Da kann man sogar die Jüngeren überzeugen und auf unsere Seite bringen. Denken Sie an die *Fridays for Future Bewegung*. Wir alle befinden uns schließlich im selben Boot, im selben Kampf gegen den zerstörerischen, katastrophalen Klimawandel", sagt Gates. „Dabei können uns die umfassende Digitalisierung, eine weitestgehende Datenerfassung, die erneuerbaren Energien und ein mit künstlicher Intelligenz gesteuerter ökologischer Warenfluss flankierend unterstützen."

*

Klausi-Mausi hebt meinen Kopf hoch, wobei seine Finger auf meinen Wangenknochen liegen, und ich summe verzweifelt – *Nnnnnnnn* – denn ich weiß zwar, dass er mich über Campinos Stimme (von den *Toten Hosen;* er singt schon wieder, irgendwo im Hintergrund!) hinweg unmöglich hören kann, aber ich hoffe, dass er den in meinen Atemwegen vibrierenden Laut vielleicht *fühlen* wird.

Das tut er aber nicht. Stattdessen dreht er meinen Kopf von einer Seite zur anderen.

„Keine offensichtliche Halsverletzung, keine Totenstarre“, berichtet er seiner Chefin, und ich hoffe, dass er meinen Kopf einfach fallen lassen wird, dass er mein Gesicht auf den Tisch knallen lassen wird. Davon *muss* ich Nasenbluten bekommen, außer ich bin *wirklich* tot, aber er lässt ihn sanft und rücksichtsvoll zurücksinken, so dass die Nasenspitze wieder plattgedrückt wird und der Erstickungstod erneut in den Bereich des durchaus Möglichen rückt.

„Keine sichtbaren Verletzungen an Rücken und Gesäß“, sagt er, „aber auf der Rückseite des rechten Oberschenkels befindet sich eine alte Narbe, die eine Verletzung aus der Kindheit sein könnte. Sieht schlimm aus.“

Sie war schlimm, und sie stammte aus meiner frühen Kindheit, als ich mit drei Jahren versuchte, über Nachbars Zaun zu klettern, um mir ein paar Knallerbsen zu stibitzen. Ein Stück des halb herunterhängenden Maschendrahtzaunes hatte sich mit einem herausstehenden Zacken oberhalb meines Knies ins Fleisch gebohrt, und ich war auf der anderen Seite hinuntergefallen und hatte einen schönen Riss abbekommen. Mutter war in heller Panik von dem vielen Blut. Ich weiß heute noch, dass die Wunde zuerst ganz harmlos und weiß aussah ... bis das Blut einschoss. Dann zum Arzt, wo man mich nähte. Seitdem wuchs die Narbe von Jahr zu Jahr mit, wurde mit mir älter und männlicher.

Er zog endlich das Thermometer heraus – Gott, diese Erleichterung! Ich sah an der Wand seinen Schatten, der es hochhielt.

„Vierunddreißigkommafünf", sagt er. „Hey, gar nicht übel. Dieser Kerl könnte fast noch leben, Frau Doktor."

„Bedenken Sie, wo er aufgefunden wurde", sagt sie von der anderen Seite des Raums aus. Da die *Toten Hosen* gerade eine Pause zwischen zwei Titeln machen, kann ich ihre dozierende Stimme deutlich hören. „In einem warmen, mit Menschen dicht gefüllten Raum, an einem Sommernachmittag, bis zuletzt schlug sein Herz aufgeregt, denn eine Impfung ist auch eine emotionale Hitzesache! Hätten Sie siebenunddreißig gemessen, hätte mich das nicht überrascht."

„Genau, genau", sagt er leicht zerknirscht. Dann: „Wird das alles auf dem Tonband komisch klingen?" (Meine Übersetzung: »Werde ich auf dem Tonband dämlich klingen?«)

„Es wird wie eine Lehrsituation klingen", sagt sie, „was tatsächlich auch der Fall ist."

„Okay, gut. Großartig."

Seine in Latexhandschuhen steckenden Finger spreizen meine Gesäßbacken, lassen sie dann los und gleiten über die Rückseiten meiner Oberschenkel nach unten. Wäre ich imstande, mich zu verkrampfen, würde ich mich jetzt verkrampfen.

Linker Arm, suggeriere ich ihm. *Es ist doch ganz offensichtlich, dass du dort, beim Einstich, ansetzen musst.* Inzwischen tut es mir auch genau dort weh. *Linker Oberarm, Klausi-Mausi, linker Arm, siehst du's denn nicht?* Vielleicht blute ich da noch …

Er muss es sehen, er *muss,* denn ich kann es fühlen, es pocht wie ein Bienenstich oder vielleicht wie eine Spritze, die eine ungeschickte Krankenschwester gesetzt hat, bei der die Injektion statt in die Vene mitten ins Fleisch geht. Der Arzt, der mir die Spritze setzte, hat es absolut routinemäßig gemacht – mitten in die Muskelmasse. Ich kann mir nicht erklären, warum es dort jetzt wie verrückt pocht.

„Der Untersuchte ist echt ein gutes Beispiel dafür, dass es wirklich keine gute Idee ist, im Garten halbnackt in der Sonne zu arbeiten und sich gleich danach impfen zu lassen", sagt er.

„Woher wissen Sie das?", fragt die Pathologin.

„Ich sehe alle möglichen Insektenbisse, Hautabschürfungen, Kratzer ..."

Ich wünsche mir unwillkürlich, er wäre blind geboren. Teufel, vielleicht ist er von Geburt an blind, er benimmt sich jedenfalls so. Ich habe weder im Garten gearbeitet noch mich halbnackt gesonnt. Insektenstiche und Kratzer sind schon einige Tage alt und nichts Ungewöhnliches, wenn man Waldwanderungen mag. Ja, ich weiß, dass ist nicht mehr angesagt, aber ich gehe trotzdem jeden Sommermorgen eine Stunde über den Ramsberg spazieren. (Und singe dabei „Guten Morgen, guten Morgen, guten Morgen Sonnenschein" von Nana Mouskouri.) Dann setzt die Kopfarbeit ein. Dabei komponiere ich meine nächste Roman-Idee, erfinde Figuren und Situationen – alles ganz grob, immerhin jedoch sind es die ersten Grundsteine für eine neue Geschichte.

An solch schöne Momente zu denken, hilft mir im Moment wenig, denn rein praktisch erlösen sie mich nicht aus der hilflosen Position, in der ich mich befinde – ausgeliefert dem Schicksal, ausgeliefert unachtsamen Dummköpfen. Und das erinnert mich wieder an unsere sogenannten Gesundheitsexperten, pharmagesponserte Ganoven, unverantwortliche Verantwortungsträger. Wut hält mich bei Sinnen in dieser sinnfreien Situation. Wut?

Wut über Wuhan?

Stimmte es, dass Amis und Chinesen im Labor von Wuhan gemeinsame Experimente machten? Gentechnische Experimente? Beide Seiten hatten es auf die eine oder andere Weise zugegeben. Wie konnte das aber sein? Zwei Konkurrenten um die Weltherrschaft betätigen sich in einem gemeinsamen Frankenstein-Labor?

Mein Gedanken reißen ab. Ich höre ein aufdringliches Geklapper von irgendwas, und dazu Frau Möllers Stimme. Die Ärztin klappert verdammt laut herum; man könnte glauben, sie spülte in der Cafeteria Geschirr, statt nur Zeug einzuordnen. „Vermutlich hat er sich in den Tagen vor dem Herzanfall überarbeitet“, höre ich sie sagen.

„Mhh-hmm …“, kommt es entweder aus Klausis oder Kings Mund.

Das Hmm-hmm-Geräusch scheint eher von Klaus zu kommen, denn die Pathologin sagt: „Nur weiter, Klaus, Sie machen ihre Sache gut.“

Ich halte das für eine höchst fragwürdige Aussage.

Die Finger drücken und kneten weiter. Sanft. Vielleicht zu sanft.

„An der linken Wade sind Mückenstiche, die entzündet aussehen“, sagt er. „Aber so sieht sein linker Oberarm auch aus.“

Endlich, ja, schau dort nach!, denke ich. Und tatsächlich spüre ich seine Finger an meinem Oberarm. Obwohl seine Berührung sanft bleibt, ist der Schmerz diesmal ein gewaltiges Pulsieren, von dem ich aufschreien würde, wenn ich imstande wäre, mehr als ein leises Summen von mir zu geben. Mir wird plötzlich bewusst, dass mein Leben von der Länge der Totenhosen-Lieder abhängen kann, die sie sich anhören – immer unter der Voraussetzung, dass das keine CD mit Wiederholungsschleife ist.

Wenn es zu Ende ist, bevor sie mich aufschneiden … wenn ich laut genug summen kann, damit sie mich hören, bevor einer von ihnen mich auf den Rücken dreht ...

„Vielleicht will ich mir diese Insektenstiche nach der Erstuntersuchung noch mal ansehen“, sagt sie, „… obwohl das nicht nötig sein wird, wenn wir mit seinem Herzen Recht behalten. Oder ... soll ich sie mir jetzt ansehen? Machen Sie sich Sorgen?“

„Nein, das sind ziemlich eindeutig Mückenstiche, außer dem Impfeinstich, der unproblematisch ist“, sagt Klaus, der Narr. „Drüben in Birdmountain werden Insekten ziemlich groß. Er hat fünf … sieben ... acht ... Jesus, fast ein Dutzend allein am linken Bein.“

„Er hat sein Insektenspray vergessen.“

„Nicht bloß sein Spray, er hat sein Digitalin vergessen“, sagt er, und die beiden gackern miteinander.

Digitalin, eine Substanz, die aus der Fingerhut-Blüte gewonnen wird. Hilft gegen Herzinsuffizienz. Doch die drei Musketiere hier meinen es nicht ernst. Sie gackern immer noch.

Autopsie-Raum-Humor.

Diesmal dreht er mich selbst um, freut sich wahrscheinlich, seine im Kraftraum gezüchteten Mr Strongboy-Muskeln einsetzen zu können. Ich starre wieder in die Leuchtstoffröhren an der Decke. Klaus tritt zurück, verschwindet aus meinem Blickfeld. Dann ist ein Summen zu hören. Der Tisch beginnt zu kippen, und ich weiß, wozu. Wenn sie mich aufschneiden, werden die Körperflüssigkeiten nach unten in die Sammel-Rinne laufen. Reichlich Proben für das Robert-Koch-Institut und seinen überflüssigen Präsidenten, den Fachtierarzt Lothar H. Wieler.

Proben?, stelle ich mir die Frage. *Ja,* gebe ich mir zur Antwort, Proben, falls nach der Autopsie irgendwelche Fragen in Richtung Impfschaden auftauchen sollten. Aber das wird das Letzte sein, woran sie denken. Bürokraten möchten nicht an Abweichungen denken müssen. Sie lieben vorgefertigte Rechtfertigungen, um unbürokratischen Fragen aus dem Weg gehen zu können.

Ich konzentriere meine gesamte Willens- und Körperkraft darauf, meine Augen zu schließen, während Klausi-Mausi auf mein Gesicht herabsieht, aber ich bringe nicht einmal ein Lidzucken zustande. Eigentlich wollten Ben und ich uns nur kurz impfen lassen. Stattdessen habe zumindest ich mich in Schneewittchen mit Haaren auf der Brust verwandelt.

Was mag aus Ben geworden sein?

Ist das jetzt die wichtigste Frage?

Ich kann nicht aufhören, mich zu fragen, wie es sich anfühlen wird, wenn diese Geflügelschere sich unterhalb des Brustkorbes in meinen Körper bohrt.

Klaus hält ein Schreibbrett in einer Hand. Er wirft einen Blick darauf, legt es beiseite, spricht dann wieder ins Mikrofon. Sein Tonfall ist jetzt längst nicht mehr gestelzt. Er hat eben die grässlichste Fehldiagnose seines Lebens gestellt, aber das weiß er nicht, deshalb fängt er langsam an, warm zu werden.

„Ich beginne die Autopsie um 15:49 Uhr", rapportiert er, „Freitag, den 20. Mai 2022."

Er schiebt meine Lippen hoch, begutachtet meine Zähne wie ein Mann, der ein Pferd kaufen will, und zieht den Unterkiefer herunter. „Gute Gesichtsfarbe", sagt er, „und keine Petechien in den Wangen."

Ich erinnere mich entfernt, dass Petechien so etwas wie klitzekleine Hautblutungen sind. *Mann, bist du doof!,* denke ich, *warum sollte ich Blutungen im Gesicht haben, wenn die Impfung am Oberarm vorgenommen wurde – wo auch sonst?* Der aktuelle Song verhallt aus den Lautsprechern, und ich höre ein Klicken, als er das Pedal tritt, mit dem das Tonbandgerät ein- und ausgeschaltet wird. „Puh, dieser Kerl könnte echt noch leben!"

Ich summe verzweifelt, und im selben Augenblick lässt Dr. Möller etwas fallen, das wie eine Bettpfanne klingt. „Das würde er sich wohl wünschen", sagt sie lachend. Klaus stimmt ein, und diesmal wünsche ich ihnen, dass sie Krebs bekommen, irgendeine Art, die inoperabel ist und lange andauert.

Stephen King nehme ich davon aus; überhaupt habe ich die ganze Zeit über keinerlei Lebenszeichen von ihm vernommen. Vielleicht hat er sich aus Pietätsgründen verdrückt. Oder es ist ihm bewusst, dass seine Anwesenheit nicht ganz legal ist. Wahrscheinlich möchte er auf keinen Fall auf dem Tonband verewigt werden, zumal es für diese Art Hörspiel keinerlei Tantiemen gibt.

Klaus lässt seine Hände rasch über meinen Körper gleiten, befummelt meine Brust. „Keine Blutergüsse, Schwellungen oder sonstige äußere Anzeichen eines Herzstillstands", sagt er, und das ist natürlich eine beschissen große Überraschung, dann klopft er meinen Bauch ab.

Ich rülpse.

Er starrt mich an, macht große Augen, hat den Mund leicht offen, und ich bemühe mich erneut verzweifelt, laut zu summen. Ich weiß zwar, dass er das bei dem Krach der *Toten Hosen* wahrscheinlich nicht hören wird, aber ich hoffe, dass der Rülpser ihn dazu bringen wird, endlich zu erkennen, dass er einen lebenden Organismus vor sich hat …

„Entschuldigen Sie sich, Stefan Remmler!", sagt Frau Dr. Möller, dieses Miststück, irgendwo hinter mir und lacht. „Nehmen Sie sich besser in Acht, Klaus, diese, ähem ... diese Post-mortem-Rülpser sind die schlimmsten."

Er wedelt sich theatralisch mit einer Hand Frischluft zu, dann macht er mit der Untersuchung weiter. Meine Leistengegend berührt er kaum, obwohl er feststellt, dass die Narbe an meinem rechten Oberschenkel sich bis nach vorn fortsetzt.

Du hast was Wichtiges übersehen!, denke ich, vielleicht weil es etwas höher liegt. Keine große Sache, mein kleiner Baywatch-Kumpel, aber du hast auch übersehen, dass ich noch lebe. Und das ist eine große Sache!

Er quatscht weiter ins Mikrofon, spricht dabei immer lockerer (redet tatsächlich für einen klitzekleinen Moment so souverän wie Günter Jauch), und ich weiß, dass seine Partnerin dort hinter mir, die unverbesserlichste Optimistin der Ärzteschaft, sich sicher ist, das Tonband mit diesem Teil der Untersuchung nicht zurückspulen zu müssen. Sieht man davon ab, dass er nicht gemerkt hat, dass sein erster Kandidat für eine Brustraumöffnung noch lebt, macht der Junge seine Sache ausgezeichnet.

Zuletzt sagt er: „Ich denke, ich kann jetzt weitermachen, Dr. Möller." Das klingt jedoch zögerlich.

Sie kommt herüber, blickt flüchtig auf mich herab, dann drückt sie seine Schulter. „Okay", sagt sie. „The Show must go on!"

Ich kann mir gut vorstellen, wie belustigt sie jetzt zu Mr King hinüberguckt, wie sie vielleicht mit dem Auge zwinkert.

Ich versuche nun, meine Zunge herauszustrecken. Nur die freche Geste eines Kindes, aber sie würde reichen ... und ich habe das Gefühl, tief im Inneren meiner Lippen ein schwaches Prickeln zu spüren, wie man es wahrnimmt, wenn eine hohe Dosis Novocain abklingt. Und spüre ich ein Zucken? Nein, nur Wunschdenken, oder? Vielleicht doch ein kleines Zucken, ich kann es nicht mit Bestimmtheit sagen – die Pathologen müssten es doch spüren, dafür sind sie doch Pathologen.

Ja! Ja! Aber es bleibt bei diesem einen kleinen Zucken, und als ich mich nochmals abmühe, passiert nichts.

Als Klaus nach der Schere greift, machen die *Toten Hosen* mit „Eisgekühlter Bommerlunder" weiter.

Haltet mir endlich einen Spiegel vor die Nase!, schreie ich sie an. *Seht zu, wie er beschlägt! Könnt ihr nicht wenigstens das tun?*

Endlich tut sich was. Ich liege auf dem Seziertisch, und gleich soll es mit der Schnippelei losgehen. Und genau da rülpse ich erneut. Wenn jetzt der Depp von Medizinstudent nicht stutzig wird, ist ihm nicht mehr zu helfen. Ihm? Ach was, *mir!* Mir ist dann nicht mehr zu helfen, dann heißt es *AUS, Schluss, VORBEI* … Aber dass noch nicht einmal die Sezier-Chefin aufhorcht und stattdessen meinen Rülpser einfach abtut, das ist schon ein starkes Stück. Ich setze meine Hoffnung auf einen stillen Beobachter: Mr Stephen King … Aber kann man sich auf Schriftsteller verlassen? Ist es nicht besser, sich auf die eigene Kraft, auf die eigenen Fähigkeiten, auf die eigenen Rülpser und Pupser und auf die eigenen Gedanken zu verlassen?

Schnapp, schnapp, schnapp-schnapp.

Klaus hält die Schere schräg, so dass der Lichtreflex über die Klinge läuft, und ich bin mir zum ersten Mal sicher, wirklich sicher, dass diese verrückte Farce bis zum bitteren Ende fortgesetzt werden würde. Der Regisseur wird den Film nicht anhalten.

Der Ringrichter wird den Kampf nicht in der zehnten Runde abbrechen. Es wird keine Pause geben, in der Werbung gezeigt wird. Klausi-Mausi wird diese Schere in meinen Bauch stechen, während ich hilflos daliege, und dann wird er mich aufschneiden wie eine per DHL gelieferte Sendung von Zalando.

Er sieht zögernd zu Frau Doktor hinüber. *Nein!*, heule ich. Meine Stimme hallt von den dunklen Innenwänden meines Schädels wider, aber aus meinem Mund dringt kein Laut.

Nein, bitte nicht!

*

Plötzlich sehe ich wieder das Szenario in Genf vor meinem geistigen Auge, sehe die Geschichte, über die ich so gerne berichten würde: Wie die Welt unter die Räuber kam … Es sind diese Gedanken, die mir im Moment Kraft, Durchhaltekraft, verleihen. Das Experiment des Umkrempelns der Gesellschaft war 2009 gescheitert, weil die Schweinegrippe letztlich als harmlos enttarnt wurde. Die *WHO*, der *WEF*, die Bill- und Melinda-Gates-Stiftung, die Rockefeller Foundation und die Eingeweihten aus ihrem Umfeld hatten den Versuch abgebrochen. Aber sie hatten sich geschworen, die notwendigen organisatorischen, psychologischen und »ideologischen« Vorbereitungen zu treffen, um bei der nächstmöglichen Gelegenheit die Pandemie auszurufen und ihren Plan in die Wirklichkeit umzusetzen.

Natürlich sprachen sie nicht von »ideologischen Vorbereitungen«, sondern von »den idealen ordnungspolitischen Vorbereitungen«. Den Begriff »Ideologie« hängen diese Kreise ihren Widersachern an – es ist ein abwertender und zugleich schwammiger Begriff, nicht fassbar, aber unfassbar diffamierend.

Ich erinnere mich an die Diskussion zwischen meinem Freund und Arbeitskollegen Ben und meiner Liebsten, Stella, und mir. Wir hatten zirka zwei Wochen vor dem Ereignis, in dessen letzter Konsequenz ich nun hier auf dem Seziertisch liege, ein gemütliches Treffen bei Stella zu Hause. Es hatte Salate und Ofenkartoffeln gegeben, dazu einen kalten sizilianischen Weißwein. Ben hatte den Wein mitgebracht, Stella hatte das Essen zubereitet und ich als Dessert einen Obstsalat beigesteuert.

„Jetzt dauert der Pandemie-Zirkus bereits zwei Jahre und es bietet sich keine Lösung an", sagte Ben.

„Es ist eine neue, eine erfundene Ordnung, die errichtet werden soll", antwortete Stella.

„Wozu das alles?" Ben schenkte uns von seinem mitgebrachten und eisgekühlten Weißwein ein.

„Eine erfundene Ordnung?", fragte ich und sah Stella verwundert an. Auf diesen Gedanken wäre ich nicht gekommen. Doch der Begriff gefiel mir.

„Vor Jahrtausenden, nach der Erfindung der Landwirtschaft, wurden die menschlichen Gesellschaften immer größer und komplexer. Um diese Gesellschaften zusammenzuhalten, mussten künstliche Konstrukte – ich nenne sie »erfundene Ordnungen« – eingeführt werden", führte Stella aus.

„Das führt jetzt aber weit weg von unserer Gegenwart!", warf Ben ein.

„Findest du?“ Stella schaute Ben ziemlich selbstbewusst an.

Ich hatte bisher gedacht, dass meine Liebste sich nicht weiter für Politik und speziell für die Herkunft und historische Entwicklung der Menschheitsfamilie interessieren würde, wurde nun aber eines Besseren belehrt.

„Ich denke, dass wir gerade jetzt in einer Zeit leben, in der mit einer neu erfundenen, mit einer raffinierteren Ordnung der komplexen Unauflöslichkeit unserer Probleme zu Leibe gerückt werden soll. Abstürzende Ökosysteme, abstürzende Währungen, abstürzender Handel, Vertrauensverlust in die Demokratie, Hungersnöte, Sintfluten, Überbevölkerung, untergehende Küstenstädte und Inselstaaten – na ja, ihr wisst schon.“ Stella schenkte uns Weißwein nach, als wäre ein Beruhigungstropfen nach ihrem kleinen Vortrag nötig.

„Du bist der Meinung, dass alles blanke Absicht ist?“, fragte ich.

„Was heißt »alles«? Das Virus ist gewiss nicht absichtlich auf die Menschheit losgelassen worden, aber …“

„Aber …?“ Ich begann zu singen: „Aber alles vor dem »Aber« ist nicht wichtig/ Alles vor dem »Aber« ist egal/ Alles vor dem »Aber«, die Tricks und das Gelaber, ist verbal nur schlechtes Füllmaterial … ist verbal nur schlechtes Füllmaterial …“

Ben hatte meinen Singsang etwas unwirsch unterbrochen: „… wobei eine der glaubwürdigen Hypothesen nicht ausschließt, dass das Virus in voller Absicht hergestellt, vielleicht aber nicht unbedingt mit Absicht aus einem Labor in die weite Welt entlassen wurde!“

*

Ich muss an Ole Skambraks denken. Damals hatten Ben, Stella und ich uns mit ihm in Frankfurt getroffen. Ben und ich hatten die Absicht, unserem Verlagsleiter eine Flugschrift kritischer Journalisten zur Corona-Pandemie schmackhaft zu machen. Ole arbeitete seit zwölf Jahren als redaktioneller Mitarbeiter und Redakteur beim öffentlich-rechtlichen Rundfunk, ÖRR. Wir hatten uns im »Club Voltaire« getroffen. Ich liebe diesen kulturpolitischen Treff. Schon als Schüler hatte ich ihn in den ereignisreichen Jahren zwischen 1966 und 1968 besucht, hatte interessante Leute, Politaktivisten aus der Studentenschaft, kritische Journalisten und Anwälte, Poeten und Liedermacher kennen gelernt.

Jahre später, als ich selbst als Journalist tätig war, hatte ich dort vielfältige Kontakte geknüpft. Es gab kein Internet, noch keine anderen Recherchemöglichkeiten als persönliche Kontakte, als die Archive der Kollegen, telefonische Umfragen und Erkundungen vor Ort, Bibliotheken und das persönliche Einholen von Informationen über Dritte. In meinen Zeitreise-Romanen »Sexy Zeiten – 1968 etc.« und »Wilde Zeiten – 1970 etc.« hatte ich die Erinnerungen aus jener bewegten Epoche festgehalten. Daran musste ich im Moment denken – erstaunlich, in welcher Geschwindigkeit und Intensität man auf der Totenbahre sein Leben abspulen kann.

Wenn ich jetzt aufgeschnippelt werden würde, wäre es mit mir endgültig vorüber – aber zumindest die Romane würden überleben und den Nachgeborenen einen Blick in den dunklen Tunnel jener mysteriösen Vergangenheit, die einst einen Eingang mit einem Licht am Tunnel-Ende vortäuschte, gewähren.

Der Frankfurter »Club Voltaire« hatte mich damals in kultureller und politischer Hinsicht geprägt. Ich habe nicht geahnt, dass es mir 2022, nach über fünfzig Jahren, noch einmal so ergehen würde. Ole und wir drei, die von ihm etwas über seine aktuellen Erfahrungen im ÖRR wissen wollten, saßen in der hinteren Ecke und ließen uns von Elses Nachfolgerin bedienen. Else hatte jahrelang den Club gemanagt und hinter der Theke das Bier gezapft und den Wein ausgeschenkt. Aber jetzt war da eine junge Frau, Lara, kaum zwanzig Jahre alt, mit einem Hippie-Stirnband und Dreadlocks und erinnerte mich einmal mehr an jene Jahre voller Kommune-Utopien.

Hierüber hatte ich Ole gerade ausgiebig berichtet. Meine Altersgruppe nimmt solche neuen Bekanntschaften gerne als Vorwand, um ihre »Kriegserlebnisse« aus den Sechzigern zum Besten zu geben. Ole hatte viel gefragt und viel gelächelt. Und dann ging es um unser eigentliches Interesse.

„Ich kann nicht mehr schweigen. Ich kann nicht mehr wortlos hinnehmen, was seit nunmehr anderthalb Jahren bei meinem Arbeitgeber, dem öffentlich-rechtlichen Rundfunk passiert“, sagte Ole. „In den Statuten und Medienstaatsverträgen sind Dinge wie »Ausgewogenheit«, »gesellschaftlicher Zusammenhalt« und »Diversität« in der Berichterstattung verankert. Praktiziert wird das genaue Gegenteil. Einen wahrhaftigen Diskurs und Austausch, in dem sich alle Teile der Gesellschaft wiederfinden, gibt es nicht."

„Hattest du denn etwas anderes erwartet?", fragte Stella.

„Ich war von Anfang an der Ansicht, dass der öffentlich-rechtliche Rundfunk genau diesen Raum füllen sollte: den Dialog fördern zwischen Maßnahmenbefürwortern und Kritikerinnen, zwischen Menschen, die Angst haben vor dem Virus, und Menschen, die Angst haben, ihre Grundrechte zu verlieren, zwischen Impfbefürwortern und Impfskeptikern. Doch seit anderthalb Jahren hat sich der Diskussionsraum erheblich verengt."

„Woran hast du das festgemacht?", fragte ich Ole.

„Wissenschaftlerinnen und Experten, die in der Zeit vor Corona respektiert und angesehen waren, denen Raum im öffentlichen Diskurs gegeben wurde, sind urplötzlich Spinner, Aluhutträger oder Covidioten. Als vielzitiertes Beispiel sei hier auf Wolfgang Wodarg verwiesen. Er ist mehrfacher Facharzt, Epidemiologe und langjähriger Gesundheitspolitiker. Bis zur Corona-Krise war er zudem im Vorstand von »Transparency International«. Kennt ihr ihn?"

Wir drei nickten.

„2010 hat Wodarg als Vorsitzender des Gesundheitsausschusses im Europarat den Einfluss und die massive Manipulation der Pharmaindustrie bei der sogenannten Schweinegrippe-Pandemie aufgedeckt. Damals konnte er seine Meinung im öffentlich-rechtlichen Rundfunk persönlich vertreten, seit Corona geht das nicht mehr. An seine Stelle sind sogenannte Fakten-Checker getreten, die ihn diskreditieren."

„Die Fakten-Checker sind zuhauf gekaufte und gefakte Checker!", warf ich ein. „Zum Beispiel die größte Nachrichtenagentur *Thomson Reuters.* Sie machen viele Faktenchecks rund um Corona, überprüfen Aussagen zu Pfizer und Biontech. Aber sie veröffentlichen ihre Checks nicht nur auf ihrer Seite. Sie machen gemeinsame Sache mit Facebook und anderen SocialMedia-Unternehmen. Manchmal steht dort ein Banner unter einem Post zu Corona: »Achtung! Unabhängige Fakten-Checker haben dies geprüft und festgestellt, dass es nicht stimmt«. Entweder erscheint diese Einblendung oder der ganze Post wird gar gelöscht, weil die von Facebook beauftragten Fakten-Checker festgestellt haben, dass der Post inhaltlich falsch wäre."

„Kenn' ich", sagte Ben.

„Ich auch", schloss sich Stella an.

Wir hatten Hunger. Ich rief der jungen Frau hinter der Theke zu, dass wir gerne vier Sandwiches hätten. Sie nickte.

„Reuters entscheidet also darüber, welche Aussagen auf Facebook erlaubt sind und welche nicht", sagte ich. „Und seit August 2021 gilt das Gleiche auch für Twitter, YouTube und Instagram: Auch hier entscheidet Reuters weitgehend, was erlaubt ist und was wegen angeblicher *»missinformation«* gelöscht wird."

„Krass", sagte Ben.

Aber Ole fiel gleich ein und sagte: „Das ist noch nicht das Krasseste, das kommt erst noch, oder, Stefan?" Er prostete mir augenzwinkernd zu und wir tranken einen Schluck Bier. Er kannte also die Verquickung zwischen dem Faktencheck- und Reuters-Chef Jim Smith, der zugleich für Pfizer arbeitete.

„Kurz zu diesem Jim Smith", sagte ich. „Er ist nicht nur der ehemalige Reuters-Chef, er ist auch noch als Vorsitzender der Reuters-Stiftung, bei der es um Pressefreiheit etc. geht, tätig. Und jetzt kommt's – dieser Jim Smith ist nicht nur bei Reuters der gewichtige Fakten-Checker, er ist seit 2014 bis heute zudem bei Pfizer als hochhonoriertes Aufsichtsratsmitglied tätig. Das ist eine faszinierende personelle Verquickung, und man sollte doch meinen, dass es ein ganz erheblicher Interessenkonflikt ist."

Ole Skambraks räusperte sich und sagte: „Und bitte nicht vergessen, lieber Stefan: Jim Smith ist zugleich noch bei Klaus Schwabs *World Economic Forum* engagiert, bezeichnenderweise ist er da im Council gegen Korruption tätig ..." Wir mussten so laut lachen, dass die Gäste am Nebentisch erstaunt fragten, ob sie mitlachen dürften – aber es wäre zu kompliziert geworden, es in dieser Runde noch einmal zu erzählen. Wir wollten ja unbedingt von Ole noch etwas in Erfahrung bringen.

„Smith ist auch im *WEF*-Club »International Business Council« und im »Atlantic Council« als

Vorstandsmitglied engagiert", fuhr Ole fort. „Also, er ist ein umtriebiger Netzwerker für das transatlantische Großkapital."

»Großkapital« – wie das klang … wie nach den längst vergangenen Tagen des Jahres 1968.

Die Frau hinter der Theke kam mit den bestellten Sandwiches, und wir langten zu, während Ole weitersprach.

„Und da ist noch die Sache mit Dr. Robert Melone, dem berühmten mRNA-Forscher, der den Impfstoff entwickelt. Er steht einer Massenimpfung kritisch gegenüber. Seitdem steht ihm das Establishment, das ihm den mRNA-Impfstoff und die daraus fließenden Milliarden zu verdanken hat, skeptisch gegenüber. Dr. Melone hat sachlich und völlig unaufgeregt auf den Interessenkonflikt von Jim Smith – Pfizer – Reuters – Facebook – Twitter – Instagram – YouTube hingewiesen. Daraufhin wurde er dauerhaft auf YouTube, auf Facebook, Twitter und auf LinkedIn gesperrt, ohne Begründung – alles Firmen der Big Data.

Big Data – Gehirn, Herz und Nervensystem des Casinokapitalismus. Wem gehört wohl der ganze Kram … na ja, das führt zu weit, oder? Aber das Berufs- und Kontaktportal LinkedIn zum Beispiel … LinkedIn gehört Microsoft, größter Anteilseigner von Microsoft sind Bill Gates und die berüchtigte Investmentgruppe Blackstone … Blackstone wiederum hat die größten Investments in Pfizer und gleichzeitig auch in Reuters." Ole nippt an seinem Glas, und wir schauen ihn aus einer Mischung von Überraschung und Erstaunen an.

„Also, es ist wahrlich keine idiotische Verschwörungstheorie", sage ich. „Die finanziellen Verbindungen zwischen diesen Konzernen und den gefakten Fakten-Checkern sind sehr, sehr eng."

Wir hatten damals eine Pause gemacht und zur Abregung von der Aufregung dem Glücks-Lied von Roger Stein gelauscht, der inzwischen die kleine Bühne betreten hatte. Wir beschlossen, nach der Musikeinlage Oles Bericht über seine jüngsten Berufserfahrungen als Redakteur beim »Staatsfunk« anzuhören. Eigentlich hatten wir uns genau deshalb mit ihm verabredet.

Sag mir, woran misst man Träume?
An dem, was wird, an dem, was ist?
Woran misst man Wahrheit?
An ihrer Haltbarkeit oder Ablauffrist?

Woran misst man Tränen?
Nach Volumen oder nach Gewicht?
An den Dingen, die wir nicht erwähnen?
Und woran misst man Zuversicht?

Woran misst man Glauben?
Und die Kraft der Utopien?
An Idealen, die verstauben?
An den Jahren, die vorüberziehen?

Woran misst man Güte?
Im Ganzen oder nur am Stück?
Am Gelingen, ob man sich bemühte?
Und woran – woran misst man Glück?

Woran misst man Wunder?
An ihrer Kraft der Seltenheit?
Woran misst man denn mitunter
die Oberfläche einer Oberflächlichkeit?

Woran misst man Wünsche?
Und bleibt da nicht ein Rest?
Woran misst man all die Sehnsucht,
die uns nachts nicht schlafen lässt?

Sag, woran ist man gewiss?
Am Tun, an der Moral?
Und all die Hoffnung, die wir hissen?
Und gibt es für Vertrauen eine Zahl?

Woran misst man Nähe?
Und die Art, wie ich dich drück?
Mich ganz leise um dich drehe …
Und woran – woran misst man Glück?

Woran misst man Schönheit?
Und woran den hohlen Glanz?
Und wie misst man bei zwei Menschen
zwischen den Herzen die Distanz?

Woran misst man Liebe?
Das dauert einen Augenblick
Woran misst man all das Leben?
Und woran – woran misst man Glück?

Als ich an dieses wunderschöne Lied denke, wird mir ganz warm ums Herz, und genau in diesem Moment spricht Klausi-Mausi in sein Diktiergerät: „Das Herz des Verstorbenen, ich werde es untersuchen.

Der Verstorbene weist äußerlich keine Anomalitäten auf, vielleicht hatte er einen Hitzschlag erlitten, jedenfalls lässt sich auf den ersten Blick kein Zusammenhang mit der Corona-Impfung feststellen. Es war offensichtlich das Herz, das …" Er bricht ab.

Ich sehe die Pathologin für einen kurzen Moment über mir. Sie nickt ihrem Lehrling – etwas anderes ist er für mich nicht – zu. „Nur weiter. Sie machen ihre Sache gut. Äh ... möchten Sie vielleicht die Musik abstellen?"

Ja ja, stell sie ab! Dann hört ihr mein Summen!

„Stört Sie die Musik?", hakt sie nach.

Ja! Sie stört ihn! Scheiße, die *Toten Hosen* haben ihn so verwirrt, dass er glaubt, sein Untersuchungsobjekt sei tot!

„Nun ..."

„Klar", sagt sie und verschwindet aus meinem Blickfeld.

Im nächsten Augenblick verstummt Campino endlich. Ich versuche wieder zu summen und mache eine schreckliche Entdeckung: Jetzt kann ich nicht einmal mehr das. Angst hat meine Stimmbänder gelähmt. Ich kann nur nach oben starren, als sie sich wieder zu ihm gesellt. Die beiden sehen auf mich herab wie Sargträger, die in ein offenes Grab blicken.

„Danke", sagt er. Dann atmet er tief durch und hebt die Schere. Ich höre das Klicken seines Aufnahmegerätes. „Beginne mit der Öffnung des Brustraums."

Er senkt langsam die Schere. Ich sehe sie ... sehe sie ... dann verschwindet sie aus meinem Blickfeld.

Im nächsten Augenblick fühle ich kalten Stahl an meinem nackten Bauch.

Er sieht zweifelnd zu der Ärztin hinüber.

„Sie möchten wirklich nicht selbst ..."

„Wollen Sie diesen Beruf ergreifen oder nicht, Klaus?", fragt sie mit einer gewissen Schärfe.

„Ich weiß, dass ich das will, aber ..."

„Dann schneiden Sie."

Er nickt, presst die Lippen zusammen. Ich würde die Augen schließen, wenn ich könnte, aber ich kann natürlich nicht einmal das; ich kann mich nur gegen den Schmerz stählen, der mir in ein, zwei Sekunden bevorsteht – mich gegen den Stahl stählen.

„Schneide", sagte er und beugt sich nach vorn.

„Augenblick!" ruft sie aus.

Der Druck auf eine Stelle dicht unterhalb meines Sonnengeflechts lässt etwas nach. Er sieht sich nach ihr um: überrascht, bestürzt, womöglich erleichtert, dass der entscheidende Augenblick verschoben ist.

Ich spüre, wie ihre Hand im Latexhandschuh mein Glied umfasst, als wolle sie mir irgendeinen bizarren Handjob verpassen, Safer Sex mit einem Toten, und dann sagt sie: „Das hier haben sie übersehen, Klaus."

(Sie werden es mir nicht abnehmen, liebe Leser, aber genau diese Situation wird Stephen King später vielleicht einmal in seiner Story bestätigen, wenn er meinen Fall ausführlich schildert. Insofern reiche ich Ihre eventuelle Beschwerde über diese absurde, aber durchaus realistische Situation an meinen Zeugen, Mr King, weiter.)

Der Medizinstudent beugt sich über mich, sieht sich an, was sie entdeckt hat – die Narbe an meiner Leiste, ganz oben am rechten Oberschenkel, eine etwas glasige, porenlose Vertiefung im Fleisch. Ihre Hand umfasst weiter mein Glied, hält es zur Seite, mehr tut sie nicht; aus ihrer Sicht könnte sie ebenso gut ein Sofakissen hochhalten, um jemandem den Schatz zu zeigen, den sie darunter gefunden hat – Münzen, eine verlorene Geldbörse, vielleicht die Maus aus Katzenminze, die niemand mehr finden konnte, aber irgendwas ereignet sich.

Liebster Jesus im Rollstuhl, in deinem von Engeln gezogenen Himmelswagen, irgendwas ereignet sich.

„Und sehen Sie hier", sagt sie. Ihr Zeigefinger fährt mit leichter, kitzelnder Bewegung seitlich über meinen rechten Hoden hinunter. „Sehen Sie sich diese hauchdünnen Narben an. Seine Testikel müssen fast so verdammt angeschwollen gewesen sein wie Grapefruits."

„Er kann von Glück sagen, dass er nicht einen oder beide eingebüßt hat."

„Darauf können Sie Ihre ... Ihre Sie-wissen-schon verwetten", sagt sie und lacht wieder ihr leicht suggestives Lachen.

Ihre Hand im Latex-Handschuh lockert ihren Griff, bewegt sich und drückt dann kräftig nach unten, um die alte Narbe ganz freizulegen. Sie tut unabsichtlich, wofür man jemandem dreißig oder fünfzig Euros zahlen könnte, um es absichtlich getan zu bekommen ... unter anderen Umständen, versteht sich.

„Das ist eine Fahrradverletzung, tippe ich. Geben Sie mir mal das Vergrößerungsglas rüber, Klaus."

„Aber sollte ich nicht ..."

„In ein paar Sekunden", sagt sie. „Er verschwindet nicht. Er geht nirgends hin."

Sie konzentriert sich ganz auf ihre Entdeckung. Ihre Hand ruht noch immer auf mir, übt weiter Druck aus, und was sich ereignet hat, scheint weiter zu passieren, aber vielleicht täusche ich mich. Ich muss mich täuschen, sonst würde er es sehen, sie würde es spüren ...

Sie beugt sich tiefer, und ich sehe jetzt nur ihren grün verhüllten Rücken, über den die Bänder ihrer Mütze wie seltsame Zöpfchen herabhängen. Jetzt, oh je, kann ich dort unten ihren Atem auf meiner Haut spüren.

„Achten Sie auf die nach außen strahlenden Narben", sagt sie. „Das ist doch keine Fahrradverletzung, eher eine durch eine Detonation hervorgerufene Verletzung, wahrscheinlich mindestens zehn Jahre alt, vielleicht eine Silvesterparty mit Feuerwerk und Chinaböllern ..."

Plötzlicher Lärm. Die Tür fliegt krachend auf. Klaus stößt einen überraschten Schrei aus. Das tut Dr. Möller nicht, aber ihre Hand verstärkt unwillkürlich ihren Druck; sie hält mich wieder umfasst, und ich komme mir plötzlich wie in einer höllischen Variante der alten Fantasie von der kessen Krankenschwester vor.

„Schneiden Sie ihn nicht auf!“, brüllt jemand, und die Stimme ist vor Angst so hoch und schwankend wie die von Heidi Klum. Erst jetzt erkenne ich, dass es Pits Stimme ist.

„Schneiden sie ihn nicht auf! Es gibt noch zwei Fälle im Impfzentrum, beide sind wieder erwacht!“

Aha, denke ich, Pit hat also einen neuen Notruf aus dem Roller-Möbelhaus erhalten und mit Tim eine weitere Blaulicht-Spaßfahrt unternommen, während ich hier zerschnippelt werden sollte. Im Moment bin ich erst mal erleichtert – und dann spüre ich so etwas wie Lust.

Frau Doktor und Klausi-Mausi drehen sich mit großen Augen und offenen Mündern nach Pit um; ihre Hand umklammert mich noch immer, aber dessen ist sie sich nicht bewusst, zumindest im Augenblick nicht, genauso wenig wie Klausi-Mausi, der sich mit einer Hand krampfhaft an die linke Brustseite seines grünen Kittels greift. Es sieht aus, als sei *er* derjenige mit der ausgeleierten Pumpe.

„Was ... was haben Sie ... gesagt …“, beginnt Klaus.

„Anal … analphabetischer Schock!“, sagt Pit – brabbelnd.

„Analphabetisch?“, entrüstet sich Frau Doktor.

„Er kommt wieder auf die Beine, denke ich! Um Gottes Willen, schneiden Sie ihn nicht auf!“, kreischt Pit. „Noch nicht!“

„Anaphylaktischer Schock!“, sagt Frau Dr. Möller mit belehrender Stimme.

„Das ist jetzt nicht das eigentlich Wichtige!“, entgegnet ihr Pit. „Ich glaube, dass der Kerl, den wir hergebracht haben, vielleicht wieder wach wird! Ich glaube ... heiliger Scheiß, Frau Doktor, was machen Sie da? Wollen Sie ihn ins Leben zurück massieren?“

Sie sieht sich benommen um, weiß nicht gleich, wovon er redet ... bis sie merkt, dass sie jetzt mein weitgehend steifes Glied in der Hand hält. Und während sie kreischt (gellend aufschreit und Klaus die Schere aus seiner schlaffen Hand reißt), muss ich unwillkürlich wieder an den alten Fernsehfilm von Alfred Hitchcock denken.

Der arme alte Josef Cotton, denke ich. Er durfte nur weinen.

Nebenbemerkung

Seit meinem Erlebnis im Untergeschoss der Gießener Pathologie, Raum 508, verging ein weiteres Corona-Jahr. Danach war ich völlig wiederhergestellt, obwohl die Lähmung hartnäckig und beängstigend war. Natürlich zählte ich statistisch zu den „Corona-Kranken mit Langzeitfolgen". Und warum zählte ich nicht zu den Kranken mit Langzeitfolgen aufgrund der Impfung? Ganz einfach, weil es solche Statistiken nicht geben durfte.

Es dauerte einen weiteren vollen Monat, bis die Fähigkeit zu feinmotorischen Bewegungen in meine Finger und Zehen zurückzukehren begann. Ich kann weiterhin nicht Klavier spielen, aber das konnte ich natürlich noch nie. (Das war ein Scherz, und ich denke nicht daran, mich dafür zu entschuldigen.) Ich glaube, dass mein Sinn für Humor im ersten Vierteljahr nach dem Impf-»Missgeschick« einen niedrigen, aber lebenswichtigen Schutzwall zwischen meiner geistigen Gesundheit und irgendeiner Art von Nervenzusammenbruch herstellte.

Wenn Sie tatsächlich einmal gespürt haben, wie sich die Spitze einer Autopsie-Schere in Ihren Magen bohrt, wissen Sie, wovon ich rede.

Ungefähr zwei Wochen nachdem ich noch einmal davon gekommen war, rief eine Frau aus meiner Straße bei der Polizei an, um sich über einen „abscheulichen Gestank" aus einem Nachbarhaus zu beschweren. Dieses Haus gehörte einem ledigen

Bankangestellten namens Oliver Grünhorn. Die Polizei fand das Haus leer vor ... das heißt leer von menschlichem Leben.

Im Keller entdeckte sie über sechzig Schlangen verschiedener Arten. Etwa die Hälfte von ihnen war tot – verhungert und verdurstet. Aber viele waren äußerst lebendig ... und äußerst gefährlich. Mehrere waren sehr selten, und eine gehörte zu einer Art, die nach Auskunft hinzugezogener Zoologen seit den fünfziger Jahren als ausgestorben galt.

Oliver Grünhorn erschien am 27. Mai nicht mehr an seinem Arbeitsplatz bei der Sparkasse Laubach, zwei Tage nachdem ich im Impfzentrum umgekippt war, und einen Tag nachdem die Story im Laubacher Anzeiger gestanden hatte: „Gelähmter Autor entgeht tödlicher Autopsie". So lautete die Schlagzeile. Und darunter stand: „Wie ein Mitarbeiter der Gießener Pathologie, der ungenannt bleiben will, berichtete, habe er Stephen King aus jenem Autopsie-Raum kommen sehen, in dem der gelähmte Stefan K. seinem Autopsie-Tod nur knapp vom Seziertisch gesprungen war."

Seitdem ranken sich allerhand Gerüchte um diese Geschichte. Aber das ist nicht mein Ding. Ich stürze mich bereits wieder in eine völlig neue Story.

Ach, noch etwas: Jeder Käfig in Grünhorns Kellerzoo enthielt eine Schlange ... nur einer nicht. Der leere Käfig war ohne jegliche Bezeichnung, und die fehlende Schlange wurde nie gefunden. Während die Pathologiemitarbeiter mich damals im Impfzentrum in den Leichensack gepackt und dann auf dem Parkplatz vorm Impfzentrum neben dem Leichenwagen erst mal in Ruhe eine Zigarette geraucht haben, hätte solch eine Schlange seelenruhig zu mir in den kuscheligen Sack kriechen können.

So jedenfalls argumentierten später die Impfzentrum-Betreiber zu ihrer Verteidigung vor Gericht. Mir, dem ewig klammen Autor, ging es freilich um Schmerzensgeld oder Schadensersatz oder was auch immer in Frage kam. Dass sich die verantwortlichen Impfärzte auf einen angeblichen Schlangenbiss beriefen, bewies einmal mehr, wie bekloppt manche Ärzte sind, wenn sie mal ganz persönlich Verantwortung übernehmen müssen. Sie verstrickten sich derart fabulös in ihr Schlangenmärchen, dass man unwillkürlich an die Gebrüder Grimm und ihre im Vergleich zu dem Ärzte-Märchen absolut harmlosen Literaturprodukte denken musste.

Aber da hatte sich selbst der Richter an den Kopf gegriffen und drei Fragen gestellt: „Wie sollte es eine Schlange von Laubach nach Gießen schaffen – und dazu noch unbemerkt ins Impfzentrum? Wie konnte der Kläger zuerst scheintot vom Stuhl kippen und erst danach von einer Schlange gebissen worden sein? Und wie konnte es eine solche Schlange ausgerechnet in den Leichensack jener Mannschaft geschafft haben, die unterwegs war, um den Kläger in die Pathologie zu bringen?"

Tja, es gibt schon noch vernunftbegabte Richter, die nicht jeden Mist durchgehen lassen. Tatsächlich aber habe ich mir im darauffolgenden Jahr – aus rein abstraktem Interesse an der Sache – sehr viele Bilder von Schlangen angesehen und zumindest eine gefunden, deren Biss bei Menschen Ganzkörperlähmungen hervorgerufen haben soll. Das ist die peruanische Boomslang, eine angeblich um 1920 ausgestorbene hochgiftige Viber. Nun, so etwas gab es also tatsächlich …

*

Eine letzte Anmerkung.

Dr. Brigitte Möller und ich waren vier Monate lang ein Traumpaar (vergleichbar Heidi & Seal, als sie noch glücklich miteinander waren), vom Juli bis Oktober 2022, einen sehr kalten Sommer lang, nach einem Schwarzen Frühling und nach einem vorangegangenen eiskalten langen Winter. Und dann stand uns über die Jahreswende 2022/2023 wieder solch eine kleine Eiszeit bevor. Aber vorher …

Wir trennten uns vor kurzem in freundschaftlichem Einvernehmen … wegen sexueller Unverträglichkeit. Ich war impotent, wenn sie nicht Latexhandschuhe trug.

Teil II

New Orwell 2034

Besuch aus Großbritannien

Man hatte Winston Smith, den untreu gewordenen Mitarbeiter des Londoner Wahrheitsministeriums, wenn ich mich recht erinnere, vor zirka fünfzig Jahren hingerichtet. Es muss um das Jahr 1985 herum gewesen sein. Damals wurde das allgegenwärtige Überwachungsinstrument – unsere heutige *»Alexa«* – etwas altmodisch als »Televisor« bezeichnet. Während Winston den mit weißen Fliesen belegten Gang hinunter in die Hinrichtungskammer ging (»Raum der Liebe« stand auf dem Türschild), sprudelte aus dem Televisor die mechanische Stimme weiter ihre Nachrichten ab: über die Anzahl der Gefangenen, Beute, Gemetzel und Verräter. Aber das Geschrei von draußen war hier unten nicht mehr zu hören.

Winston Smith hatte sich auf dem Weg dorthin durchaus glücklich und befreit gefühlt. Man hatte ihm eine halbe Stunde vor seiner Hinrichtung eine Halbliterflasche dieses grässlich schmeckenden Gins auf den Tisch gestellt. Ein durchaus höflicher Kellner hatte ihn gebeten, die Flasche möglichst in einem Zug zu trinken. Winston war ein gehorsamer Bürger geworden und hatte getrunken.

Den Prozess hatte er mit Freude über sich ergehen lassen. Er wollte dem Staat auf seine letzten Atemzüge hin mit Nibelungentreue behilflich sein. Allgemeinsinn ging vor Eigennutz. Nur als Unternehmer verhielt es sich reziprok. Aber Winston war einfacher Staatsangestellter gewesen. Man hatte ihn im britischen Ministerium in der Abteilung für *Absolute Wahrheit* als Sachbearbeiter angestellt. Aber im Prozess drehte es sich nicht um seine Verdienste, sondern um seine Verfehlungen. Er hatte ein Dokument aus vergangenen Zeiten nicht sachgerecht umgeschrieben. Alte Zeitschriftenartikel und Literatur mussten in Neusprech übersetzt werden. Alte Inhalte mussten durch neue, Goethe musste durch Göte ersetzt werden. Philosophen sollten grundsätzlich verschwinden.

Winston war nachlässig geworden, vermuteten seine Aufpasser. Tatsächlich aber hatte er absichtlich einige alte Passagen stehen lassen, um der Nachwelt und dem Nachwissen halber. Zweifellos in den Augen der Großen Schwester ein großes Verbrechen, konnten doch Bürger aufgrund dieses verhängnisvollen Fehlers einen Blick in die vorangegangenen geschichtlichen Zustände gewinnen und daraufhin vielleicht rebellisch werden.

Winstons Seele war jetzt schneeweiß; er hatte auf der öffentlichen Anklagebank gesessen, hatte alles gestanden, hatte jedermann belastet. Er schritt seinen letzten Gang mit dem Gefühl hinunter, im Sonnenschein zu wandeln, obwohl es draußen bitterster Winter war. Ein bewaffneter Wachposten folgte ihm auf dem Fuß. Das lang erhoffte Geschoss drang ihm in sein Gehirn.

Seinen letzten Blick hatte er hinauf zu dem riesigen Gesicht der Großen Schwester gerichtet. Vierzig Jahre hatte er gebraucht, um zu erfassen, was für ein gütiges Lächeln sich unter der gekräuselten Stirn wohl verbergen könnte. Oh grausames, unnötiges

Missverstehen! Oh eigensinniger, selbst auferlegter Zweifel an der schwesterlichen Herrlichkeit und Liebe der weisesten aller Führerinnen.

Zwei nach Gin duftende Tränen rannen an den Seiten seiner Nase herab, als sein Gehirn in viele graue Einzelteile zerlegt auf Außenerkundung ging. Doch nun war alles gut und rein und wahr. Der Kampf war beendet. Winston hatte den Sieg über sich selbst errungen. Er hatte in den letzten Stunden seines jämmerlichen Lebens die Große Schwester lieben gelernt – und seinen eigenen Sohn, Winston jun., vergessen. Die Geburt seines Enkels, Winston jun. II, konnte der Delinquent nicht mehr erleben.

In seinen besseren Zeiten hatte ich den guten alten Winston Smith in London besucht – ich glaube es in meinem Zeitreise-Roman »Rasante Zeiten« erwähnt zu haben. Und nun bekomme ich morgen von Winston jun. II Besuch. Ich wohne derzeit in Frankfurt am Main, unserer neuen Hauptstadt. Die Mainmetropole, das neue Metropolis der Deutschen Südstaaten.

Winston II ist inzwischen so alt wie sein Großvater damals gewesen war, als ich ihn noch lebend angetroffen hatte. Ich schätze sein Alter, als ich ihn am nächsten Tag am Airport abhole, auf Ende Dreißig. Er begrüßt mich mit britischer Reserviertheit, und als Gastgeschenk hat er englischen Regen und einen Regenschirm mitgebracht. Er hat ein gerötetes Gesicht, in dessen Mitte sich eine hervorstehende Nase breit gemacht hat.

Er geht etwas gebückt, trägt eine schwarze Melone, wie ich sie aus der Zeit seines Großvaters kenne, und einen grauen Gehrock. Wahrscheinlich gehört er zur Ersten Kaste. Die vornehmen männlichen Briten dürfen heutzutage wie in alten Tagen Melone, einfarbige Strickwesten und Grau tragen. Wie ich aus einer heimlich gehörten Auslandsrundfunksendung weiß, trägt die Zweite Kaste beige Strickmützen, karierte Westen und braunen Cord. Die dritte Kaste darf lediglich Jeansbekleidung nutzen, und die Vierte Kaste muss orangefarbene Trainingsanzüge tragen. Kopfbedeckungen sind für die dritte und vierte Kaste nicht vorgesehen.

Noch bevor wir viele Worte miteinander wechseln, halte ich meinen Finger vor den Mund, um ihm zu signalisieren, dass wir hier nicht sprechen sollten. Wie ich weiß, spricht Winston ein recht gutes Deutsch, obwohl es heutzutage in Großbritanniens öffentlichen wie privaten Schulen nicht mehr angeboten werden darf. Englisch ist die Weltsprache, so hat es der Weltaufsichtsrat, *WAR*, erst kürzlich beschlossen. Aber Winston hatte seine Deutschkenntnisse bereits in früher Jugend von seinem Vater erworben.

Seitdem das 10G-Netz Standard ist, hat sich weltweit die Brillenkamera durchgesetzt. Und nur deshalb habe ich meinen Schweigefinger erhoben. Wortlos bedeute ich meinem Gast noch im Arrival-Bereich des Flughafens, dass wir die Brillen tauschen sollten. Wer keine Brillenkamera trägt, wird unverzüglich festgenommen und einem Verhör unterzogen. Man weiß nie, wie so etwas ausgeht. Man hat schon schreckliche Dinge gehört, nachdem jemand vernommen worden war.

Bei einem Brillentausch wäre zumindest ich dem staatlichen Kontrollbereich entwichen – jedenfalls vorerst. Winstons Brillenkamera kann nur auf dem Territorium des Vereinigten Königreiches senden und empfangen und ausgelesen werden. Ich kann sie also tragen, ohne dass meine Handlungen im Frankfurter Kontrollministerium zu sehen und meine Worte zu vernehmen sind.

Damit Winston nicht auffällt, muss er freilich meine Brillenkamera tragen. Sie kann nur in den Deutschen Südstaaten ihre Kontrollwirkung entfalten. Und schließlich bin ich es, der beabsichtigt, die Alten Schriften in Sicherheit zu bringen. Ich kenne geeignete Verstecke. Winston wird mit meiner Brille ab jetzt – jedenfalls für die ersten Tage – meine Rolle übernehmen. Man hat in der Wahrheitspresse mitgeteilt, die Brillenkameras sollten baldmöglichst mit Stimmen-Identifikatoren ausgerüstet werden. Aber nach anderslautenden Berichten des ID-Ministeriums wird die entsprechende Technik erst in zwei Jahren zur Verfügung stehen.

Wir stehen weit abseits von Menschenansammlungen, während in der Abfertigungshalle noch Reisende aus dem zirka fünfzig Meter entfernten Gate kommen, um sich schnellstmöglich auf ihren Heimweg zu machen. So hastig wie die Menschen hier laufen, kann man vermuten, dass sie nicht gerne unterwegs waren – oder dass sie gerade eben, bei der Einreisekontrolle, sehr Unangenehmes erlebt haben. Aber im Allgemeinen kann man feststellen, dass Hektik, Schnellig- und Betriebsamkeit trotz extrem gestiegener Automatisierung im Alltag zugenommen haben. Man sieht in der großen Mehrzahl dahinflüchtende Menschen, als seien sie auf der Flucht vor sich selbst, den Blick auf den Boden gerichtet, uninteressiert an dem Geschehen rundum. Ich glaube, dass die Menschen hoffen, ihre hektische Eile möge sie unsichtbar machen – gewissermaßen den Rest ihrer früheren Privatsphäre widerspiegelnd.

Ohne Worte zu verlieren, setzt Winston seine Brille ab und macht so, als würde er sie reinigen. Man weiß nie, wer einen beobachtet. Es gibt überall Denunzianten. Das fing bereits damals bei Corona an. Doch damals war es noch die Ausnahme. Heute ist es die Regel. Es gibt auf jede Denunziation entsprechende Boni, je nach Wichtigkeitsgraden, die auf einer wöchentlich veröffentlichten Liste der Allgemeinheit zugänglich gemacht werden. Die Listen werden von den Blockbetreuern in Hausfluren aufgehängt, werden automatisch auf sämtliche Handys übertragen, werden im Fernsehen in den Werbepausen eingeblendet, im Radio gesendet und im obligatorischen Massenkino als Vorschau gezeigt.

Auch ich reinige meine Brillenkamera und mache so, als würde sie mir aus der Hand fallen. Winston tut es mir gleich. Fast wären wir mit unseren Köpfen in Bodennähe aneinander geprallt. Blitzschnell tauschen wir die Brillen. Ich bin mir sicher, dass niemand unsere Tauschaktion bemerkt hat. Es geht so flink, als hätten wir es zuvor geübt.

Mir ist bekannt, dass es auf den seltenen innereuropäischen Flügen, wenn sie denn überhaupt noch stattfinden, keine Bordverpflegung gibt. „Ja, früher war alles besser“, hatte Onkel Podger immer gesagt, und ich hatte ihm als junger Student nicht geglaubt und ihn ausgelacht. Aber heute hätte sein Spruch in die Vollen getroffen.

„Wollen wir erst einmal etwas essen und trinken?“, frage ich Winston II. „Bei uns gibt es *DeuDo,* DeutschDonalds. Sehr beliebt in deutschen Landen! Gleich hier neben der Flugabfertigung ist ein solcher Imbiss. Der Konzern ist in urdeutscher Hand. Schmeckt etwas anders als bei eurem McDonalds, aber man hat sich daran gewöhnt.“

„Sie sind ein guter Freund meines kürzlich verstorbenen Vaters, und Sie waren meinem ermordeten Großvater ein guter Freund“, flüstert Winston, „da wäre es mir angenehm, wenn wir wie Freunde miteinander reden. Darf ich das deutsche *DU* verwenden, auch wenn ich der jüngere bin?“

„Du darfst“, flüstere ich zurück, obwohl ich weiß, dass Flüstern nicht vor Mithören schützt.

Wir gehen zu *DeuDo* essen. Im Prinzip gibt es alles, was es bereits vor zehn Jahren gegeben hat. Allerdings gibt es nicht mehr diese Vielfalt an Hamburgern, da nur noch vegetarische und vegane Doppeldecker angeboten werden. Lauterbachs Regierung legt monatsweise fest, welche Lebensmittel eingeführt werden dürfen und welche aus dem territorialen Eigenbestand der Fünften Republik Verwendung finden müssen.

Es gilt, wenn man der neuen Regierung Glauben schenkt, der Lebensmittelverschwendung der vergangenen Zeiten Einhalt zu gebieten. Und ich muss sagen, dass die Rechnung bisher aufgeht – man hört landauf landab nichts mehr von jenen widerlichen Vergeudungsorgien. Sie, liebe Leserinnen, erinnern sich gewiss, dass tonnenweise Gurken oder – wie in Italien – Tomaten ins Meer gekippt wurden, allein um die Preise hoch zu halten, allein um des Profits willen!

Auch fallen im Haushaltsmüll und in den Kompost-Tonnen im Vergleich zum vorherigen Jahrzehnt siebzig Prozent weniger weggeworfene Lebensmittel an. Das also sind einige der vernünftigen Nebenprodukte der Neuen Zeit. Ansonsten leben wir in ziemlich traurigen Verhältnissen. Dass Winston mich besuchen darf, liegt einzig und allein daran, dass ihm die britische Regierung eine Ausnahmegenehmigung erteilt und ihm das Frankfurter Migrationsministerium ein Ausnahmevisum ausgestellt hat. Er reist als Kulturdiplomat.

Diese Ausnahmegenehmigung haben Winston und ich uns mit List erschlichen; wir haben uns eine gute Begründung zusammenfantasiert. Das entbehrte zwar nicht eines gewissen Risikos, aber wir bauten, da waren wir uns sicher, unser Lügengebäude auf sicherem Fundament. Wenn man heutzutage überhaupt in irgendeinem Bereich des Lebens noch von »sicher« sprechen kann. Obwohl es ja gerade die angebliche Sicherheit gewesen war, der zuliebe unsere Freiheitsrechte abgeschafft worden waren. Es ist alles so abstrus und scheinheilig geworden. Wir haben uns gefragt, ob wir unser Lügenkonstrukt moralisch vertreten können und haben es ohne zu zögern bejaht.

Die täglichen Nachrichten strotzen vor Unwahrheiten. Eine Falschinformation reiht sich an die nächste. Eine weggelassene Nachricht reiht sich an die nächste Weglassung. Man hatte uns schon in der vorrevolutionären Zeit daran gewöhnt. In der Regel folgt eine Flut von Fakenews auf einen Tsunami alternativer Fakten. Die staatliche Nachrichtenpresse hat das Monopol, nachdem die Privatmedien sie aufgekauft haben. Presse-Inklusion – Staat und Wirtschaft sind zu einem einheitlichen Block verschmolzen. In dieser Situation darf man Moral nicht mit Moralin verwechseln. Unter uns gesagt, verehrte Leserschaft: Wenn es der Wahrheit und der unverfälschten Geschichtsschreibung dient, bin ich inzwischen bedingungslos bereit zu lügen.

Die Lüge gebiert Lügen. Lügner gebären Lügner. Die Wahrheit wird an die Wand gestellt und exekutiert. Aber sie lebt noch in der Vergangenheit; sie lebt in den Alten Schriften. Winston und ich werden sie retten und bewahren.

Die meisten Leute scheint es nicht zu interessieren, ob das, was das Wahrheitsministerium und seine Medien berichten, wirklich stimmt. Sie denken sich: *Es lügen doch sowieso alle. Wir können daran kein Jota ändern. Wozu im Schlamm wühlen, wenn es uns doch so viel besser geht als allen anderen.* Doch selbst diese Behauptung ist eine Lüge der offiziellen Medien und wurde im Laufe der Zeit zu einem gut funktionierenden, beruhigenden Selbstbetrug für die meisten. Selten gibt es noch Menschen, denen ein klarer Blick für die Lage erhalten geblieben ist.

Ja, der Mensch glaubt nur das, was er glauben will. Ich selbst – und hierin bin ich mir mit Winston einig – glaube, dass nur wir beide die Schätze der

Vergangenheit retten können. Nur deshalb ist die Lüge unsere Waffe.

Unsere Lüge ist ein Kunstprodukt, ein Fantasieprodukt, und es besteht aus einem lächerlichen Drehbuch für ein ebenso lächerliches Musical. Ein Musical und das dazugehörige Manuskript, das wir beide als »Zwei-Nationen-Musical zu Ehren des Weltaufsichtsrats« zu komponieren beabsichtigen. Das war der Türöffner für Winston jun. II auf seinem Weg aufs Festland gewesen, auf seinem Weg zu mir.

Wir unterhalten uns über dieses Projekt und sind uns einig darüber, dass wir es gemeinsam innerhalb der zugestandenen Visumzeit von vier Wochen abschließen können. Darüber reden wir, aber während wir reden, schaut Winston mit großer Bedachtsamkeit weit an mir vorbei, damit die Brillenkamera nicht aufnehmen kann, wie ich auf ihn deute. Hätten wir frei reden können, hätte ich mit diesem Fingerzeig auf ihn gesagt: „Winston, du komponierst und textest, während ich unbemerkt von den Staatsaufsehern die Alten Schriften rette!"

So jedenfalls lautet unsere Abmachung.

Natürlich hatte ich Winston im *DeuDo* eingeladen, und so winke ich nun eine der Servicekräfte herbei, die sich seit einigen Jahren nur noch ungern »Kellnerin« nennen lassen. Ich weiß nicht warum, ahne auch nicht, woran das liegen könnte und stelle es lediglich fest. Doch auch diese scheinbar unbedeutende Änderung verwundert keinesfalls, hat sich doch die Sprache im letzten Jahrzehnt rasant verändert. Von Medien, Pädagogen, Erzieherinnen, Pastoren und Volkshochschulen ausgehend – nicht zu vergessen: das Internet – wurde die Sprache sukzessive einem Wandel unterzogen, die man noch nicht einmal mit Orwells treffendem Begriff vom »Neusprech« bezeichnen durfte.

Erst kürzlich hatte man in unserem Hochhaus im 13. Stock – zehn Stockwerke unter unserer Wohnung – eine Razzia veranlasst und meine Nachbarin, Frau K., abgeführt. Sie hatte sich im Lebensmittelmarkt bei einem kleinen Sprachgefecht mit der Kassiererin, die ihr falsch herausgegeben hatte, erregt. In dieser Erregung war ihr der Satz „Sie sind wohl auch eine dieser Neusprech-Gören!“ herausgerutscht.

Es führte noch am selben Vormittag zur umgehenden Anzeige, und schon vor dem Mittagessen erfolgte die Hausdurchsuchung. Die maschinengewehrbewaffneten Vermummten suchten nach aufrührerischem Material. Man transportierte nach drei Durchsuchungsstunden schließlich Laptop, PC, ein paar Bücher und sonstigen Schriftkram ab, während man der in Handschellen gelegten Frau K. mit geübter Polizistenhand den Kopf nach unten drückte und sie neben die beschlagnahmten Gegenstände in den Kastenwagen verfrachtete. Dann fuhr der dunkelgrüne Wagen mit der Aufschrift »Elektro – der Umwelt zuliebe« ab in Richtung Besserungsanstalt. Früher sagte man dazu Vollzugsanstalt oder Umerziehungslager.

„Das macht 18 Dinar, oder wollen Sie mit dem Chip bezahlen?“, sagt die adrette Servicekraft in ihrem schwarz-weißen Outfit, als sie an unseren Tisch herantritt. Im Moment gelten noch beide Zahlungsmittel, aber bald schon soll nur noch die Bezahlung per Chip möglich sein. Die Servicekraft gehört der dritten Kaste an, was man an dem roten Knopf an ihrem Revers unschwer erkennen kann. Anders als in Großbritannien, wo die Konservativen noch konservativer waren als die Mitglieder des erzkonservativen Weltaufsichtsrates und wo man vier Kasten eingeführt hatte, bedienen sich die beiden deutschen Staaten eines Dreier-Kastensystems.

Wahrscheinlich haben sich Weidel und Lauterbach nichts weiter dabei gedacht. Vielleicht jedoch hatten sie einen allseits bekannten Spruch im Sinn, als sie das Kastengesetz verabschieden ließen: *Aller guten Dinge sind drei!* Das jedenfalls kann ich mir sehr gut vorstellen – aber ich weiß es nicht. Wir Bürger wissen überhaupt wenig. Besser gesagt: Wir wissen in keiner Weise, wie die Entscheidungen unserer Häuptlinge zustande kommen und wie sie begründet werden.

Zumeist steht eine standardisierte Formel vor den Gesetzesverkündungen: »Entsprechend dem Erlass des WAR vom Soundsovielten wird das Gesetz XYZ zum Tag xxx in Kraft gesetzt«. Der Weltaufsichtsrat lässt den einzelnen Ländern in Sachen der Kasteneinteilung freie Hand. Im süddeutschen Kastengesetz wurden deshalb die Farben der jeweiligen Kasten nach eigenem Gutdünken festgelegt. Die Erste Kaste trug einen blauen Knopf, die zweite einen grünen und die unterste zeichnete sich durch ein rotes Abzeichen aus.

Meine Freundin Stella, mein ehemaliger Arbeitskollege Ben und ich wohnen in einem robusten

30-stöckigen Hochhaus in der Nähe der Hauptwache. Ben wohnt in einer eigenen Wohnung im gleichen Stockwerk wie Stella und ich. Der Wolkenkratzer steht mitten im grünen Bezirk. Der Innenstadtbereich ist der Zweiten Kaste vorbehalten, weshalb wir immer einen grünen Knopf als Anstecker tragen.

Anders als in Großbritannien gibt es keine spezielle Kleiderordnung, jedenfalls nicht in der Fünften Republik – noch nicht. Wer weiß, ob wir uns eines Tages nicht noch Weidels Fünftem Reich anpassen werden. Dort trägt die Erste Kaste Braun, die Zweite Schwarz und die Dritte Kaste muss in auffallendem Knallgelb herumlaufen. Ich halte Lauterbach zwar nicht für besonders klug, aber für so lauter, dass er dieses perverse Farbspiel nicht mitmacht.

„Mal sehen, ob alles den Bach runtergeht vor lauter Lauterbach“, hat Stella neulich gesagt. Neuerdings liebt sie Wortspiele nach dem Liebesspiel.

Auf dem Weg zu Stellas und meiner Wohnung zeige ich meinem britischen Gast die Videokameras an den Knotenpunkten der Plätze und Straßen. Er kennt es aus seiner britischen Heimat. Bei mir zu Hause brauche ich Winston nichts erklären – auch hier kennt er bereits die staatlich garantierten Help-Programme; sie sind global vom Weltaufsichtsrat veranlasst und werden von den regionalen Regierungen umgesetzt. Sie machen in ihrem Sinne absoluten Sinn: Von der allgegenwärtigen *Alexa* über die staatlichen Steuerungsprogramme für die Schließung und Öffnung von Fenstern, Rollläden und Türen, den vom Organisationsministerium zu veranlassenden Weck- und Schlafhilfen bis hin zu den in allen

Räumen verfügbaren TV- und Radiosystemen, die jeweils durch die Behörden zu den erforderlichen Zeiten ein- oder ausgeschaltet werden.

Leicht könnte man auf den Gedanken kommen, dass sich die Fernsehprogramme auf ein einheitliches Heruntergerassel von staatstreuen Nachrichten beschränken könnten – aber vollkommen verfehlt! Es gibt eine Menge bunter, kurioser Sendungen, die den beschäftigungslosen Menschen den Alltag erträglich machen. Kurz nach Ausrufung der Fünften Republik nahm sich Staatspräsident Lauterbach in manchen Punkten ein Vorbild an Alice Weidel, der Präsidentin Weißdeutschlands, wie die Reaktionäre das Fünfte Reich auch gerne nennen, wenn sie unter sich sind.

Beide Systeme führten das bedingungslose Grundeinkommen, GE, ein – 1.500 Dinar für Arbeitslose, Invalide, Kriegsgeschädigte und Rentner. Und dies bei einer gesetzlich festgelegten Höchstmiete von dreißig Prozent des GE, inklusive Nebenkosten. Pensionäre, die der untergegangenen Staatsform hörig gewesen waren oder nun der neuen Staatsmacht dienen, erhalten eine Einheitspension von 2.500 Dinar. Der Dinar hatte den Euro und den Dollar im Rahmen der allgemeinen Neuordnung des Weltwährungssystems abgelöst. Er hatte aber zugleich das gesamte Weltwährungssystem revolutioniert und leitete vor Kurzem zur New-Bitcoin-Währung, NBW, über. Darauf komme ich vielleicht später zurück. Obwohl – brauchen wir Währungswissen?

Jedenfalls sollte man wissen, weshalb Rubel, Euro, Dollar, Renminbi und Rupie untergegangen waren, beziehungsweise weshalb sie nunmehr »Dinar« hießen. Da dies jedoch einer längeren Vorgeschichte bedarf, mag es hier mit einer kurzen Erklärung abgetan sein: Geld in jeglicher Form ist eine Sache des Vertrauens. Nach dem Zusammenbruch der Weltwirtschaft 2032, kurz vor dem Zerfall Deutschlands und somit vor dem politischen Konkurs der Europäischen Union, ein Jahr vor der Wahl Weidels und Lauterbachs, lag das Vertrauen der Wirtschafts- und Finanzbosse ebenso wie das der Verbraucher und Arbeitnehmer danieder. Keiner traute mehr dem anderen.

Schon in uralten Zeiten hatten Währung und Wirtschaft nur dann gut funktioniert, wenn die Menschen der Macht und dem Ehrenwort ihres Königs oder Kaisers vertrauten. Solange die Untertanen ihrem Kaiser vertrauten, selbst wenn er keine Kleider trug, solange vertrauten sie auch seinen Münzen. Menschen, die einander noch nie gesehen hatten, konnten dem Wert eines römischen Denarius vertrauen, weil sie der Macht und Integrität des römischen Kaisers vertrauten, dessen Konterfei und Name auf der Münze prangten.

Das Vertrauen in die römischen Münzen war damals so groß, dass selbst die Menschen jenseits des römischen Imperiums gern Denarii entgegennahmen. Im ersten Jahrhundert unserer Zeitrechnung wurden die kaiserlichen Münzen selbst auf den Märkten Indiens als Zahlungsmittel akzeptiert, obwohl die nächste römische Legion Tausende

Kilometer entfernt war. Das Vertrauen der Inder in das römische Geld war derart groß, dass die indischen Herrscher mit ihren eigenen Münzen den Denarius kopierten – bis hin zum Konterfei des römischen Kaisers. Die Bezeichnung »Denarius« wurde zum Namen für Münzen jeder Art. Die muslimischen Kalifen übernahmen ihn und prägten »Dinare«.

Es war wohl dieser Blick auf die Geschichte, der den Weltaufsichtsrat 2032 bewog, die neue Weltwährung »Dinar« zu nennen. Die Antike, das Mittelalter, die Frühe Neuzeit und alle folgenden Zeitabschnitte kannten die Weltaufsichtsräte wohl. Doch das gemeine Volk sollte dieses Geschichtswissen vergessen – zu viele Unsicherheitsfaktoren enthielt die Menschheitsgeschichte, zu viel Aufruhr, zu viel unnützes Wissen. Sicherheit ging vor Wissens- und Forschungsfreiheit.

Auch *mein* Blick in die Geschichte konnte nicht so schrecklich weit zurückreichen, was am bescheidenen Umfang der bislang von mir heimlich beiseite geschafften Dokumente lag. Wenn man mich damit jemals erwischen würde, wäre mein Schicksal besiegelt. Die Todesstrafe wäre eine Erlösung gegenüber den Qualen in unserem europäischen Guantanamo. Auch dazu möchte ich jetzt in der gebotenen Eile keine größeren Ausführungen machen – ich erinnere fürs Erste an den Hochsicherheitstrakt Belmarsh bei London und an Julian Assange, der dort heute immer noch in Isolationshaft einsitzt, ohne jegliche Verurteilung, ein lebendes Skelett.

Man hat das europäische Guantanamo sinniger Weise auf dem Gelände des ehemaligen Konzentrationslagers Auschwitz-Birkenau in Polen eingerichtet. Polen erschien dafür noch geeigneter als London. Prädestiniert aus folgenden Gründen: ein hochkatholisches Land, hochgläubig, hochverblendet, inklusive charismatischer Pastoren und frenetischer Religionsführer in der kirchlichen Hierarchie, insbesondere aber Erfahrung im Betrieb von geheimen CIA-Foltergefängnissen nach 9/11 – und seit Jahrzehnten auf den Kurs der US-Außenpolitik der Radikalevangelikalen eingeschworen. Ja, Polen, ein Land des gewöhnlichen Autoritarismus.

Ich hatte Stella und Ben nicht in meinen und Winstons Plan eingeweiht. Ich wollte sie nicht gefährden. Denn ich weiß, dass mein Unterfangen ein Himmelfahrtskommando ist. Wenn ich meine beiden besten Freunde in die Sache mit hineinziehe, könnte es um sie geschehen sein – das wäre für mich ein unerträglicher Schmerz. Zudem ist mir bewusst, dass es dem System immer gelingen kann, die geringste Unregelmäßigkeit, die kleinste Lücke im Verhalten mehrerer Personen aufzudecken und daraus Schlussfolgerungen mit Hilfe der KI zu ziehen. Künstliche Intelligenz setzt die Staatsmacht vorzugsweise ein, wenn es um die Überwachung ihrer Untertanen geht. KI als Produktivfaktor spielt demgegenüber eine drittrangige Rolle.

Die Künstliche Intelligenz und ihre Algorithmen sind überall am Werk: In META X, dem Facebook der Neuzeit, bei Google, Amazon, Apple und Windows, jenen altbekannten *BIG FIVE* aus der

Alten Welt. Sie sind heute mehr denn je die *BIG FIVE*. Jeder ihrer Eigentümer hat einen Sitz im Weltaufsichtsrat. Im Grunde sind sie die Weltenlenker. Aber auch dazu möchte ich nicht unbedingt jetzt einige Erläuterungen geben. Vorrangig muss ich meine Aktion planen und dann zur Tat schreiten.

Überall funktioniert das KI-System seit 10G existiert. Der neue Mobilfunkstandard, der auf „Long Term Evolution, LTE" und 5G aufbaut, wurde vor einem halben Jahrzehnt eingeführt – noch bevor Weidel und Lauterbach nach der Macht greifen konnten. 10G arbeitet in ungekannter Schnelligkeit und Präzision. Wenn ich an die früheren Volkszählungen und den Vorwurf vom »Gläsernen Bürger« denke, kann ich heute nur schmunzeln. Oder wenn ich an die lächerlich veraltete „Produktionsweise" der Stasi aus den 1980er-Jahren denke: Akten aus gepresster Pappe, Säcke voller Papier – zum Totlachen! Aber ich möchte mich im Moment nicht mit dieser Art Rückblick sinnlos beschäftigen. Zu leicht kann man sich in diesen vagen Erinnerungen verirren – ein Irrgarten der guten alten Erinnerungen nutzt mir heute nichts.

Nützlich erscheint mir hingegen die Rückblick-Bitte meines Gastes, weil ich auf Winstons Hilfe angewiesen bin. Nur er kennt meinen Plan. Und ich benötige sein absolutes Vertrauen.

Wir sitzen alleine in der Küche. Ich habe wieder meine Brillenkamera aufgesetzt, damit die Zentrale meinen Kamerablick auf die Küchenzeile erkennen kann. Alle Menschen auf einmal können nicht ständig überwacht werden. Wer gerade dran ist, werten sie nach einem Zufallsfaktor aus, den ihnen ihr Algorithmus vorgibt. Man muss also jederzeit damit rechnen, dass sie mitgucken. Mithören können sie in allen Wohnbereichen, außer dem Bad. Aber wenn ich *Alexa* in die Mikrowelle stelle und darüber eine Alufolie lege, hören sie in der Abhörzentrale absolut nichts und denken, wir würden schweigen oder vor uns hindösen oder uns betrinken und wären geistig abwesend – ein Zustand, den sie mögen.

Den Trick mit der Mikrowelle und der Folie habe ich selbst herausgefunden, weil ich mich seit jeher für Physik interessiert habe. Manchmal können Hobbys sehr praktisch sein.

Alte Geschichten

„Kannst du mir von meinem Großvater erzählen!", hat mich Winston jun. II gefragt.

Ich habe uns den teuersten Wein besorgt, den es derzeit gibt. Solche Luxusgüter sind limitiert. Es gibt zur Zeit nur einen sehr wässrigen Weißwein.

„Magst du?" Ich biete ihm ein Glas davon an, und Winston II nickt freudig.

„Er ist gewöhnungsbedürftig", versuche ich vorsichtig eine Vorabentschuldigung anzubringen.

Er nippt am Glas, lächelt mild und meint: „In London schmeckt unser Bier ähnlich!" Dann stoßen wir mit einem nicht allzu lautem »Cheers!« an.

Wenn mich meine Sinne nicht trügen, ist es eine Mischung aus zwei Vierteln Weißwein, einem Viertel sanft gesüßtem Wasser und einem Viertel abgestandenem Weinessig. Es war die teuerste Flasche, die ich im Getränkesupermarkt bekommen konnte. Den allgegenwärtigen bitteren Gin, den es schon 1984 in London gab und der heute ein britischer Exportschlager geworden war, wollte ich meinem Gast nicht antun.

„Na sicher", sage ich. „Ich kann dir von deinem Großvater erzählen. Wir haben einiges zusammen erlebt. Schließlich habe ich bei ihm die Welt der allgegenwärtigen Überwachung kennen gelernt. Er war es, der mir die Sache mit dem »Neusprech« erklärte. Damals war ich Autor und obendrein in einem Verlag beschäftigt. Deshalb interessierte mich das sehr."

Es war mir noch heute völlig schleierhaft, wie ich bei all diesen Kontrollen nach London gelangt war. Es war jedenfalls ein klarer, kalter Tag im November gewesen, und die Glocken am Big Ben schlugen gerade dreizehn, als ich den Victory-Block erreichte, in dem Winston Smith wohnte. Ich ging rasch durch die Glastür, nachdem mir ein unbestimmtes Summen anzeigte, dass Mr Smith auf mein Klingeln hin den Öffner betätigt hatte.

Irgendwie roch es seltsam im Flur. Aber noch seltsamer war das Riesenplakat, von dem mir ein übergroßes weibliches Gesicht streng entgegensah – so, als wollte mich die Eigentümerin dieser Wohnanlage, oder wer immer es war, vor Ungehorsam warnen. Das Gesicht war so aufgenommen, dass mich ihre herrischen Augen überallhin verfolgten. Ich schaute nach, ob die darunter aushängenden Zettel einen Hinweis auf den strengen Blick gaben. Tatsächlich hing dort die Hausordnung, die ich jedoch nicht zu lesen beabsichtigte. Darüber konnte mir Winston gewiss Auskunft erteilen. Unter dem Plakat stand in fetten Lettern: *»Sie sieht dich! Sie liebt dich!«*

„Weißt du, so etwas hat mir mein Vater nie erzählt. Er sprach nur von unserem weltweit bewunderten demokratischen Status“, sagte Winston junior. „Dad erzählte davon, wir Briten hätten den wahren Parlamentarismus erfunden und es gäbe nichts demokratischeres als das Vereinigte Königreich unter der Queen. Von Großvater sprach er ein halbes Leben lang nicht. Das kam erst, als ich erwachsen war. Und es schien mir immer unglaubwürdig, was Dad da zusammenfabulierte."

„Warte ab, ich erzähle dir der Reihe nach, vielleicht hat dein Vater ja doch nicht fabuliert, sondern dir eine Realität beschrieben, wie du sie dir einfach nicht vorstellen konntest."

„Ich lasse mich überraschen!"

„Die Wohnung deines Großvaters lag sieben Stockwerke hoch, der Aufzug war außer Betrieb, und ich kam schnaufend an. Der Mann, der mir die Tür öffnete, sah verhärmt und grau aus. Seine Augen waren faltenumwölkt, hatten jedoch noch einen seichten Glanz und strahlten einen Rest Hoffnung aus, als sie mich wahrnahmen. Als hätte er mich lange schon erwartet, bat er mit einer einladenden Geste hinein, jedoch ohne ein Wort zu verlieren. Stattdessen legte er den Zeigefinger auf den Mund und bedeutete mir, ihm schweigend zu folgen."

Ich mache ein kurze Erzählpause und sehe meinen Gast bedeutungsvoll an. Dann sage ich: „Fällt dir etwas auf?"

„Sure, am Airport hast du mich ebenfalls mit dem Zeigefinger auf dem Mund begrüßt und wir mussten uns in Acht nehmen. Und dann der heimliche Brillentausch."

Ich nicke zustimmend. „Ja, das sind unangenehme Parallelen."

„Wie sah Grandpa aus?"

„Dein Großvater war eine magere, gebrechliche Gestalt, die fast etwas Geisterhaftes an sich hatte. Betont wurde dies durch die graue Tory-Parteiuniform, die er trug, einer Art Trainingsanzug. Über seiner linken Brusttasche, dort, wo das Herz sitzt, war ein roter Punkt aufgenäht. Es bedeutete, dass er eine Vertrauensperson innerhalb des Parteiapparates und somit auch im Ministerium war.

Aus einem in die Wand eingelassenen modernen Volksempfänger, vermutlich aus Leichtmetall, der im Flur seitlich der Eingangstür angebracht war, klang eine blecherne Stimme und verlas Zahlen zur aktuellen Rüstungsproduktion. Dein Grandpa drehte an der rechten Seitenwand an einem Metallrädchen. Er drehte es bis zum Anschlag, so dass die Stimme zwar leiser gestellt war, aber nicht abgestellt werden konnte. Kurz hinter der Wohnungstür nahm er ein Tuch von der Linse des Volksempfängers, das bisher verhindert hatte, dass ich in ihr Blickfeld geriet. Es war ein Gerät, das sich »Televisor« nannte und das der Durchsage von Nachrichten für die Ministeriumsmitarbeiter, aber auch dem Empfang von Geräuschen und Gesprächen aus den Wohnungen und Büros derselben diente. Das Gleiche erfolgte auf optischem Weg – die Sendung und der Empfang von Bildern. Wir bogen hinter dem Gerät in ein Zimmer ein, das völlig verdunkelt war."

„Konntet ihr den Lautsprecher nicht abstellen?"

„Genau das wollte ich von deinem Großvater wissen. »Zwangshören?«, fragte ich extrem flüsternd. Ich konnte mir das absolute Schweigen nicht antun. Zu sehr war ich die Freiheit der Rede und der Gedanken gewohnt. Sofort legte Winston seinen Finger wieder auf die Lippen und flüsterte zurück: »Zeichensprache nötig!« Nach einer Weile: »Das Friedensministerium! Man kann den Televisor nicht abstellen!«, sagte er kaum hörbar und verschwand im Dunkel des Zimmers, in das ich ihm schweigend folgte. »Hier können wir uns leise unterhalten.«

»Danke, dass du unter diesen schwierigen Umständen zu einem Interview bereit bist«, sagte ich. »Wir können uns doch duzen, oder?«

„Wieder eine Parallele", sagte Winston II und musste lächeln.

„Dein Grandpa hatte mir geantwortet: »Wenn man mich verrät und beseitigt, ist es gleich, ob wir uns zuvor geduzt oder gesiezt haben.«

Ich fand es schade, dass wir uns im Dunkeln nicht sehen konnten. Gerne hätte ich seinen Gesichtsausdruck, seine emotionalen Regungen wahrgenommen. Schließlich hatte ich als Journalist gelernt, nicht nur die gesagten Worte, sondern auch die Körpersprache im Zusammenhang mit jenen bloß mit den Lippen geformten Lauten zu deuten.

»Ist es so schlimm?«, fragte ich ihn. Mir war daran gelegen, für meine zukünftige wissenschaftliche Arbeit zum Datenschutz und zur Informationsfreiheit Fakten aus dem Dschungel zivilisatorischer Überwachungsdiktaturen zu sammeln. Damals hatte ich die Absicht in die Wissenschaft zu wechseln. Und natürlich interessierte mich als schreibender Mensch diese neue Sprache, das Neusprech.

Dein Großvater tastete nach meiner Hand und führte mich zu einem Sessel. »Nimm Platz.« Vorsichtig ließ ich mich nieder. Dann saß ich in einer tiefen, weichen Mulde. Links und rechts mit Armlehnen versehen, fühlte ich mich etwas eingeengt, aber das sollte mich nicht stören, sobald ich nur meine Fragen wahrheitsgemäß beantwortet bekäme. Ich hörte, wie sich Winston räusperte.

»Es ist mehr als schlimm. Einen schlimmen Zustand kann man zumeist wieder ändern. Aber diesen endgültigen Verlauf kannst du nicht korrigieren, nicht rückgängig machen. Sie löschen Stück für Stück die Vergangenheit unwiederbringlich aus. Als Mitarbeiter der Abteilung IV des Wahrheitsministeriums bin ich unablässig mit der Korrektur alter Dokumente beschäftigt. Ich muss frühere Zeitungs- und Wissenschaftsartikel »verdeutlichen«, wie es in Neusprech heißt, also neu deuten. Ich muss ganze Bücher umschreiben, Romane, sogar Märchen, um die Vergangenheit umzudeuten und der Gegenwart anzupassen.«

»Artikel neu deuten, sie ‚verdeutlichen' – was meinst du damit?«

»Ich? Ich meine überhaupt nichts; es ist nicht mein Begriff. Es ist der Begriff der anderen! Die da oben meinen, man müsse die Erinnerung an alte Zeiten der neuen Zeit anpassen. Das nennt der Wahrheitsminister ‚verdeutlichen'. Sie wollen die Vergangenheit aus dem Gedächtnis tilgen, um der neuen, der sogenannten ‚wirklichen Wahrheit' Platz zu schaffen. Aber dies soll schleichend geschehen, durch immer neue, kleinere, fast unmerkliche und stetige Korrekturen, durch permanente Umdeutungen, bis schließlich keine wahre Erinnerung mehr existiert. Nach dem Motto: Steter Tropfen höhlt den Stein.«

Ich lege eine kleine Pause ein, weil ich bemerke, dass Winston II meinen Bericht verdauen muss. Ich kann mir vorstellen wie viele Fragen sich ihm aufdrängen.

*

Ich schenke meinem Gast und mir von dem dünnen Wein nach. Winston sieht mich mit großen Augen an, erwartungsvoll und zugleich erstaunt – wahrscheinlich hat er sich nicht die Parallele zum Hier und Jetzt vorstellen können.

„Ich habe deinen Großvater gefragt: »Wie soll das alles vonstattengehen? Man kann doch nicht die Vergangenheit aus dem Gedächtnis der Menschheit verschwinden lassen!« Er konnte mir keine wirkliche Antwort geben. Ich glaube, dass die Briten damals selbst nicht wussten, was mit ihnen geschah."

„Du kamst ja aus einem demokratischen Land, du musst sehr überrascht gewesen sein. Was hattest du dir in London bei diesen furchtbaren Zuständen gedacht?"

„Damals konnte ich mir nicht im Entferntesten vorstellen, dass so etwas jemals tatsächlich geschehen könnte – und sich gar auf Dauer hält."

„Du dachtest, es könnte in Deutschland nicht zu einem Überwachungsstaat kommen?"

„Genau. Nicht nach 1933!"

„Was hat Großvater dir gezeigt und wie schwierig war es für euch, hinter die Regierungs-Kulissen des Großen Bruders zu schauen?"

„Als erstes musst du wissen, dass es eine Diktatur der Großen Schwester war – dazu später. Zweitens handelte es sich 1984 um eine Diktatur, die man noch irgendwo umgehen oder austricksen konnte – wenn auch mit tödlichen Folgen, sofern man erwischt wurde. Es war, wenn man es technisch ausdrücken mag, eine analoge Diktatur. Der große Unterschied zur Jetztzeit besteht darin, dass wir heute weltweit eine komplett perfektionierte Digitale Diktatur haben. Und dieser DigDak kann man nichts verheimlichen, man kann sie schwerlich umgehen, man kann sie nur mit allergrößtem technischen Aufwand austricksen.“

Winston und ich sitzen noch eine Zeit lang beisammen und essen zu Abend. Ich habe am Morgen frisches Brot und vegetarischen Aufstrich besorgen können, unser regionales Standardabendessen. Mein wissbegieriger Gast quetscht mich regelrecht aus, will alles über damals wissen, und so ist der Abend mit meinem Bericht über die Erlebnisse bei seinem Großvater voll ausgefüllt. Irgendwann kommt Stella dazu, doch sie kennt die Geschichte bereits aus meinem Zeitreise-Roman »Rasante Zeiten – 1985 etc.« und geht ins Schlafzimmer, um noch eine Doku im Staats-TV zu sehen (»Die Zukunft der Vergangenheit«), während ich Winston junior alles haarklein erzählen muss:

„Vom Flur deines Großvaters her – dort war der Televisor angebracht – hörte man weiter die überschwängliche Verlesung der Produktionszahlen zu neuen Pershings und zu atomar bestückten Jagdbombern sowie zu den in Erdbunkern rund um London versteckten Atomminen, die gezündet würden, sobald der Feind sich der Stadt nähern würde. Selbst mir, der ich mich in einem sicheren Land lebend dünkte, wurde Angst und Bange, als ich die endlose und voller Freude vorgetragenen Zahlen zur weiteren Aufrüstung gegen den Ostfeind vernahm.

»Präsident Reagans Idee, dieser Rüstungswahn«, hatte dein Großvater gemeint. »Die Eiserne Lady ist seine zweite Hand, seine Vollzieherin in Übersee.«

Jetzt erst erkannte ich das strenge Frauengesicht, dass von allen Plakaten in dieser grauen Stadt auf die Menschen herunterschaute und deren Blicke jedermann unerbittlich verfolgten. Es war Margaret Thatcher. Sie hatte den Falklandkrieg geführt und gegen Argentinien gewonnen. Biertrunken hatte ihr das Volk gedankt.

Sie war die Stellvertreterin der USA in Europa und im Rest der Welt. Sie war Reagans Sprachrohr in der NATO und seine Vollstreckerin in den absolut notwendigen Auslandskriegen, um die Macht der imperial Mächtigen zu zementieren. Aber auch nach innen musste ein unbändiger und unablässiger Krieg geführt werden. Sie fuhr einen harten Vernichtungskurs gegen die Gewerkschaften, gegen Arbeitnehmer und Sozialisten. Sie hebelte deren verbürgte Rechte aus. Sie hatte die britische Industrie nach Reagans Vorbild an China versilbert, um dort billig produzieren zu lassen, und um mit dem eingenommenen Silberschatz den Finanzsektor zu füttern.

»China wird unsere Werkbank! Und wir beherrschen die Weltfinanzen«, pflegte Mrs Thatcher zu sagen.

Dein Großvater hatte die Lage gut analysiert und meinte: »Die Konservativen werden eines Tages jammern, dass sie ihre Industrie ins Ausland verscherbelt haben, nur um jetzt kurzfristig Profit zu machen und das Finanzkarussell zu beschleunigen. Sie wollen mit wenig Aufwand schnelle Casinogewinne einfahren.«

Ich hatte ihn gefragt: »Alles für die ‚Londoner City'? Alles für die ‚Bank of London'?«

Er antwortete nicht, wahrscheinlich hatte er genickt, wie ich in diesem abgedunkelten Zimmer vermutete.

Thatcher und ihre Tories hatten dem Staat das Recht genommen, die Finanzindustrie zu regulieren. Mit ihren einschneidenden Maßnahmen läuteten sie den Beginn des ungezügelten Casinokapitalismus ein. Stichwort: Neoliberalismus! Sie privatisierten die Staatsunternehmen und reduzierten den Staat auf einen Erfüllungsgehilfen der Finanzoligarchen. Seither waren nur noch vier Ministerien zum Regieren nötig. Ihre Aufgaben waren bescheiden: Krieg führen, Liebe unterminieren, Chaos fördern, die Massen verdummen, sie auf Trab und knapp halten, sie in Angst und Schrecken versetzen. Mehr war zum Regieren nicht nötig.

Das Wahrheitsministerium, abgekürzt und in der Neusprache »Miniwahr« genannt, befasste sich vornehmlich mit der Neuschreibung der Geschichte sowie mit dem Nachrichtenwesen, der Propaganda, dem Freizeit- und Erziehungswesen und mit allen Kultur- und Kunstangelegenheiten. Dein Großvater war in Abteilung IV beschäftigt, die aus mehreren tausend Mitarbeitern bestand und sich der permanenten Geschichtsrevision widmete.

»Was machst du da genau?«, hatte ich ihn gefragt.

»Du wirst es am besten begreifen, wenn du mich an meinen Arbeitsplatz begleitest. Aber um nicht aufzufallen, musst du dazu eine Parteiuniform der Tories tragen. Sobald du sie anhast, können wir aus dem dunklen Zimmer heraus. Wenn dich der Televisor dann zufällig erfassen sollte, wirst du zumindest nicht automatisch gemeldet und einbestellt. Bei einer Einbestellung würdest du als NZG identifiziert und wir würden vor Gericht enden. Das wäre für uns beide das Ende.«

»NZG? Was heißt das?«, fragte ich.

»Nichtzugehöriger.« Winston reichte mir in der Dunkelheit eine Tory-Trainingshose, damit ich sie gegen meine Jeans wechseln konnte. Als ich die Hose wie auch die Trainingsjacke angezogen hatte, fuhr ich mit der Hand über meine linke Brusthälfte und spürte den Aufnäher.

»Welche Farbe hat mein Punkt?«

»Natürlich Rot, damit du im Ministerium nicht auffällst«, sagte dein Großvater.

Ich zog meine neue Trainingsjacke stramm.

»Fertig angezogen?«

»Ich bin bereit«, sagte ich. Wir gingen in die beleuchteten Zimmer hinüber.

Ich wusste es schon, aber Winston warnte mich erneut und eindringlich: Der Televisor war gleichzeitig Empfangs- und Sendegerät, das sämtliche Geräusche und Bewegungen registrierte und an eine zentrale Parteidienststelle meldete, wo die Parameter in einem Rechenzentrum ausgewertet wurden. Auffälligkeiten wurden mit der Einschaltung der Gedankenpolizei quittiert. Ob man auffällig geworden war und gerade zu einem bestimmten Zeitpunkt überwacht wurde, war gewissermaßen Glücksache. Doch man war instinktiv darauf eingestellt, jederzeit vom Televisor ins Visier genommen und ausgespäht zu werden.

Die Gedankenpolizei bestand aus einer Spezialeinheit von Informatikern, deren besondere Gabe es war, aus dem maschinellen Who-is-Who politische Raster herauszufiltern, um Gedankenabweichler erkennen zu können.

Ein kurzer Blitzgedanke hatte mich damals durchzuckt. Ich erinnerte mich an Horst Herolds in den 70er-Jahren entwickelte und erstmals 1979 erfolgreich gegen die RAF angewandte Rasterfahndung in der BRD."

Winston jun. II unterbricht meine Erzählung: „Heute braucht man keine Spezialeinheiten von Informatikern mehr; das macht alles die künstliche Intelligenz. KI ist der Hebel zur totalen Überwachung!"

Da spricht er tatsächlich einen wichtigen Unterscheidungspunkt an. Die Informationstechnologie hat sich rasant in Richtung KI weiterentwickelt. Dann kehren meine Gedanken zurück nach London.

Ich berichte Winston junior weiter: „Gedankenabweichler in den Reihen des Herrschaftsapparates konnten nicht geduldet werden. Innerhalb der Tory-Partei wurde ein Gedankenverbrechen mit der gesellschaftlichen Zurückstufung in das Heer der

Masse geahndet. Innerhalb der Ministerien wurden Gedankenverbrechen mit der Vaporisierung der Gedankenverbrecher bestraft. Salzsäure, Verdunstung oder einfache Verdampfung waren die vorherrschenden Mittel der Wahl, um Gedankenverbrecher zu eliminieren.

Von ihnen durfte nichts zurückbleiben, kein Vermächtnis, kein überliefertes Wort, kein Erinnerungsgegenstand, keine Urkunde, auch keine Geburtsurkunde, weder Gehaltsbescheinigungen noch irgendwelche Rechnungen oder Kleidungsstücke.

»Wenn wir erwischt werden, werden wir aus der Geschichte der Menschheit für immer verschwinden«, hatte dein Grandpa erklärt. »Nichts von uns wird übrig bleiben. Niemand wird sich an uns erinnern können. Willst du das Risiko wirklich eingehen?«

Ich schaute Winston an, und dann sah ich auf das einen Kilometer entfernte, wuchtig und weiß aus der düsteren Landschaft emporragende Wahrheitsministerium.

»Bin bereit«, sagte ich und nickte entschieden, wie man nickt, wenn man sich selbst überzeugen und überwinden will.

Das also ist jenes London, dachte ich mit einer Art diffusem Abscheu, von dem ich als Schüler geschwärmt hatte, weil hier die Beatles im September 1969 über den Zebrastreifen der Abbey Road gegangen waren und ihren gleichnamigen Song dabei gesungen hatten. Kennst du den Abbey-Road-Song?“

„Das war nicht meine Zeit“, antwortet mein immer noch äußerst aufmerksam zuhörender Gast.

Ich suche in meiner Playlist danach, und wir hören den Beatles-Song über die neuen Sound-Speaker an. Endlich würden die hiesigen Abhörheinis wieder einmal die gute alte Mucke aus einer Zeit hören, als Freiheit nicht nur ein hohler Begriff sondern eine gelebte Wirklichkeit war.

Something in the way she moves
attracts me like no other lover
Something in the way she woos me
I don't want to leave her now
You know I believe and how
Somewhere in her smile she knows
that I don't need no other lover

„Auch dein Großvater war in seinen Kindheitserinnerungen gefangen und versuchte nachzuforschen, ob London immer so ausgesehen hatte. Die ständige Neubearbeitung der Vergangenheit, durchgeführt von tausenden zur strengsten Verschwiegenheit verpflichteten Ministeriumsbeamten, der Austausch von alten gegen neue Fotos in den Dokumenten der staatlichen Archive, die Neubeschreibungen der Zustände in alten Tages- und Wochenzeitungen – das alles hatte im Gedächtnis deines Großvaters bereits einige verunsichernde Lücken hinterlassen.

Manchmal wusste er selbst nicht mehr, ob dem, was er an der Vergangenheit korrigierte, nun bereits die brandneue oder schon die mehrfach bearbeitete oder vielleicht noch die ursprüngliche Version der Wirklichkeit zugrunde lag. Er kam zusehends durcheinander.

Hatten da schon immer diese langen Reihen heruntergekommen aussehender Häuser aus dem neunzehnten Jahrhundert gestanden? Waren die zerbombten Ruinen, auf deren Trümmer Unkraut wucherte, Überbleibsel des Zweiten Weltkriegs oder doch der Beweis neuer Kriegshandlungen, in die Großbritannien auf ewig verstrickt schien, als sei es eine gottgewollte Selbstverständlichkeit?

Wir beeilten uns, um nicht zu spät an den Arbeitsplatz deines Großvaters zu kommen. Was bedeuteten die in der Ferne zu hörenden Detonationen? Waren es aktuelle Bombeneinschläge oder kamen die Einschlagsgeräusche bloß aus den Lautsprechern an den viktorianisch verzierten Straßenlaternen? Aber Winston schwieg vor sich hin und erinnerte sich nicht wirklich, während das Wahrheitsministerium in seiner übergroßen Dimension immer näher rückte.

Wir hatten jetzt nur noch eine Strecke von vielleicht zweihundert Metern bis zum Eingang vor uns.

»Wird man mich wirklich einlassen?« Ich konnte mir nicht vorstellen, dass man ohne irgendeine elektronische Erkennung in das Zentrum der Macht gelangen konnte.

»Der rote Punkt ist fälschungssicher. Er besteht aus einem besonderen, einem geheim gehaltenen Farbspektrum, das nur ein spezielles optisches Spektrometer erkennen kann«, hatte mir dein Grandpa erklärt.

Ich wunderte mich, wie weit entwickelt dieses heruntergekommene Land war. Im internationalen

Vergleich des Bruttoinlandsproduktes rangierte es auf Platz Sieben hinter der DDR.

»Was, wenn man meinen Ausweis sehen will?«, fragte ich.

»Wir kommen ohne persönliche Kontrolle hinein. Bleibe einfach an meiner Seite und frage mich harmlose Dinge, wie zum Beispiel, ob ich dir aktuelle Rüstungszahlen oder die Berichtszahlen über die in der letzten Schlacht gefallenen feindlichen Soldaten nennen kann. Das sind die üblichen Unterhaltungen, und wir fallen nicht auf, wenn wir entschlossen und wie gute alte Kollegen durchmarschieren.«

»Was wäre meine Funktion an deinem Arbeitsplatz?«

»Du wirst von mir als mein neuer Kollege angelernt, ganz einfach«, hatte dein Grandpa gemeint. Aus heutiger Perspektive war er verdammt mutig, finde ich", ergänze ich und muss an die damaligen gefährlichen Begleitumstände denken.

Winston junior nickt nachdenklich und nimmt einen Schluck von diesem elendigen Wein.

„Soll ich uns einen Tee machen?", frage ich mit schlechtem Gewissen wegen des miserablen Gesöffs, das vor uns steht.

„Nein, der Wein schmeckt gut. Du kennst unsere Weinsorten nicht!"

Oh mein Gott!, denke ich.

Mich erinnert meine Rückschau eindrucksvoll an die bösen Vorahnungen, an die schlimmen Prognosen einiger Zukunftsforscher jener Jahre. Ich war damals voller Hoffnung; naiv? Meine Zuversicht möchte ich aber heute dennoch nicht als sinnlos bezeichnen. Vielleicht hat sie mir persönlich geholfen, über die Stolpersteine der Geschichte aufrecht hinweg zu kommen …

„Erzähl bitte weiter", bittet mich Winston.

„Die Sonne fiel an diesem Morgen auf die unzähligen Fenster des Wahrheitsministeriums, deren Glas die Strahlen erbarmungslos zurück in die von Staub durchsetzte Luft schleuderte. Die von der Sonne abgewandten seitlichen Fensterschlitze sahen aus wie Schießscharten einer Festung an der Atlantikwestfront 1942. Mein Herz schlug wild und ich fühlte Schweißperlen, die sich an meinem Haaransatz bildeten. Diese riesige Pyramide aus Schießscharten war uneinnehmbar; sie war ein Monument der neuen, der damaligen absoluten Wahrheit:

Wer die Macht zur Gestaltung der Gegenwart hat, hat die Macht über die Wahrheit. Wer über die Gegenwart verfügt, hat die Macht zur Veränderung der Vergangenheit und damit die Macht zur Gestaltung der Zukunft. Das jedenfalls war das Theorem, das dein Großvater aus dem Parteiprogramm zu verstehen glaubte.

Die Tories sagten, das Inselreich Großbritannien habe schon immer den verbündeten USA gewissermaßen als »riesiger Flugzeugträger« gegen den Ostfeind gedient. Dein Grandpa aber wusste, dass es früher einmal andere Kräftekonstellationen gegeben hatte. Aber wo war dieses Wissen verankert? Nur in seinem eigenen Bewusstsein, das früher oder später samt seinem Körper unweigerlich in Staub zerfallen und von reflektierten Schießscharten-Sonnenstrahlen durchlöchert würde. Das war ihm klar gewesen.

Wenn die Massen die von der Partei verbreiteten Lügen glaubten, wenn alle Schriftdokumente, Lehr- und Tagebücher, Romane, Zeitungen und Zeitschriften, Filme, Bilder und Hörspiele umgeschrieben wären und gleich lauteten, dann ginge die Lüge in die Geschichte ein und würde zur Wahrheit.

Im Parteiprogramm stand unzweideutig etwas, was die Voraussetzung des sogenannten Zwiedenkens war. Es war einfacher formuliert als dein Großvater es je zu formulieren in der Lage gewesen wäre: *»Wer die Vergangenheit beherrscht, beherrscht die Zukunft; wer die Gegenwart beherrscht, beherrscht die Vergangenheit.«* Somit war festgelegt, dass das gegenwärtig Wahre wahr blieb bis in alle Ewigkeit. So einfach war das. Es war nichts weiter nötig als eine nicht abreißende Kette von Siegen über das eigene Gedächtnis, eine Art sanfter Gehirnwäsche, indem frühere Erinnerungen von der kriegerischen Macht der Gegenwart verdrängt wurden. »Wirklichkeitskontrolle« nannten sie es; in der Neusprache hieß es »Zwiedenken«.

Ich konnte deinen Grandpa natürlich nicht an seinem Arbeitsplatz zu diesen mir so interessant erscheinenden Themen »Neusprech« und »Zwiedenken« interviewen. Hinter seinem Schreibtisch hing ein Televisor, der alles beobachten konnte. Ich wäre den Aufpassern mit meiner Fragerei direkt ins Netz gegangen.

»Setzen Sie sich bitte«, sagte Winston und siezte mich, weil wir nun offiziell Kollegen waren und es den Mitarbeitern untereinander verboten war, sich zu duzen. Das Duzen konnte persönliches Vertrauen schaffen und war somit eine Gefahr für die Partei.

»Womit gedenken Sie Ihre Arbeit zu beginnen?«, fragte ich in einem möglichst glaubwürdigen und gestelzten Englisch.

»Ich führe Sie als Erstes in die Systematik unserer Arbeitsweise ein.« Er deutete an die Seitenwände neben seinem Schreibtisch, wo ich drei mit Klappgittern geschützte Schlitze in unterschiedlicher Größe sah. »Hier sehen Sie unsere wichtigsten Papierkörbe. Wir nennen sie Gedächtnislöcher. Sie existieren überall im gesamten Ministeriumsgebäude, auch auf den Fluren und in den Aufzügen.«

»Was dürfte ich darin entsorgen?«

»Wenn man weiß, dass ein Dokument zur Vernichtung bestimmt ist oder man sieht inoffizielle Papiere, getarnt als Abfallpapiere, herumliegen, ist es unsere Pflicht, das Schutzgitter des nächstbesten Gedächtnisloches hochzuklappen und das Papier dem darin herrschenden Luftsog zu überlassen.«

»Ein Luftsog soll etwas vernichten?«, fragte ich ahnungslos.

»Der Luftstrom wirbelt das Stück Papier fort zu unseren hochmodernen Verbrennungsöfen, die im Tiefgeschoss acht Etagen unter der Erdoberfläche arbeiten und an die Energieversorgung des Gebäudes angebunden sind.«

Du siehst, wie veraltet – oder eben wie analog – die damalige Diktatur war", sage ich, während Winston junior genüsslich am sauren Wein nippt. *Arme Engländer,* denke ich, *wenn euch selbst dieses widerliche Gesöff schmeckt, woran müssen eure Herrschenden euch bloß alles gewöhnt haben!*

„Da lachen ja die Hühner", sagt mein Gast. „Das war ja eine rein mechanische Entsorgung. Lächerlich! Heute wird digital gelöscht. Man braucht keine Rohrpost, keinen Luftzug, keine Verbrennungsvorrichtung. Man markiert das, was gelöscht werden soll, dann ein Tastenklick und verschwunden ist die Vergangenheit!"

„Bis auf die Dokumente, Bücher, CD's, DVD's, Zeitschriften, Museumseinrichtungen, Denkmale und so fort", antworte ich.

„Bitte erzähle weiter von Großvater", sagt mein britischer Gast und nippt genussvoll am Weinglas.

*

Mich ekelt der saure Wein an und ich zapfe ein Glas Chlorwasser aus dem Hahn. Das geschmackvolle Quellwasser ist unbezahlbar, teurer als der weinselige Essigwein. Chlorwasser soll gut sein, erzählen sie den einfachen Leuten, weil es angeblich den Magen reinigt. Reinste Dummenpropaganda. Von den Nebenwirkungen erzählen sie nichts. Ich trinke es, um zu sparen. Winston und ich brauchen jeden Dinar, um die bevorstehende Reise zu finanzieren, auch wenn die Regierung bestimmte Kosten – wie zum Beispiel Hotelkosten – übernehmen wird.

„Ja, die damalige Arbeitswelt interessiert dich natürlich", sage ich zu Winston. „Also, es war so: Dein Grandpa griff nun in eines der Rohrpostfächer, in denen die für ihn vorgesehenen Arbeitsaufträge landeten. Er zog eine Ausgabe der *Times* vom

17.3.1984 hervor, an der ein Zettel heftete. Darauf stand: *BS Rede Fehlbericht Industrie China rechtstellt.*

Dein Großvater sah zu mir und sagte gedankenverloren: »Reine Routine.« Der Arbeitsauftrag, den er erhalten hatte, bezog sich auf einen Artikel, in dem eine Rede von Big Sister (BS) Margaret Thatcher zur Auslagerung von britischer Industrie zwecks Zerschlagung der Gewerkschaften und wegen der Gewinnung finanzieller Vorteile für die *Bank of England* abgedruckt war. Der Artikel musste umgeschrieben oder, wie die offizielle Phraseologie lautete, *richtig gestellt* werden.

So ging aus dem Artikel vom 17. März hervor, dass Big Sister in ihrer Rede am Vortag prophezeit hatte, die Gewerkschaften würden bis zum Ende des Empires eine nationale Gefahr darstellen und auf der anderen Seite würden die lebensnotwendigen, systemrelevanten Finanzeliten durch die Auslagerung einiger Industriezweige nicht genügend Geld generieren können, um neue Finanzprodukte wie gebündelte Immobilienzertifikate und Wetten auf Kreditversicherungen auf den Weg zu bringen. Man müsste noch mehr Kernindustrie und auch die Zulieferindustrie nach Asien auslagern.

In Wirklichkeit jedoch lagen die Gewerkschaften bereits am Boden und die Arbeitnehmerschaft wie auch die Labour-Party hatten kapituliert, wobei Labours Führungselite inzwischen vollständig von amerikanischen Maulwürfen unterwandert war. Dem musste dein Großvater nun Rechnung tragen. Also schrieb er, dass Big Sister in den Gewerkschaften keine Gefahr sah, da diese sich zu Recht als überflüssig begreifen und freiwillig auflösen würden.

Natürlich sah die Große Schwester in dem neu geschriebenen Artikel voraus, dass die Finanzindustrie clever genug sei, um unendliche Liquiditätsmittel flüssig zu machen, und dass man keineswegs auf den letzten Ausverkauf der Zulieferindustrie angewiesen sei, aber dass dies durchaus überlegenswert wäre, wenn man global als größter Finanzplayer neben der Wallstreet agieren wolle. Winstons Neuschreibartikel endete mit *»Wie klug von Margaret, der nationalen Führerin!«*

Der Televisor stieß einen Trommelfell zerreißenden schrillen Pfeifton aus, der zirka zehn lange Sekunden anhielt." – Ich lege eine kleine Schweigeminute ein, bevor ich meinen Bericht abschließe: „So war das damals, lieber Winston. Die Welt deines Großvaters bestand aus Ghettoisierung, Isolierung, Panikmache und Hysterie!"

„Einen solchen Albtraum erleben wir gerade auch heute!", antwortet er. „Das hätte ich mir damals nicht träumen lassen."

Wir schwiegen eine Weile und ich kann nur ahnen, was mein britischer Gast gerade denkt. Ich glaube, er wird meinem Vorhaben zum Erfolg verhelfen.

Vor mich hin sinnierend, erinnere ich mich meiner Gedanken im Jahr 1984, als ich hoffnungsvoll und erst vierunddreißig Jahre alt war: Niemals würden in unserem demokratischen Land solch exzentrische Zustände der Überwachung herrschen wie in Orwells Ozeanien und seiner Hauptstadt London.

Unsere Demokratie, unsere Institutionen, unsere Zivilgesellschaft würde niemals die Durchdringung und Verletzung unserer Privatsphäre hinnehmen. Niemals würden wir gezwungener Maßen oder gar freiwillig die Daten unseres intimsten Lebens einer staatlichen oder privatkapitalistischen Überwachungsorgie preisgeben. Niemals!

Ich musste gerade jetzt an meinen damaligen fünfundzwanzigjährigen Nachbarn Stefan denken. Er hatte sich, wie er mir damals berichtet hatte, arbeitslos melden müssen. Da er als Jungschauspieler keine der Arbeitsamtskriterien erfüllte, fing ihn das Netz des Sozialamtes auf. Er musste zwar ein umfangreiches Formular von vier Seiten ausfüllen, aber keine weiteren Belege anfügen. Er bekam den zum Leben notwendigen Unterhaltssatz ohne weiteres ausbezahlt.

„Und was, wenn du nun Vermögen hättest, vielleicht Hausbesitzer wärst?“, hatte ich ihn gefragt.

„Danach wurde tatsächlich auch gefragt; ich habe es wahrheitsgemäß ausgefüllt, nämlich, dass ich über kein weiteres Vermögen verfüge.“

„Keine Belege?“

„Was soll ich denn belegen, wenn ich nichts habe?“, hatte Stefan geantwortet. „Das Finanzamt und auch meine Bank wissen das doch.“

„Aber es gilt ja das Bank- und das Steuergeheimnis. Wie will denn das Sozialamt die Sache überprüfen?“

„Na hör mal! Unser Staat muss doch seinen Bürgern auch irgendwo glauben! Wer betrügt, kann auffliegen und dann gibt’s ‘ne saftige Strafe. Aber ansonsten leben wir doch nicht in einer Überwachungsrepublik! Noch immer und für immer gilt das Steuergeheimnis. Und auch das Bankgeheimnis ist ein essentielles bürgerliches Recht!"

Ja, dachte ich in jenen Tagen, *da hatte Stefan absolut Recht: Niemals könnten solche fundamentalen Bürgerrechte ausgehebelt, ausgehöhlt und zu einem durchlöcherten Schweizer Käse gemacht werden! Niemals!*

Und es gab noch eine Menge anderer *Niemals.*

Niemals – niemals nach 1945! – würde unser Land oder einer unserer engsten Verbündeten Krieg führen und Millionen Tote in Kauf nehmen. Niemals würde irgendjemand in unserem Land versuchen, die Vergangenheit umzuschreiben und die Gräuel der Naziverbrecher beschönigen. Niemals würde irgendwer in diesen unseren Herrschaftsgefilden extra Chaos produzieren, um von den Versäumnissen oder den wahren bösen Absichten der neuen Herrschenden abzulenken.

Niemals würde man uns Angst mit mutwillig erzeugtem Terror einflößen, um uns gehorsam zu halten. Niemals würde unsere Demokratie zur Farce degradiert und niemals würden die Bürgerrechte ausgehöhlt werden, wegen eines Virus oder wegen Gesundheitsgefahren oder wegen der Hautfarbe, wegen religiöser oder weltanschaulicher Überzeugungen. Niemals würden technische Produkte entwickelt, die uns in unserem Haushalt belauschen und mit Privatfirmen oder staatlichen Diensten gekoppelt wären.

Niemals würden wir freiwillig solche Überwachungsgeräte in unser Heim hereinlassen, selbst nicht unter dem Vorwand, dass sie unseren Alltag erleichtern. Eine totalitäre Überwachung durch Geheimdienste und andere geheime staatliche Institutionen wäre undenkbar. Nicht nach folternder Gestapo und anderen Horch & Gucks.

Niemals würden Konzerne unser Konsumverhalten bis ins Detail ausforschen und uns offen oder verdeckt steuern können. Unsere Gewerkschaften würden sich niemals entmachten und die SPD würde sich nicht wie die Labour-Party von überseeischen Einflüsterern unterwandern lassen, niemals! Nein, nein, nein – 1984 wäre in der Bundesrepublik undenkbar. Völlig undenkbar.

Ich zeige Winston jun. II das kleine Gästezimmer, wo er sein eigenes Bett hat. Auch Stella und ich gehen schlafen. Wir legen unsere Brillenkameras auf das dafür vorgesehene Tablet; die Ablagemeldung wird automatisch ausgelöst, und kurz danach schließen sich rundum selbsttätig die Rollläden und auch die Wohnungstür wird vom Server des Kontrollministeriums angesteuert und abgeschlossen.

Der ganze nächste Tag gehört unserer Planung.

Das Video vom Prozess 2025

Ich habe alle mir relevant erscheinenden Dokumente in jahrelanger Arbeit Stück für Stück gescannt, was mit der neuen Scanner-Generation relativ problemlos und enorm schnell funktioniert. Ich habe sämtliche Daten auf eine Festplatte transferiert und diese sehr gut versteckt. An einem Ort, den die allgegenwärtigen Fahnder wahrscheinlich für unwahrscheinlich halten werden: mitten zwischen den Bauteilen im Gehäuse meines Computers. Sie werden unterm Waschbecken zwischen den Spülmitteln suchen, im Wäscheschrank jedes Handtuch umdrehen und die Wände nach Hohlräumen abklopfen. Aber werden sie in meinen PC schauen, wenn da eine intakte, sauber arbeitende Festplatte ihnen täglich berichtet, was ich darauf schreibe und speichere?

Kein Mensch weiß von meinem Versteck, nicht einmal Stella oder Ben, meine nächsten und vertrauenswürdigsten Freunde. Nicht aus Misstrauen habe ich es ihnen verschwiegen, nein, aus Rücksicht. Sollte man sie je erpressen oder gar foltern, hätten sie mit ihrem Nichtwissen bessere Chancen am Leben zu bleiben als wenn sie etwas gestehen würden, das sich als Treffer erweisen würde.

Erpresste Geständnisse, die zu Ermittlungserfolgen führen, beweisen, dass die geständige Person in das Crime-Geschehen verstrickt ist. Das wiederum zieht einen Schuldspruch nach sich. Ein Schuldspruch bedeutet den Tod – auf welche Art, das entscheidet ein Algorithmus. Richter und Schöffen, Ankläger, Verteidiger und Zeugen werden heutzutage durch die Anwesenheit von Computern im Gerichtssaal ersetzt. Sie bestehen aus reinen Algorithmen. Lediglich der Angeklagte und seine Bewacher bestehen aus Fleisch und Blut.

Nur neun Jahre ist es her – im Jahr 2025, da gab es noch die altbekannten Gerichtsverfahren mit lebenden Personen hinter dem Richter-, Ankläger- und Verteidigertisch. Ich erinnere mich sehr genau, denn damals hatte ich einen Prozess gegen die Impfverantwortlichen angestrengt. Ich wäre aufgrund eines Impfschadens fast ums Leben gekommen. Nach meiner Genesung hatte ich meine Kräfte auf die juristische Aufarbeitung und die erhoffte Wiedergutmachung konzentriert. Meine Anzeige lautete auf vorsätzlichen, versuchten Totschlag. Es war durch Presse, Fernsehen und Funk gegangen. Die Staatsanwaltschaft hatte die Anzeige abgemildert – gefährliche Körperverletzung, fahrlässige Tötung und so weiter.

Die Prozessdokumente befinden sich auf der besagten geheimen Festplatte, die sich lose – also nicht eingebaut – in meinem PC befindet. Mein Gast und Kampfgefährte möchte unbedingt wissen, wie sich die Situation in Deutschland vor der Errichtung der totalitären Herrschaft darstellte. Bevor Winston und ich uns am übernächsten Tag auf die grenzüberschreitende Reise ins Fünfte Reich machen, bittet er darum, die aufgezeichnete Prozess-Dokumentation sehen zu dürfen.

„Unsere Reise-Planung machen wir im Anschluss, was hältst du davon?“, fragt er mich.

Warum auch nicht, sage ich mir und schraube den PC auf, hole die kleine quadratische Festplatte heraus, 2 x 5 x 10 Zentimeter, und schließe sie an. Allein der Besitz einer Festplatte oder eines Sticks ist verboten und wird mit einem »Besserungs-Event«, wie es so schön heißt, von nicht unter zehn Jahren belegt. Es bedeutet in der Regel Arbeitslager, wie man es aus schlechten Romanen kennt, wobei man bei diesen Events um mindestens zehn Jahre frühzeitig altert – wenn man denn das Martyrium überlebt.

Wir sehen uns die Aufzeichnung gemeinsam mit Ben und Stella an. Bild und Ton sind in guter Qualität. Ben war damals als Prozesszeuge geladen und möchte sich nach so langer Zeit die Sache wieder einmal ins Gedächtnis holen.

Der Vorsitzende betritt den Raum, mit ihm zwei weitere Berufsrichter und sechs Schöffen. Der Vorsitzende Richter führt stehend aus: „Ich eröffne die Sitzung der 5. Großen Strafkammer des Schwurgerichts. Bitte nehmen Sie Platz.“

Er setzt sich, alle anderen nehmen ebenfalls Platz. Der Vorsitzende wartet, bis es ruhig ist.

Vorsitzender: „Für das Protokoll stelle ich fest: Als Vertreterin der Staatsanwaltschaft ist Frau Staatsanwältin Dorschmann erschienen, als Verteidiger Herr Rechtsanwalt Lettow. Als Angeklagter wurde Herr Dr. Widuweit aus der Untersuchungshaftanstalt vorgeführt. Das Gericht ist in der Besetzung zusammengetreten, die Ihnen mit der Ladung zu diesem Termin mitgeteilt wurde. Bis hierher erst mal. Gibt es dazu Fragen oder Anträge?"

Staatsanwältin und Verteidiger schütteln den Kopf.

Verteidiger: „Es wäre doch sicher kein Problem, wenn Dr. Widuweit neben mir Platz nimmt."

Vorsitzender: „Gewiss, da gibt es keine Sicherheitsbedenken."

Der Angeklagte wird vom Gerichtsvollzugsbeamten an den Tisch des Verteidigers geführt und nimmt dort Platz. Der Vorsitzende wendet sich an ihn: „Guten Tag Herr Dr. Widuweit, ich werde nun Ihre Personalien aufnehmen. Sie heißen bitte mit Vornamen?"

Angeklagter: „Jens."

Vorsitzender: „Wann sind Sie geboren?"

Angeklagter: „Am 17. April 1989. Ich bin 36 Jahre alt."

Vorsitzender: „Sind Sie verheiratet?"

Angeklagter: „Ja."

Vorsitzender: „Haben Sie eheliche oder uneheliche Kinder?"

Angeklagter: „Zwei Mädchen, drei und fünf Jahre alt. Keine unehelichen Kinder."

Vorsitzender: „Sie wohnen in Gießen?"

Angeklagter: „Nachtigallenweg 22 in Heuchelheim."

Vorsitzender: „Herr Dr. Widuweit, Sie sind Leitender Arzt des Impfzentrums in Heuchelheim, Ludwig-Rinn-Straße 49. Zurzeit sind Sie wegen Verdunkelungsgefahr in Untersuchungshaft und vom

Betreiber des Impfzentrums freigestellt. Ist das zutreffend?"

Verteidiger: „Die Arbeitgeberseite, der Landkreis Gießen und der Private Investor, Prof. Dr. Markwart, warten mit der endgültigen Entscheidung den Ausgang dieses Verfahrens ab."

Vorsitzender: „Danke sehr." An die Protokollführerin gewandt: „Personalien wie auf Blatt 42, Band I der Hauptakten."

Vorsitzender: „Gibt es noch Fragen der Prozessbeteiligten zu den Personalien des Angeklagten?"

Staatsanwältin und Verteidiger schütteln den Kopf.

Winston schaut zu mir und sagt: „Wir können hier ruhig einige Szenen überspringen."

„Es ist aber kein Theaterstück, lieber Winston!", sagt Ben lachend.

„Schon gut, ich suche mit dem Schnelllauf die wichtigsten Abschnitte der Verhandlung", sage ich und gehe auf die Suche, um schließlich bei der Anklageverlesung anzuhalten.

Vorsitzender: „Nun, Frau Staatsanwältin, bitte, die Anklage."

Staatsanwältin, stehend: „Dr. Jens Widuweit, Personalien wie soeben erörtert, wird unter Beschränkung der Strafverfolgung gemäß § 222 des Strafgesetzbuches angeklagt, am 20. Mai 2022, um 12:42 Uhr eine Impfung durchgeführt zu haben, die lediglich einer Notfallzulassung unterlag, ohne die für Gentherapeutika vorgeschriebene fünfjährige Erprobungsstudie durchlaufen zu haben. Dabei kam der hier aufzurufende Zeuge Nummer Eins, Herr Stefan Koenig, mit lebensbedrohlichen Symptomen insoweit zu Schaden, dass er unmittelbar nach dem Vorfall von dem Angeklagten gemeinsam mit dem Mitbeschuldigten, Herrn Dr. Simon Schlauer, angeklagt in einem gesonderten Verfahren, für tot erklärt wurde. Auch die Impfbetreiber – der Landkreis und der private Investor – werden sich einem gesonderten Strafverfahren stellen müssen.

Zu verhandeln ist in Sachen Dr. Widuweit wegen vermutlicher strafrechtlicher Vergehen im Sinne eines verfassungsmäßig unzulässigen Eingriffs in das Recht auf körperliche Unversehrtheit, eventuell in Verbindung mit § 222, § 223 Körperverletzung, respektive § 224 gefährlicher Körperverletzung. Weiterhin wird wegen Verstoß gegen das Arzneimittelgesetz, § 95 AMG, Anklage erhoben, da der Angeklagte die Gesundheit des Geschädigten unter Missachtung verfassungsmäßiger Rechte gefährdet und eigennützig zur Erzielung von Gewinn gehandelt hat."

Vorsitzender: „Danke sehr. Diese Anklage ist durch Beschluss der Kammer vom 16. Januar 2025 unverändert zugelassen, Blatt 135 im Band III der Hauptakten."

Er wendet sich an den Angeklagten: „Herr Dr. Widuweit, Sie sind in diesem Strafverfahren wegen eventueller schwerer Körperverletzung und eventuellen Tötungsdelikten sowie weiterer Vergehen angeklagt. Ich muss Sie als Angeklagten darüber belehren, dass Sie sich redend oder schweigend verteidigen können. Sie müssen hier also keine Aussagen machen. Falls Sie zu den gegen Sie erhobenen Vorwürfen schweigen, darf und wird das Gericht Ihr Schweigen nicht gegen Sie verwenden. Haben Sie die Anklage und diese Belehrung verstanden?"

Angeklagter: „Ja."

Vorsitzender: „Na dann. Sie haben gewiss im Vorfeld mit Ihrem Verteidiger das Notwendige besprochen. Im Ermittlungsverfahren haben Sie bereits ein umfassendes Geständnis hinsichtlich der Unzuverlässigkeit des Impfstoffs und seiner Zulassung abgelegt, jedoch darauf bestanden, dass weder eine beabsichtigte noch eine fahrlässige Tötungsabsicht bestand. Auch die daraus abgeleiteten Verbrechen der Körperverletzung und der Gefährlichen Körperverletzung haben Sie zurückgewiesen. Wie möchten Sie es heute halten? Werden Sie hier aussagen?"

Der Angeklagte steht auf. „Ich habe …"

Der Verteidiger zieht den Angeklagten am Ärmel zurück auf seinen Platz neben sich und steht selbst auf. „Ich werde für den Angeklagten eine Erklärung abgeben."

Vorsitzender: „Gut, Sie können aber gerne sitzen bleiben."

Verteidiger: Wie Sie wissen, stehe ich lieber. Die Würde des Gerichts …"

Vorsitzender: „Nun, sei's drum – wenn es der Wahrheitsfindung dient."

Verteidiger: „Meine Damen und Herren Richter, jeder von uns hat noch die entsetzlichen Bilder vom 4. Dezember 2020 im Kopf, jeder weiß noch, wo er an diesem Abend war, als die ersten Fernsehbilder das Ausmaß der Pandemie im italienischen Bergamo, in der Lombardei, zum ersten Mal begreiflich machten.

Zu sehen waren die aus dem Bergdorf abtransportierten Kranken sowie die Toten, die innerhalb von ein paar Tagen in ihrem Heim verstorben waren. Wir alle sehen noch heute die Menschen auf den Krankentragen vor uns und die Leichensäcke, die in die Hubschrauber verladen werden. Wir sehen noch die Militär-LKW, auf deren offenen Ladeflächen Särge zu Orten gefahren wurden, wo die Friedhöfe noch nicht völlig belegt waren. Es war ein Massensterben.

Die Medizin-Wissenschaften, die renommiertesten Pharmaunternehmen und die Politik mussten schnell handeln. Etwa drei Wochen später, genau am 21. Dezember 2020, erteilte die Europäische Kommission die erste Zulassung für einen sicheren und wirksamen Impfstoff gegen Covid-19. Der Impfstoff stammte von dem Unternehmen BioNTech/Pfizer und erhielt eine bedingte Zulassung. Diese beruhte auf einer befürwortenden wissenschaftlichen Empfehlung, die sich auf eine gründliche Bewertung der Sicherheit, Wirksamkeit und Qualität des Impfstoffs durch die Europäische Arzneimittel-Agentur, EMA, stützte und wurde von den Mitgliedstaaten gebilligt.

Die Präsidentin der Europäischen Kommission, Ursula von der Leyen, erklärte: »Heute schreiben wir ein weiteres wichtiges Kapitel einer europäischen Erfolgsgeschichte. Wir haben den ersten sicheren und wirksamen Impfstoff gegen COVID-19 zugelassen und weitere Impfstoffe werden folgen. Der heute zugelassene Impfstoff wird allen EU-Mitgliedstaaten zur selben Zeit und unter denselben Bedingungen zur Verfügung stehen. Der Beginn der Impfkampagne wird ein großer Moment europäischer Geschlossenheit sein. Ein schönes Ende eines schwierigen Jahres und hoffentlich auch der Anfang vom Ende der Pandemie. Wir sitzen alle in einem Boot.«

Die Bundesregierung setzte die nötigen Gesetze in Kraft, die zuvor vom Bundestag beschlossen worden waren. Es gab verschiedentlich den Versuch, das eine oder andere Corona-Gesetz über das Bundesverfassungsgericht zu kippen. Das Bundesverfassungsgericht ist unser höchstes Gericht, alle staatliche Exekutivgewalt ist an seine Entscheidung gebunden, aber auch jeder einzelne Bürger. Und dieses Gericht erklärte, die von der Bundesregierung bis Anfang 2022 exekutierten Gesetze entsprächen der Verfassung. Auch wenn ein Gesetz zur allgemeinen Impfpflicht zu diesem Zeitpunkt weder dem Bundestag vorlag, geschweige denn diskutiert und schon allein deshalb gar nicht beschlossen sein konnte, konnten die im Medizinbetrieb verantwortlichen Mitarbeiter und Unternehmen davon ausgehen, dass die zukünftigen Gesetze genauso sorgfältig vom Parlament geprüft und beschlossen worden waren.

Ein höchstrichterliches Urteil in Sachen Impfpflicht steht bis zum heutigen Tag aus.

Sie, verehrte Damen und Herren Richter, müssen heute entscheiden. Folgendes ist passiert: Ein durch die Impfung geschädigter Bürger, der Hauptzeuge der Anklage, Herr Stefan Koenig, ist der von der Bundesregierung auferlegten Corona-Impfpflicht aus freien Stücken nachgekommen. Zur Impfpflicht hat das Gericht den Gesundheitsminister der Bundesregierung, Herrn Professor Karl Lauterbach als Zeuge zu Zwei geladen.

Der geschädigte Bürger und Hauptzeuge der Anklage hat sich geweigert, die Haftungsausschlüsse, die er vor der Impfung unterschreiben sollte, zu unterzeichnen. Dennoch wurde er aus Gründen der Vorsorge und zu seinem Eigenschutz und zum Schutz aller anderen Bürger vor der pandemischen Krankheit noch vor Klärung der Haftungsangelegenheiten vom Angeklagten nach einem Aufklärungsgespräch geimpft. In der Wartezone, die extra eingerichtet war, um die Reaktionen der Geimpften abzuwarten und um gegebenenfalls ärztliche Hilfe leisten zu können, sackte der Zeuge zu Eins nach zirka fünf oder sieben Minuten – wie der ein weiterer Zeuge, der Zeuge zu Drei, Herr Benjamin Carl, in den Ermittlungsakten zu Protokoll gab – von seinem Stuhl und gab nur noch ein oder zwei Minuten ein Lebenszeichen von sich.

Der herbeigerufene Angeklagte als Impfarzt, mein Mandant, und ein weiterer Ersthelfer des Impfzentrums, Zeuge zu Vier, waren unmittelbar zur Stelle und leiteten sofort die nötigen Wiederbelebungsmaßnahmen ein. Da ein Rettungsteam der Johanniter vor dem Zentrum platziert war, konnten die beiden Notfallsanitäter, Zeugen Nummer Fünf und Sechs, ebenfalls nach wenigen Minuten zur Stelle sein und die Rettungsaktion mit einem Defibrillator unterstützen.

Allein dass der Geschädigte geimpft wurde, ist der Vorwurf der Anklage. Und die Staatsanwaltschaft hat recht, Dr. Widuweit war der verantwortliche Impfarzt. Aber er hat verantwortungsvoll im Rahmen unserer Gesetze gehandelt. Wie aus seinen Ausführungen in den Gerichtsakten hervorgeht, hat er sich erstens nicht vorstellen können, dass eine Impfung eines zugelassenen Präparates derart schwere Auswirkungen haben könnte. Es entsprach auch nicht seinem Erfahrungswissen. Zweitens hat er sich als praktizierender Arzt seit seinem Berg-Retter-Einsatz vor fünf Jahren sehr oft mit dem ethischen Problem auseinandersetzen müssen, ob er ein Leben verloren geben muss, um mehrere andere Leben zu retten.

Ihm war in diesem Sinne bewusst, dass die Impfpflicht vernünftig und ethisch vertretbar ist, weil sie Tausende Menschen vor schweren Krankheitsverläufen und vor dem Tod zu retten vermag, während sie vereinzelt auch zu schwereren Nebenwirkungen und mitunter vielleicht auch zum Tod führen kann. Das alles hat der Angeklagte unumwunden eingeräumt.

Aber, meine Damen und Herren Richter, damit endet dieser Prozess nicht, damit beginnt er. Wir haben 14 Hauptakten, 32 Nebenakten, acht Beweismittelordner, zwei Lichtbildmappen und so weiter. Das sind die Akten zu diesem Verfahren, das einen

Präzedenzfall schafft. Mein Mandant sitzt jetzt seit zwei Monaten in Untersuchungshaft, seine Kinder hat er ebenso lange nicht gesehen, seine Frau darf ihn alle vierzehn Tage für eine halbe Stunde besuchen. Aber die einzige Frage, die Sie hier und heute gestellt bekommen, lautet: Durfte Dr. Widuweit den Zeugen zu Eins impfen – auch auf die Gefahr hin, ihm einen zuvor nicht absehbaren Schaden zuzufügen? Gibt es Situationen in unserem Leben, in denen es richtig, vernünftig und klug ist, wenige Menschen einer eventuell großen Gefahr auszusetzen, um für eine große Masse von Menschen die Gefahren zu minimieren?

Zugespitzt könnte man fragen: Darf man ein Leben opfern, um viele zu retten? Natürlich sind diese Fälle unvorstellbar – unvorstellbar furchterregend. Aber zu glauben, dass es sie nicht gibt, weil es sie nicht geben darf oder weil sie so selten zu sein scheinen – das ist nicht nur naiv, es ist gefährlich, sehr gefährlich sogar.

Wir müssen uns damit abfinden, dass wir in einer Welt leben, in der ein aggressives Virus längst schreckliche Realität geworden ist. Wir müssen verstehen, dass es Grenzen für die Prinzipien unserer Verfassung gibt. Und es ist Ihre Aufgabe, verehrte Damen und Herren Richter, Ihre Pflicht, diese Realität zu erkennen und zu bewerten. Ich bin mir sicher: Wenn Sie das tun, mit klarer und aufrichtiger Analyse, werden Sie am Ende des Verfahrens Dr. Jens Widuweit freisprechen.

Herr Vorsitzender, Frau Staatsanwältin, meine Damen und Herren Richter: Dr. Widuweit räumt die rein sachlichen Vorhaltungen aus der Anklageschrift ein. Ja, die Tatsachen treffen zu. Aber – und nur darauf kommt es an – da war kein Vorsatz, da war keine Fahrlässigkeit im Spiel, da war keine Gefährdung zu erkennen. Die juristischen Schlüsse, die die Staatsanwaltschaft gezogen hat, sind eindeutig falsch."

Vorsitzender: „Herr Dr. Widuweit, habe ich Ihren Verteidiger richtig verstanden: Sie räumen das äußere Tatgeschehen ein?"

Angeklagter: „Wie soll ich das verstehen – das äußere Tatgeschehen?"

Vorsitzender: „Die Tatsachen. Stimmt das, was die Staatsanwältin als Fakt benannt hat?"

Angeklagter: „Dass ich geimpft habe, stimmt. Was an juristischen sogenannten Fakten da noch dranhängt, kann nur mein Verteidiger beurteilen. Ich bin kein Jurist, ich bin Arzt und habe geimpft, wie es meinem Berufsstand geziemt, wie es eben meine gesellschaftlich-ethische Pflicht war, mehr nicht."

Vorsitzender: „Das meinte ich. Es ist aber erforderlich, dass Sie sich mehr zu sich, zu Ihrer Arbeit, Ihrer Motivation und Ihrem Verständnis, zu Ihrer gesellschaftlich-ethischen Pflicht, wie Sie es bezeichnen, erklären. Ein pauschales Geständnis ist nicht hinreichend. Sehen Sie sich in der Lage und sind Sie willens, sich den Fragen der Prozessbeteiligten zu stellen?"

Verteidiger: „Mein Mandant wird jetzt keine weiteren Angaben machen."

Vorsitzender: „Eventuell zu einem späteren Zeitpunkt?"

Verteidiger: „Das ist durchaus vorstellbar."

Vorsitzender: „Gut, wie Sie meinen, Herr Verteidiger. Dann treten wir jetzt in die Beweisaufnahme ein. Herr Wachtmeister, würden Sie bitte draußen nachschauen, ob der Zeuge zu Zwei, Herr Minister Lauterbach, inzwischen eingetroffen ist?"

(Man hört den Wachtmeister im Gerichtsflur nach Karl Lauterbach rufen.)

Vorsitzender: „Frau Staatsanwältin, Herr Verteidiger, ich habe, wie Sie der Zeugenliste entnehmen können, eine gewisse priorisierende Reihenfolge gewählt. Wenn Sie gerne eine Umstellung hätten, können wir die Liste problemlos umstellen. Wenn Sie noch zusätzlich Zeugen benennen möchten oder Zeugen abzulehnen gedenken, so stellen Sie am Besten noch vor der Einvernahme der Zeugen Ihre Anträge. Ich werde fair und generös mit Ihren Vorschlägen umgehen."

Verteidiger: „Das wäre etwas völlig Neues."

Vorsitzender: „Wie bitte?"

Verteidiger: „Dass Sie generös sind."

Vorsitzender: „Was ist denn plötzlich in Sie gefahren?"

Verteidiger: „Mein Mandant ist seit zwei Monaten in U-Haft. Und warum? Weil er als Impfarzt geimpft hat? Warum wurde er weggesperrt? Damit er sich vor der Verhandlung nicht gemeinsam mit den Betreibern des Impfzentrums hätte schlau machen können, um das hier tagende Gericht mit gut durchdachten Argumenten informieren zu können? Nein, das ist nicht generös, das hindert eher eine offene juristische Auseinandersetzung mit Sachargumenten. Die Sicht der Betreiber von Impfzentren und ihr gesellschaftlicher Auftrag sollte nicht als Geheimsache behandelt werden."

Vorsitzender: „Sie müssen bedenken, dass es auch zu einem Verfahren gegen die Betreiber des Impfzentrums kommen kann. Insoweit steht eine Absprache zwischen den Betroffenen der Wahrheitsfindung im Wege."

Angeklagter: „Die zwei Monate haben mich seelisch krank gemacht."

Vorsitzender: „Dann müsste Ihr Verteidiger einen entsprechenden Antrag stellen, der Sie vom Verfahren befreit, sodass ohne Sie verhandelt wird."

Verteidiger: „Nein, das möchten wir nicht!"

Vorsitzender: „Na, sehen Sie. Und ich wollte nicht einen Angeklagten herumlaufen lassen, der sich um ein Haar am Tod eines vielleicht kerngesunden Menschen schuldig gemacht haben könnte. Aber all das werden wir hier zu klären versuchen."

Staatsanwältin: „Lassen Sie uns bitte in der Sache streiten … bitte!"

Verteidiger: „Es geht nicht um eine Bitte."

Vorsitzender: „Es sollte ein etwas höflicherer Stil gewahrt werden."

Verteidiger: „Es geht auch nicht um abstrakte Höflichkeit. Man wirft meinem Mandanten eine Straftat vor, die keine ist, darum geht es!"

Ich drücke die Stopp-Taste und sage: „Winston, die Verhandlung dauerte sechs Stunden. Willst du dir wirklich den ganzen Prozess antun?"

„Gerne würde ich die wesentlichen Passagen sehen. Mich interessiert sehr, wie damals in der Anfangszeit, als sich die autoritäre Herrschaft in den Köpfen der Menschen verfestigte, gedacht und gehandelt wurde. Jede Einzelheit muss ich nicht sehen, wie zum Beispiel der gerade gezeigte Zoff zwischen dem Verteidiger und dem Vorsitzenden Richter. Du kannst also immer mit dem Vorlauf arbeiten, wenn solche Passagen kommen."

„Wir müssen aber auch noch unsere morgige Abreise vorbereiten", sage ich.

„Das schaffen wir alles locker. Wir haben noch den ganzen Nachmittag und Abend Zeit – und was brauchen wir schon groß? Unsere Identitätsausweise, Verpflegung, genug Kleidung, Toilettensachen und Wasser. Denn wie du mir gestern erklärt hast, werden wir durch ziemlich trockene und verlassene Gebiete kommen."

„Das meine ich – wir sollten uns gut vorbereiten."

„Lass uns weiterschauen", sagt Stella, und Ben stimmt ihr zu.

Winston schaut zum Essigwein und ich schenke ihm ein Glas ein. Betrunken wird er von dem Wasser nicht. Dann drücke ich wieder den Start-Knopf.

Vorsitzender: „Herr Lauterbach, ich muss Sie zunächst als Zeugen belehren, dass Sie verpflichtet sind, hier die Wahrheit und nichts als die Wahrheit zu sagen. Sie dürfen nichts hinzufügen, keine Vermutung, keine Prognose. Und Sie dürfen nichts weglassen. Eine Falschaussage ist mit hohen Strafen bedroht. Sie können auf Ihre Aussage auch vereidigt werden. Haben Sie das verstanden?"

Lauterbach: „Ja, ja, das kenne ich."

Vorsitzender (zur Protokollführerin): „Belehrt."

Vorsitzender: „Bitte geben Sie Ihre Personalien zu Protokoll."

Lauterbach: „Ich heiße Karl Wilhelm Lauterbach."

Vorsitzender: „Etwas lauter bitte, und Ihre Geburtsdaten, wenn ich Sie bitten darf."

Lauterbach: „Ich bin am 21. Februar 1963 in Birkesdorf geboren."

Vorsitzender: „Ihr Beruf und Ihre Ausbildung bitte."

Lauterbach (lächelnd): „Wie Sie und die Anwesenden im Raum vielleicht wissen, bin ich Bundesgesundheitsminister."

Vorsitzender: „Ja, das wissen wir. Sagen Sie bitte dennoch alles, was gefragt ist, auch wenn Sie annehmen, dass es jedermann wissen könnte. Als Erstes Ihre beruflich relevante Ausbildung, bitte."

Lauterbach: „Ich habe von 1982 bis 1989 Medizin an der RWTH Aachen, an der Heinrich-Heine-Universität Düsseldorf sowie an der University of Texas San Antonio studiert, wo ich zum Dr. med. promovierte. Von 1985 bis 1990 erfolgte ein Promotionsstudium, also meinerseits, äh, zum Dr. med. im Institut für Nuklearmedizin der Kernforschungsanlage Jülich, wobei, äh, wenn ich darauf verweisen darf, mein Betreuer Herr Professor Ludwig Feinendegen war, ja."

Vorsitzender: „Wir möchten gerne nur die relevanten Angaben zu Ihrer Person wissen. Sie brauchen hier keinesfalls allzu weit auszuholen, schließlich möchten wir heute noch mit der Zeugenbefragung abschließen können."

Lauterbach: „Ich verstehe. Also, ich möchte mal sagen, dass folgendes von Interesse sein könnte: Von 1989 bis 1990 erwarb ich den Master of Public Health an der Harvard School of Public Health mit Schwerpunkten Epidemiologie und Health Policy and Management. Von 1990 bis 1992 erwarb ich den Master of Science in Health Policy and Management an der Harvard School of Public Health; 1992 bis 1995 den Doctor of Science in Health Policy and Management …"

Vorsitzender (unterbricht Lauterbach): „Vielen Dank, Herr Lauterbach. Ich glaube, das sollte fürs Erste genügen. Vielleicht gibt es noch Fragen der Prozessbeteiligten zu den Personalien des Zeugen?"

Die Staatsanwältin und der Verteidiger schütteln den Kopf. Doch dann sagt die Staatsanwältin: „Ich hätte noch eine Frage an den Zeugen."

Der Vorsitzende und Lauterbach sagen fast gleichzeitig: „Ja, bitte."

„Wurden Sie in ihrer Studienzeit – zum Beispiel an der Harvard TH Chan School of Public Health – oder danach – zum Beispiel in Ihrer Funktion als Adjunct Professor im Department of Health Policy and Management der Harvard School of Public Health – von der Bill & Melinda-Gates-Stiftung gefördert?"

Lauterbach: „Ich sehe bei dieser Frage keinen Erkenntnisgewinn über meine Person. Muss ich die Frage beantworten, Herr Vorsitzender?"

Vorsitzender: „Nein, das müssen Sie nicht. Nun noch eine reine Formalie. Wir haben hier Ihre Aussagegenehmigung der Bundesregierung vorliegen. Danach dürfen Sie die Auskunft auf solche Fragen verweigern, die Dienstgeheimnisse betreffen. Ist das so richtig?"

Lauterbach: „Ja, ähm, das ist zutreffend."

Vorsitzender: „Falls ich, meine Beisitzer oder einer der anderen Prozessbeteiligten Sie im Laufe dieses Verfahrens nach Dienstgeheimnissen fragen und Sie diese Fragen nicht beantworten dürfen, müssen Sie uns das kenntlich machen. Sie dürfen also nicht einfach ausweichend antworten. Haben Sie das verstanden?"

Lauterbach: „Selbstverständlich habe ich das verstanden."

Vorsitzender: „Es geht um die am 23. März 2022 beschlossene gesetzliche Impfpflicht, aufgrund dessen der Geschädigte, der Zeuge zu Eins, seiner Pflicht nachkam, und er infolge dessen einen gravierenden körperlichen Schaden nahm. Bitte berichten Sie zuerst aus Ihrer persönlichen Sicht, wie Sie die Impfpflicht beurteilen. Danach würden wir gerne wissen, wie sich die Dinge aus Ihrer dienstlichen Perspektive darstellen. Bitte sehr."

Lauterbach: „Ich glaube nicht, wenn Sie mir diese Vorbemerkung, ähm, gestatten, Herr Vorsitzender, dass sich eine Trennung zwischen meiner persönlichen und dienstlichen Meinung herstellen lässt. Dürfte ich beides gemeinsam abhandeln?"

Vorsitzender: „Ich bitte darum."

Lauterbach: „Der seit 2020 neu aufgetretene Corona-Virus Covid-19 war zum Zeitpunkt der Einführung der hier angesprochenen Impfpflicht weiterhin virulent. Rund zwei Drittel der Bürger waren geimpft, aber ein Drittel Ungeimpfte bedeuteten eine enorme Impflücke, die dringend geschlossen werden musste, wenn man – ähm – den Virus in den Griff bekommen wollte."

Vorsitzender: „Herr Zeuge Lauterbach, die Staatsanwaltschaft und Verteidigung haben ebenso wie ich nunmehr die Gelegenheit, Ihnen Fragen zu stellen. Ich möchte Sie noch einmal daran erinnern, dass Sie auf Ihre Aussagen hin vereidigt werden können."

Lauterbach: „Sehr gerne."

Vorsitzender: „Als erstes möchte ich Sie fragen, warum im neuen Infektionsschutzgesetz steht, dass das Grundrecht der körperlichen Unversehrtheit und die Unverletzlichkeit der Wohnung fortan eingeschränkt werden kann – auch unabhängig von einer epidemischen Lage? Es geht hier um eine der zu behandelten Grundsatzfragen in diesem Prozess."

Lauterbach: „Wissen Sie, das haben die alte Regierung und mein Vorgänger, Herr Spahn, beschlossen …"

Vorsitzender: „Sie haben als Gesundheitssprecher der SPD, die an der Regierung und der Einbringung und Verabschiedung dieses Gesetzes beteiligt war, mitgewirkt, oder sehe ich das falsch?"

Lauterbach: „Ja, natürlich, das ist zutreffend, und ich wollte auch gerade ausführen, dass ich dieses Gesetz absolut, äh, also auch bezüglich der von Ihnen angesprochenen Punkte, ähm, also dass ich das absolut begrüße. In übergeordneten Fällen muss es der Allgemeinheit beziehungsweise der für sie handelnden Exekutive möglich sein, alle notwendigen Register zu ziehen."

Vorsitzender (in die Runde fragend): „Gibt es hierzu weitere Fragen?"

Staatsanwältin: „Nicht unmittelbar dazu. Meine Fragestellung bewegt sich auf den ersten Blick nicht um die Kernfrage der Impfpflicht und der hier abzuhandelnden Folgewirkung, weil es dadurch zu einem Vorfall gekommen ist. Herr Lauterbach, vielleicht können Sie mir sagen, warum in einem Gutachten, im Sommer 2021 für das Bundesgesundheitsministerium erstellt, steht, dass die Auslastung der Krankenhäuser im Jahr 2020 durch Covid-19-Patienten nur zwei Prozent betragen hat?"

Lauterbach: „Da muss ich Ihnen ehrlich gestehen, dass ich diesbezüglich nicht involviert war. Ich bin erst seit diesem Jahr Gesundheitsminister."

Staatsanwältin: „Aber Sie kennen doch gewiss das Gutachten?"

Lauterbach: „In diesem Fall leider nicht. Wissen Sie, es gab in der Vergangenheit eine Menge Gutachten, auch solche, die sich widersprachen …"

Staatsanwältin: „Also, ich halte fest: Sie, beziehungsweise Ihr Ministerium, haben bei der Entscheidungsfindung zur Impfpflicht über keine Expertise zur konkreten Auslastung der Krankenhäuser, zur Covid-bedingten Hospitalisierungsrate und zu einer exakt ermittelten Anzahl der Verstorbenen aufgrund einer nachweisbar zum Tode führenden Covid-19-Erkrankung verfügt. Trifft das zu?"

Lauterbach: „Das kann man so nicht sagen. Die Inzidenzen waren derart hoch, dass wir von wissenschaftlicher Seite wie auch von unseren staatlichen Einrichtungen wie dem Robert-Koch-Institut entsprechende – auch statistische – Hinweise erhielten. Deshalb war für uns ersichtlich, dass wir mit der neuen Omikron-Welle schnell handeln mussten."

Der Verteidiger meldet sich zu Wort.

Vorsitzender: „Frau Staatsanwältin, sind Sie mit einer wechselseitigen Befragung einverstanden oder sollten wir im Blockverfahren vorgehen?"

Staatsanwältin: „Kein Einspruch bei Wechselseitigkeit."

Vorsitzender: „Also bitte, Herr Verteidiger."

Verteidiger: „Herr Minister, die Impfpflicht wurde doch mit der Mehrheit der Abgeordneten im Deutschen Bundestag beschlossen und wurde rechtsgültiges Bundesgesetz, oder täusche ich mich?"

Lauterbach: „So ist es."

Verteidiger: „Danke. Keine weiteren Fragen."

Staatsanwältin: „Die von Ihnen erwähnten Inzidenzen beziehen sich lediglich auf getestete Personen ohne jeglichen Krankheitsbefund. Bei den Getesteten kann man zwar das Virus nachweisen, sonst aber auch nichts. Ist das richtig?"

Lauterbach: „Nicht ganz richtig, denn unter den positiv Getesteten können sich auch Fälle befinden, die sich zu einem späteren Zeitpunkt auf die Hospitalisierungsrate niederschlagen."

Staatsanwältin: „Haben Sie darüber statistische Aussagen gewonnen?"

Lauterbach: „Sicher doch. Und es wurde festgestellt, dass die Krankenhäuser hart an ihrer Belastungsgrenze arbeiten."

Staatsanwältin: „Aber hatte das nicht mit dem Rückbau von 6.000 Intensivbetten und den Entlassungen von impfunwilligen Medizinern und Pflegekräften während der Pandemieperiode zu tun?"

Lauterbach: „Die allgemeine Hospitalisierungsrate war das große Problem."

Vorsitzender: „Aus der Presse ist gerichtsbekannt, dass Betten abgebaut wurden und zwar wegen der sogenannten Ausgleichszahlungen, die der Bund den Kliniken bei knapper Bettenlage und für freigehaltene Intensivbetten zahlt. Ich habe hier einen Bericht des Bundesrechnungshofes von 2021 vorliegen, in dem es heißt: »Das derzeitige System der Ausgleichszahlungen hat unerwünschte Mitnahmeeffekte eröffnet.« Es wird dann ausgeführt, dass Kliniken Geld bekommen, wenn die Intensivbetten knapp zu werden drohen. Ein Haus, das Betten abbaut und somit weniger Betten melden kann, komme damit in den Genuss von Zuschüssen."

Lauterbach: „Da hängt viel mehr dran, als man auf den ersten Blick wahrhaben kann. Wissen Sie, es können nur dann betreibbare Intensivbetten in den Statistiken auftauchen, wenn es Räume, Geräte und

Personal dazu gibt. Wird eine Pflegerin krank, verschwindet womöglich auch ein Intensivbett aus der Statistik."

Staatsanwältin: „Das scheint mir alles ein wenig willkürlich interpretiert zu werden. Fakt ist doch, dass man eine tatsächliche Pandemie und somit alle Folgemaßnahmen an der Übersterblichkeit messen muss und nicht an den Versäumnissen vorangegangener oder aktueller Gesundheitspolitik, oder wie sehen Sie das, Herr Dr. Lauterbach?"

Lauterbach: „Auf diese Diskussion möchte ich mich nicht einlassen, äh, das führt, wie ich befürchte, äh, in Teufels Küche. Es hätte uns auch nicht weitergebracht, weil es ja nach wie vor notwendig war, die Impflücke zu schließen."

„Uff, bitte den Vorlauf betätigen!", unterbricht Winston die Vorführung. Ich schalte den Beamer aus. Ben, Stella und ich müssen lachen. Das Lauterbachsche Geschwurbel ist wirklich eine Zumutung. Ich betätige den Vorlauf nach Gefühl, stoppe und wir sind weiter im Prozessgeschehen des Jahres 2025.

Man sieht mich im Zeugenstand. Ich führe gerade etwas zur Vorgeschichte aus: „Ja, Herr Vorsitzender, so ist es. Meine damals im Jahr 1972 erfolgte Erstimpfung richtete sich gegen die sogenannte Hongkong-Grippe. Aber nicht dieser Virus, sondern der Impfstoff hatte mich in eine lebensbedrohliche Situation gebracht. Deshalb wollte ich mich wegen des Corona-Virus vorerst nicht impfen lassen. Nicht nur aus psychologischem Grund, weil ich große Angst verspürte, auch weil ich in Erfahrung gebracht hatte, dass für Impfstoffe, bei denen mit gentechnischen Eingriffen gearbeitet wird, mindestens eine fünfjährige Vorlaufstudie erforderlich ist.

In diesem konkreten Fall aber fanden nur mit Notzulassung verabreichte Impfstoffe Verwendung. Und Hals über Kopf wurden Massenimpfungen im Sinne von Massenfeldstudien durchgeführt. Das erschien mir zu gewagt, zu unverantwortlich. Die Menschen sind seitdem reine Versuchskaninchen. Schließlich gibt es ein Grundrecht auf körperliche Unversehrtheit, und ich fühlte mich von der Seite der Impfbefürworter arg bedrängt."

Vorsitzender: „Sie haben zuvor etwas zur Impfstoffwirksamkeit gesagt. Wie meinten Sie das?"

S.K.: „Von Anfang an wurde im öffentlichen Diskurs die Meinung verbreitet, dass nur eine Impfung Abhilfe schaffen kann. Die *WHO* ging zeitweise sogar so weit, die Definition von »Herdenimmunität« in dem Sinne zu ändern, dass diese nur noch durch Impfungen erlangt werden könne und nicht mehr durch eine frühere Infektion wie das bisher der Fall war. Doch was, wenn der eingeschlagene Weg eine Sackgasse ist?"

Vorsitzender (unterbricht): „Ich möchte Sie daran erinnern, dass ich Sie bat, aus Ihrer Sicht etwas zur Impfstoffwirksamkeit zu sagen. Das spielt deshalb eine Rolle, weil das Gericht erkennen möchte, weshalb Sie sich schließlich doch impfen ließen."

S.K.: „Ich hatte mich sehr genau zu den damals aktuellen Sachverhalten erkundigt. Schließlich bin ich gelernter Journalist und weiß, wie man Quellen findet, nutzt und auch die nicht enthaltenen Informationen aufspürt und zu interpretieren vermag. Es stellte sich folgendermaßen dar: Daten aus den Ländern mit besonders hohen Impfquoten zeigten, dass Infektionen mit SARS-CoV-2 auch bei vollständig geimpften Personen keine Seltenheit, sondern an der Tagesordnung waren."

Vorsitzender: „Wie kamen Sie darauf?"

Man sieht in der Film-Doku, wie ich in Unterlagen blättere und daraus etwas vorlese: „Dr. Kobi Haviv, Direktor des Herzog-Krankenhauses in Jerusalem, spricht davon, dass 85 bis 90 Prozent der schwer Erkrankten auf seiner Intensivstation doppelt geimpft sind. Das Magazin *Science* schreibt auf ganz Israel bezogen: »Am 15. August 2021 wurden 514 Israelis mit schweren oder kritischen Covid-19-Erkrankungen ins Krankenhaus eingeliefert. Von diesen 514 Personen waren 59 Prozent vollständig geimpft. Von den Geimpften waren 87 Prozent 60 Jahre oder älter.« Weiterhin war ersichtlich, dass geimpfte Menschen annähernd genauso viel Virusmaterial der Deltavariante in sich trugen und verbreiteten wie Ungeimpfte."

Vorsitzender: „Ich verstehe noch nicht, was Sie uns damit sagen wollen."

S.K.: „Die durch Impfungen erzeugten Antikörper nehmen nach einigen Monaten deutlich ab. Der Blick nach Israel zeigt, nach der zweiten Impfung gibt es für die gesamte Bevölkerung jetzt die dritte Dosis und die vierte ist auch schon angekündigt. Wer nach sechs Monaten die Impfung nicht

auffrischt, gilt nicht mehr als immun und verliert seinen *Green Pass*. Das ist der digitale Impfausweis, den Israel eingeführt hat. Der ist dann hinfällig."
--- Winston bittet um einen Stopp und sagt: „Das war damals bereits der Probelauf für unsere heutigen ID-Karten und für die Chips."

Ben stimmt ihm zu, und auch Stella und ich bestätigen seine Einschätzung. Damals hatte ich diese verschwommene Erkenntnis nur als meine persönliche, kleine, völlig irrelevante Ahnung *gefühlt*. Weil ich die Sache mit den Chips nicht wirklich glauben wollte, hatte mich ein früherer Klassenkamerad auf einem Klassentreffen »naiv« genannt – und ich hatte ihn im Gegenzug »als Schwurbler« bezeichnet. So waren völlig unnütze Fronten entstanden. Heute bereue ich die verbalen Ausrutscher.

„Lass uns weitersehen, Stefan; es ist sehr interessant und zeigt viele Parallelen zu dem auf, was ich in jenen Jahren unter dem verrückten Boris Johnson in England erlebt habe. Kannst gerne vorspulen."

„Vorspulen?", fragt Ben mit einem amüsantem Lächeln. „Die Kassette und das Vorspulen gingen bereits Mitte der 1980er-Jahre ihrem Ende entgegen. Dann kam die CD auf und seitdem wird der Vorlauf gedrückt."

„Okay, dann bitte einmal den Vorlauf betätigen", sagt Winston, greift sich an den Kopf und ergänzt: „Stimmt! Aber manchmal bricht die alte Zeit durch. Auch bei uns spricht man seit einem halben Jahrhundert nicht mehr von vorspulen. Wie kommt das Wort, das mein Vater noch benutzte, gerade jetzt in meinen Wortschatz?"

„Die Vergangenheit will uns zeigen, dass sie doch noch lebendig ist …“, sage ich. – Ich drücke die Vorlauftaste, und wir landen wieder im Jahr 2025 und sehen, was ich dem Vorsitzenden damals geantwortet hatte: „In den USA hat Joe Biden bereits 2022 von Corona-Boostern gesprochen, die alle fünf Monate anstünden. Marion Pepper, Immunologin an der University of Washington, stellte diese Strategie allerdings in Frage. Gegenüber der *New York Times* erklärte sie, »die wiederholte Stimulierung der körpereigenen Abwehrkräfte kann auch zu einem Phänomen führen, das als »Immunerschöpfung« bezeichnet wird.«

Wenig wird die Tatsache diskutiert, dass durch natürliche Infektion eine deutlich robustere Immunität aufgebaut werden kann. »Ultrapotente Antikörper« oder eine »Super-Immunität« wurde bei Menschen gefunden, die sich im letzten Jahr mit SARS-CoV-2 infiziert hatten. Diese Antikörper reagieren bei über zwanzig verschiedenen Virusmutationen und bleiben länger erhalten als Antikörper, die durch den Impfstoff erzeugt werden.“

Der Verteidiger meldet sich zu Wort.

Vorsitzender zum Verteidiger: „Ja, bitte.“

Verteidiger: „Herr Koenig, und trotz aller Informationen, die Ihnen offensichtlich zur Verfügung standen, haben Sie sich freiwillig zur Impfung entschlossen?“

S.K.: „Freiwilligkeit sieht eigentlich anders aus. Es war der enorme gesellschaftliche Druck, die scheinmoralische Verpflichtung, der man überall begegnete. Schließlich gab es die gesetzliche

Impfpflicht samt Sanktionsdrohungen. Dazu diese ewigen Fragereien. Dieses ewige Misstrauen. »Du bist doch geimpft?«, wurde im Freundeskreis gefragt. Gleiches wurde ich von meinem Arbeitgeber, einem Verleger, gefragt, der jedoch lange ein Auge zudrückte.

Die Impf-Fangfragen verfolgten mich im Fitnessclub, im Kreis meiner Künstlerkollegen und bei den Autorentreffen. Dazu kamen die von meinem Hausarzt und den Gesundheitspolitikern allseits verkündeten Beschwörungen, es gehe »nur um einen kleinen Piekser, mehr nicht. Das kennen Sie doch von den anderen Impfungen?«. Ja freilich, das kannte ich. Nach so viel allgegenwärtiger Penetranz folgte ich schließlich den Aufforderungen und ging gemeinsam mit meinem Arbeitskollegen, Herrn Carl, zum Impfzentrum. Was dann geschah, ist Ihnen bekannt."

Vorsitzender: „Herr Koenig, Sie haben vorhin auf eine deutlich robustere Immunität durch eine natürliche Infektion hingewiesen. Es gibt einige Erfahrungen, die das nicht bestätigen. Da haben sich Leute absichtlich angesteckt, um ihr Eigenimmunsystem zu stärken, aber stattdessen verstarben sie. Ich weiß, dass Sie hier keinesfalls die Funktion eines Experten einnehmen, aber gerade deshalb finde ich Ihre Einlassung gewagt."

S.K. „Herr Vorsitzender, meine Aussage kann ebenso wenig wie Ihre Interpretation eine irgendwie geartete Allgemeingültigkeit beanspruchen. In diesem Punkt müssen Sie allerdings wissen, dass ich im Juni 2020 mit Corona darniederlag und das akute

Krankheitsstadium innerhalb von nur sieben Tagen gut überstanden habe. Allerdings hatte ich einen acht Monate anhaltenden gelinden, aber störenden Husten. Ich weiß also aus eigener Erfahrung, dass mein Immunsystem gut funktionierte – sogar bei der ersten aggressiven Variante des Virus."

Verteidiger: „Warum haben Sie sich dann trotzdem impfen lassen?"

S.K.: „Ich sag es gerne noch einmal: wegen der Impfpflicht!"

Verteidiger: „Ich stelle fest: Es war eindeutig Ihre selbstbestimmte, eigene Entscheidung. Sie wurden von meinem Mandanten vor der Impfung ausführlich beraten. Ich denke, die Sachlage ist klar."

Die Staatsanwältin meldet sich zu Wort: „Herr Vorsitzender, meine Damen und Herren Richter, es ist völlig unerheblich, ob der Geschädigte sich aufgrund eigenen Willens der Impfung unterzog. Fakt ist, dass die vorgeschriebene Impfpflicht ihn früher oder später sowieso der Impfung zugeführt hätte. Unstrittiger Fakt ist außerdem, dass Herr Koenig einen beinahe tödlich verlaufenden Impfschaden davon getragen hat."

Vorsitzender: „Ich denke, dass wir an einem Punkt angelangt sind, den die Parteien in ihren Plädoyers abschließend würdigen werden." Er schaut nach links und rechts zur Verteidiger- und Anklagebank. Der Verteidiger hebt die Hand.

Vorsitzender: „Bitte, Herr Verteidiger."

„Wie wir dem Gericht bereits in unserem Antrag auf Klageabweisung begründet dargelegt haben, sind wir der Überzeugung, dass die Impfung nicht in ursächliche Verbindung mit dem Zusammenbruch des Geschädigten gebracht werden kann. Wir sind aufgrund der nachgewiesenen Symptome, die der Geschädigte aufwies, vielmehr der Überzeugung, dass die in seiner Heimatstadt aus dem Käfig seines Nachbarn entflohene Giftschlange, die peruanische Boomslang, eine hochgiftige Viber, an seinem Zusammenbruch schuld war."

Man hört von den Zuschauerbänken lautes Lachen.

Vorsitzender: „Wir hören uns das alles gerne an, Herr Verteidiger, aber das Gericht möchte vermeiden, dass es weiterhin Gelächter im Saal gibt. Vielleicht wenden Sie sich einer ernsthafteren Argumentation zu."

Verteidiger: „Genau dabei hat mich das alberne Lachen aus den Zuschauerreihen unterbrochen."

Vorsitzender: „Bitte fahren Sie fort. Ich bitte die Öffentlichkeit auf den Zuschauerbänken sich jeglicher Meinungsäußerung zu enthalten. Ich wäre allen Prozessbeteiligten dankbar, wenn sie sich auf das Wesentliche beschränken und wir die Zeugen heute Nachmittag aus dem Zeugenstand entlassen könnten."

Verteidiger: „Der Nachbar des Geschädigten, ein Mann namens Grünhorn, unterhielt einen Kellerzoo. Und jeder seiner Käfige enthielt eine Schlange ... nur einer nicht. Der leere Käfig war ohne jegliche Bezeichnung, und die fehlende Schlange wurde leider nicht gefunden. Während die Notfall-Sanitäter Herrn Koenig auf dem Gelände des Impfzentrums auf die Trage und später in den

Leichensack legten und dann auf dem Parkplatz vorm Impfzentrum neben dem Transportwagen vielleicht eine Zigarette rauchten, hätte die besagte Giftschlange unbemerkt in den Sack kriechen können."

Vorsitzender: „Das klingt in meinen Ohren sehr abenteuerlich. Stellen Sie sich das wirklich so vor, als hätten die Sanitäter erst einmal in Ruhe eine Zigarette geraucht und dabei nicht bemerkt, dass die zwar seit 1920 ausgestorbene, jetzt aber wieder quickfidele peruanische Boomslang sich in aller Seelenruhe unbemerkt zu dem gut verpackten Geschädigten gesellt hätte?"

Wir unterbrechen das Video, weil mein Gast einen totalen Lachflash erleidet. Ich schenke ihm vom sauren Wein ein, in der Hoffnung, dass er wieder zur Besinnung kommt. Auch Ben und Stella kichern und glucksen. Nur ich greife mir an den Kopf, weil mir die damalige Verhandlungssituation buchstäblich in die Knochen fährt.

„Kaum zu glauben, dass ein Strafverteidiger solch einen Blödsinn auftischt", sagt Stella.

„Auch die Impfzentrum-Betreiber argumentierten später zu ihrer Verteidigung, in einem separaten Prozess, gleichermaßen idiotisch", erkläre ich meinen drei Freunden, und ehrlicherweise füge ich hinzu: „Mir ging es letztlich nur um eine angemessene Entschädigung beziehungsweise um Schmerzensgeld. Dass sich der verantwortliche Impfarzt und die medizinischen Betreiber auf einen angeblichen Schlangenbiss beriefen, bewies einmal mehr, wie bekloppt manche Mediziner sind, wenn sie ganz persönlich Verantwortung übernehmen müssen. Der Verteidiger verstrickte sich derart fabulös in sein Schlangenmärchen, dass man unwillkürlich an die Gebrüder Grimm und ihre im Vergleich zu dem Ärzte-Märchen absolut harmlosen Literaturprodukte denken musste."

„Hat der Vorsitzende das Argument ernst genommen?", fragt Winston, nachdem er sich von seinem Lachflash erholt hat.

„Nun, selbst der Richter hatte sich an den Kopf gegriffen und drei Fragen gestellt: »Wie sollte es eine Schlange von Laubach nach Gießen schaffen – und dazu noch unbemerkt ins Heuchelheimer Impfzentrum gelangen? Wie konnte der Kläger zuerst scheintot vom Stuhl kippen und erst danach von einer Schlange gebissen worden sein? Und wie konnte es eine solche Schlange ausgerechnet auf die Krankentrage oder in den Leichensack jener Mannschaft geschafft haben, die unterwegs war, um den Kläger in die Pathologie zu bringen?«

Tja, es gibt schon noch vernunftbegabte Richter, die nicht jeden Mist durchgehen lassen."

„Tu mir einen Gefallen", sagte Winston, „und spule vor … äh … ich meine: lass vorlaufen."

Vorsitzender: „Ich bitte den Angeklagten nach vorne."

Man sieht, wie sich der Verteidiger und Dr. Widuweit besprechen. Dann sagt der Verteidiger: „Mein Mandant ist bereit, auf die Fragen des Gerichts persönlich zu antworten. Aber es wäre wichtig, dass er hier von unserem Platz aus die Fragen beantwortet."

Vorsitzender: „Einverstanden."

Der Angeklagte steht auf.

Vorsitzender: „Herr Dr. Widuweit, Sie haben betont, dass Sie lediglich nach Maßgabe des Gesetzes handelten. Ist das richtig?"

Angeklagter: „Ja, so sehe ich das."

Vorsitzender: „Erzählen Sie uns bitte, wie Sie zum Impfzentrum kamen und was die Situation war, als die Impfpflicht eingeführt wurde."

Angeklagter: „Das Impfzentrum in Heuchelheim wurde auf Anordnung der Landrätin in Betrieb genommen. Ich war bereits lange bevor die Impfpflicht Gesetz wurde dort beschäftigt. Ich habe seit Juni 2020 die Bürger, die auf freiwilliger Basis kamen, geimpft. Ich bin natürlich als Arzt – gewissermaßen übergeordnet – dem hippokratischen Eid verpflichtet. Ich wurde unter Berufung auf die ab März 2022 geltende gesetzliche Impfpflicht angehalten, die Menschen, die nun pflichtgemäß geimpft werden sollten, umfassend aufzuklären, und möglichst ihre Einwilligung einzuholen und dies auch zu dokumentieren."

Vorsitzender: „Haben Sie in irgendeiner Weise gegen die Anordnungen Ihrer Vorgesetzten gehandelt?"

Angeklagter: „Nein. Ich war immer damit im Einklang."

Vorsitzender: „Auch im Falle des Geschädigten, des Herrn Koenig?"

Angeklagter: „Absolut."

Vorsitzender: „Warum absolut? Und was besagten die Anordnungen?"

Angeklagter: „Mit absolut meine ich: Im Sinne des hippokratischen Eides, im Sinne meiner grundlegenden ärztlichen Ethik; ich habe ihn umfänglich aufgeklärt und an seine Bereitwilligkeit appelliert. Er hat zugestimmt, indem er sich der Impfung unterzog. Was die Anordnungen betrifft, so besagten sie, dass wir die Menschen weder mit direktem körperlichem Zwang noch unter Androhung von Zwang impfen durften. Das entsprach auch meinen ethischen Vorstellungen. Insoweit liegt mein Verteidiger richtig, wenn er sagt, dass der Geschädigte freiwillig entschieden hat, ob er geimpft werden wollte. Ich möchte betonen, dass ich ihm gegenüber bereits vor der Verhandlung im Flur des Gerichtsgebäudes mein tiefstes Bedauern zu seinem Blackout ausgesprochen habe, denn es tut mir aufrichtig leid, dass er leiden musste. Wobei ich nicht ausschließen möchte, dass es sich ursächlich und unabhängig von der Impfung um eine Fremdeinwirkung gehandelt haben könnte."

Vorsitzender zur Staatsanwältin: „Gibt es noch Fragen an Herrn Dr. Widuweit, Frau Staatsanwältin?"

Staatsanwältin: „Um an die Fragen des Vorsitzenden anzuschließen: Hätten Sie denn die Möglichkeit gehabt, dem Patienten aufgrund seiner Vorgeschichte von der Impfung abzuraten und ihn mit einem Attest von der Impfpflicht zu befreien?"

Angeklagter: „Theoretisch ja. Aber die Sachlage gab es nicht her."

Staatsanwältin: „Hierzu würde ich gerne Herrn Koenig befragen."

Vorsitzender: „Bitte sehr, Frau Staatsanwältin. Herr Koenig, wenn Sie bereit sind …"

S.K.: „Gerne."

Staatsanwältin: „Was hatten Sie Dr. Widuweit bezüglich Ihrer Krankengeschichte bekannt gegeben?"

S.K.: „Als erstes schilderte ich ihm meine lebensbedrohliche Situation, die ich als Zwanzigjähriger aufgrund einer Impfung gegen die sogenannte Hongkong-Grippe durchlitten hatte. Ich sagte ihm auch, dass ich mich seitdem niemals mehr mit einem Influenzaimpfstoff hatte impfen lassen. Und dass ich bis heute keinerlei große grippale Infekte bekommen habe. Die einzige Ausnahme waren sieben schwierige Tage im Juni 2020, also rund drei Monate nach Ausbruch des Corona-Virus in Deutschland."

Staatsanwältin: „Sie waren bereits vor der von Dr. Widuweit durchgeführten Impfung an Covid-19 erkrankt?"

S.K.: „Ja, es war eine Infektion, die mit allen typischen Corona-Symptomen einherging. Als erstes außergewöhnlich starke Halsschmerzen, wie ich sie noch nie hatte, dann Fieber, Schnupfen, Husten, Verlust des Geruchssinnes. Doch diese merkwürdige Infektion, die wie angeflogen gekommen war und sich von einer Stunde auf die andere stärker entwickelte, war genauso überraschend am Samstag gegen Abend, also nach nur sieben Tagen, zu Ende gegangen."

Vorsitzender: „Hatten Sie Nachwirkungen?"

S.K.: „Für eine Folgewoche blieb ein gelinde schwächelnder Nachklang, eine gewisse Mattigkeit zurück. Und als Langzeitwirkung von rund einem halben Jahr blieb mir ein häufiges, unangenehmes Hüsteln – jedes Mal mit einem gehörigen, aber klaren Schleim-Auswurf. Da ich während der Krankheitswoche meinen Hausarzt wegen Urlaubszeit nicht hatte erreichen können und die benachbarte Klinik die Corona-Test-Kompetenz gerade einige Wochen zuvor an die fernab gelegene Uniklinik in Gießen abgeben musste – so die Information der Klinik-Telefonauskunft –, hatte ich aufgrund meiner körperlichen Schwäche keine Gelegenheit einen Corona-Test in Gießen einzuholen. In jenen Tagen war ich mir also nicht sicher, woran ich erkrankt war."

Vorsitzender: „Woher wissen Sie dann, dass Sie an Covid-19 und nicht an einer anderen Infektion erkrankt gewesen waren?"

S.K.: „Nach einem späteren Gespräch mit meinem Hausarzt im Laufe des ersten Quartals 2021 ließ ich mich im Mai 2021 auf Antikörper untersuchen. Der Befund ergab, dass nach nunmehr elf Monaten nach meiner Erkrankung von 34 Titer noch 4,8 nachweisbar waren. Corona war somit nachgewiesen, aber mein offizieller Genesenen-Status längst verfallen."

Staatsanwältin: „Wie standen Sie zu diesem Zeitpunkt zu einer Impfung?"

Verteidiger: „Frau Staatsanwältin, ich weiß nicht, wohin diese Fragen führen sollen."

Staatsanwältin: „Wollen Sie meine Fragen beanstanden?"

Verteidiger: „Ich will nur wissen, was Sie da zusammenfragen."

Staatsanwältin: „Entweder Sie beanstanden jetzt meine Frage durch einen Antrag, oder Sie unterbrechen mich nicht weiter."

Vorsitzender: „Ich muss Sie allseits bitten. Es ist eine anstrengende Hauptverhandlung. Wollen Sie die Frage der Staatsanwältin beanstanden? Ich kann im Moment allerdings keinen Grund erkennen ..."

Verteidiger: „Alles gut, wenn es nur der Klarheit dient."

Staatsanwältin an S.K. gewandt: „Wie also war Ihr Standpunkt?"

S.K.: „Da ich seitdem keinerlei Infektionen gehabt hatte, wollte ich mich aufgrund meiner Krankengeschichte auf keinen Fall dem Risiko einer Corona-Impfung aussetzen. Insbesondere vor einer möglichen Herzmuskelentzündung hatte ich große Angst. Denn im Januar 2020 hatte ich einen Herzinfarkt erlitten. Und die Vakzine sind ja für ihr Thrombose-Risiko bekannt. Die aufgrund dieser Vorgeschichte herrschende tiefsitzende Angst konnte ich nicht verdrängen und auch nicht mit den Mitteln irgendeiner daherschwebenden Vernunft überwinden."

Staatsanwältin: „Haben Sie das Herrn Dr. Widuweit anlässlich des erwähnten Aufklärungsgesprächs zur Kenntnis gegeben?"

S.K.: „Ja."

Staatsanwältin: „Könnten Sie das beschwören?"

S.K.: „Auf alle Fälle. Ich habe dies mit allem Nachdruck dem Impfarzt erläutert."

Staatsanwältin wendet sich an den Angeklagten: „Trifft es zu, dass Ihnen Herr Koenig von diesen Hemmnissen berichtet hat?"

Angeklagter: „Ich kann mich bei all den vielen Personen beim besten Willen nicht mehr an jede einzelne Erzählung erinnern. Wissen Sie, es ist so, dass einem die Leute, wenn sie einem Arzt gegenübersitzen, die Ohren vollquatschen und ihr halbes Leben zum Besten geben … Entschuldigen Sie bitte den Ausdruck »vollquatschen«, aber ich denke, Sie wissen, was ich meine."

Staatsanwältin: „Herr Koenig, erinnern Sie sich, was Ihnen der Angeklagte auf Ihre Vorhaltung damals erwiderte?"

S.K.: „Ich hatte den Eindruck, dass er gar nicht richtig zuhörte. Auch wurde er zwei Mal während unseres Gespräches von zwei Helferinnen gefragt, wie sie die eine oder andere Sache organisieren sollten. Er war wohl sehr mit organisatorischen Dingen überfrachtet, das war mein Eindruck."

Staatsanwältin: „Hatten Sie Dr. Widuweit auf ein Freistellungsattest angesprochen?"

S.K.: „Ich war zu diesem Zeitpunkt bereits sehr entmutigt. Mein Hausarzt war ein Impffanatiker und hatte mir eine Abfuhr erteilt, obwohl er meine Krankenvorgeschichte genau kannte. Er hat, wie ich in Erfahrung brachte, in einem Monat rund 800 Patienten geimpft. Bei einem Vergütungssatz von 30 Euro pro Pieks ergibt das eine erbauliche Zusatzeinnahme in Höhe von 24.000 Euro. Da kann man schon zum Impffanatiker werden. Gelegenheit macht Diebe, sagt man."

Vorsitzender: „Ich bitte Sie sachlich zu bleiben. Sagen Sie uns bitte, was Sie unternahmen, als Sie merkten, dass Ihr Hausarzt Ihnen keine Bescheinigung ausstellen wollte."

S.K.: „Ich suchte eine neue Ärztin auf und trug mein Anliegen vor. Aber sie sagte, sie glaube, meine Einwände würden wahrscheinlich vom Gesundheitsamt nicht anerkannt und sie sähe keine Chance, dass ich damit durchkäme. Ich solle mich doch »einfach impfen lassen«, sicher sei sicher – und jetzt, wo die Impfpflicht anstehe, bliebe mir sowieso nichts anderes übrig."

Staatsanwältin: „Meine Eingangsfrage war, ob Sie Dr. Widuweit persönlich noch einmal auf eine Freistellung angesprochen haben."

S.K.: „Sinngemäß sagte er, er sei zum Impfen eingestellt und nicht dazu, den Leuten vom Impfen abzuraten und Atteste auszustellen."

Staatsanwältin: „Herr Dr. Widuweit, vielleicht erinnern Sie sich an Ihre Worte?"

Angeklagter: „Genauso gut oder schlecht wie an die Erzählung von Herrn Koenig. Aber es trifft zu, dass mein Verständnis darauf beruhte, die Leute durchzuimpfen, um sie vor Corona zu schützen und nicht, ihnen Anti-Impfzertifikate auszustellen. Das hätte im Vorfeld der Patient auch durch seinen Hausarzt veranlassen können – schließlich kennt ein Hausarzt die Krankengeschichte seiner Patienten am besten."

Staatsanwältin: „Sie können es also nicht ausschließen?“

Angeklagter: „Was?“

Staatsanwältin: „Dass Herr Koenig Ihnen seine Krankengeschichte in dem hier vorgetragenen Sinn dargelegt hat.“

Angeklagter: „Ausschließen kann ich es nicht.“

Staatsanwältin: „Ausschließen können Sie es nicht, ja. In Ordnung. Dass Sie wegen Organisationsschwierigkeiten während …“

Verteidiger: „Was meinen Sie mit »in Ordnung«? Kommentieren wir jetzt schon die Antworten des Angeklagten?“

Staatsanwältin: „Herr Vorsitzender, bitte. Ich kann so mein Fragerecht nicht ausüben.“

Vorsitzender: „Herr Verteidiger, ich gebe der Frau Staatsanwältin recht. Wenn Sie etwas beanstanden wollen, dann tun Sie es förmlich. Wenn nicht, dann bitte unterbrechen Sie nicht weiter die Befragung.“

Der Verteidiger schüttelt den Kopf, hält den Einwand aber nicht weiter aufrecht.

Staatsanwältin: „Herr Dr. Widuweit, ich habe Ihre Personalakte gelesen. Sie haben sich in Ihrer Ausbildung intensiv mit Fragen des Medizinrechts und mit den allgemein ethischen Fragen eines Mediziners beschäftigt. Sie haben auch hier in der Verhandlung verschiedentlich auf den hippokratischen Eid verwiesen. Wären Sie daher bereit, Ihre Entscheidung genauer zu begründen?“

Angeklagter: „Welche Entscheidung?“

Staatsanwältin: „Ihre Entscheidung, den Geschädigten zu impfen, anstatt die Impfung als zu riskant einzuschätzen und ihn davon freizustellen."

Angeklagter: „Ich habe als Student am Uniklinikum in Gießen zur Thematik des Verfassungsrechts Vorlesungen gehört. Es ging um das Recht auf körperliche Unversehrtheit und andere damit zusammenhängende Rechtsbegriffe."

Staatsanwältin: „So ist es in Ihrer Akte vermerkt. Dann möchte ich von Ihnen wissen, wie Sie Ihren Auftrag im Impfzentrum gegenüber den Menschen verstanden haben, die allein wegen der Impfpflicht zu Ihnen kamen. Welche verfassungsrechtlichen oder ethischen Schlüsse haben Sie …

Vorsitzender: „Frau Staatsanwältin, das kann ich nicht zulassen. Wie Sie wissen, sind keinerlei Rechtsgespräche mit dem Angeklagten zu führen. Wir ermitteln Tatsachen, nicht mehr, aber auch nicht weniger. Nach ihnen werden wir entscheiden. Das war auch der Grund, weshalb ich Herrn Dr. Widuweit keine weiteren Fragen gestellt habe."

Verteidiger: „Entschuldigen Sie bitte, Herr Vorsitzender. In diesem Fall hat die Staatsanwältin nicht nur eine zulässige, sondern auch eine höchst gebotene Fragestellung in die Verhandlung eingeführt. Wenn wir die Schuld meines Mandanten beurteilen wollen, dann müssen wir seine humanmedizinischen und ethischen Motive, sein Arbeits- und Berufsverständnis hinterfragen. Es ist wesentlich, wie Herr Dr. Widuweit sich mit der Rechtslage auseinandergesetzt hat."

Vorsitzender (wendet sich an die Schöffen): „Meine Damen und Herren Schöffen, der Verteidiger führt an, sein Mandant habe sich mit der Rechtslage auseinandergesetzt und solle dazu befragt werden. In diesem speziellen Fall ist sein Argument nicht von der Hand zu weisen. In unserem modernen Staat gilt ein sogenanntes Schuldstrafrecht, das heißt, dass wir einen Angeklagten nach seiner ganz persönlichen Schuld bestrafen. Deshalb interessiert uns die Frage nach dem Warum. Wir wollen verstehen, was einen Menschen bewogen hat, sich so oder anders zu verhalten. Was ihn bewogen hat, sich eventuell sogar bewusst gegen oder für ein zweifelhaftes Gesetz oder gegen höchste Verfassungsgrundsätze zu stellen. Im hier verhandelten Fall ist es so, dass die Motive des Angeklagten keinesfalls zweitrangig sind. Insofern sollten wir die Fragen der Staatsanwältin zulassen. Bitte sehr, Frau Staatsanwältin."

Staatsanwältin: „Herr Dr. Widuweit, wenn ich Sie richtig verstehe, haben Sie sich schon einige Gedanken gemacht, als die Impfpflicht Gesetz wurde."

Angeklagter: „Ja. Fast alle Kolleginnen und Kollegen haben sich Gedanken gemacht. Es war ein heiß diskutiertes Thema."

Staatsanwältin: „Sie wissen gewiss, wenn Sie sich in Ihrer Ausbildung mit juristisch-medizinischen Fragestellungen befassten, dass Sie niemals gegen einen Verfassungsgrundsatz verstoßen dürfen – es sei denn, Sie können mit dem Verstoß unmittelbar Leben retten und kein anderes Leben dabei gefährden."

Angeklagter: „Das ist mir bewusst."

Staatsanwältin: „Sie wissen, dass es geboten ist, sich einem bloßen Gesetz entgegenzustellen, wenn es gegen einen Verfassungsgrundsatz verstößt."

Angeklagter: „Das weiß ich, allerdings bin ich kein Jurist."

Staatsanwältin: „Lassen Sie mich noch einmal fragen: Wie haben Sie Ihren Auftrag im Impfzentrum gegenüber denjenigen verstanden, die nicht freiwillig, sondern aufgrund der gesetzlich verordneten Impfpflicht zu Ihnen kamen?"

Angeklagter: „Wie Sie eben gesagt haben: Es gab für mich eine gesetzlich bindende Aufgabe, die Menschen zu impfen. Diesem Gesetz und natürlich der Gesundheit der Menschen, die zu uns kamen, habe ich mich verpflichtet gefühlt."

Staatsanwältin: „Da Ihnen das Grundrecht auf körperliche Unversehrtheit ja nicht unbekannt ist, wundert mich, dass Sie dennoch bereit waren, Menschen wie den hier Geschädigten, entgegen offensichtlicher Einwilligungszweifel einer Impfung zu unterziehen."

Verteidiger (an die Staatsanwältin gewandt): „In einer Stellungnahme des Deutschen Ethikrats vom 22.12.2021 heißt es unmissverständlich, die Ausweitung der Impfpflicht sei zu rechtfertigen, wenn sie »gravierende negative Folgen« künftiger Pandemiewellen abschwächen oder verhindern könne. Negative Folgen, die eine Impfpflicht rechtfertigten, seien etwa »eine hohe Sterblichkeit, langfristige gesundheitliche Beeinträchtigungen signifikanter Teile der Bevölkerung oder ein drohender Kollaps des

Gesundheitssystems«. Verlangen Sie von meinem Mandanten, dass er im Alleingang diese komplexen Fragestellungen hätte beantworten sollen?"

Staatsanwältin (zum Verteidiger): „Der Ethikrat weist in seiner Stellungnahme aber auch darauf hin, dass eine Impfpflicht immer eine »erhebliche Beeinträchtigung rechtlich und moralisch geschützter Güter« darstellt. Wie Sie wissen, wurde das Impfpflicht-Gesetz gegen einen Großteil der Abgeordneten im Bundestag mit hauchdünner Mehrheit verabschiedet. Viele Abgeordneten waren nicht von den Vorteilen einer allgemeinen Impfpflicht überzeugt. Man rechne lediglich mit etwa ein bis zwei Millionen Menschen, die man damit noch zu einer Impfung bringen könne. Aber das sei noch nicht einmal der Punkt. Derzeit sei die Lage in den Allgemeinbetten der Krankenhäuser angespannt, aber nicht überlastet. Die Intensivbetten sind normal belegt. Es liegt keine Dramatik der Lage vor."

Verteidiger: „Das wissen Sie jetzt vom Hören-Sagen und wäre für dieses Verfahren noch nicht einmal dann relevant, wenn Sie hierzu Beweiserhebung beantragen würden."

Staatsanwältin: „Ich weise nur deshalb darauf hin, weil diese Argumente inzwischen zum Alltagswissen gehören und wie der Angeklagte bereits anführte: Man hat in Ärztekreisen darüber diskutiert. Was also war zum Zeitpunkt des Tatgeschehens seine Meinung hierzu?" Sie wendet sich dem Angeklagten zu: „Sagt Ihnen der Name Hendrik Streeck etwas?"

Angeklagter: „Ein sehr angesehener Experte in Sachen Virologie und Epidemiologie."

Staatsanwältin: „Sehr richtig. Der Bonner Virologe Hendrik Streeck, der dem Corona-Expertenrat der Bundesregierung angehört, positionierte sich gegen eine allgemeine Impfpflicht. Die Wirksamkeit der Impfstoffe gegen die zwar hochansteckende, aber harmlose Omikron-Variante des Coronavirus sei zu gering, sagte Streeck dem Fernsehsender *Welt:* »Wo wir weder sagen können, wie lange die Schutzwirkung ist, wie lange die Schutzdauer sein wird, auch im Hinblick auf zukünftige Varianten, die kommen können, da kann man im Moment keine langfristige Empfehlung aussprechen.«

Herr Dr. Widuweit, Sie haben davon doch sicherlich auch Kenntnis erhalten. Wäre es in dieser Situation gemäß Ihrer ethischen Verantwortung, auf die sie sich berufen haben, nicht besser gewesen, auf Herrn Koenigs Einwände zu hören und die Impfung zu unterlassen?"

Angeklagter: „Bei aller Wertschätzung der Experten – es gibt so viele Spekulationen, dass ich mich als Allgemeinarzt weder für die eine noch für die andere Spekulation entscheiden möchte. Ich möchte lediglich eines feststellen: Ich bin ein gesetzestreuer Bürger und habe im Sinne des Impflichtgesetzes meinen Dienst versehen."

Staatsanwältin: „Wenn es denn nur so einfach wäre, Herr Dr. Widuweit! Kein Gesetz, egal mit welcher Mehrheit beschlossen, darf dazu führen, dass unschuldige Menschen zur Rettung anderer unschuldiger Menschen in Gefahr gebracht oder gar getötet werden. Nehmen wir ein besonders prägnantes Beispiel. Ich verweise auf die Verfassungsgerichts-Entscheidung, als 1979 ein Terrorist eine Passagiermaschine entführte. Er wollte sie mitten in ein Fußballstadion stürzen lassen und so 70.000 Menschen töten. Aber ein Luftabwehroffizier handelte auf eigene Faust auf Grundlage seines eigenen humanistischen Ermessens und schoss entgegen dem Befehl des Verteidigungsministers das Flugzeug ab, alle 164 Insassen starben. Das Bundesverfassungsgericht erklärte, das Handeln dieses Offiziers habe der Verfassung widersprochen."

Angeklagter: „Was soll ich dazu sagen? Ich habe weder ein Flugzeug abgeschossen, noch 164 Menschen auf dem Gewissen."

Staatsanwältin: „Es reicht, wenn man das Leben oder die Gesundheit nur eines einzigen Menschen auf dem Gewissen hat."

Verteidiger: „Frau Staatsanwältin, wir sollten uns nicht in theoretischen Fragen verlieren. Mein Mandant hat nicht mehr gemacht, als die Gesellschaft von ihm erwartet hat."

Staatsanwältin: „Unsere Verfassung, das ganze Grundgesetz besteht aus Theorie. Die Theorie ist Basis unseres Zusammenlebens. Die theoretischen Regeln sind Anleitung für unser praktisches Handeln."

Verteidiger: „Schon gut, schon gut, was ich meine: Wir sollten meinen Mandanten nicht in das Dickicht unseres juristischen Dschungels locken."

Staatsanwältin: „Herr Dr. Widuweit, ich möchte Sie nicht locken, nur etwas fragen: Fühlen Sie sich an Entscheidungen des Bundesverfassungsgerichts gebunden?“

Angeklagter: „Grundsätzlich ja.“

Staatsanwältin: „Grundsätzlich?“

Angeklagter: „Ich halte die Entscheidung des Bundesverfassungsgerichts für falsch.“

Staatsanwältin: „Können Sie uns das erklären?“

Angeklagter: „Wenn eine Massenimpfung nötig ist, um die Pandemie und damit das Leiden oder gar den Tod von vielen zu beenden, dann muss man auch das schicksalhafte Leiden oder gar den Tod eines Einzelnen oder Weniger in Kauf nehmen. So ist nun mal das Leben.“

Staatsanwältin: „Selbst in einem Extremfall wird gerade dies vom Bundesverfassungsgericht verneint …“

Angeklagter: „Aber es geht doch um etwas anderes: Auf der einen Seite stehen, was Ihr Terrorbeispiel betrifft, 164 Passagiere, auf der anderen die 70.000 Zuschauer im Stadion. Es kann nicht sein, dass das bei diesem Verhältnis nicht gegeneinander abgewogen werden darf. Gleiches gilt für die Impfung. Angenommen es gäbe 1000 Impftote und 10.000 Langzeitschäden durch Impfungen, dann stünden diesen jedoch – grob gesagt – 83 Millionen geschützte Menschen gegenüber. Das muss man doch abwägen!“

Staatsanwältin: „Wenn ich Sie richtig verstehe, glauben Sie also, dass die größere Anzahl der Stadionbesucher beziehungsweise die größere Anzahl der Bundesbürger die körperliche Unversehrtheit oder gar den Tod der Passagiere beziehungsweise der Zwangsgeimpften rechtfertigt."

Angeklagter: „Wenn Sie so wollen: Ja."

Staatsanwältin: „Sie wägen also Leben gegen Leben ab?"

Angeklagter: „Nicht in dieser Form – nicht ein einzelnes gegen ein anderes einzelnes. Ich bin allerdings der Überzeugung – und denke, damit in Übereinstimmung mit meinem hippokratischen Eid zu sein – dass es richtig ist, wenige Menschen einem Risiko, auch einem Hochrisiko, auszusetzen, um viele zu retten."

Staatsanwältin: „Nun gut. Sie denken grundsätzlich, dass jedes menschliche Leben gleich wertvoll ist?"

Angeklagter: „Absolut. Das steht nicht in Frage!"

Staatsanwältin: „Dennoch darf der Schutz des einzelnen Lebens aufgegeben werden, wenn mehrere andere Leben dadurch gerettet werden können?"

Angeklagter: „Ja."

Staatsanwältin: „Stellen Sie sich bitte vor, ein Mann kommt ins Krankenhaus, weil er sich den Arm gebrochen hat. Ansonsten ist er kerngesund. In diesem Krankenhaus warten eine ganze Reihe von Patienten dringend auf eine Transplantation. Der eine braucht ein neues Herz, zwei andere warten seit Jahren auf eine neue Niere, ein Mann mit Leberzirrhose benötigt eine neue Leber, eine Covid-Patientin benötigt dringend einen neuen Lungenflügel. Für sie alle ist es ihre letzte Rettung. Nach Ihrer Argumentation dürften Sie den Mann mit dem gebrochenen Arm sofort töten, um seine Organe zu entnehmen."

Angeklagter: „Nein, natürlich nicht."

Staatsanwältin: „Weshalb?"

Angeklagter: „Es kann nur bei ganz großen Zahlen eine Ausnahme gemacht werden."

Staatsanwältin: „Also, 1:5 reicht Ihnen nicht?"

Angeklagter: „Nein, ganz sicher nicht!"

Staatsanwältin: „Ich verstehe. Ist 1:100 besser? Vielleicht 1:1000? Oder eventuell 1:10.000? Wo genau ziehen Sie die Grenze?"

Angeklagter: „Das kann man so nicht sagen. Man muss jeweils Fallentscheidungen treffen."

Staatsanwältin: „Nicht »man« … Sie meinen, dass *Sie* es von Fall zu Fall entscheiden."

Angeklagter: „Ich?"

Staatsanwältin: „Ja, *Sie*. Ist es nicht so, dass Sie dem Klischee vom Halbgott in Weiß entsprechen? Sie nehmen mit Ihrer Entscheidung eine gottgleiche Stellung ein. Sie dürfen jetzt alleine entscheiden, ab welchem Verhältnis jemand weiterleben darf. Sie bestimmen, wer lebt und wer stirbt."

Angeklagter: „Das wäre eine unerwünschte, aber durchaus übliche Triage-Entscheidung in einer Extremsituation."

Staatsanwältin: „Sehen Sie, wenn jedes menschliche Leben als solches gleich wertvoll ist – wie Sie ja auch selbst dargelegt haben –, ist es dann nicht unmöglich, Leben nach Anzahl abzuwägen? Widerspräche das nicht diesem Prinzip?"

Angeklagter: „Auf das Terror-Beispiel bezogen, ist es doch so: Die Passagiere der Zivilmaschine hätten doch ohnehin nur noch wenige Minuten zu leben gehabt."

Staatsanwältin: „Erstens wissen wir das nicht. Zweitens ist es ein anderes Argument."

Angeklagter: „Es ist doch offensichtlich, dass die Maschine im Stadion explodiert wäre. Die Passagiere hatten also nur noch eine kurze Zeit zu leben. Auch wenn man sie nicht abgeschossen hätte, wären sie alle getötet worden."

Staatsanwältin: „Soll es jetzt also nur noch um die verbleibende Lebenszeit gehen?"

Verteidiger: „Herr Vorsitzender, das Beispiel führt uns völlig weg vom konkreten Fall."

Vorsitzender: „Im Moment ist das Beispiel sehr aufschlussreich, was die medizinisch-ethische Haltung des Angeklagten betrifft. Bitte fahren Sie fort, Frau Staatsanwältin."

Staatsanwältin: „Nochmals: Geht es jetzt nur noch um die verbleibende Dauer des Lebens, Herr Dr. Widuweit?"

Angeklagter: „Ja."

Staatsanwältin: „Auch in diesem Fall bestimmen *Sie* alleine den Zeitraum. Ihre Vorstellung ist, dass Menschen mit geringer Lebenserwartung keinen Schutz mehr verdienen. Wie viel Restzeit billigen Sie den Menschen zu? Fünf Minuten?"

Angeklagter: „Ich weiß nicht …"

Staatsanwältin: „Weniger?"

Angeklagter: „Ich …"

Staatsanwältin: „Oder darf es doch etwas mehr sein? Dürfen die Menschen noch ihre Verwandten anrufen und sich verabschieden?"

Angeklagter: „Sie ... Sie müssen das praktisch sehen."

Staatsanwältin: „Praktisch?"

Angeklagter: „Das Flugzeug mit dem Terroristen und den 164 Passagieren an Bord wurde doch erst im letzten Moment abgeschossen. Länger hätte man doch nicht warten können."

Staatsanwältin: „Aber es ändert sich doch dadurch gar nichts, oder? Denken Sie an unser Beispiel. Wenn der Mann im Krankenhaus sich nicht nur den Arm gebrochen hat, sondern wenn er todkrank ist und nur noch wenige Stunden zu leben hat, dann brauchen Sie nach Ihrer Logik nicht auf seinen Tod zu warten. Sie dürfen ihn sofort töten, um seine Organe zu entnehmen."

Angeklagter: „Nein, natürlich nicht."

Staatsanwältin: „Warum nicht?"

Angeklagter: „Einige Stunden sind doch etwas ganz anderes als wenige Minuten. Es kommt dazu, dass der todkranke Patient in Ihrem Beispiel unschuldig ist."

Staatsanwältin: „Unschuldig? Aber waren die Passagiere nicht genauso unschuldig?"

Angeklagter: „Nicht unbedingt."

Staatsanwältin: „Wie sollen wir das verstehen?"

Angeklagter: „Die Passagiere haben sich freiwillig in Gefahr begeben, indem sie an Bord des Fliegers gingen. Jedermann weiß heutzutage, dass Terroristen es auf Flugzeuge abgesehen haben. Weshalb gibt es all diese Sicherheitschecks am Flughafen?"

Staatsanwältin: „Das ist ja eine sehr außergewöhnliche Sichtweise. Hat sich Herr Koenig auch freiwillig in Ihre Hände und damit in Gefahr begeben?"

Angeklagter: „Wenn Sie es unbedingt so sehen möchten …"

Staatsanwältin: „Sie sind also der Auffassung, dass die Passagiere mit dem Ticketkauf in ihre eventuelle Tötung einwilligen?"

Angeklagter: „Nun, jedenfalls begeben sie sich in die Gefahr, getötet zu werden."

Staatsanwältin: „Das trifft ja – so allgemein gesagt – wohl auf alles und immer zu. Halten Sie das nicht für völlig lebensfremd?"

Angeklagter: „Das Leben ist nun mal riskant."

Staatsanwältin: „Die Auffassung teile ich. Deshalb, so sagen Mitglieder des Ethikrates, trägt man selbst die Verantwortung dafür, wenn man sich impfen lässt. Und wer Vorbehalte und ernstzunehmende Ängste oder Unverträglichkeiten hat, sollte sich frei entscheiden können. Oder sehen Sie das anders?"

Angeklagter: „Im Prinzip stimme ich Ihnen zu."

Staatsanwältin: „In unserem Beispiel mit den Passagieren haben Sie die Verantwortung für die Situation den Erwachsenen zugeschrieben. Sie hätten gewusst, welche Risiken auf sie warten … Was aber sagen Sie in Bezug auf die Kinder in der Maschine? Haben auch sie in ihre Tötung eingewilligt?"

Angeklagter: „Das haben ihre Eltern für sie getan."

Vorsitzender: „Frau Staatsanwältin, könnte es sein, dass die Befragung im Moment zu weit geht?

Jetzt sind wir schon bei einem Problem mit den Kindern."

Staatsanwältin: „Ich wollte überhaupt nicht auf das Kinderimpfen zu sprechen kommen. Nach wie vor versuche ich nur, die Haltung des Angeklagten besser zu verstehen."

Winston winkt ab und sagt: „Komm, lass gut sein. Mich würden nur noch die Schlussplädoyers interessieren."

„Soll ich *vorspulen*?", frage ich mit einem etwas zu auffälligen Lächeln.

„Aber bitte doch, spul vor und ab!" Winston lacht und trinkt vom weinseligen Essigwein. Und auch Stella und Ben lachen und freuen sich offensichtlich, dass sie nicht die Gerichtsverhandlung in ihrer ganzen Länge und Breite mitansehen und mithören müssen.

Ich habe meine Last mit der Suchfunktion und muss gelegentlich das Video kurz laufen lassen, bis ich endlich zur Stelle mit den Plädoyers komme.

„Es geht weiter", sage ich und trinke vom Chlorwasser.

Vorsitzender: „Frau Staatsanwältin, bitte, wir hören Ihr Plädoyer."

Staatsanwältin (steht auf): Hohes Gericht, verehrte Damen und Herren Schöffen – um es gleich zu sagen: Der Angeklagte ist kein Krimineller. Seine Handlungen sind weit von dem entfernt, was sonst hier im Schwurgerichtsaal verhandelt wird. Er hat weder seine Schwiegermutter noch sonst jemanden getötet, er hat keinen Bankautomaten gesprengt, niemanden bestohlen oder betrogen. Im Gegenteil: Dr. Widuweit hat nach bürgerlichen Maßstäben bisher ein tadelloses Leben geführt und seinen Beruf nach eigenem Verständnis ordentlich ausgeführt. Er hat Gesetze augenscheinlich beachtet, und ich kann sagen, dass mich seine Aufrichtigkeit und der Ernst seiner Überlegungen beeindruckt haben. Dr. Jens Widuweit ist hochintelligent, besonnen, verantwortungsbewusst, ein Mann, der in der Lage ist, Recht von Unrecht zu unterscheiden. Er kann das vermutlich sogar besser als die meisten Menschen. Auch all das, was Dr. Widuweit in seiner Funktion als Impfarzt tat, tat er im vollen Bewusstsein, in größter Klarheit. Er war davon überzeugt, dass es das Richtige war. Und davon ist er noch überzeugt.

Verehrte Damen und Herren Richter, es stimmt, was der Verteidiger gesagt hat. Es geht in unserem hier verhandelten Fall tatsächlich nur um die eine Frage: Dürfen wir jemanden einer hohen Gefahr aussetzen und im schlimmsten Fall dem Tode weihen, um andere Menschen zu retten? Und ist es eine Frage der Zahl? Lassen sich Gesundheit und Leben zumindest dann gegeneinander aufrechnen, wenn für den in Kauf genommenen Tod eines Menschen vielleicht 400 andere gerettet werden können? Ich erinnere an die vielen Solidaritätsappelle: Beispielsweise müsse man sich dem Schutz der Allgemeinheit halber impfen lassen. Wer die gesundheitlichen Mehrheitsinteressen mit seiner egoistischen Nichtimpfung unterlaufe, handele unsolidarisch.

Nochmals also die Frage: Darf man Opfer verlangen, um andere Opfer zu vermeiden?

Spontan würden wir alle vermutlich genau das tun. Es erscheint auf den ersten Blick richtig. Vielleicht sind wir uns nicht ganz sicher, und es kostet uns eine gewisse Überwindung. Dann jedoch wägen wir ab, wie wir das auch in anderen Bereichen unseres Lebens tun. Wir befragen unser Gewissen. Und dann glauben wir, dass wir ethisch verantwortungsvoll und fair handeln, vernünftig und nach bestem Wissen. Insoweit stimmen wir Dr. Jens Widuweit zu. Damit könnten wir den Prozess beenden und den Angeklagten freisprechen.

Doch Sie haben es bereits gehört, die Verfassung verlangt etwas anderes von uns. Die Richter am Bundesverfassungsgericht haben es folgendermaßen formuliert: Leben darf nicht mit Leben aufgewogen werden.

In keinem Fall, niemals, egal welche Zahlen zur Disposition stehen.

Das scheint uns zu verwundern, und wir sind es dem Angeklagten und dem geschädigten Opfer schuldig, die Sache genauer unter die Lupe zu nehmen. Nach welchen Kriterien entscheiden wir, ob der Angeklagte einen Menschen gegen dessen ausdrücklichen Willen impfen durfte oder nicht? Eigentlich entscheiden wir nach unserem Gewissen, nach unserer Moral, nach unserem gesunden Menschenverstand. Es gibt noch andere Begriffe dafür: Der Angeklagte hat im Laufe der Verhandlung auf die weltbedrohende Gefahr durch den Virus und auf den Fall des entführten Flugzeugs hingewiesen und den Begriff vom »übergesetzlichen Notstand« ins Spiel gebracht. Manchen Juristen nennen es »Naturrecht«.

Welche Bezeichnung wir der Sache auch immer geben ist aber völlig gleichgültig. Gemeint ist nämlich immer das Gleiche: Wir sollen nach Vorstellungen entscheiden, die über den Verfassungsrang eines Gesetzes hinausgehen, Vorstellungen also, die über dem Gesetz stehen und es letztlich hinfällig machen.

Die Frage, die sich uns stellt, lautet: Ist das vernunftgemäß? Mir ist bewusst, dass jeder von Ihnen der Überzeugung ist, er könne sich auf seine Moral, auf seine innere Stimme und auf sein Verantwortungsbewusstsein verlassen. Doch das ist ein Trugschluss. Der deutsche Strafrechtler und Rechtsphilosoph Hans Welzel beschrieb 1951 den sogenannten Weichensteller-Fall: Auf einer steilen Gebirgsstrecke löst sich ein Güterwagen. Er saust mit voller Wucht ins Tal auf einen kleinen Bahnhof zu. Dort steht gerade ein Personenzug.

Rast der Güterwagen so weiter, wird er Hunderte von Menschen töten. Stellen Sie sich nun bitte vor, Sie sind der Bahnwärter und haben die Möglichkeit, eine Weiche umzustellen und den Güterwaggon auf ein Nebengleis zu lenken. Das Problem: Auf diesem Nebengleis reparieren gerade fünf Streckenarbeiter die Schienen. Wenn Sie den Zug umlenken, töten Sie die fünf Arbeiter, retten aber Hunderte Passagiere. Was würden Sie tun? Würden Sie den Tod der fünf in Kauf nehmen?

Es ist so, dass die meisten Menschen den Waggon umleiten würden. Selbst wenn wir längere Zeit darüber nachdenken, erscheint uns diese Handlung als gerechtfertigt. Aber wenn die Anordnung nur leicht verändert wird, wird es sofort viel schwieriger.

Die amerikanische Moralphilosophin und normative Ethikerin Judith Thomson schlug Mitte der 1970er-Jahre vor, das Beispiel um eine Variante zu erweitern: Der Güterwaggon rast noch immer den Berg hinunter, aber jetzt gibt es keine Weiche mehr, die Sie umstellen könnten. Als Zuschauer stehen Sie nun auf einer Brücke und beobachten das Geschehen. Neben Ihnen steht ein sehr dicker Mann. Wenn er von der Brücke fiele, würde er auf dem Gleis landen. Er würde dort zwar überrollt, aber sein Körper würde den Waggon blockieren. Nun können Sie den Mann aber nicht einfach hinunterstoßen, er ist viel zu dick und zu stark. Sie müssten ihn also zuerst töten, zum Beispiel mit einem Messer, erst dann könnten Sie ihn hinunterwerfen. So würden Sie die Passagiere retten. Was würden Sie, verehrte Damen und Herren Richter, jetzt tun?

Es ist anzunehmen, dass die meisten Menschen sich weigern würden, den Mann zu töten. Doch was hat sich eigentlich geändert? Tatsächlich nur das eine: Wir müssten jetzt *selbst* Hand anlegen. Davor aber schrecken wir zurück. Obwohl sich die Situationen also kaum unterscheiden, hat sich in unserem Kopf alles verändert. In dem ersten Fall sind wir bereit, fünf Menschen zu opfern – jetzt ist es uns unmöglich, auch nur einen einzigen zu töten. Plötzlich erscheint es uns nicht mehr möglich, die richtige Entscheidung zu treffen.

Verehrte Damen und Herren Richter, wir müssen also akzeptieren, dass es keine Sicherheit in moralischen Fragen gibt. Wir machen Fehler, wir machen sie immer wieder, es ist unsere Natur – wir können gar nicht anders, wir sind nicht gegen diese Unzulänglichkeit gefeit. Wie immer wir es nennen: Moral, Gewissen, Vernunft, gesunder Menschenverstand, Naturrecht, übergesetzlicher Notstand – jeder dieser Begriffe ist fragil und schwankend. Wir können uns nicht sicher sein, dass sie von uns allen gleich verstanden, gleich gefühlt und gleich umgesetzt werden. Wenn wir heute danach handeln, wer sagt uns, ob unsere Ansichten und Empfindungen am nächsten Tag noch gültig sind?

Man braucht also etwas Verlässlicheres als unsere spontanen Überzeugungen. Etwas, wonach wir uns jederzeit richten und an dem wir uns prinzipientreu orientieren können, etwas, was eine Allgemeingültigkeit hat. Etwas, was uns Klarheit im Chaos und Sicherheit im Handeln verschafft – eine allseits gültige Richtschnur, die auch in den schwierigsten Situationen ihre Geltung bewahrt. Wir brauchen Grundsätze.

Grundsätze, wie sie in unserem Grundgesetz niedergeschrieben sind. Diese Grundsätze gelten prinzipiell – ohne Wenn und Aber.

Diese Grundsätze haben wir uns selbst gegeben. Es ist unsere Verfassung, an der wir uns zu orientieren und nach der wir jeden Einzelfall zu entscheiden haben. An ihr haben wir auch heute den Fall zu messen – nicht an unserem Gewissen, nicht an unserer Moral und schon gar nicht an einer anderen, höheren Macht oder an Begriffen wie »Solidarität, Gemeinsinn, Verantwortung etc.«.

Es hat nach dem Faschismus etwas länger gedauert, aber dann haben wir begriffen: Genau das ist das Wesen eines Rechtsstaates. Sie alle wissen, wie teuer wir diese Erkenntnis bezahlt haben. Nur das darf für alle verpflichtend sein, was Gesetz geworden ist – unter der Voraussetzung, dass das Gesetz der Verfassung entspricht.

Moralische Einstellungen spielen in diesem Zusammenhang keine Rolle, so richtig sie uns immer erscheinen mögen – sie binden niemanden. Und noch etwas ist wichtig zur Kenntnis zu nehmen: Niemals darf eine »moralisch richtige« Einstellung über die Verfassung gestellt werden. Jedenfalls gilt dies in einem funktionierenden demokratischen Rechtsstaat.

Allerdings sieht unsere Verfassung auch ein Widerstandsrecht vor. Es mag also einmal Gesetze geben, die zu so unerträglichem Unrecht führen, dass ihre Anwendung den Menschen- und Grundrechten entgegensteht. Doch davon, meine verehrten Damen und Herren Richter, kann im hier verhandelten Fall nicht die Rede sein. Es ging keinesfalls darum, ein Unrechtssystem zu stürzen oder eine Bombe im Führerbunker zu deponieren, um eine Diktatur zu Fall zu bringen.

Von seinem Widerstandsrecht gegen das Impfpflichtgesetz jedoch hätte der Angeklagte Gebrauch machen dürfen. Das hat er unterlassen.

Die Verfassung der Bundesrepublik Deutschland ist also eine Sammlung von Prinzipien, die unbedingt und immer der Moral, der eigenen Auffassung von Arbeitsethos, dem scheinbar gewissenhaften Gewissen und jeder anderen Idee vorgehen muss. Und das höchste Prinzip unser Verfassung ist die Würde des Menschen.

Das Grundgesetz beginnt mit dem Satz: »Die Würde des Menschen ist unantastbar.« Er steht nicht zufällig am Anfang. Dieser Satz ist die wichtigste Aussage der Verfassung. Dieser erste Artikel besitzt eine »Ewigkeitsgarantie«, das heißt, er kann nicht geändert werden, solange das Grundgesetz gilt. Aber was ist diese Würde eigentlich?

Das Bundesverfassungsgericht sagt, Würde bedeute, ein Mensch dürfe niemals zum bloßen Objekt staatlichen Handelns gemacht werden. »Ein bloßes Objekt staatlichen Handelns« – was müssen wir uns darunter vorstellen?

Die Idee geht auf den deutschen Philosophen der Aufklärung Immanuel Kant zurück. Der Mensch, sagte Kant, könne sich seine eigenen Gesetze geben und nach ihnen handeln, das unterscheide ihn von allen anderen Lebewesen. Er erkenne die Welt, er könne über sich selbst nachdenken. Deshalb sei er Subjekt und nicht, wie ein Stein, bloßes Objekt. Jeder Mensch besitze eine Würde.

Wenn nun über einen Mensch bestimmt wird, ohne dass er darauf Einfluss nehmen kann, wenn also über seinen Kopf hinweg entschieden wird, wird er zum Objekt. Und damit ist klar: Der Staat kann niemals Leben und Gesundheit gegen ein anderes Leben, gegen eine andere Gesundheit aufwiegen. Auch nicht gegen 100, nicht gegen 1000 Leben.

Jeder einzelne Mensch – auch jeder von Ihnen, meine Damen und Herren Schöffen – besitzt diese Würde. Menschen sind keine Gegenstände. Das Leben kann nicht in Zahlen gemessen werden, es ist auf keinem Markt verhandelbar.

Wenn Sie glauben, das sei nur eine Idee von Akademikern, von Philosophen und Rechtsgelehrten, dann täuschen Sie sich. Wenn Sie glauben, weltfremde Verfassungsrichter hätten diese Forderung weitab von den komplexen Zusammenhängen unseres Alltags in die Welt gesetzt, dann liegen Sie falsch. Die Idee ist nicht weltfremd. Nein, das Gegenteil ist der Fall. Welche Folgen eine Entscheidung gegen die Würde des Menschen hat, sehen Sie gerade in dem beispielhaften Fall des Dr. Widuweit. Wie viele Menschen wurden gegen ihren Willen geimpft, obwohl sie ihre gesundheitlichen Schwächen und Befindlichkeiten am besten kannten. Mit wie vielen schweren Impfschäden, mit wie vielen Langzeitfolgen, mit wie vielen mortalen Ereignissen müssen wir uns allein in Europa befassen?

Hätten sich alle Impfärzte, darunter der Angeklagte, verfassungstreu verhalten, wäre die Situation gar nicht erst eingetreten. Dann nämlich wäre Herr Koenig nach Hause geschickt und nicht gefährdet worden. Er wäre niemals in der Pathologie gelandet. Es ist an Ihnen, verehrte Damen und Herren Richter, klarzustellen, dass Sie das nicht dulden. Sie wollen nicht den Verfassungsbruch, den der Zeuge zu Zwei, Minister Dr. Lauterbach, gefordert hat.

Natürlich, als Dr. Widuweit den Geschädigten impfte, war dieser noch gesund und bei vollen

Sinnen. Aufgrund seines bisherigen ärztlichen Erfahrungshorizontes traf ihn an dem Verfassungsbruch der höchsten exekutiven Staatsorgane keine Schuld. Denn er fühlte sich dem Impfgesetz verpflichtet, ohne darüber nachzudenken, dass dieses Gesetz verfassungswidrig sein könnte.

Aber für ihn gilt, was in diesem Prozess bereits an anderer Stelle zur Sprache kam: Hätte er nicht genauer auf die Krankengeschichte des Probanden eingehen müssen? Hätte er nicht die Notbremse ziehen müssen, als ihn der zu Impfende auf sein mangelndes Vertrauen in die Vakzine und auf die quasi-erzwungene Impfsituation, der er sich widerwillig beugen musste, hinwies?

Hätte Dr. Widuweit nicht die Antikörper und damit die Eigenimmunität des Impflings bestimmen müssen, bevor er ihm bedenkenlos eine Impfspritze verabreichte? Ja, das alles wären Möglichkeiten gewesen. Doch der Angeklagte hatte schon in seinem inneren moralischen Koordinatensystem eine fatale Entscheidung getroffen. Hätte er nicht einfach eigenständig entschieden, hätte er wahrscheinlich zu der Erkenntnis kommen können, dass im Falle des Herrn Koenig überhaupt keine Impfung nötig war. Unabhängig von dieser unterlassenen ärztliche Diagnosemöglichkeit, bedeutete der Eingriff aufgrund der neuartigen, gentechnologisch basierten Manipulation des Immunsystems ein Eingriff gegen den Willen des Probanden. Allein dies führt zu psychischen Belastungsfaktoren und rührt, wie dargelegt, an die Würde.

Der Angeklagte ist juristisch nicht unbewandert und kennt, wie er zugestand, die übergeordneten Verfassungsgrundsätze. Er wusste, dass sich einige seiner Kollegen für eine Impfpflicht nicht hergaben. Sie achteten die verfassungsmäßig garantierte Würde des einzelnen Menschen. Er wusste, dass auch er jeden einzelnen der zur Impfung Erschienenen mit einem Freistellungsattest ungeimpft wieder nach Hause hätte schicken können. Sowieso die Genesenen. Er wusste, wenn er mitmacht, wenn er nicht nur ein Mitläufer, sondern ein Mitmacher ist, dass er gegen die Verfassung verstößt.

Niemand hätte ihn wegen seines Einstehens für Artikel 1 unserer Verfassung zur Rechenschaft ziehen können. Kein Nachteil hätte ihm entstehen können.

Der Angeklagte wusste, dass das vom Gesundheitsminister hier äußerst zweifelhaft begründete Gesetz gerade zur Überprüfung auf dem Weg zum Bundesverfassungsgericht war. Er wusste sehr wohl, wie das Verfassungsgericht in der Vergangenheit zu Artikel 1 des Grundgesetzes und den davon abgeleiteten Artikeln zum Recht auf Leben und auf körperliche Unversehrtheit geurteilt hatte. Er wusste: Es gibt keine Aufrechnung Gesundheit gegen Gesundheit, Leben gegen Leben. Er hat über all dies sehr oft und sehr intensiv nachgedacht. Er hat bewusst gegen die Verfassung gehandelt. Und deshalb muss er jetzt auch die Konsequenzen tragen.

Verehrte Damen und Herren Richter, Dr. Widuweit ist nicht – wie die *FAZ*, der *SPIEGEL* und die *Süddeutsche Zeitung* meinen – »der Held, der für die schweigende Mehrheit handelt«. Er ist kein Held. Er hat die Verfassung missachtet und einem Bürger der Bundesrepublik Deutschland einen schweren, fast tödlich verlaufenen Gesundheitsschaden zugefügt. Er hat wahrscheinlich nicht nur Herrn Koenig, sondern viele Menschen, die lediglich aufgrund der Impfpflicht zu ihm kamen, zu bloßen Objekten in seinen Händen gemacht. Er hat ihnen jede Entscheidungsmöglichkeit abgesprochen. Er hat diesen Menschen ihre Würde genommen.

Es scheint manchmal beängstigend, denn die Verfassung verlangt viel von uns, und gelegentlich erscheint es uns mehr, als wir glauben ertragen zu können. Aber sie ist klüger als wir, klüger als unsere Gefühle, klüger als unsere Schadenfreude, klüger als unsere Wut und Angst. Nur wenn wir sie, wenn wir ihre Prinzipien, wenn wir die Würde des Menschen, das Recht auf körperliche Unversehrtheit zu jeder Zeit an jedem Ort achten, werden wir auch in schwierigsten Zeiten als freie Gesellschaft überleben können.

Es ist zweifellos richtig – das Covid-19-Virus war anfangs sehr bedrohlich, und unser Gemeinwesen ist – unabhängig davon – zunehmend größten Gefahren und Unwägbarkeiten ausgesetzt. In Mitteleuropa droht aufgrund der Ukraine-Krise und der unsäglichen Aufrüstung der NATO ein Krieg, was bislang völlig unmöglich schien. Dem Staat stehen schwere Zeiten bevor. Aber wenn wir das Grundgesetz beugen und die Verfassung, die wir uns gegeben haben, bedenkenlos beugen, dann werden wir die schwierigen Zeiten noch schlimmer erleben, als sie es ohnehin sind.

In dieser Situation gilt es umso mehr, dass die Rechtsstaatlichkeit gilt. Dass wir uns auf die verfassungsgemäßen Prinzipien verlassen können. Mit dem Recht ist es nämlich wie mit der Freundschaft: Sie taugt nichts, wenn es sie nur für die guten Tage gibt.

Der Angeklagte ließ Sie wissen, dass er kein Unrechtsbewusstsein habe, dass es richtig sei, gesundheitliche Nebenwirkungen bis hin zum Tod bei einigen wenigen Bürgern in Kauf zu nehmen, um damit viele zu schützen. Genau dies wäre Recht nur für die guten Tage. In den schlechten, den komplizierten und komplex erscheinenden Tagen sollen wir anders entscheiden. Dem muss widersprochen werden. Wenn Sie Dr. Jens Widuweit freisprechen, erklären Sie die Würde des Menschen und somit den Kern unserer Verfassung für wertlos.

Meine Damen und Herren Richter, ich bin mir sicher, dass Sie nicht in einer so beliebigen und rechtlosen Welt leben wollen.

Ich beantrage insoweit, den Angeklagten Dr. Widuweit nach § 222, § 223 Körperverletzung, respektive § 224 Gefährlicher Körperverletzung sowie wegen Verstoßes gegen das Arzneimittelgesetz, § 95 AMG zu verurteilen."

Vorsitzender: „Vielen Dank, Frau Staatsanwältin."

Vorsitzender (wendet sich dem Verteidiger zu): „Herr Verteidiger, sollen wir eine Pause einlegen, damit Sie Zeit zu einer eventuell ergänzenden Vorbereitung haben?"

Verteidiger: „Nein, nicht nötig."

Vorsitzender: „Dann bitte ich um Ihr Plädoyer."

Verteidiger (steht auf): „Meine Damen und Herren Richter, wenn Sie wie ich der Staatsanwältin zugehört und sie richtig verstanden haben, dann will sie, dass mein Mandant allein wegen eines Prinzips verurteilt wird. Tatsächlich, allein wegen eines Prinzips soll meinem Mandant lebenslang der Makel einer Verurteilung wegen schwerer Körperverletzung und anderer Vergehen anhaften. Was für ihn als Arzt letztendlich zu einem Berufsverbot führen würde. Und dies nur, weil er seiner ärztlichen Pflicht auf einer rechtsgültigen Gesetzesgrundlage folgte.

Wegen dieses Prinzips, das meinen Mandanten im Übrigen existentiell treffen würde, würden Millionen Menschen ungeimpft bleiben und vielleicht Hunderttausende sterben. Es ist völlig gleichgültig, wie dieses Prinzip genannt wird: ob es »Verfassung« oder »Recht auf Leben und körperliche Unversehrtheit« oder aber »Würde des Menschen« oder wie auch immer heißt. Ich kann nur sagen: Gott sei Dank gibt es zuhauf Ärzte, die sich nicht nach abstrakten Prinzipien richten, sondern nur danach, was richtig ist. Dr. Widuweit hat sich genau danach gerichtet und ist seiner gesellschaftlichen Pflicht nach bestem Wissen und Gewissen nachgekommen.

Eigentlich könnte hier mein Plädoyer zu Ende sein. Doch wir sollten es mit der Staatsanwältin halten und einen Moment lang darüber nachdenken, ob es überhaupt sinnvoll ist, sich nach Prinzipien zu richten.

Es war gerade der von der Staatsanwältin zitierte Immanuel Kant, der über Prinzipien einen kleinen Aufsatz schrieb, das war im Jahr 1797. »Über ein vermeintes Recht aus Menschenliebe zu lügen« heißt der Titel. Und wissen Sie, was Kant darin behauptet? Ich will es Ihnen rezitieren: Ein Mörder mit einer Axt steht vor Ihrer Haustür. Gerade ist Ihr Freund vor diesem Mann in Ihr Haus geflohen. Nun sagt der Mörder, er wolle Ihren Freund umbringen und ob Sie wüssten, wo er sei.

Nach Kant, meine Damen und Herren Richter, dürfen Sie in dieser Situation nicht lügen, weil Sie *nie* lügen dürfen. Sie müssten sagen: »Klar, lieber Mörder, er hat sich dahinten in der Abstellkammer versteckt und nascht gerade von meinem Honig. Viel Spaß noch.«

Sie denken, das sei ein Witz? Nein, Kant verlangt das tatsächlich. Die Staatsanwältin verlangt von Ihnen das Gleiche: ein Prinzip über den Einzelfall stellen. Das Prinzip soll mehr gelten als zahlreiche Leben. Nun mögen Prinzipien vielleicht in vielen Fällen auch ihre Berechtigung haben. Aber in dem hier verhandelten Fall wäre es der reine Wahnsinn. Ich jedenfalls würde den Mörder ohne jegliches Wenn und Aber anlügen. Ich würde es vorziehen, meinen Freund zu retten und ihm die Honignascherei zu gönnen.

Ja, meine verehrten Damen und Herren Richter, nur darum geht es in diesem Verfahren: Ist es richtig, das Prinzip der Menschenwürde über die

Vorsorge, über die Rettung von Menschenleben zu stellen? Lassen wir das Szenario, das wir hier bereits beispielhaft erörtert hatten – der entführte Flieger mit 164 Passagieren und die 70.000 Stadionbesucher – noch einmal an uns vorüberziehen. Lassen Sie uns das sehr gelassen und mit einer gewissen emotionalen Distanz sehen.

Der Terrorflieger mit den 164 unschuldigen Passagieren wurde von einem Jagdflieger-Offizier abgeschossen. Das ist schrecklich. Dafür aber hat der Offizier 70.000 Menschen vor dem Tod bewahrt. Also hat er die richtige Entscheidung getroffen, denn jeder, der über ein noch einigermaßen funktionierendes Verantwortungsgefühl verfügt, kann, muss und wird das einsehen: Kein Prinzip der Welt kann wichtiger sein, als 70.000 Menschenleben zu retten. Punkt.

Nach dem Plädoyer der Staatsanwältin könnte man sich verunsichert fühlen, wenn man nur dem Gewissen und nicht irgendwelchen Prinzipien folgen würde. Zugegebenermaßen sind Gewissenentscheidungen sehr individuell zu messen und kompliziert, doch sie müssen auch möglich sein. Es ist Realität: Wir haben nun mal ein Gewissen und sind verpflichtet, darauf zu hören.

Die Frage, ob ein Soldat sich strafbar machen würde, wenn er das Flugzeug abschießt, haben in dem besagten Prozess die Richter ausdrücklich *nicht* geklärt. Das sollten Sie unbedingt im Gedächtnis behalten – Sie müssen jetzt in einem neuen Fall neu entscheiden. Das Impfpflichtgesetz mag verfassungswidrig gewesen sein, aber es ist eine ganz andere Frage, ob mein Mandant sich strafbar gemacht hat. Erstens war zum Zeitpunkt seines Handelns nicht geklärt, ob das von dem Zeugen zu Zwei initiierte Gesetz tatsächlich Geist und Text der Verfassung widersprach. Herr Minister Lauterbach ist noch heute davon überzeugt, das Gesetz sei verfassungsgemäß.

Zweitens hat sich der Geschädigte der Impfpflicht freiwillig gestellt. Er wurde weder zwangsweise vorgeführt noch in einem anderen beweisbaren Zusammenhang unter Druck gesetzt. Weder war bis dahin ein Zwangsgeld verhängt worden, noch waren andere Sanktionierungen in Gang gesetzt worden. Er hätte zur Impfung einfach nicht erscheinen müssen.

Allerdings möchte ich Sie auf das eigentliche Problem aufmerksam machen: Die Richter des besagten Flieger-Prozesses und unsere Verfassung sehen nach Auffassung der Staatsanwältin den Wert des Lebens als unendlich groß an. Wenn das so ist, dann kann aus dieser eindimensionalen Sicht zwischen Leben und Leben nicht abgewogen werden. Warum? Einfach, weil man – mathematisch, logisch und philosophisch gesehen – zu *»unendlich«* nichts hinzuzählen kann. Ein Leben ist dann genauso viel wert wie 100.000 oder eine Million oder mehr Leben.

Allein dies widerspricht dem gesunden Menschenverstand. Es ist ein völlig falscher Ausgangspunkt, eine ins Absurde gedrehte Grundidee. Glücklicherweise gab es jedoch auch Gerichte, die anders entschieden haben. Sie kamen zu dem Schluss, dass es dem Recht entspreche, wenn man das sogenannte »kleinere Übel« vorziehe.

1841 kollidierte das Schiff »William Brown« mit einem Eisberg – ähnlich der Titanic – und sank. Die Rettungsboote konnten nicht alle Passagiere aufnehmen, sie wären gesunken und niemand hätte überlebt. Ein einfacher Matrose, Alexander Holmes, warf über ein Dutzend Passagiere über Bord. So konnte zumindest die Mehrheit der Passagiere und Besatzungsmitglieder überleben. Dafür musste er sich später vor Gericht verantworten. Er wurde zwar verurteilt, aber die Strafe fiel sehr milde aus. Die Richter erkannten die Notwendigkeit, dass ein kleineres Übel einem größeren vorzuziehen sei. Holmes hatte jedenfalls den größten Teil der Passagiere gerettet.

Oder denken Sie an den Fall, den ein englisches Gericht im Jahr 2000 zu entscheiden hatte. Siamesische Zwillinge waren seit ihrer Geburt zusammengewachsen. Nach vorherrschender Meinung aller zu Rate gezogener Mediziner war davon auszugehen, dass beide bald sterben würden, wenn man sie nicht trennt. Die Trennung aber bedeutete, dass man eines der Kinder dem sicheren Tod preis gibt. Die Eltern wehrten sich gegen eine solche Entscheidung. Das ist verständlich.

Die Sache ging aber vor Gericht und musste entschieden werden. Das Gericht entschied sich für das stärkere Kind und ließ zu, dass das schwächere dem Tod geweiht wurde. Genau dies, meine Damen und Herren Richter, bedeutet im Grunde nichts anderes als Abwägung von Leben gegen Leben.

Der Vorsitzende Richter führte in seiner Urteilsbegründung als Beispiel ein führungsunfähiges Flugzeug an, das wegen Treibstoffmangels auf eine Stadt zu stürzen droht. Er betonte, dass das Recht es erlaube, die todgeweihten Passagiere abzuschießen, bevor die unzähligen Bewohner an der Absturzstelle auch noch ums Leben kommen. Und weshalb? Wiederum wurde richtiger Weise das »kleinere Übel« ins Feld geführt.

Im amerikanischen Verteidigungsministerium wurde eine Anordnung ausgearbeitet, die es erlaubt, in Notfallsituationen auch zivile Passagierflugzeuge über dem Territorium der USA abzuschießen. Warum? Wegen des »kleineren Übels«!

Es soll uns nicht verstören, dass die Idee vom kleineren Übel eher im angelsächsisch-amerikanischen Rechtskreis beheimatet ist. Aber, ich frage Sie, warum soll diese juristische Idee kein gültiges Prinzip sein? Es ist ein vernünftiges Prinzip und allein darauf kommt es an. Wir können lange über den »Geist der Verfassung« und die »Menschenwürde« diskutieren. Aber die Welt ist kein Seminar für Jurastudenten. Tatsächlich sind wir tagtäglich neuen Herausforderungen ausgesetzt. Das Wuhan-Virus ist eine solche. Wer hätte gedacht, dass wir Massenimpfungen durchführen müssen?

Den Tod haben wir aus unserem Leben verdrängt, aber an allen Ecken der Welt brennt es. Unser Leben ist ständig bedroht, sodass es uns unmöglich scheint, alles und jeden zu schützen. Doch wir müssen es versuchen. Es ist die tägliche Aufgabe eines Arztes. Mein Mandant hat es Ihnen erklärt. Eine

Verurteilung von Dr. Jens Widuweit schützt nicht die menschliche Würde, sie würde das Virus triumphieren lassen und die Mehrheitsgesellschaft gefährden.

Meine verehrten Damen und Herren Richter, wenn Sie meinen Mandanten schuldig sprechen, wenn Sie ein abstraktes Verfassungsprinzip über diesen Einzelfall stellen, dann sagen Sie damit, dass der Staat sich seiner gesundheitspolitischen Waffen entledigen soll. Wir sollen vor einer tödlichen Krankheit kapitulieren. Vielleicht hat die Staatsanwältin sogar recht, vielleicht machen wir die zu impfenden Bürger damit zu Objekten, und vielleicht nehmen wir ihnen damit die Würde. Mit an Sicherheit grenzender Wahrscheinlichkeit aber macht eine so gefährliche Viruskrankheit wie Covid-19 die Menschen, die sie befällt, zu hilflosen Objekten, die letztlich von Beatmungsmaschinen am Leben erhalten werden müssen; und das ist, wie Sie mir zugestehen werden, ein würdeloser Zustand.

Nicht alle überleben diesen Zustand. Dass es gar nicht soweit kommt, dafür kämpft mein Mandant. Opfer gibt es dennoch und immer und überall – gleich aus welchem Grund. Aber das liegt nicht am Wirken meines Mandanten.

Ich beantrage daher Freispruch."

Vorsitzender: „Herr Dr. Widuweit, Sie sind in diesem Verfahren der Angeklagte und sollen das letzte Wort in dieser Verhandlung haben. Möchten Sie zu Ihrer Verteidigung noch etwas sagen?"

Angeklagter (steht auf): „Vielen Dank, Herr Vorsitzender. Ich schließe mich den Worten meines

Verteidigers an und möchte nur noch eines hinzufügen: Es soll nicht der Eindruck entstehen, als hätte ich den Geschädigten, Herrn Koenig, mit irgendeiner Form von Gewalt oder Überredungskunst zur Impfung genötigt. Ich habe lediglich das getan, was ich als Ausübung meiner ärztlichen Kunst im Geiste des hippokratischen Eides verstehe. Auch das ist ein Prinzip. Ich habe also nicht im luftfreien – oder besser gesagt: im prinzipienfreien – Raum gehandelt. Danke."

Vorsitzender (wendet sich an seine Kolleginnen und Kollegen): „Meine Damen und Herren, wir haben jetzt die Einlassungen des Angeklagten, die Zeugen und die Plädoyers der Staatsanwaltschaft und der Verteidigung gehört. Nehmen Sie bitte die letzten Worte des Angeklagten mit in Ihre Beratung. Nun ist es allein an Ihnen, ein gerechtes Urteil zu finden. Lassen Sie sich nicht von Sympathie oder Antipathie für den einen oder die andere leiten. Urteilen Sie allein nach dem, was Sie für richtig halten. Sie kennen jetzt alle Argumente, alles wurde gesagt. Sie müssen sich entscheiden.

Ich möchte Ihnen für die rein rechtliche Beurteilung noch einen Hinweis geben: An den faktischen Tatumständen und den daraus abgeleiteten Auswirkungen kann hier kein Zweifel bestehen – weder der Verteidiger noch der Angeklagte haben das in Abrede gestellt. Die Beratung unseres Richterkollegiums wird sich also ausschließlich mit der Frage beschäftigen, ob der Angeklagte in seiner herausragenden und juristisch vorgebildeten Stellung – auch und gerade unter seiner Berufung auf den hippokratischen Eid – hätte wissen müssen, dass das Bundesimpfschutzgesetz gegen die Verfassung verstieß, womit er freilich selbst gegen die Bindungen, die ihm das Bundesverfassungsgericht und die Verfassung auferlegt haben, verstoßen hätte. Das ist der Kern.

Das Urteil, dass Sie finden, werde ich nach Schluss der Beratung, der ich vorsitze, umgehend verkünden. Ich weiß, dass es eine äußerst schwierige Entscheidung ist, aber ich bin mir sicher, dass es Ihnen gelingen wird, den Fall des Dr. Widuweit richtig zu beurteilen."

(Liebe Leserinnen und Leser, an dieser Stelle unterbreche ich den Roman und bitte Sie um eine Lesepause. Vergessen Sie für einen kurzen Moment die Situation, in der ich mich gerade mit Ben, Stella und meinem Gast aus London, Winston Smith, befinde. Winston und ich werden morgen, am 21. Mai 2034, ins Ungewisse abreisen, um Dokumente der Vergangenheit zu retten. Jetzt aber bitte ich Sie, sich auf ein Experiment einzulassen: Verstehen Sie diese Lesepause bitte als Beratungspause, in der Sie in sich gehen und sich selbst ein Urteil bilden. Sie sind jetzt das Gericht. Je nachdem, ob Sie den Angeklagten für schuldig befinden oder ihn freisprechen, wird der Vorsitzende dann das Urteil verkünden. Zuvor allerdings sollen Sie erfahren, was mein Gast gerade bewegt.)

Winston Smith bittet mich, das Video anzuhalten. „Puh, das war eine harte Nummer. Lasst uns erst noch etwas zu Essen bestellen. Ich hätte Lust auf eine Pizza – ich lade euch ein."

„Tausend Dank für die gut gemeinte Einladung, lieber Winston“, sagt Stella, „aber du kannst keine Bestellung mehr aufgeben. Wenn das System die Rollläden und Türen geschlossen hat und es nach zwanzig Uhr ist, kann weder etwas bestellt noch etwas angeliefert werden. Wir können uns aber noch ein paar Brote schmieren, wäre das okay?“

Wir belegen uns die Brote mit Ölsardinen, denn gestern war Ölsardinen-Tag. Jedem Haushalt steht einmal in der Woche Fisch zu – Fisch ist seit der Überwärmung der Weltmeere ein seltenes Lebensmittel geworden, und es ist sehr begehrt. Noch vor vier Jahren hatte es wegen dieser kleinen Ration Ölsardinen Einbrüche und sogar Mord und Totschlag gegeben. Aber seit der Einführung des automatischen Schließsystems hatten die Einbrüche rapide nachgelassen. Zudem wird seit Ausrufung der Fünften Republik, die auf einem absolutem Friedensgebot beruht, jede größere Verfehlung mit LL gesühnt. Die Liste mit den Lebensliquidationen wird täglich im TV vor den Nachrichten gezeigt. Was allerdings als eine »größere Verfehlung« einzustufen ist, unterliegt einer monatlich sich ändernden Referenzliste, die gleichfalls täglich veröffentlicht wird.

„Wollen wir uns noch die Urteilsverkündung anschauen?“, frage ich.

Die drei nicken zustimmend, während sie ihre Gläser heben, drei Mal weinseliger Essigwein, und ich hebe mein Chlorwasser-Glas, und wir stoßen an, bevor ich das Video weiterlaufen lasse.

Das Urteil

Vorsitzender: „Ich verkünde folgendes Urteil im Namen des Volkes: Der Angeklagte Dr. Jens Widuweit wird wegen strafrechtlicher Vergehen im Sinne eines verfassungsmäßig unzulässigen Verstoßes gegen die Menschenwürde und wegen Eingriffs in das Recht auf körperliche Unversehrtheit, in Verbindung mit §§ 222, 223 Körperverletzung, respektive § 224 gefährlicher Körperverletzung sowie wegen Verstoßes gegen das Arzneimittelgesetz, § 95 AMG, verurteilt, da der Angeklagte die Gesundheit des fahrlässig Geschädigten grundgesetzwidrig gefährdet und eigennützig zur Erzielung von Gewinn und zugunsten seiner Karriere gehandelt hat.

Der Angeklagte ist in gutbürgerlichen Verhältnissen aufgewachsen. Sein Privatleben ist beanstandungsfrei verlaufen. In seinem Arbeitsbereich wird er als kompetenter und verantwortungsbewusster Arzt geschätzt. Er ist verheiratet und hat zwei Töchter.

Am Freitag, dem 20. Mai 2022 um 12:42 Uhr, impfte der Angeklagte den Zeugen zu Eins und verursachte durch die Impfung einen lebensgefährlichen anaphylaktischen Schock, der den Zeugen zu Eins durch äußerst unglückliche Umstände, an denen der Angeklagte nicht unbeteiligt war, in eine ungewöhnlich lebensbedrohliche Lage brachte. Um ein Haar wäre der Zeuge zu Tode gekommen, es war nur einer glücklichen Gegebenheit zu verdanken, dass er noch am Leben blieb. Weitere Ausführungen zum Geschehen kann ich mir ersparen, sie stehen uns allen noch vor Augen.

Das Bundesverfassungsgericht, wie der Verteidiger zutreffend bemerkte, entschied bisher nicht über die Strafbarkeit eines solchen oder eines vergleichbaren Falles. Es ist zur rechtlichen Begründung Folgendes auszuführen: Unser Gesetz entschuldigt einen Täter, der eine Gefahr von sich, einem Angehörigen oder einer anderen ihm nahestehenden Person abwendet. Wenn also ein Vater seiner Tochter mit dem Auto ausweicht und deshalb einen Radfahrer überfährt, wird er nicht bestraft.

Aber zwischen Dr. Widuweit und den unbekannten Massen von unbestimmten möglichen Corona-Opfern, die er vor dem bis dato ungeimpften Zeugen zu Eins durch dessen vorsorgliche Impfung schützen wollte, existiert kein solches Näheverhältnis. Das kann auch gar nicht sein. Denn eine unbestimmte namenlose Menge von Menschen ist nicht personalisierbar. Auch geht es um bloß in den Raum gestellte *mögliche*, aber nicht exakt beweisbare Folgen aufgrund der Nichtimpfung eines bestimmten Probanden.

Zwar beruft sich der Angeklagte auf das vom Zeugen zu Zwei vertretene Bundesimpfpflichtgesetz, aber das enthebt ihn nicht der individuellen Prüfung auf Verfassungsmäßigkeit seiner Handlung, die erkennbar einen schweren Eingriff in das Recht auf körperliche Unversehrtheit und auf die Würde des Individuums darstellt.

Sein Handeln könnte also nur durch einen Grund entschuldigt werden, der nicht im Gesetz steht. Infrage kommt hier der sogenannte übergesetzliche Notstand. Tatsächlich haben sich manche Politiker während der Corona-Pandemie darauf berufen. Aber dieser übergesetzliche Notstand ist weder im Grundgesetz noch im Strafgesetzbuch oder in anderen Gesetzen geregelt. In der juristischen Fachliteratur wird bezweifelt, ob es ihn überhaupt gibt.

Die 5. Große Strafkammer des Schwurgerichts hält es jedenfalls für falsch, Leben gegen Leben und Gesundheit gegen Gesundheit, gleich in welcher Zahl und unter welchen Umständen abzuwägen. Es verstößt gegen unsere Verfassung, gegen die Grundnormen unseres Zusammenlebens. Auch und gerade in extremen Situationen muss die Verfassung Bestand haben. Die Corona-Pandemie kann nicht dazu führen, dass wir das verfassungsmäßig geregelte Zusammenleben unserer Gemeinschaft über Bord werfen. Der Schutz des Einzelnen – auch der Impfschutz beispielsweise – muss zwar in vielerlei Hinsicht gewährleistet sein. Aber es kann nicht geschehen, dass eine geimpfte Mehrheit, die sich damit selbst schützt, die Impfung anderer Individuen erzwingt und somit in das gesundheitliche Selbstbestimmungsrecht des Einzelnen eingreift. Damit wird die Würde und das Recht auf körperliche und psychische Unversehrtheit des Einzelnen verletzt.

Die Verfassung und die darin verankerten grundlegenden Menschenrechte bleiben unser einziger Garant für ein zivilisiertes Zusammenleben.

Das Gericht hat keine Zweifel daran, dass der Angeklagte in dem Bewusstsein handelte, dem Probanden kein Leid, sondern den Schutz vor einem gefährlichen Virus angedeihen zu lassen. Aber darauf kommt es nicht an. Es ist tragisch, dass er dabei versagt hat. Er hätte auf die Impfung – insbesondere nach intensiver Prüfung der Krankenvorgeschichte des Geschädigten – verzichten und sich auf die Würde und auf das Recht auf körperliche Unversehrtheit berufen können, wenn ihn jemals jemand zur Rechenschaft gezogen hätte. Wir können nicht zulassen, dass ein solches Versagen Schule macht. Der Angeklagte war daher zu verurteilen.

Die Verhandlung ist geschlossen."

Teil III

Fahrt ins Ungewisse
2034

Winston und ich sind losgefahren. Es ist Samstag, der 29. April 2034. Ich habe der Dienstaufsichtsbehörde meine Abwesenheit vom Arbeitsplatz gemeldet. Sie wissen um meinen Kulturauftrag, den ich gemeinsam mit dem Gast aus Großbritannien leisten soll. Staatspräsident Lauterbach versucht seit kurzem, seiner Dauersprechblase von der notwendigen Wiedervereinigung beider deutscher Staaten eine gewisse Glaubwürdigkeit zu verleihen.

Wahrscheinlich hat man Winston und mir nur aus diesem Grund das Musikprojekt bewilligt. Winston kam ihnen wie gerufen. Denn wenn selbst das Vereinigte Königreich bei diesem ersten großen »inter«-deutschen Kulturprojekt Interesse bekundet und sich aktiv engagiert, kann es sich nur um eine renommierte kulturelle Initiative unter international gebilligter Aufsicht handeln. Das wertet Lauterbach auf. Er braucht das Image des Guten, des ewig Bemühten. Er ist noch immer nicht verheiratet.

Ich kann mir nicht vorstellen, dass sich das Fünfte Reich unter Alice Weidel jemals mit Lauterbachs Gesundheitsrepublik vereinigen wird. Aber wie man bereits erlebt hat: Die Geschichte vollbringt gelegentlich überraschende Wendungen.

Die Zweiteilung Deutschlands wird von den meisten Europäern nicht als Drama empfunden. Schließlich steht über uns allen der Vereinigte Weltaufsichtsrat. Er allein ist die übergeordnete Regierung, der sich alle Länder unterzuordnen haben. Alle Nationen haben gleiche Rechte, gleiche Pflichten, gleiche Regeln, gleiche Prinzipien, gleiche Untertanen, gleiche WAR-Stellvertreter, deren offizieller

Regierungstitel bei jeder Erwähnung in den Medien seinen Niederschlag findet. Sie nennen sich Vertrauensträger, VT, das ist ihre amtliche Bezeichnung. Entsprechende Urkunden, von den zuständigen Weltaufsichtsräten unterzeichnet, hängen über den Schreibtischen in ihren Regierungsbüros. Bei jeder Regierungserklärung sticht diese Urkunde ins Auge. Weidel und Lauterbach sind zum Beispiel solche akkreditierten Vertrauensträger. Trotzdem dürfen sie natürlich die alten historischen Titel tragen und sich »Staatspräsident« oder »Reichskanzlerin« nennen. Für solche VT gelten Ausnahmeregelungen, wenn es um die Erwähnung der Vergangenheit geht.

Der WAR verwaltet die Gelder der Welt. Der WAR braucht keine Verfassung. Er *ist* die Verfassung. Er erlässt die Grundgesetze, in deren Rahmen sich die einzelnen Länder eigene bescheidene Verordnungen geben können. Der Sitz des WAR ist in New York. Dort, wo damals die UNO ihren Sitz hatte, bevor sie gemeinsam von den USA, China und Großbritannien atomisiert wurde. Im Gebäude, in dem ehemals die UNESCO residierte, als es sie noch gab, hat jetzt das WAR-Verfassungsgericht seinen Hauptsitz. In jeder Hauptstadt der Welt unterhält es GNL, Gerechtigkeits-Niederlassungen, die früheren »Gerichte«. Die Verhandlungen werden automatisiert durchgeführt – ich glaube, es bereits erwähnt zu haben.

Die Digitalisierung hat insoweit enorme Fortschritte gemacht. Lästige Zeugenbefragungen und zeitaufwendiges Geplänkel zwischen Staatsanwaltschaft und Verteidigung sind überflüssig geworden.

Perfekt programmierte Algorithmen führen die Prozesse automatisch bis hin zu einem glasklaren Urteil. Die Vereinfachung des Verfahrens sorgt für gerechtere Urteile als je zuvor, sagen die modernen Juristen. Die modernen Juristen haben Informatik studiert, weshalb sich ihr Sachgebiet Juromatik nennt. Die Juromatiker zerlegten das gesamte Regelwerk des WAR in Algorithmen, damit der Wille des Weltaufsichtsrates und somit der Wille der Völker realistisch und zeitnah umgesetzt werden kann. Zwischen Vergehen und Bestrafung liegen heutzutage nicht mehr als drei Tage. Doch selbst dies muss unbedingt beschleunigt werden, sagen Experten. Dr. Timo Ulrichs, der Regierungsberater von Präsident Lauterbach, ist zum Beispiel dieser Auffassung.

Ulrichs war in der virologischen Vorzeit Professor für Global Health, Internationale Medizin, Internationale Not- und Katastrophenhilfe und für Globale Gesundheit und Entwicklungszusammenarbeit. In dieser Funktion kam es auf natürliche Weise zur Zusammenarbeit zwischen ihm und dem Vorsitzenden des WAR, Bill Gates. Ulrichs gewann das Vertrauen von Bill. Und Bill ernannte ihn zum Global Health-Juromatiker.

Professor Ulrichs kann nun auch die Juromatik auf Kurs bringen. In der Regierung Lauterbach ist er als Minister für Gesundheit und Juromatik tätig. Die Beschleunigung von Verfahren, so meint er, habe Auswirkungen auf die Volksgesundheit. Je eher ein Vergehen bestraft und der Straftäter aus dem gesellschaftlichen Verkehr gezogen werde, um so eher sei die Volksgesundheit geschützt. Und allein darauf komme es letztlich an. Der Professor füllt den Begriff der Volkshygiene mit neuem demokratischem Geist.

Die juromatischen Erkenntnisse und prozessualen Verläufe werden von den einzelnen Gerechtigkeits-Niederlassungen auf sämtlichen Kontinenten in Echtzeit nach New York an den WAR übertragen. Dort findet eine vollautomatisierte Kontrolle der Urteile statt, sodass Revisionen sowie andere zeit- und ressourcenraubende Verfahren völlig überflüssig geworden sind.

Und so verhält es sich in allen relevanten Gebieten unserer neuen schönen Welt – alles ist programmiert auf Zeitersparnis, auf Energie- und Ressourcenschonung, überhaupt auf alle Ersparnisse, die unser Leben unkompliziert und durch Abwesenheit von Störfällen angenehmer und durchsichtiger machen. Klingt alles gut und einleuchtend – und die Völker haben diese Signale verstanden.

Die Hymne »Völker hört die Signale« bekam eine völlig neue Bedeutung.

Die Arbeitsprozesse sind weitgehend vollautomatisiert. Zwei Drittel der Weltbevölkerung sind arbeitslos. Aber man soll dieses Wort nicht in den Mund nehmen, es wird als Vergehen bestraft. Der neue Begriff heißt in Neusprech »arbeitsfrei«, was dem Sachverhalt wesentlich gerechter wird. Die alte Bezeichnung erinnert unnötiger Weise an jene früheren Zustände, als die Menschen noch stolz darauf waren, wenn sie arbeiten konnten, wo sie nach Arbeit suchten, wo sie die eigentlich hassenswerte Arbeit Wert schätzten und sogar die krankmachende

Arbeit ihrem Leben einen merkwürdigen Sinn gab. Das ist längst überholt. Arbeit ist das letzte verrohte Überbleibsel aus der menschlichen Vorgeschichte.

Freizeit, freie Zeit – Zeit, sich dem eigentlichen Sinn des Lebens hinzugeben, ist ein *must-have*. Freizeit ist nichts Verwerfliches mehr. Früher hat man von Tagedieben und Taugenichtsen gesprochen. Es gab die Begriffe Faulheit, Müßiggänger, Trägheit, Lotterleben, Drückeberger, Drohnendasein, Arbeitsscheuer, Trödelei, Bummelei, Hartzer, Faulpelz, Nichtsnutz, Tunichtgut, Eckensteher, Nichtstuer und so weiter. All diese Begriffe sind im digitalen WAR-Neusprech-Duden nicht mehr enthalten. Kaum jemand kennt sie noch. Und wer sie noch kennt, kann damit nichts mehr anfangen, weiß sie nicht zu deuten, versteht sie nicht mehr.

Die Leute haben heute ihre Spielekonsolen, ihre monatlichen, kostenfreien Abonnements auf Lotterien, Sport- und Handicap-Wetten. Eine unendliche Reihe an PC-Spielen werden den Bürgern vom Ministerium für Bildung und Forschung monatlich in wechselnder Folge völlig kostenfrei auf die Computer geladen: Resident Evil 4, Civilization 9, Diabolo Sex, Far Cry: New Dawn, Crackdown 7, Metro: Exodus 10, Anthem, Die Insel der Telepathen … und so weiter.

Wir brauchen auch keine lästigen Ausweise mehr. Ausweise können verloren gehen, gestohlen oder gefälscht werden. Führerscheindaten sind wegen des weltweit verfügten neuen Verkehrskonzeptes überflüssig geworden. Der private Automobilverkehr wurde vor einem halben Jahrzehnt abgeschafft. Überall sind Schienen. Die Welt ist von Schienen durchzogen – es ist die einzige Möglichkeit, unseren Planeten durch Abwendung der Klimakatastrophe zu retten. Das jedenfalls behauptet der Vorsitzende des WAR, der Große Liebe Bruder. Das Bild von Bill Gates hängt in jedem Hausflur.

Der Schienenverkehr ist teilweise auch privat nutzbar. Hierfür gibt es Sonderstrecken, die aus besonderen Anlässen besonderen Autoritäten vorbehalten sind. Alle sind gleich, nur einige wenige sind gleicher. Diesmal gelangen Winston und ich in diesen privilegierten Genuss. Das haben wir Lauterbachs Selbstbeweihräucherung zu verdanken. Es mag sich unschön anhören, ist aber nicht so gemeint. Ich muss vorsichtig in der Wahl meiner Worte sein. Unser Präsident hat natürlich auch seine absolut netten Seiten. So lässt er manchmal kleine Lücken im Verdrängen der Vergangenheit zu: Erst vor einigen Wochen wurden die ID-Karten für überflüssig erklärt – man darf sie trotzdem aufgrund der persönlichen Initiative des Herrn Präsidenten zu Erinnerungszwecken für ganze drei Wochen behalten. Erst danach werden sie endgültig vernichtet.

Die gute alte ID-Card war alles in einem: Gesundheits- und Impfpass, Krankenkarte, Wohnortbescheinigung, Kredit- und Bankcard, Sozial-, Renten- und Reisepass. Doch diese Ausweispapiere, jene belastenden Relikte aus der Vorgeschichte der Menschheit, sind unsinnig geworden. Sie sind heute völlig unnötig. Jetzt sind alle Bürger gechipt. Sämtliche personenbezogenen Daten befinden sich unter der Haut auf dem linken Handgelenk. Das tut nicht weh, das ist einfach nur praktisch. Es ist weder lästig noch gesundheitsgefährdend. Wir selbst fühlen uns dabei nicht durchsichtig oder durchschaut. Wir fühlen uns auch nicht übergangen oder gegängelt. Ich kann mit gutem Gewissen sagen, dass sich 99 Prozent unserer Bürger das erste Mal in ihrem Leben nun frei, *wirklich frei* fühlen. Und diese Freiheit ist durchaus sehr bequem.

Ich glaube, dass nur wenige – außer Ben, Stella und mir … und natürlich Winston – die Sache anders beurteilen.

Während sich Winston ganz der musikalischen Projektarbeit hingeben wird, habe ich für die nächsten Tage nur drei Hauptziele im Auge: In Berlin muss ich unbedingt das geheime Archiv von Ole Skambraks ausfindig machen. Seit der Teilung Deutschlands vor einem Jahr scheiterten alle Versuche, mit Ole Kontakt aufzunehmen. Ich vermute, er wurde verhaftet – oder Schlimmeres. In seinem Archiv könnten unwiederbringliche Dokumente der noch nicht von den Herrschenden verfälschten Geschichtsschreibung zu finden sein. Ich muss sie unbedingt digitalisieren. Muss sie vor der Vernichtung retten.

Wenn diese historischen Dokumente erst einmal ins Neusprech umgeschrieben sein würden, wären sie nicht mehr entzifferbar. Die Feinheiten der früheren Sprache, der ursprüngliche Duktus, die Wortbedeutungen in ihrer Aneinanderreihung, die Syntax, kurzum: der Sinn eines Dokumentes ist dann kaum mehr zu entziffern, die ursprüngliche Aussagekraft nicht mehr wiederzuerkennen, geschweige denn wiederherzustellen.

Als zweites werde ich in Berlin das Deutsche Museum für Geschichte aufsuchen, und ich werde versuchen, Kontakte zu Mitarbeitern zu knüpfen. Ich setze meine ganze Hoffnung in Museumsbeschäftigte aus alten Zeiten, die man noch nicht ersetzen konnte und die aus Liebe zu ihrem Fundus das eine oder andere vielleicht vor dem Zugriff der VHV verstecken konnten. Das »Kommando Vergangenheitsvernichtung« ist eine geheime Spezialabteilung und dem Innenministerium unterstellt. Ihre Aufgabe ist es, Museen, Bibliotheken, Wanderausstellungen, Denkmäler und was es sonst noch an Erinnerungskulturgut gibt, „mit Stumpf und Stiel auszurotten" (so Lauterbachs Innenminister Söder, für die Südrepublik; wortgleich für die Nordost-Republik: Jens Spahn, Weidels Innenstaatsekretär).

Auf dem Weg nach Berlin werden wir in Weimar Zwischenstation machen. Die Stadt der deutschen Klassik liegt knapp oberhalb der Grenze, die Deutschland teilt, und sie gehört bereits zu Weidels Fünftem Reich.

Söder hat uns („den staatlich beauftragten Experten für kulturelle Zusammenarbeit zwischen den deutschen Nationalstaaten", wie es in seinem Legitimationsschreiben heißt) ein Rail-eMobil zur Verfügung gestellt. Es trägt das Nummernschild »SD-Charly-1782«. Das SD steht für Süddeutschland (»Südstaaten« wollte man nicht gelten lassen, weil die Abkürzung SS gelautet hätte – Ähnlichkeiten mit dem klassischen Faschismus will man geflissentlich vermeiden). »Charly« ist die Bezeichnung für sämtliche Regierungsfahrzeuge. Ob die Ziffern eine besondere Bedeutung haben, entzieht sich meiner Kenntnis. Ich kann mir jedenfalls nicht vorstellen, dass Lauterbach an die Mannheimer Uraufführung von Friedrich Schillers Drama »Die Räuber« am 13. Januar 1782 dachte, als er uns ausgerechnet als Kulturbotschafter auf die Reise schickte.

Die gängigen eMobile fahren auf eingleisigen Schienen und erreichen eine Spitzengeschwindigkeit von 120 km/h. Das ist absolut ausreichend, und es ist hinreichend sicher. Schneller geht es nicht, denn die Infrastruktur lässt trotz aller Digitalisierung noch sehr zu wünschen übrig. „Wir brauchen noch ein Jahrzehnt der Innovationen", meinte kürzlich Lauterbachs Verkehrsminister Andi Scheuer.

Das Rail-eMobil, oder einfach nur Railmobil, ist eine kleindimensionierte Magnetbahn. Der allgemeine Verkehr ist so gut wie zum Erliegen gekommen. Waren wir Deutsche in früheren Zeiten für unsere Reiselust sowie als Autobesessene bekannt, so sind wir heute zu Reisemuffeln mutiert und kaum jemand hat noch einen PKW in seinem Privatbesitz. Ich denke, dass man versuchen wird, auch die Autos aus unserem Gedächtnis zu löschen – ebenso wie das Reisen durch die reale Welt. Aber dafür gibt es das virtuelle Reisen – es ist spannender, kreativer, erholsamer und umweltschonender ... und der VT hat die Bürger besser im Blick.

Unsere Brillenkameras haben eine Doppelfunktion. Zum einen dienen sie der Dokumentation unseres täglichen Lebens für die NC, die New Clouds.

Sie ersetzen quasi nicht nur die früheren Nationalbibliotheken und Staatsarchive – sie dienen auch den Statistikern in den Ministerien zur Evaluierung und Planung ihrer Maßnahmen. Das hat nichts mit Kontrolle zu tun, hat man im Staatsfernsehen gesagt. Kontrolle ist in unserer neuen schönen Welt auch deshalb überflüssig, weil wir alle nichts zu verbergen haben.

Wir sind auf absolut freiwilliger Basis bereit, unsere Ehrlichkeit und Offenheit jederzeit und von jedermann prüfen zu lassen. Diese Gedanken-TÜV's sind nichts Ungewöhnliches, weil wir alle in Sicherheit leben wollen. Es hat nichts mit den aus alten Zeiten bekannten Freiheitseinschränkungen zu tun, sagt das Fernsehen. Gesundheit, Sicherheit, Ruhe und Ordnung sind die wichtigsten Kriterien unseres neuen Zusammenlebens. Das nennt man »wahres Kollektiv«.

Ich weiß, ich schweife ab.

Zurück zu den Brillenkameras. Sie haben noch eine andere wichtige Funktion: Sie dienen den virtuellen Spielen, die das frühere, sinnbefreite Arbeitsleben ersetzen und frei gewordene Zeit endlich mit echtem Sinn erfüllen. Die Brillenkamera ist zugleich eine Virtual-Reality-Brille, kurz VR-Brille genannt. Wenn man von der Real-Dimension mittels eines Sprachbefehls („Geh auf VR") auf Virtual Reality umschaltet, kann man auf virtuelle Reisen gehen und aufregende Fantasy-Welten durchstreifen und spannenden Erscheinungen Auge in Auge gegenüber stehen. Was ist dagegen Ballermann? Oder eine Skipiste in Österreich, auf der man über braune Erdhügel rutscht? Oder was bedeuten dagegen die langweiligen Balearen?

Fernreisen sind absolut out. Massenreisen sind out. Auch im Inneren eines Landes sind Massenreisen zum Erliegen gekommen. Umfänglicher Massentransport findet sowieso nicht mehr statt. Die wenigen Arbeitsplätze, die es noch gibt, konzentrieren sich auf die Metropolen, wo die entsprechend hochqualifizierten Arbeitskräfte zu Hause sind.

Das Railmobil ist in Form von Mehrpersonentransportern, MPT, auf eingleisigen, magnetisierten Schienen unterwegs. Sie steuern lediglich die wichtigsten Knotenpunkte des Landes an. Doch für privilegierte Regierungsbeschäftigte und für das Sicherheitspersonal existieren separate Schienenstränge, die nicht an die öffentlichen Haltestellen angebunden sind. Winston und ich reisen auf diesem separaten Schienennetz. Damit sind wir unabhängig von den öffentlichen Fahrtzeiten und nicht an die unablässigen Stopps gebunden.

Natürlich werden unsere Fahrtbewegungen digital gesteuert und selbstredend überwacht. Die Überwachung ist eine freiwillige und unentgeltliche Dienstleistung des Staates. Auch diese Gratisleistung verdanken wir letztendlich dem WAR in New York. Und natürlich seinen deutschen VT's. Das alles dient unserer Sicherheit. Meine Brillenkamera muss jetzt wieder ihren Dienst versehen – aber nur bis zur Grenze. An der Zonengrenze zwischen Nord- und Südstaat überqueren wir einen »digitalen Sicherheitsgraben«. Weidel und Lauterbach konnten sich nicht auf ein einheitliches digitales Format einigen. Demnächst wird der WAR eingreifen und eine Entscheidung treffen. Denn oberste Leitlinie ist die Einheitlichkeit von Systemen, Handlungen und Meinungen.

In den 2020er-Jahren sollten Autobahnen, Brücken, Tunnel, Wasserwege und der damalige – technisch völlig überholte – Schienenverkehr eigentlich eine Rundumerneuerung erfahren. Das jedenfalls war die feste Absicht der inzwischen zugrunde gegangenen deutschen Ampel-Regierung gewesen. Doch dann kam der Krieg in der Ukraine dazwischen. Die USA hatten auf Kosten Europas gezündelt und die Russen herausgefordert. Niemand hatte bis dahin ernsthaft über Krieg nachgedacht.

Mit den gegenseitigen Cyberattacken brach das europäische Stromnetz zusammen. Die Pipelineverbindungen blieben ohne Gas; der Gasnotstand weihte die westeuropäische Industrie dem Niedergang. Die USA waren die lachenden Dritten. Es brachen nicht nur ungeheuerliche Kosten über die Europäische Union herein. Das in Aussicht gestellte, überfällige Infrastrukturprogramm war unhaltbar geworden und implodierte. Es folgten die Kriegsschäden, die menschliche Not, das psychische Leiden, Hunger und Verzweiflung.

Hinzu kam noch etwas. Überraschenderweise brach eine extrem schnell voranschreitende Klimaerwärmung über unseren Kontinent herein. Sie stoppte die Infrastrukturerneuerung innerhalb weniger Monate. Im Laufe nur eines Jahrzehnts wandelte sich das gemäßigte mitteleuropäische Klima in eine fast subtropische Wetterlage.

Gegenwärtig herrscht ein sommerliches Hoch vor, mit relativ hohen Temperaturen. Unser Railmobil besitzt eine Klimaanlage. Alles also halb so schlimm.

Winston und ich sind heute Vormittag um zehn Uhr gestartet. Es war bereits recht heiß, zirka 35 Grad Celsius. Ben und Stella hatten uns zwei Stunden zuvor verabschiedet. Sie mussten in ihre mit Ventilatoren belüfteten Betriebe. Wenn sie nicht pünktlich erscheinen, müssen sie Minus-Stunden nacharbeiten – das ist in der Regel das Hundertfache der versäumten Zeit.

Nur fünfzig Kilometer nördlich unserer Hauptstadt beginnt die sogenannte europäische Dschungelzone. Das klingt nicht nur etwas überzogen, es *ist* auch etwas überzogen. Okay, das Gebiet, von dem ich rede, liegt zwischen dem Sitz der VT-Regierung des Karl Lauterbach am Römerberg in Frankfurt und dem 200 Kilometer nördlich gelegenen Kassel. Der Römerberg liegt unweit jenes historischen Parlaments, der Paulskirche. Das mutet wie ein Witz an, wenn man bedenkt, welch tiefgreifende Einheits- und Demokratie-Debatten hier 1848 geführt wurden … im Vergleich zu heute.

Das besagte Gebiet ist aufgrund seines Waldreichtums sehr urwüchsig. Seit Kurzem leben hier sogar Papageien. Vögel wie die Spechte und die Nachtigall schwirren durch die oberen Waldgefilde. Am Boden schleichen und kriechen Reptilien und Amphibien. Die Populationen von Rotwild, Dachsen, Wölfen, Marder und Wildschweinen – und sogar eine Bison-Herde – haben sich entgegen aller

Voraussagen vermehrt. Seit einiger Zeit wurden im Niemandsland zwischen den beiden deutschen Grenzziehungen angeblich Schimpansen gesichtet. Die Grenze ist und bleibt offen, das ist Gott sei Dank durch den WAR verbürgt. Frankfurt am Main liegt am südlichen, etwas kühleren Rand dieser pseudotropischen Klimazone. Mitten in der Stadt hat man im Sommer das Gefühl, auf dem hitzeflimmernden Asphalt der Straßen Spiegeleier braten zu können. Der allerorts verbaute Beton, aber auch die Glas- und Spiegelflächen der Hochhäuser in der City speichern unbarmherzig die Kraft der Sonnenenergie und lassen eine Abkühlung über Nacht kaum zu. Manchmal sinkt das Thermometer in den Sommernächten lediglich um ein oder zwei Grad.

Beträgt die Innentemperatur der Räume mehr als 32 Grad Celsius, startet das zentral gesteuerte, digitalisierte Klimaprogramm seinen Kühlmodus und die staatlich verordneten Klimaanlagen schalten sich automatisch ein. Eine individuelle, wohnungsbezogene Raumluft-Regulierung ist seit der letzten Klimagrundverordnung nicht mehr möglich. Die meisten Bürger sind froh, dass der Staat ihnen auch in diesem Lebensbereich die Verantwortung abnimmt und sie sich um nichts zu kümmern brauchen.

Unsere Körper und unsere mentalen Funktionen haben sich inzwischen ein wenig an die klimatischen Extreme gewöhnt. Dennoch fühlten Winston und ich uns heute früh noch etwas gerädert, als wir gestartet waren. Die Hitze lässt keinen tiefen Schlaf zu. Gemeinsam befinden wir uns auf dem Weg nach Weimar. Eine Fahrt ins Ungewisse, in fremdes Land.

Auf dem Weg nach Weimar

Wir sind jetzt schon zwei Stunden unterwegs. Winston und ich haben uns bisher kurzweilig unterhalten. Aber jetzt sind uns die Themen ausgegangen.

„Wie lange dauert es noch?", fragt Winston, obwohl der Monitor vor unseren Augen alle Daten anzeigt.

„Durch die Dschungelzone hindurch dauert es vielleicht noch eine Stunde", antworte ich. „Dann kommen wir auf die frühere A4 in Richtung Erfurt. Bei Gateshausen …" Ich zeige auf das Display, muss lächeln und einen klitzekleinen Moment nachdenken, wie der Ort dieser Wichtigtuer früher einmal hieß – dann fällt es mir wieder ein: Waltershausen. „Bei Gateshausen können wir das letzte Mal Rast in der Südrepublik machen, bevor wir in das Staatsgebiet des Fünften Reiches gelangen. Das Essen in Weidels Staatswesen soll furchtbar sein."

Winston ignoriert den Essenshinweis; er kommt aus England und ist in diesen Dingen hartgesotten. Er ist offenbar viel gewohnt, wie ich gestern Abend anhand seines Essigweinkonsums festgestellt habe. Er ist ziemlich anspruchslos. Vielleicht kennt er auch nichts anderes als furchtbares Essen. Mit dem Essen verhält es sich wie mit der Freiheit – wer etwas nicht kennt, wird es nicht vermissen. Wer gutes Essen nicht kennt, wird den schrecklichsten Fraß gerne mögen.

Winston schaut mich fragend an. „Gateshausen? Oh, ist das nicht der kleine Ort mit der außergewöhnlichen Klinik?", fragt er gut unterrichtet.

Auch ich habe davon vor einigen Wochen gehört. Es war irgendeine Doku auf einem der Fortschrittskanäle, die unentwegt über technologische Innovationen berichten. Man hatte das Gespräch zwischen einer Ärztin und ihrer Patientin im Melinda-Gates-Hospital verfolgen können.

„Wir haben ein Herz für Sie", sagte die Ärztin.

„Sie haben ein Spenderherz?"

Die Ärztin hatte die Patientin bedeutungsvoll angeschaut und gesagt: „Manchmal geht etwas schneller als gedacht. Unsere Forschung kann sich sehen lassen – dank Melindas Stiftungsgeldern!"

„Aber Sie sagten doch, auf ein Spenderherz müsste ich mindestens noch ein halbes Jahr warten … die Warteliste … Ich meine, ich freue mich sehr, ich bin erleichtert, wirklich …"

„Es ist kein Spenderherz. Es ist Ihr eigenes Herz – aus Ihren Stammzellen."

Die Patientin war sprachlos gewesen. „Was?", entrang es sich schließlich ihren Lippen. „Sie meinen, dass …"

Die Ärztin hatte ihr dann den gentechnischen Prozess erklärt. Man benutzte ein Schweineherz als Matrix, nachdem man es um die ursprünglichen Herzzellen bereinigt hatte. Um diese Matrix herum wurde dann mit den Stammzellen der Empfängerperson das neue menschliche Herz okuliert, also veredelt, wie man es bisher mit Pflanzen tat. Die Züchtung von Organen war das Spezialgebiet dieser

Klinik. Daher also der neue Ortsname – zu Ehren der Stiftung, welche die Forschung finanziert.

„Ja“, antworte ich Winston, „es ist genau dieser Ort, in dem wir bald Rast machen werden. Falls du also ein neues Herz brauchst …“

Wir müssen lachen.

Die Fahrt verläuft relativ komfortabel. Die letzten zwanzig Kilometer bis zur Raststätte vergehen wie im Flug. Man fühlt sich in dieser Schienenmagnetbahn ein bisschen wie in einem Flugzeug – kein Holpern, keine außergewöhnliche Beschleunigung, kein ungewöhnlicher Bremsvorgang, kein Motorenlärm. Man kann sich gut unterhalten, vielleicht auch fernsehen, wenn man möchte, oder aber nur Musik hören. Unser Railmobil ist ein Viersitzer, dunkelblau gepolstert, bequeme Sitze mit Armlehnen; wir beide sitzen vorne. Das Display zeigt uns die Entfernung zum angepeilten Ziel sowie die möglichen Haltepunkte an – Imbissmöglichkeiten mit Toilettenanlagen. Selbst der Speiseplan der Gateshausener Raststätte wird angezeigt, als ich den Sprachbefehl erteile: „Nächste Raststätte … Dortiger Speiseplan.“

Heute sind Pepperoni-Pizza, Nudelauflauf und Bauernsalat im Angebot. Cola ist das allgegenwärtige Standardgetränk, neben stillem Wasser. Kohlensäurehaltige Getränke wurden abgeschafft; nur in Cola ist sie noch enthalten. Das alleinige Kohlensäure-Monopol hat die Cola-Corporation erworben. So ist dem Konzern ein Milliardenumsatz garantiert. Allerdings muss Cola zehn Prozent (Ökoprozente) an die Gates-Stiftung abtreten – gewissermaßen als Ausgleichszahlung für das nicht ganz so gesunde Getränk, das seit geraumer Zeit im Verdacht steht, Magen-Karzinome hervorzurufen. Der Koffein-Gehalt wurde in der letzten Dekade um das Vierfache erhöht. Die Konsumenten sollen Cola als »exponentiellen Trip« empfinden und nicht bloß als ein x-beliebiges Getränk. Cola ist Luxus. Cola ist das, was früher der Champagner war. Ich befürchte, dass sie Kokain untermischen. Aber das entspräche nicht ihrem Ziel: die Bevölkerung peu à peu abstumpfen zu lassen. Ich kann es nicht beurteilen, bin kein Biochemiker.

Zehn Minuten später passieren wir den Eingang der »Freeway Servicestation Gateshausen«. Auf einem unübersehbaren Schild steht: „Hier können wir nur Chip-Bezahlung akzeptieren". Na fein, dann heben wir uns eben die Dinarii für Weimar und Berlin auf. Dann halten wir halt unsere Hände an den Einlass-Scanner, und er liest unsere Chips aus. Da brechen wir uns keinen ab. Die Akzeptanzbestätigung, die *Stigma-Nachricht* (frühere Schufa), erscheint in Echtzeit und signalisiert dem Wirt Grün oder Rot. Die Betreiber können somit sicher sein, dass wir solvent sind, dass wir bezahlen können.

Obwohl – dieses Misstrauen ist eigentlich total kindisch. Wenn dies wirklich das ausschlaggebende Motiv der Wirte wäre, weshalb Barzahlung mit Dinarii nicht möglich ist, müsste man an seinem Verstand zweifeln. Denn Zechprellerei gehört absolut der Vergangenheit an; es kam niemals mehr vor, seitdem es mit dem Tod bestraft wird.

Früher behauptete man, die Todesstrafe wirke nicht abschreckend. Aber seit sie auf Anordnung der weitsichtigen Weltaufsichtsräte wieder eingeführt worden war, zeigt sich das Gegenteil. Viele Verbrechen verschwanden langsam aber sicher aus der Statistik. Auch dies ist eine der Nachrichten, die laufend im Fortschrittskanal gesendet werden.

Normalerweise bestellt man im Vorhinein über sein Handy oder per Laptop. Dann wird das Essen sofort an den Tisch gebracht, sobald man sich beim Check-in über den Chip identifiziert und eine Tischnummer aufs Handy erhalten hat. Wer ohne Vorbestellung kommt – solche altmodischen Gestalten gibt es tatsächlich hin und wieder – muss freilich mit einer längeren Wartezeit rechnen. Das hat jedoch den Vorteil, dass man auch im letzten Moment noch umbestellen kann. Winston und ich gehören nicht zur Sorte der altbackenen Gäste, aber wir sind vorsichtig und möchten den Laden erst einmal in Augenschein nehmen. Wir haben nicht vorbestellt.

Wenn uns die Raststätte aus irgendeinem Grund nicht behagt, würden wir lieber umkehren und einfach weiterfahren. Es gibt zu viele Spitzel und missgünstige Leute, denen die Virtual-Reality-Spiele und ihre Fantasy-Welten nicht ausreichen und die ihr Abenteuer im wahren Leben suchen. Das aber brauchen wir bei unserer Mission im Moment überhaupt nicht. Glücklicherweise befinden sich nur drei Leute außer uns im Raum. Sie sitzen außerhalb unserer Hörweite.

Die weibliche Bedienung ist vielleicht Ende Dreißig und überaus höflich. „Sie haben sich richtig entschieden, dass Sie hier Rast machen“, sagt sie.

Winston lächelt sie an und sagt: „Alleine wegen einer so netten Bedienung wie Ihnen …"

Sie lächelt zurück. „Danke für das Kompliment, aber jeder Gast, der aus den südlicher gelegenen Landesteilen oder gar aus dem Nordreich kommt, bestätigt uns, dass es hier das beste Essen gibt."

„Es riecht schon unwiderstehlich", bestätigt ihr Winston.

„Ihrem Akzent nach zu urteilen, sind Sie Brite", sagt sie und schaut ihn interessiert an. Bevor Winston antworten kann, sagt sie: „Nun ja, bestellen Sie erst einmal, es wird dann noch einige Zeit dauern, dann können wir ja Informationen austauschen. Wissen Sie, man ist doch immer wieder froh, wenn man mal von Mensch zu Mensch sprechen kann. Wenn man Neues direkt von Reisenden erfahren kann."

„Neugier gehört zu unserem Menschsein", sage ich.

„Noch!", antwortet sie, um nach einer kleinen Denkpause anzufügen: „Nun, was möchten Sie bestellen?"

Winston bestellt die Pepperoni-Pizza und eine große Cola. Ich nehme den Nudelauflauf und ausnahmsweise auch eine Cola, um wach zu bleiben. Die heiße, unruhige Nacht mit dem verschwitzten Schlaf wirkt nach.

Als die schlanke Blondine Winston nach zwanzig Minuten die Pizza serviert, murmelt sie: „Vorsicht, scharf! Dürfte für den britischen Geschmack ungewohnt sein."

Prompt verschluckt sich Winston am ersten Bissen und trinkt einen kräftigen Schluck von der Cola. Mein Nudelauflauf ist mit reichlich Gemüse und mit einer Hollandaise ähnlichen Sauce zubereitet. Schon lange habe ich solch ein köstliches Gericht nicht mehr gegessen.

Als die Blondine hinter dem Tresen Getränke zapft und sie den anderen Gästen bringt, fragt mich Winston plötzlich etwas, was ihm erst jetzt einfällt: „Sag mal Stefan, bei deiner Mission musst du ja bei wildfremden Leuten ein gewisses Vertrauen gewinnen, damit sie dir verraten, ob sie dir Dokumente aus der Vergangenheit zum Scannen zur Verfügung stellen. Wie willst du da vorgehen?“

„Du hast recht, es braucht gegenseitiges Vertrauen. Allein der Besitz von alten Dokumenten ist strafbar – und gar die Weitergabe kann zu einem langjährigen Aufenthalt in einem Arbeitslager führen. Deshalb muss ich den Menschen, von denen ich mir Artefakte, alte Bücher, alte Schriften, alte Akten zum Scannen erhoffe, ins Gesicht sehen. Ich muss ihre Reaktion abschätzen. Und ich habe natürlich etwas mitgenommen – ein Schriftstück aus dem Jahr 2020, das so authentisch ist, dass es jeden davon überzeugen wird, dass ich es mit der Rettung alter Dokumente ernst meine.“

„Hast du das in Papierform mit?“

„Bin doch nicht verrückt. Das könnte bei einer Kontrolle zum Verhängnis werden.“

„Und wie …“

„Ich habe es auf einem Stick, und der Stick steckt im Schultergurt meines Rucksacks.“

„Und auf welche Weise …“

„Wir haben unseren Laptop; wir haben unseren Mobildrucker; Papier gibt es überall – wenn auch viel teurer als bei uns.“

„Hättest unser heimisches Büropapier doch mitnehmen können …“

Ich schüttele entschieden den Kopf. Ich bin gegen jegliche Umständlichkeit, wenn es um wirklich Wichtiges geht. Wenn es um die Vergangenheit geht – sie ist mehr wert als jeder Fetzen Papier.

Es ist mit dem Papierpreis aber wirklich so: Papier ist zum Luxusgut geworden, seitdem ein Drittel der weltweiten Waldflächen innerhalb von nur fünfzehn Jahren von der Bildfläche verschwunden ist. Ein Drama – nicht unbedingt der hohe Papierpreis, sondern das Verschwinden der Bäume.

Nach dem Essen plaudern wir noch eine Weile mit der Bedienung. Sie will mehr über dieses Land jenseits des Ärmelkanals wissen. Winston berichtet ihr von London. Auf ihre Frage, wie er zu seiner Reiseerlaubnis gekommen sei, antwortet er: „Wir sollen ein Musical komponieren. Es soll ein zeitgemäßes Musikstück werden, in dem der Weltaufsichtsrat und seine progressive Rolle bei der Bewahrung der Schöpfung inszeniert wird. Damit will man die interkulturelle Zusammenarbeit zwischen den beiden deutschen Staaten fördern.“

„Wer hat euch diese Riesenaufgabe übertragen?“

„Der Weltaufsichtsrat hat uns beauftragt. Die Autorisierung für diese Aufgabe ist uns eine Ehre. Jetzt befinden wir uns auf der Suche nach Ideen und

Kooperationspartnern. Erstes Ziel ist Weimar, dann geht es weiter nach Berlin zur Philharmonie."

Die Bedienung ist vorsichtig, scheint aber eine gute Menschenkenntnis zu haben. Sie hat wohl Vertrauen zu uns gefasst und erzählt uns etwas sehr persönliches von sich, als Winston das Stichwort »Berlin« fallen lässt. Wir erfahren, dass sie vor gut drei Jahren an Leberzirrhose litt; die Ursache lag in ihrer Alkoholabhängigkeit.

Letztes Jahr bekam sie eine große Chance. Obwohl sie im fernen Berlin und zudem nicht in Lauterbachs Republik zu Hause war, hatte die Melinda-Gates-Klinik sie über das Organ-Suchprogramm ausfindig gemacht. Sterben oder an einem innovativen Transplantationsexperiment teilnehmen – das waren die Alternativen. Sie entschied sich für letzteres. Unsere mitteilungsfreudige Bedienung war die erste Patientin, der man die kranke Leber entnahm, um sie innerhalb von nur zwei Wochen mit ihren eigenen Stammzellen zu erneuern und wieder einzusetzen.

„Und? Alles gut überstanden? Funktioniert es?"

„Sieht man das nicht?"

Wir drei lachen und Winston und ich zeigen mit dem Daumen nach oben.

„Ich bin Melinda Gates so dankbar. Deshalb bin ich hier geblieben und ich werde Gateshausen ein Lebtag lang verbunden sein. Grüßen Sie Berlin von mir", sagt die Frau und bekommt Tränen in die Augen. „Ich wünsche Ihnen alles Gute auf der Weiterreise und für das Musical. Vielleicht sehe ich es irgendwann einmal im Fernsehen."

Ich zucke die Schultern und murmele: „Wer weiß …“

Und Winston sagt: „Danke für Ihre Offenheit. Danke für Ihr Vertrauen. Danke für Ihre angenehme Neugier. Alles Gute, Sie sind Mensch geblieben. Es ist genau das, was vielen heute fehlt.“

Weimar, Kulturstadt im Fünften Reich

Als wir bei Gotha die Grenze ins Fünfte Reich überqueren, merken wir den Staatenwechsel nur anhand der grauen Häuser. Es fehlt Farbe in Weidels Reich. Dann erreichen wir Weimar. Wir verlassen unser bequemes Rail-eMobil, das uns bis hierher, bis zum Regierungsdepot für privilegierte Schienenfahrzeuge, gebracht hat. Zu solchen Anlässen gibt es glücklicherweise verlässliche Staatsvereinbarungen zwischen Nord und Süd. New York hat die VT in Berlin und Frankfurt angehalten, auf festgelegten Verwaltungsebenen zu kooperieren.

Weimar, die liebliche Stadt im ehemaligen Bundesland Thüringen, hat sich mit einem großen Schild angekündigt: »Willkommen in der Stadt des Großen Lieben Bruders und der Großen Lieben Schwester!«

„Hier waren doch Goethe und Schiller zu Hause, oder?", fragt Winston.

Natürlich waren sie das, und ich werde Winston schon heute Nachmittag das Denkmal zeigen …

Verehrte Leserinnen und Leser, es kann so schön sein, aus versehentlicher Naivität zu glauben, alles sei noch beim Alten. Es kann so schön sein, vor lauter vergänglicher Erinnerung die schreckliche Gegenwart zu vergessen. Wir sind also auf dem Weg zum weltbekannten Dichter-Denkmal …

„Ja“, antworte ich Winston, „wir fahren jetzt als erstes mit einem öffentlichen Railbus zum Theaterplatz.“

Die Schienenbusse fahren nach dem gleichen technischen Prinzip wie unser magnetisches Railmobil, sauber, geräuschlos, emissionsarm, allein von Magnetismus und Sonnenenergie betrieben.

„Ich habe viel von Weimar als der deutschen Dichterheimat gehört“, sagt Winston.

„Es ist eine historische Stadt. Wenn man ein Wahrzeichen für Weimar benennen will, dann das Goethe-Schiller-Denkmal. Seit 1857 stehen Johann Wolfgang von Goethe und Friedrich Schiller auf dem Theaterplatz. Ernst Rietschel hat es erschaffen. Sie stehen dort auf fast gleicher Augenhöhe und dennoch ohne Blickkontakt. Ich war dort zuletzt vor zweiunddreißig Jahren gewesen. Und ich kann dir sogar heute noch die Inschrift sagen.“

„Inschrift?“, fragt Winston, weil er wahrscheinlich nichts mit diesem Begriff verbindet.

„Das ist der Text, der am Denkmal angebracht ist.“

„Oh, danke. Was steht dort?“

„Die Inschrift lautet:

DEM DICHTERPAAR
GOETHE UND SCHILLER
DAS VATERLAND“, antworte ich.

Wir steigen aus dem fast menschenleeren Bus aus und gehen die wenigen Schritte zum Theaterplatz zu Fuß. Wir sehen von Ferne das weiße Theatergebäude. Es beherbergt das Deutsche Nationaltheater und die Staatskapelle Weimar. Ein klassizistisches Prachtgebäude, das vor uns liegt …

… und noch etwas liegt vor uns – der Schreck durchfährt meinen Körper wie ein Blitz, wie ein Blitz mit 10.000 Volt – es ist unglaublich: vor dem säulengetragenen Klassikbau liegt das Denkmal in Trümmern. Das bronzene Doppelstandbild der deutschen Dichterfürsten liegt auseinandergesägt, wie auf den Abtransport wartend, vor unseren Augen.

„My goodness!“, schreit Winston auf.

Mir hingegen bleiben die Worte im Hals stecken. Ich kann nichts sagen. Ungläubig schaue ich auf die Bronzeteile, die zum Teil noch Goethes und Schillers Gesicht erkennen lassen. Die Bronzestücke liegen da wie auf einem Schlachtfeld vergangener Schlachten, wo man die toten Soldaten nebeneinanderlegte, um sie zu zählen. Ich muss an die miese Vergangenheit dieser Bronzestücke denken. Das Material wurde aus eingeschmolzenen türkischen Kanonen gegossen, die der bayrische König Maximilian II. zur Verfügung gestellt hatte.

Ja, die Vergangenheit besteht nicht nur aus den guten alten Zeiten. Sie besteht auch aus den schlechten alten Zeiten … aber jetzt sind Winston und ich zutiefst erschüttert. Die Gegenwart packt uns. Uns wird bewusst, wie konsequent die neuen Herrscher dafür sorgen, die Vergangenheit zu eliminieren. Uns wird schlagartig klar, wie gefährdet auch wir selbst sind. Das erste Mal seit langem beschleicht mich jenes unheimliche Gefühl von Angst. Ist unser Vorhaben sinnvoll? Ist es überhaupt möglich? Werde ich zumindest einen winzig kleinen Bruchteil an Dokumenten aus vergangenen Zeiten scannen, fotografieren und auf digitalem Weg retten können?

Bevor wir dem Schutthaufen den Rücken zuwenden, sehe ich im Hintergrund, seitlich des Theatergebäudes, ein neu errichtetes monumentales Marmor-Denkmal mit zwei überlebensgroßen Büsten:

»DEM PHILANTROPENPAAR
MELINDA UND BILL GATES
DER WELTAUFSICHTSRAT«

Goethe/Schiller ausgetauscht gegen die Gates! Ich erspare Ihnen, liebe Leser, und mir den Bericht über den von Frust überschatteten Abend, über die frustgefüllte Nacht samt Albträumen. Ich hätte die ganze Nacht vor Wut schreien können und kotzen und noch einmal schreien. Ich riss mich am Riemen, behielt letztlich also einen klaren Kopf. Ich versichere Ihnen, dass Winston und ich dank unserer Akkreditierung als Kulturbotschafter relativ gut untergebracht waren und die Bewirtung okay war. Den Frust konnten wir dadurch nicht abschütteln. Wir wechselten mit dem staatlichen Hotelpersonal so wenige Worte wie möglich.

Am nächsten Morgen bleibt Winston auf dem Hotelzimmer. Man hat für uns auf VT-Geheiß das Hotel-Klavier zur Verfügung gestellt, sodass mein Freund endlich mit seinen ersten Kompositionsversuchen starten kann, während ich mich auf den Weg zu Goethes Wohnhaus samt dem Goethe-Nationalmuseum mache. Fast fünfzig Jahre lang hatte Goethe das im barocken Stil erbaute Haus am »Frauenplan« bewohnt. Ich will sehen, ob man wenigstens hier unserem großen Dichter die Würde gelassen hat.

Als ich dort ankomme, bricht es mir erneut das Herz – nicht, weil auch hier alles daniedergelegen hätte oder abgerissen worden wäre, nein, es ist viel schlimmer. In großen Lettern stehen über dem Sandstein-Eingangsportal auf einem hässlichen Banner, geschrieben in einer hässlichen Schrift, die Worte:

»Jonas Göte
Modern Statesman of the 18th Century«

Mir schwant Schlimmes. Nach einer Wartezeit von gut einer Stunde lässt man mich endlich hinein. Normalerweise, so sagt mir der Pförtner, müsse man mit monatelangen Wartezeiten rechnen, aber da ich als Kulturbotschafter akkreditiert sei … und so weiter.

Was ich im Inneren von Goethes Wohnhaus sehe, verschlägt mir die Sprache. Es ist schlimm, einfach nur schlimm. Nichts von den alten Dingen, die wirklich etwas über das frühere Leben des Dichters ausgesagt hätten, ist noch vorhanden. Stattdessen finde ich im Stil von kindischen Märklin-Eisenbahnanlagen eine Unzahl von Militäranlagen vor: Säbelrasselnde Soldatenheere (Zinnsoldaten), Schlachtfelder und Lazarette. Pferdegespanne, die gusseiserne Kanonen ziehen … all jener Kram, der die Menschheit niemals vorwärts, aber immer wieder einen

Schritt näher zurück zum Tierreich gebracht hatte. Daneben sind Erläuterungen angebracht, die mich erschaudern lassen: „Göte – der große Feldherr", „Göte – ein Staatsführer ersten Ranges", „Göte – der Große Liebe Bruder des 18. Jahrhunderts" … Was soll ich dazu noch sagen?

Jedenfalls gelingt es mir, bei der zuständigen Kuratorin des Nationalmuseums vorzusprechen. Die Dame macht auf mich nach den ersten zehn Minuten, die wir in ihrem einfach eingerichteten Büro miteinander sprechen, einen sehr gebildeten Eindruck. Ich schwadroniere ein wenig über meinen kulturellen Auftrag, schmücke die Sache noch ein wenig aus, erzähle ihr von meinem bisherigen Leben und komme stückweise der Vergangenheit näher. Sie könnte, wie ich schätze, mein Jahrgang sein, und so komme ich über die gute alte Zeit ins Plaudern, ohne die vergangene Epoche zu bejubeln, lasse jedoch durchblicken, dass es schade sei, wenn man diese nicht würdige.

„Da haben Sie recht", stimmt sie mir zu. „Es ist gewiss nicht unrichtig, wenn man die Vergangenheit neu schreibt, wie es die Gesetze nun einmal von uns fordern, aber …" Sie muss schlucken – das ist mir ein gutes Zeichen – bevor sie mit leicht errötetem Gesicht fortfährt: „… aber man sollte die Vergangenheit im Rahmen der notwendigen Neuausrichtung unserer Gesellschaft doch ein wenig mehr würdigen …"

Ich spüre, dass diese äußerst vorsichtigen, aber ziemlich offenen Worte der Kuratorin zu Hoffnung Anlass geben. Ich will nicht voreilig sein und mich meinem Ziel sehr behutsam nähern. Mein Ziel ist und bleibt die Frage, ob sie vielleicht noch über relevante Originale der jüngeren Vergangenheit verfügt. Und ob ich diese einscannen oder fotografieren darf – falls es tatsächlich denn noch das eine oder andere Originaldokument geben sollte. Selbst kleine Zeugnisse aus früheren Zeiten erscheinen mir es wert gerettet zu werden. Mir ist klar, dass wahrscheinlich 99 Prozent der Dinge und Schriften bereits vernichtet oder umgeschrieben worden sein dürften.

„Ich möchte Ihnen gerne ein Angebot machen", sage ich. „Ich habe im Rahmen meiner Kulturrecherchen ein Dokument aus den früheren Tagen gefunden, dass ich Ihnen – rein für Ihren persönlichen Gebrauch – gerne überlassen würde. Natürlich nur, wenn es Sie nicht gefährdet, denn …"

„… denn wir wissen ja, wohin der unerlaubte Besitz nicht registrierter alter Dokumente uns bringen kann …", ergänzt sie mein Statement. Dann nickt sie zustimmend und sagt: „Ich glaube, wir können einander vertrauen. Sie, wie ich, lieben antike Dinge. Wir können die Vergangenheit nicht verdrängen und nicht vergessen. Aber die armen nachfolgenden Generationen … Lassen Sie mich das Dokument bitte sehen."

„Ich benötige ein paar Blatt Papier, bitte, Frau ... äh ..."

„Bittner."

Frau Bittner reicht mir einige Blatt Kopierpapier. Ich hole meinen Laptop, den versteckten Stick und den Mobildrucker aus meinem Rucksack, lege das Papier ein, öffne das Dokument, das ich ihr überlassen will, und gehe auf *Drucken.*

„Es ist ein für die Verhältnisse des Jahres 2022 typischer Appell. Vielleicht haben Sie ihn damals schon einmal gelesen. Die gesellschaftlichen Zustände werden darin irgendwie knapp und zutreffend diagnostiziert“, erläutere ich der Kuratorin, während der kleine Drucker die große Leistung vollbringt und das Dokument ausspuckt:

»Nachricht an die Menschheit.

Das Paradoxe unserer Zeit ist: Wir haben hohe Gebäude, aber eine niedrige Toleranz. Wir haben breite Autobahnen, aber enge Ansichten. Wir verbrauchen mehr, haben aber weniger. Wir machen mehr Einkäufe, haben aber weniger Freude. Wir haben größere Häuser, aber kleinere Familien. Wir haben mehr Bequemlichkeit, aber weniger Zeit. Mehr Ausbildung, aber weniger Vernunft, mehr Experten, aber auch mehr Probleme. Mehr Medizin, aber weniger Gesundheit. Wir rauchen zu stark, wir trinken zu viel, wir geben verantwortungslos zu viel aus.

Wir lachen zu wenig, wir fahren zu schnell. Wir regen uns zu schnell auf. Wir gehen zu spät schlafen, und stehen zu müde auf. Wir lesen zu wenig, wir sehen zu viel fern, wir besinnen uns zu selten. Wir haben unseren Besitz vervielfacht, aber unsere Werte reduziert. Wir sprechen zu viel und lieben zu wenig und hassen viel zu oft. Wir wissen, wie man seinen Lebensunterhalt verdient, aber wissen nicht mehr, wie man lebt. Wir haben dem Leben mehr Jahre hinzugefügt, aber den Jahren nicht mehr Leben.

Wir kommen zum Mond, aber nicht mehr zur Tür des Nachbarn. Wir haben den Weltraum erobert, aber nicht den Raum in uns. Wir machen größere Dinge, aber nicht bessere. Wir haben vielleicht die Luft gereinigt, aber die Seelen verschmutzt. Wir können Atome spalten, aber nicht unsere Vorurteile. Wir schreiben mehr, aber wissen weniger. Wir planen mehr, aber erreichen weniger. Wir haben gelernt schnell zu sein, aber wir können nicht warten.

Wir haben neue Computer, die mehr Informationen speichern und mehr verarbeiten, aber wir verkehren weniger miteinander. Es ist die Zeit des schnellen Essens und der schlechten Verdauung, der großen Männer und der kleinkarierten Seelen, der leichten Profite und der schwierigen Beziehungen. Es ist die Zeit des größeren Familieneinkommens und der zahlreicheren Scheidungen, der schöneren Häuser und des zerstörten Zuhauses.

Es ist die Zeit des schnellen Reisens, der Wegwerfwindeln und der Wegwerfmoral, der Beziehungen für eine Nacht und des Übergewichts. Es ist die Zeit der Pillen, die alles können. Sie erregen uns, sie beruhigen uns und sie töten uns. Vergesst nicht, denen mehr Zeit zu schenken, die ihr liebt, denn sie werden nicht immer mit euch sein. Sagt ein gutes Wort jenen, die euch jetzt von unten her anschauen, weil auch sie bald erwachsen werden und nicht mehr bei euch sein werden.

Schenkt dem Menschen neben euch eine warme Umarmung, denn sie ist der einzige Schatz, der vom Herzen kommt und euch nichts kostet. Sagt dem geliebten Menschen: Ich liebe dich – und meint es auch so. Ein Kuss und eine Umarmung, die vom Herzen kommen, können alles Böse wieder gut machen. Geht Hand in Hand und schätzt die Augenblicke, denn irgendwann wird dieser Mensch nicht mehr neben euch sein. Findet Zeit euch zu lieben, findet Zeit miteinander zu sprechen, findet Zeit, alles, was ihr zu sagen habt, miteinander zu teilen, denn das Leben wird nicht gemessen an der Zahl der Atemzüge, sondern an den Augenblicken, die uns den Atem rauben. Und wenn du diese Botschaft verstanden hast, dann teile sie jetzt mit deinen Freunden.«

Ich möchte meine Leserschaft nicht langweilen: Ich will Ihnen nur mitteilen, dass ich Goethes »Faust I und II« retten konnte. Frau Bittner hatte die beiden Bände bei sich zu Hause versteckt – ein lebensgefährliches Unterfangen. Sie hatte mir gestattet, die nächsten Tage in ihrem Büro, hinter abgeschlossener Tür, zu verbringen und die Bände mit meinem Superscanner für die Ewigkeit zu erhalten. Aber wie lange würde wohl die Ewigkeit halten?

Da mir Frau Bittner absolut vertraut hat und sie mir auch vertrauenswürdig vorkommt, bitte ich sie am dritten Tag, den ich in ihrem Büro verbringe, um einen weiteren Gefallen: „Sehen Sie die Möglichkeit, an alte Zeitungs- und Zeitschriftenartikel zu gelangen?“

„Ich kenne eine ehemalige Kollegin, die jetzt in der *Herzogin Anna Amalia Bibliothek* arbeitet. Dort existiert ein solches Archiv. Ich vermute aber, dass sämtliche Artikel bereits umgeschrieben wurden und der ursprüngliche Text nicht mehr erkennbar ist.“

„Kann man ihrer Ex-Kollegin vertrauen?"

„Absolut, Frau Weise gehört, wie Sie und ich, zu den aufrichtigen Menschen, die noch nicht jener Krankheit, der allgemeinen Vergesslichkeit, erlegen sind. Ich kann mir sehr gut vorstellen, dass sie irgendwo ein eigenes geheimes kleines Archiv versteckt hat."

„Ich würde Frau Weise gerne kennen lernen, wenn es Ihnen möglich erscheint ..."

„Aber sicher doch. Wir können sie heute Abend, nach Dienstschluss, gerne spontan besuchen. Anrufen ist nicht ratsam; die Leitungen werden abgehört."

Es stellt sich heraus, dass Frau Weise, eine Frau Anfang Sechzig, gelernte Bibliothekarin vom alten Schlag, genau so denkt wie wir. Allerdings dauert es fast zwei Stunden, bis wir miteinander warm geworden sind und uns trauen, an's Eingemachte zu gehen und über die alten Texte zu sprechen. Wir kommen uns vor, wie drei Verschwörer, was wir im Sinne der Anklage auch wären, wenn es so weit käme. Was wir nicht hoffen!

Es gibt einen Keller unter ihrem Keller, einen sogenannten Tiefkeller. Der Zugang ist mit einer Eisenplatte abgedeckt, auf der ein Schrank mit Einmachgläsern steht. Sie will mir noch an diesem Abend die gewünschten Artikel aus den Jahrgängen 2010 und 2021 zusammenstellen – vorausgesetzt, sie wird sie finden.

Frau Bittner und ich helfen ihr, die Einmachgläser abzuräumen; eine Heidenarbeit, die uns eine ganze Stunde auf Trab hält. Dann schieben wir die

Eisenplatte zur Seite, und Frau Weise steigt eine kleine Leiter hinab in das gut temperierte Gewölbe.

„Hier hält sich Papier gut und gerne zehn Jahre lang!“, ruft sie nach oben. Sie reicht mir mehrere Dokumente, die in Frage kommen, nach oben, dann klettert sie heraus. Wir stellen den alten Zustand wieder her, und Frau Weise packt in ihrem Wohnzimmer die Zeitungen einzeln in Klarsichthüllen und dann in zwei flache Kartonagen. Ich drücke die Dame herzlich – und überglücklich stecke ich die Kartons in meinen Rucksack.

„Ich bringe sie Ihnen morgen Abend zurück, Ehrenwort!“, versichere ich ihr.

Frau Bittner, ihre nette Ex-Kollegin und ich trinken noch ein Glas erfrischenden Johannisbeersaft („Aus den Früchten meines Gartens gepresst“, sagt Frau Weise), und dann verabschieden wir uns in die viel zu warme Sommernacht. Ich begleite Frau Bittner noch nach Hause und kehre mit meiner wertvollen Fracht auf dem Rücken ins Hotel zurück.

Noch in der Nacht beginne ich mit dem Einscannen, während Winston mir die ersten Kompositionen vorspielt. Dann fängt er laut zu singen an, obwohl es mitten in der Nacht ist, aber er meint, wir wären alleine in diesem merkwürdigen Staatshotel. Und er singt mit wahrer Inbrunst zu wohlbekanntem Klange:

Freude, schöner Reset-Funken
Bruder aus Elysium
Wir sind alle tief versunken
in dein Neues Heiligtum

Neuer Zauber bindet wieder
Was das Alte streng geteilt
Jetzt sind alle Menschen Brüder
Wo der Große Bruder weilt

Weil der große Wurf gelungen
Neue Weltordnung zu sein
Wer die Zukunft hat errungen
Mische seinen Jubel ein

Ja, wer auch nur eine Seele
Sein nennt auf dem Erdenrund
Und wer's nie gekonnt, der stehle
Heulend sich aus diesem Bund

Winston und ich schlafen die erste Nacht erschöpft, aber tief durch. Unser Plan gewinnt Konturen; die ersten kleinen Erfolge lassen uns die allgegenwärtige Gefahr vergessen.

Am Morgen lassen wir uns das Frühstück ins Zimmer bringen. So etwas können sich nur Reisende in Staatsdiensten leisten. Nun ja, wir haben etwas zu besprechen, was niemand hören soll. Aber wer sagt uns, dass wir hier nicht abgehört werden? Unsere Brillenkameras funktionieren hier nicht mehr für die jeweiligen Kontrollorgane – Winstons Wahrheitsministerium in London hat hier keinen Zugriff auf seine Daten. Und auch mein zuständiges Ministerium hat zu Weidels Deutschland keine funktionierende Datenverbindung.

Das Frühstück für jeden besteht aus einer kleinen Portion Rühreiern, zwei Stück Schwarzbrot, einem Stück Butter und einer Marmelade, die aus einer

Mischung von Tomaten, Himbeeren und Stachelbeeren zu bestehen scheint – schmeckt aber gar nicht so schlecht. Ich reiche Winston einen Artikel über den Tisch und halte den Finger an den geschlossenen Mund. Er soll nur lesen. Es ist das Thema, zu dem er mir die Frage gestellt hatte: *Wie hat die Schöne Neue Welt bei euch ihren Anfang genommen?*

Der Artikel ist am 3. Februar 2020 in der Gates-Publikation »Zeitachse« erschienen und wurde in der *Frankfurter Rundschau* abgedruckt. Winston kaut genüsslich und liest und macht ein erstauntes Gesicht.

»Anlässlich des alljährlichen Treffens des Weltwirtschaftsforums in Davos fordern Bill und Melinda Gates im Januar 2010 „Ein Jahrzehnt der Impfungen" und sagen 10 Mrd. Dollar über die kommenden zehn Jahre hinweg für die Erforschung, Entwicklung und Bereitstellung von Impfstoffen für die ärmsten Länder der Welt zu. Sie fordern Regierungen und Wirtschaft auf, kritische Finanzlücken zu schließen, und argumentieren, dass damit im kommenden Jahrzehnt 8,7 Mio. Menschenleben gerettet werden können. Die Stiftung eröffnet ein Büro in London, um die Beziehungen zu ihren in Europa ansässigen Partnern zu vertiefen.«

„Nicht hier und nicht jetzt", sage ich und mache mit Daumen und Zeigefinger meiner Hände zwei plappernde Münder nach.

Damit er auch etwas zum Schmunzeln hat, lege ich ihm anschließend die *Süddeutsche* mit einer »robusten« Schlagzeile vor. Sie könnte auch von der *BILD* stammen:

»Sportler leiden unter Bewegungsmangel!«

In der „Begründung“ heißt es: »Experten sagen, dass die Rekordzahl von Sportlern, die 2021 auf dem Spielfeld zusammenbrachen, auf Bewegungsmangel zurückzuführen sei und definitiv nichts mit dem Impfstoff zu tun hat.«

Nach nur fünf Tagen war unsere Mission in Weimar erfüllt; ich habe einiges an Dokumenten sichern können. Nachdem ich die Originaldokumente an die Bibliothekarin zurückgegeben habe, brechen wir nach Berlin auf.

Ein Fantasie-Urteil auf dem Weg nach Berlin

Wieder steht das Railmobil »SD-Charly-1782« für uns bereit, und wir haben einiges vom Hotel an Verpflegung, samt Getränken (vorwiegend Cola), auf Staatskosten mitbekommen. Sobald wir in der Fahrkabine sitzen, können wir uns offen über meine Dokumentenausbeute unterhalten. Aber ich merke, dass Winston noch etwas anderes im Sinn hat.

„Spuck' aus, was dich bedrückt!", sage ich.

„Mich bedrückt nicht's", antwortet er. „Es gibt nur eine Sache, die ich mit dir in Ruhe besprechen möchte. Und jetzt haben wir ja drei ruhige Fahrtstunden vor uns."

„Siehst du, hast du doch etwas auf dem Herzen. Worum geht es?"

„Nur um Theorie", antwortet er. „Weißt du, wir haben über deinen Prozess gesprochen, in dessen Ergebnis dem Angeklagten ein Schuld-Urteil verkündet wurde. Wie aber hätte der Richter einen Freispruch begründet? Was glaubst du? Das hätte ich mit dir – rein als Gedankenspiel – gern einmal durchgekaut. Was dagegen?"

„Tolles Gedankenexperiment. Das können wir ja jetzt in aller Ruhe durchdeklinieren. Gute Aufgabe. Wer übernimmt welche Rolle?"

„Da gibt's keine große Rollenverteilung. Wir brauchen nur den Richter spielen."

„Gut, dann machen wir es am besten so: Du bist der Vorsitzende und ich spiele den hauptberuflichen

Beisitzer und zugleich einen Schöffen, die bei deiner Urteilsbegründung eventuell etwas ergänzen oder dir zu bedenken geben werden, was natürlich in der Realität niemals so sein wird. Okay?"

„Abgemacht", sagt Winston. „Ich sammle mal meine Gedanken und beginne, wenn ich denke, dass ich alles sortiert habe."

Die Gegend, durch die wir gerade fahren, wird im Volksmund »europäische« Sahelzone genannt. Natürlich ist das übertrieben, und dennoch ist die Gegend schon teilweise wüstenmäßig. Ich erkenne sie kaum wieder. Früher fuhr ich hier mit der Deutschen Bahn entlang; das waren noch komfortable Zeiten. Ich saß im Speisewagen, während draußen die grüne Landschaft mit ihrer abwechslungsreichen Flora vorüberflog. Heute kann man froh sein, wenn die Landschaft nicht gerade brennt, wenn man sie durchquert. Alles wird dürrer und brauner. Gelegentlich sieht man verkohlte Flächen.

Neben uns laufen die verschiedensten Schienenstrecken, mal parallel, mal queren sie, verzweigen sich, aber nur selten begegnet uns eine Magnetschienenbahn. Der öffentliche Verkehr und die turbomäßigen Vergnügungsreisen sind weitgehend zum Erliegen gekommen. Hin und wieder sieht man eine grüne Insel mit struppigen Bäumen, der Rest ist kahl, der Boden rissig.

„Also, schieß los, Winston, schieß deinen juromatischen Freispruch ab", sage ich und bin gespannt wie ein Flitzebogen.

Winston räuspert sich und setzt sich in eine aufrechte, richterlich korrekte Position.

„Ich verkünde folgendes Urteil: Der Angeklagte Dr. Jens Widuweit wird auf Kosten der Staatskasse freigesprochen."

Theatralisch wendet er sich mir zu, der ich entspannt neben ihm zu seiner Linken sitze, und sagt: „Bitte nehmen Sie Platz. Ich habe dann noch folgenden Beschluss zu verkünden: Der Haftbefehl des Amtsgerichts wird aufgehoben, der Freigesprochene ist unverzüglich zu entlassen."

Winston macht so, als unterschreibe er auf einem Blatt Papier und reicht es einem unsichtbaren Phänomen zu seiner Rechten, wahrscheinlich ist es die Protokollführerin.

Ich schaue erwartungsvoll zu meinem Expeditionsbegleiter, der jetzt mit ganzem Herzen Gerichtsvorsitzender spielt.

Vorsitzender: „Zur Begründung des Urteils ist Folgendes auszuführen. Es haben vier Schöffen für einen Freispruch und zwei Schöffen für eine Verurteilung gestimmt.

Im Einzelnen: Der Angeklagte ist in bürgerlichen Verhältnissen aufgewachsen, wurde altersgerecht eingeschult und hat nach dem Abitur das medizinische Studium begonnen und als approbierter Arzt abgeschlossen. Zuletzt war er als leitender Impfarzt im Impfzentrum des Landkreises Gießen angestellt. Sein Leben ist beanstandungsfrei verlaufen. Er ist verheiratet und hat zwei in der Ehe geborene Mädchen.

Am Freitag, dem 20. Mai 2022 um 12:42 Uhr impfte der Angeklagte den Zeugen zu Eins, und zweifellos führte dies zu Komplikationen, die den Zeugen zu Eins durch äußerst unglückliche Umstände in eine ungewöhnlich lebensbedrohliche Lage brachten. Weitere Ausführungen zum Geschehen kann ich mir ersparen, sie stehen uns allen noch vor Augen. Das Bundesverfassungsgericht, wie der Verteidiger zutreffend bemerkte, entschied nicht über die Strafbarkeit dieses Falles.

Zur rechtlichen Begründung ist Folgendes auszuführen: Unser Gesetz entschuldigt einen Täter, der eine Gefahr von sich, einem Angehörigen oder einer anderen ihm nahestehenden Person abwendet. Wenn also ein Vater seiner Tochter mit dem Auto ausweicht und …"

Ich falle Winston ins Wort und sage: „Du wiederholst lediglich die Worte aus dem ersten Urteil. Ich weiß, wie es weitergeht: … und wenn der Vater deshalb einen Radfahrer überfährt, wird er nicht bestraft …"

Winston, mein guter Urteilsverkünder, sagt: „Lass mal, das ist genau jetzt wichtig, hör bitte einfach zu. Es stimmt: Zwischen dem Angeklagten und der unbekannten Masse von Bürgern, der allgemeinen Bevölkerung, gab es aufgrund der Unbestimmtheit der Masse kein solches Näheverhältnis.

Also könnte sein ärztliches Handeln, das über den Kopf und gegen den Willen des Zeugen zu Eins erfolgte, nur durch einen Grund erfolgen, der nicht im Impfpflichtgesetz steht. Infrage kommt hier der sogenannte »übergesetzliche Notstand«. Das scheint in diesem Fall abwegig. Doch beschäftigen wir uns aus juristischer Sicht damit, so wird klar, dass dieser übergesetzliche Notstand weder im Grundgesetz noch im Strafgesetzbuch oder in anderen Gesetzen geregelt ist. Darin erkennt das Gericht einen Wertungswiderspruch, den es nicht hinnehmen möchte: Handelt der Täter egoistisch, will er also »nur« sich oder nahe Verwandte retten, entschuldigt ihn das Gesetz – handelt er dagegen im Sinne der Allgemeinheit und selbstlos, stellt er sich gegen die Verfassung.

Einen egoistischen einem selbstlosen Täter vorzuziehen ist jedoch weder vernünftig, noch entspricht es den Zielen unseres Zusammenlebens. Hinzu kommt, dass der Angeklagte sich gerade durch das vorliegende Impfpflichtgesetz juristisch sicher fühlen musste. Er ist bei aller Bildung, die ihm zugutegehalten wird, kein Jurist."

Ich hebe meine Hand und werfe ein: „Als einer der Schöffen, die sich gegen seinen Freispruch stellen, sage ich Folgendes: Wer kennt nicht die Verfassungs-Grundsätze von der unantastbaren menschlichen Würde, vom Recht auf körperliche Unversehrtheit und dem Grundsatz der Verhältnismäßigkeit? Dr. Widuweit kennt – wie er selbst angeführt hat – alle diese Prinzipien."

Vorsitzender: „Nun gut, es mag so sein. Und das Gericht hat auch keinen Zweifel daran, dass der Angeklagte sich ernsthaft und unter voller Ausschöpfung seines Hintergrundwissens und insbesondere seines ärztlichen Berufsethos bemüht hat, bei all seinen Impftätigkeiten im Einklang mit Recht, Gesetz und Moral zu handeln. Es ist nicht sein Verschulden, wenn ein Patient, der das erste Mal mit einem bestimmten Impfstoff behandelt wird, einen anaphylaktischen Schock erleidet. So etwas ist nicht abzusehen und nicht zu verhindern.

Deshalb trifft ihn kein strafrechtlicher Makel.

Das Argument der Staatsanwältin, wonach er den Geschädigten nicht hätte impfen müssen, klingt interessant, dringt aber letztlich nicht durch. Zum einen lässt sich nicht sagen, welche Vorwürfe im Raum gestanden hätten, wenn der Zeuge zu Eins eine Infektion erlitten und einen schweren Verlauf durchgemacht hätte. Wäre Dr. Widuweit vielleicht wegen unterlassener Hilfeleistung oder wegen Verstoßes gegen das Impfpflichtgesetz belangt worden?

Wir wissen es nicht.

Zum anderen mag es Wunder geben und der Angeklagte hätte voraussehen können, dass der vor ihm sitzende Impfling einen Zusammenbruch erleiden würde. Aber wir haben nicht mit Wundern zu kalkulieren, sondern mit Fakten. Anders wäre eine Rechtsprechung gar nicht möglich.

Auch die Auffassung der Staatsanwaltschaft, dass Gesundheit nicht gegen Gesundheit, Leben nicht gegen Leben aufgewogen werden könne, ist anzuzweifeln. Es stimmt zwar, dass verloren gegebenes Leben nicht weiter verkürzt werden darf, aber um solch einen Fall – zu denken ist an eine Organtransplantation von Sterbenden – handelt es sich hier gerade nicht. Es trifft nicht die verhandelte Lebenswirklichkeit, sodass auch das ansonsten zutreffende Argument der Staatsanwaltschaft, den Anfängen zu wehren, ins Leere geht.

Zusammenfassend ist festzustellen: Auch wenn unser Recht alle Lebensbereiche zu regeln versucht, müssen wir doch ertragen, dass es uns nicht immer mit der nötigen Präzision Anweisungen geben kann, einfach, weil die Lebensumstände so vielfältig und die Situationen so wechselhaft sind. Die Impfpflicht hat den Angeklagten vor ein moralisches Dilemma gestellt, dem er nur dadurch eine gerade Linie abgewinnen konnte, indem er an die Verfassungsmäßigkeit des Gesetzes glaubte.

Wir besitzen keine rechtlichen Kriterien, um seine Gewissensentscheidung letztgültig zu überprüfen. Es ist daher unsere feste Überzeugung, dass es falsch wäre, ihn jetzt dafür zu verurteilen.

Der Angeklagte ist somit freizusprechen.

Die Verhandlung ist geschlossen, die Schöffen sind aus ihrer Pflicht mit Dank entlassen."

Winston wendet sich mir zu und sagt mit dem gebotenen Ernst eines Richters: „Sie können jetzt gehen, Herr Schöffe" – und ich bedanke mich dafür herzlich und erleichtert, und wir brechen in helles Gelächter aus, obwohl wir gerade wieder eine abgebrannte Prärielandschaft durchqueren. In der Ferne steigt noch Rauch in den Himmel auf. Wir sind froh, dass die Kabine klimatisiert ist, denn die Sonne brennt vom Himmel wie durch ein Brennglas; es ist Mittag, die Zeit der Wildwest-Duelle – noon.

Wir vertreiben uns die verbleibende Fahrtzeit mit Erzählungen aus der Vergangenheit, jenen Jahren bevor sich der Weltaufsichtsrat etablierte. Winston möchte von mir wissen, wie ich die Corona-Zeit, diese Umbruch-Epoche, erlebt habe. Ich erzähle ihm von meiner Begegnung mit Ole Skambraks. Wie stillschweigend vereinbart, wollen wir Ole in Berlin ausfindig machen – ich hoffe darauf, dass er möglichst viele Dokumente aus jenen Jahren aufgehoben und gut versteckt hat. Das Berliner Weidel-Regime ist gnadenlos, wenn es um die Auslöschung der Vergangenheit geht. Das liegt zweifellos gerade auch daran, dass sie und ihre radikal-konservative Partei jegliche Erinnerung an ihre eigene Haltung von früher vertuschen wollen.

Damals hatten sie eine kritische Einstellung zur Corona-Politik der sozialkonservativen Merkel-Regierung bewiesen. Die danach regierende Ampel-Koalition hatten sie verhöhnt und die zahlreichen Wortbrüche – insbesondere die der FDP und der Grünen – kritisiert. Doch als ihre Zeit gekommen war, haben sich die „Ritter der Ehrlichkeit" als Wendehälse dem Weltaufsichtsrat angedient und vertreten mit Härte die Linie der Neuen Weltordnung. Weidel und Freunde haben sich in der Neuen Schönen Welt bequem eingerichtet.

Die Begegnung mit Ole Skambraks hatte mich sehr geprägt. Ich war immer ein Verfechter der Öffentlich-rechtlichen Medien gewesen, für die Ole gearbeitet hatte. Aber man hatte Ole gefeuert, weil er Dinge beim Namen nannte, weil er Kritiker interviewte und Sachverhalte hinterfragte, die man besser nicht in den deutschen Medien hinterfragen sollte. Natürlich kann ich Winston nicht mehr jede Einzelheit des damaligen Gesprächs mit Ole berichten, aber ich versuche, die damalige Diskussion unter

Aufbietung meiner bescheidenen schauspielerischen Talente nachzubilden:

„Ole, du sagst, in deinem Arbeitsalltag bei den Öffentlich-Rechtlichen sei der offene Meinungsaustausch zwischen den Kollegen zum Erliegen gekommen. Ich kann mir das beim besten Willen nicht vorstellen – es sind doch nicht alle dort Bücklinge und Angepasste, es muss doch genug Journalisten mit Mut zur offenen Meinung geben – wir leben doch in Deutschland …"

„Du wirst es kaum glauben", hatte Ole gesagt, „aber anstelle eines offenen Meinungsaustausches wurde mit der Pandemie ein »wissenschaftlicher Konsens« proklamiert, den es ohne Wenn und Aber zu verteidigen gilt. Wer diesen anzweifelt und eine multidimensionale Perspektive auf die Pandemie einfordert, erntet Empörung und Häme."

„Doch nur im privaten Bereich, nehme ich an. Das zieht sich ja durch die ganze Gesellschaft …"

„Nein, nicht nur im Privaten. Dieses Muster funktioniert auch innerhalb der Redaktionen. Seit anderthalb Jahren arbeite ich nicht mehr im tagesaktuellen Newsgeschehen, worüber ich sehr froh bin. An Entscheidungen, welche Themen wie umgesetzt werden, bin ich in meiner aktuellen Position nicht beteiligt. Ich beschreibe hier meine Wahrnehmung aus Redaktionskonferenzen und einer Analyse der Berichterstattung. Lange Zeit traute ich mich nicht aus der Rolle des Beobachters herauszutreten, zu absolut und unisono wirkte der vermeintliche Konsens.

Seit einigen Monaten wage ich mich allerdings aufs Glatteis und bringe hier und da eine kritische Anmerkung in Konferenzen ein. Oft folgt darauf betroffenes Schweigen, manchmal ein »Dankeschön für den Hinweis« und manchmal eine Belehrung, warum das so nicht stimme. Berichterstattung ist daraus aber noch nie entstanden.

Das Ergebnis von anderthalb Jahren Corona ist eine Spaltung der Gesellschaft, die ihresgleichen sucht. Der öffentlich-rechtliche Rundfunk hat daran großen Anteil. Seiner Verantwortung, Brücken zwischen den Lagern zu bauen und Austausch zu fördern, kommt er immer seltener nach."

„Warum ist das nur so? Welche redaktionelle Leitlinie mag dahinterstehen?", hatte ich Ole gefragt.

„Oft wird das Argument angeführt, dass die Kritiker*innen eine kleine, nicht beachtenswerte Minderheit darstellen, denen man aus Proporzgründen, also Gründen der zahlenmäßigen Ausgewogenheit, nicht zu viel Platz einräumen dürfe. Dies sollte jedoch spätestens seit dem Referendum in der Schweiz über die Corona-Maßnahmen widerlegt sein. Obwohl auch dort ein freier Meinungsaustausch in den Massenmedien nicht stattfindet, ging die Abstimmung nur 60:40 für die Regierung aus. Kann man bei 40 Prozent der abgegebenen Stimmen von einer kleinen Minderheit sprechen? Dabei sei noch erwähnt, dass die Schweizer Regierung die Corona-Hilfszahlungen an die Abstimmung geknüpft hatte, was die Entscheidung mancher, ihr Kreuzchen bei »Ja« zu machen, beeinflusst haben dürfte.

Die Entwicklungen dieser Krise finden auf so vielen Ebenen statt und haben Auswirkungen auf alle Teile der Gesellschaft, dass es genau jetzt nicht weniger, sondern mehr freien Debattenraum braucht. Dabei ist nicht aufschlussreich, was alles im öffentlich-rechtlichen Rundfunk diskutiert wird, sondern das, was völlig unerwähnt bleibt. Die Gründe dafür sind vielfältig und bedürfen einer ehrlichen internen Analyse. Dabei helfen können die Publikationen des Medienwissenschaftlers und ehemaligen MDR-Rundfunkrats Uwe Krüger, wie zum Beispiel sein Buch »Mainstream – Warum wir den Medien nicht mehr trauen«.

In jedem Fall erfordert es einiges an Mut, in Konferenzen, in denen Themen diskutiert und besprochen werden, gegen den Strom zu schwimmen. Oft setzt sich derjenige durch, der seine Argumente am eloquentesten vortragen kann, im Zweifel entscheidet natürlich die Redaktionsleitung. Schon sehr früh galt die Gleichung, dass Kritik am Corona-Kurs der Regierung dem rechten Spektrum angehört. Welche Redakteur*in wagt es da noch, einen Gedanken in diese Richtung zu äußern?" Ich mache eine Pause, bevor ich fortfahre: „Das also hatte mir Ole 2022 aus seinem redaktionellen Berufsleben berichtet."

„Man griff damals also zu der bekannten Allzweckwaffe", sagt Winston.

„Richtig", antworte ich. „Man wurde mit Totschlagargumenten mundtot gemacht. Entweder war man Antisemit – das war damals ein sehr beliebter Begriff, egal in welchen passenden oder unpassenden Zusammenhängen, und man nahm damit in Kauf, den wirklichen Antisemitismus zu verharmlosen – oder man wurde wenigstens in die Nähe von Rechtsradikalen gerückt. In beiden Fällen konnte ich mir nur noch an den Kopf fassen, so unfassbar waren die Verleumdungen. »Unsolidarisch« war man natürlich auch, kurzum: man war ein Covidiot … sagten die wahren Covidioten!"

„Damit wurde der Raum für Debatten kräftig eingeengt, na bravo!"

„War doch bei euch unter Premier Johnson nicht viel anders, oder?"

„Es war doch etwas anders: Die Doppelmoral von Johnson und die seiner liebedienerischen Parteibonzen war derart verlogen und offensichtlich, dass Manipulation und Lüge direkt ins Auge sprangen. Bei euch hingegen spielten die Öffentlich-Rechtlichen wohl mehr die Rolle von sanften Steigbügelhaltern einer schleichenden Entdemokratisierung …"

Ich muss seinen Satz im Raum stehen lassen, denn jetzt passieren wir die Stadtgrenze der Reichshauptstadt Berlin.

*

Die Grenzschikanen rund um Weidels Stadtsicherung muten kurios an. Rund um ihre Hauptstadt hat sie einen zwei Meter tiefen Wassergraben anlegen lassen. Darüber wurden wir bereits unterrichtet, als wir uns dem Kontrollbereich näherten (Hinweisschilder noch und noch: »Sie erreichen in Kürze die Freie Reichshauptstadt Berlin«).

„Berlin eine einzigartige Ritterstadt", sage ich zu Winston. „Es fehlt nur noch die Zugbrücke!" Aber dann kommt schon der nächste Hinweis: »Schalten Sie Ihr Licht ein. In Kürze erreichen Sie den Kontrollbereich!«

Ja, die einstige demokratische Hauptstadt macht einen komplett gesicherten, absolut abgekapselten, einen total überwachten Eindruck. *Einigkeit und Dingsbums und Sicherheit für das deutsche Vaterland,* denke ich. Sämtlicher Schienenverkehr, sämtliche Streckenführungen werden bereits einen Kilometer vor dem Wassergrabenwall in ein unterirdisches Tunnelsystem geleitet.

Als erstes wird unser »SD-Charly-1782« inklusive unserer Personen durch einen großformatigen Kernspintomographen geleitet. Dieses MRT-Verfahren zum Scannen aller mittel- und großflächigen Inhalte von Fahrzeugen war in Europa zu allererst in Weidels Fünftem Reich eingesetzt worden, anfangs lediglich zur Erprobung, aber seit Kurzem im Dauerbetrieb. Danach müssen wir aussteigen, uns persönlich anhand unserer Augenmerkmale identifizieren lassen, und schließlich liest man unseren Chip aus, auf dem unsere Sonderfunktion als Kulturbotschafter samt unserem Auftrag vermerkt ist. Misstrauisch glotzende, schwarz uniformierte Grenzwächter inspizieren unsere Sachen und nach zirka zwei Stunden („Sie müssen auf das Visum warten!") geht die Fahrt mit einem vollautomatischen Magnetschienen-Shuttle weiter zur Stadtmitte.

Lauterbachs Kulturministerium hatte die Großzügigkeit und Freundlichkeit besessen, für uns im

Bill Gates Kempinski am Brandenburger Tor, dem früheren *Adlon Kempinski,* zu reservieren. Ich brauche nicht zu betonen, dass wir zumindest dort außerordentlich höflich und zuvorkommend behandelt wurden. Auch in einer Diktatur ist das durchaus möglich. Besondere Höflichkeit fördert sogar die diktatorische Wirkungsweise. Je höflicher eine Diktatur nach außen erscheint, desto glaubwürdiger kann sie sich Demokratie nennen.

(Bevor ich wieder einmal abschweife, möchte ich Sie, verehrte Leserschaft, kurz darüber informieren, wie ich Ole Skambraks gefunden habe, während Winston in den folgenden Tagen bei den Berliner Philharmonikern weiter an unserem Musical-Auftrag arbeitete.)

Die mir bekannte bisherige Adresse von Ole Skambraks befindet sich am Prenzlauer Berg, einem ziemlich heruntergekommenen Hügel im östlichen Stadtbereich, jedoch finde ich seinen Namen nirgendwo angeschrieben. Ich klingele beim Homecommander, einem stämmigen Proleten, der die kombinierte Funktion eines Hausmeisters und Blockwarts wahrnimmt. Umständlich erläutert er mir, in seinem stählernen Türrahmen stehend, mit einer Flasche Bier in der Hand, er wisse nur, dass »Kollege Skambraks« neuerdings als Komparse am *Deutschen Reichstheater,* dem früheren *Theater des Westens,* arbeite. Auch sei er schon vor drei Monaten umgezogen.

„Seine neue Adresse ist hundertpro im Zentralen Staatsregister gespeichert", lässt er mich wissen. Natürlich ist mir bewusst, dass ich mit seiner gut gemeinten Info nichts anfangen kann. Doch der Hinweis auf das Reichstheater reicht mir. Noch am selben Nachmittag spreche ich beim dortigen Intendanten vor, weise mich als Kulturbotschafter aus und betone, dass es im Staatsinteresse liegen würde, Herrn Skambraks in unseren Kulturauftrag zu integrieren. Der Mann ist zugänglich. Überdies lädt er mich für den Abend zu einer Premiere ein.

„Sie sollten allerdings wissen, dass Herr Skambraks aufgrund gewisser Umstände seinen Namen wechseln wollte. Ole Skambraks heißt nun Olav Sambale, und er ist auf einem guten Weg, seine Karriere als regulärer Schauspieler an unserem Theater aufzubauen", sagt der Intendant. „Ich bin froh, dass wir ihn haben."

„Spielt er heute Abend bei der Premiere mit?", frage ich. Es ist kaum zu erwarten, dass Olav Sambale die Hauptrolle bekommen hat; dennoch werde ich ihn in der Schar der Komparsen hoffentlich erkennen.

„Ja, er spielt mit, und deshalb bitte ich Sie, erst nach der Abendvorstellung mit ihm zu sprechen, weil die Truppe jetzt mitten in der letzten und entscheidenden Probe ist."

„Kein Problem", antworte ich und will mich schon verabschieden, als ich an Winston denke. „Dürfte ich noch einen Kollegen mitbringen, oder sind alle Plätze bereits belegt?"

„Die hintere Reihe halten wir immer vollständig frei, falls kurzfristig doch noch unangemeldete Medien-Vertreter erscheinen." Er schaut auf seinen Bildschirm. „Kein Problem. Zwei Plätze sind für Sie reserviert", sagt er und druckt die Platzkarten für Winston und mich aus.

„Entschuldigen Sie, ich habe draußen nicht auf den Spielplan geschaut, aber um welche Premiere handelt es sich eigentlich?“

„Es ist die Uraufführung von »*Er* ist wieder da«. Ein frühes Stück von Timbur Varmes. Einfach köstlich. Unsere heutige Regierung hat darauf bestanden, und man hat die WAR-Genehmigung tatsächlich erhalten, obwohl das Skript aus dem Jahr 2014 stammt. Es ist natürlich den heutigen Verhältnissen angepasst.“

„Das heißt: Es wurde in Neusprech umgeschrieben?“

„Nein, nein, das eben nicht. Das macht ja gerade die Exklusivität aus.“

„Dann danke ich Ihnen herzlich für diese generöse Einladung.“

Auf dem Weg ins Hotel muss ich an die alte Weisheit denken, dass Kultur die Menschen verbindet. Es ist die Kultur, die das Unmenschliche bannen kann, und in diesem Zusammenhang hoffe ich inständig, dass Winston das Musical gelingen möge.

Am Abend werfen wir uns in unsere besten Kleider. Es ist wieder üblich, im Theater Anzug, Krawatte oder Fliege zu tragen. Das engt mich zwar ein, aber tröstend denke ich an die schönen freien Jahre zwischen 1980 und 2032, als der Dresscode endgültig abgeschafft schien und jedermann in Allerwelts-Klamotten an der vermeintlichen Hochkultur teilhaben konnte.

Das Reichstheater: *Er* ist wieder da

Winston und ich sitzen in der fast leeren hinteren Reihe. Jeweils rechts und links, mit einigen Sitzen Abstand zu uns, sitzen zwei Presse-Leute. Vor uns und über uns in den Rängen befinden sich die gesichtslosen Massen. Nur die ersten beiden Kasten sitzen hier, nur sie dürfen solche Veranstaltungen besuchen. Ihre Anzüge zieren blaue Knöpfe für die erste und grüne Knöpfe für die zweite Kaste – das war mir aufgefallen, als wir im Foyer des Reichstheaters auf den Einlass warteten.

Der Vorhang geht auf und es beginnt. Wir hören und sehen germanische Heldentenore am hinteren Kulissenrand. Der Germanen-Chor besteht aus einem beigefarbenen Block, deren Teilnehmer ebenso gesichtslos sind wie die Zuschauer. Die Schauspieler tragen konturlose Masken. Die Kulisse soll Walhalla darstellen. Die Inschrift ist allerdings etwas abgewandelt, denn es heißt jetzt *WAR-Halla*. Bombastische Musik ertönt, aber nicht das Horst-Wessel-Lied. Vielmehr eine Mischung aus der verballhornten *Internationalen* und Beethovens neunter Sinfonie.

Eine Reihe von Frauen und Männer wuseln mit Schreibblöcken auf der Bühne umher. Eine gleiche Zahl von Schauspielern, offensichtlich Journalisten darstellend, hantiert wichtigtuerisch mit Handys und Laptops herum, während aus dem OFF eine frenetisch vibrierende Männerstimme ertönt, von einem starken Bass unterlegt: „Gott sei Dank. *Er* ist wieder da!“ Ein leiser Trommelwirbel lässt uns erschauern.

„Gott sei Dank. *Er* ist wieder da!"
Stärkerer Trommelwirbel.
„Gott sei Dank. *Er* ist wieder da!"
Rasanter Trommelwirbel.

Die Besucher springen von ihren Sitzen auf. Einige rufen „Heil Großer Bruder! Heil Große Schwester!"

In der ersten Sitzreihe erhebt sich Alice Weidel, dreht sich zum Publikum hin und winkt gönnerisch. Ein gelber Lichtkegel erfasst sie, bis sie sich nach einer Minute langsam wieder setzt. Der Hexenkessel brodelt. Ein absurdes Theater beginnt. So ähnlich muss die Atmosphäre im Sportpalast 1943 gewesen sein. Jetzt richten sich grellweiße Scheinwerfer kegelrund auf die eine Person, die nun die Bühne betritt.

Denn nun hat *ER* endlich seinen Auftritt. Die Hitze der Lichter brennt ihm ins Antlitz, unter der Nase zuckt kurz sein zwei Finger breiter Schnauzbart. Er registriert die Gesichter des überwiegend jungen Publikums. Es mochten weit über Tausend sein, stellvertretend für die Zehntausende, ja, die Hunderttausende vor den Flachbild-Volksempfängern. Es handelt sich haargenau um seine Zielgruppe, die Zukunft des Fünften Reiches. Es ist auch die Zukunft der abtrünnigen Südstaaten unter diesem Versager Lauterbach, jenem daherstotternden Politvirus.

Da sitzt vor ihm die ganze Zukunft des ganzen großen Deutschen Reiches.

Er tritt ans Rednerpult und schweigt.

Ich stupse Winston an und flüstere: „Na, das wird ja ein lustiger Scheißabend" – und Winston kichert leise. Sehr, sehr leise. Wahrscheinlich rechnet er mit einer Rüge der Aufseherin, die am Ende unseres Ganges steht und gelegentlich ihren Blick über die Reihen schweifen lässt.

Er steht, gekleidet in seine braune Führeruniform, weiter da vorne am Pult und horcht hinein in die Stille, gespannt, ob das Jahrzehnt der Pandemie, wie erwartet, den Staatsgehorsam in den jungen Köpfen gestählt hat. Er lauscht in den Saal hinein und hört ein Popcorn-Rascheln und unterdrücktes Gelächter und in der Ferne des Raumes elendiges Geschwätz wie in einer Schulklasse.

Er tritt kurz vor, macht Anstalten zu sprechen, verschränkt dann aber nur die Arme und schaut streng in das Publikum – sogleich sinkt der Geräuschpegel noch einmal auf ein Zehntel, ja Hundertstel des vorherigen. Er kennt die Macht der Stille. Er zögert die Stille weiter hinaus, indem er erst langsam und dann ruckartig den Kopf hochreckt. Man spürt die Spannung im Saal. Selbst ich bin fasziniert von diesem Phänomen. Das habe ich noch nie erlebt.

Er genießt die Macht der stehenden Luft. Er lässt sie in seine Lungen strömen, richtet sich vollends auf und gibt die Luft aus seinen Lungen frei, frei ans Mikrofon, das auf ihn sehnsüchtig wartet, wie alle im Raum auf ihn warten. Wenn jetzt eine Stecknadel fällt, wird sie wie Kanonendonner widerhallen. Und nun erschallt seine Stimme:

„Volksgenossen und Volksgenossinnen!
Was ich,
was wir
in den letzten Jahren
gesehen
und erlebt haben,
ist wahr.
Es ist wahr,
dass das deutsche Volk
aus eigener … ich wiederhole es:
aus eigener
Kraft
ein schreckliches Virus
besiegt hat.
Aber
um welchen Preis?
Ein Virus hält sich nicht
an Begriffe
wie Volksgesundheit
oder Kraft
und Stärke.
Es kümmert sich nicht
um Begriffe wie Überleben,
Überlebenskampf,
Überlebenswillen
oder wie Lebensraum.
Menschen wie jener,
dessen Namen
ich nicht
in den Mund nehme,
jener, der sich als Kenner
und als Führer

in der Pandemie ausgab
und sich heute im Süden
Staatsführer
zu nennen
erdreistet,
dieser Niemand
DIESER NIEMAND
wird niemals auf Dauer
unser Deutschland führen!
Niemals!

(Erst Jubel, dann bedeutungsschwere Stille)

Volksgenossen und Volksgenossinnen!
Wenn ich es sagen darf:
Frau Weidel,
ja, sie ist eine Frau.
Sie führt Deutschland.
Sie führt uns
in die Zukunft.
In die Zukunft
führt sie uns!
Überrascht mich das?
Nein,
Frauen haben bis vorgestern
Ministerien geleitet,
die der weiche Demokrat,
dieser *NIEMAND,*
mit dem Wort
»Verteidigung«
verbindet.
»Verteidigung«,

wenn ich das schon höre!
Aber ich sage euch eines:
Es sind und waren
schon immer
Kriegsministerien.
Echte
mannhafte
Kriegsministerien.
Schon immer
von Frauen unterstützt.
Das ist die Wahrheit!
Meine Ministerien
waren
Kriegsministerien!
Auch wenn mancher Tölpel,
manch verschrobener,
manch weltfremder
Historiker,
über die ich nur lachen kann,
sie Gesundheitsministerium nennt.
Oder Bildungsministerium.
Oder Finanzministerium –
es sind und bleiben
Kriegsministerien!
Alle Ministerien
starker
deutscher Art
führten und führen
Krieg,
Krieg gegen Gott und die Welt.
Für immer und ewig.
Und das ist auch gut so!

ER wirft sich in die Brust, verschränkt die Arme vor sich. Die Stille ist ohrenbetäubend. Dann reckt er den rechten Arm nach oben.

Frenetische Jubelschreie brechen aus, stürmischer Applaus brandet auf. Einige Rechtshänder strecken ihre rechten Arme in die von Machtgeruch durchflutete, etwas stickige Theaterluft.

Damit tritt er ab. Der Vorhang fällt.

ER geht mit festen Schritten hinter die Kulissen, wohin ich am liebsten auch sofort geeilt wäre, wenn nicht die beiden Presseleute breitbeinig im Gang gestanden hätten. Sie applaudieren fanatisch und machen nicht Platz. Die Aufseherin sieht streng zu uns herüber, es ist klar, dass ein vorzeitiger Aufbruch nicht erwünscht ist.

Der Applaus nimmt kein Ende. Der Vorhang hebt sich und *ER* tritt hervor, vom Licht zahlreicher Kegelscheinwerfer bestrahlt. Er verbeugt sich bis zum Boden, richtet sich zackig wieder auf, streckt noch einmal den Arm zum Hitlergruß aus und ruft in den Saal: „Heil Frau Reichskanzlerin! Heil Deutsches Reich!"

Diese Szene wiederholt sich fünf Mal. Danach kommen die anderen Schauspieler auf die Bühne und das Ritual nimmt seine Fortsetzung, allerdings nur halb so lang und halb so fanatisch wie zuvor bei ihm.

Meine Augen suchen unter den Schauspielern nach Olav, aber ich kann ihn nicht identifizieren. Die Gesichter sind geschminkt und glitzern verschwitzt im Strahl der vielen farbigen, künstlichen Sonnen.

Winston und ich gelangen endlich nach hinten in den Backstage-Bereich. Man achtet nicht auf uns, wir sehen aus wie Presseleute und betreten furchtlos und selbstbewusst den großen Schminkraum, in dem – in viele Parzellen aufgeteilt – die Schauspieler vor kleinen Spiegeln sitzen und sich abschminken. In der Nähe der Tür bleiben wir stehen, denn vor unseren Augen entwickelt sich gerade ein neues Theaterstück, ein glorreiches Backstage-Theater, inszeniert von Alice Weidel, die *IHM* gerade die Hand schüttelt.

„Herr Hitler, das war ein sagenhafter Auftritt!", sagt sie, und mir scheint, als würde nur ich den Spott in ihrer Stimme wahrnehmen.

„War mir eine Ehre", antwortet er bescheiden und schaut misstrauisch zu ihr hoch. Sie ist einen ganzen Kopf größer als er.

Dann plötzlich poltert sie los: „Sie machen mir hier nichts kaputt, Freundchen!" Und dabei hämmert sie wie ein Specht mit dem Zeigefinger auf seine mit glitzernden Orden behangene Brust ein. „Sie glauben, Sie kommen hier durch mit ihrer albernen Uniform." Ihre Stimme beginnt sich zu überschlagen. „Die Masche, mit der Sie mich hier der Lächerlichkeit preisgeben, ist durchschaubar. Aber ich sag' Ihnen, das ist nicht neu und ich lasse es nicht durchgehen!"

Der Intendant von heute Vormittag tritt hinzu, in seiner Hand ein Smartphone, mit dem er zögerlich wedelt. Sofort faucht sie ihn an: „Was haben Sie sich bei diesem Stück gedacht! Sie können Ihren Hut nehmen!"

Er hält den Zeigefinger an den Mund, als wolle er um eine ruhigere Tonart bitten, aber sie brüllt ihn an: „Sie Arschloch, Sie werden hier nichts mehr inszenieren!“

Aus den Augenwinkeln sehe ich einige Ordner herbeieilen, vielleicht ihre Bodyguards. Einer von ihnen erreicht die Szenerie und fragt die ausgeflippte Reichskanzlerin: „Ist alles in Ordnung?“

Sie will auch ihn gerade anbrüllen, als der Intendant mit dringlicher Geste auf das Smartphone verweist und es ihr entgegenstreckt. „Entschuldigen Sie“, sagt er mit flehentlichem Blick auf das Handy, „ein Anruf für Sie aus New York, Frau Reichskanzlerin“, und überreicht das Gerät an Weidel.

Ihr Gesicht erbleicht, und die Stimmen im Schminkraum verstummen schlagartig. Man hört nur ihr „Yes, yes, sure“. Sie schüttelt den Kopf, verdreht die Augen, sagt wieder und wieder „Yes, yes, sure.“ Dann reicht Sie das Handy an den Intendanten zurück, umarmt ihn, geht zu Hitler, umarmt auch ihn und sagt: „Ich bin Ihnen für Ihr Engagement außerordentlich dankbar. Sie sind einfach großartig. Sie verstehen etwas von Kunst!“

Sie wendet sich zum Gehen und sagt zum Intendanten: „Ihr Etat kann natürlich jederzeit aufgestockt werden. Aber denken Sie bei der nächsten Aufführung bitte daran, dass wir zum Schluss einer jeden Vorstellung dem Großen Lieben Bruder und der Großen Lieben Schwester danken sollten!“

*

Nach der Vorstellung sitzen Winston, Olav Sambale und ich am späten Abend in der Theaterkantine, etwas abseits in einer ruhigen Ecke, die uns abhörsicher scheint. Weidel und ihr Tross sind längst verschwunden, und Olav hatte mich tatsächlich kurz nach dem theatralischen Vorkommnis im Schminkraum wiedererkannt. In aller Kürze möchte ich wissen, wie es sich aus seiner Sicht mit dem Wendehals-Phänomen von Weidel und ihrer Partei verhält.

„Anno dazumal waren Weidel und Co. scheinbar eindeutige Gegner von Gates, Zuckerberg, Bezos, Musk und Kollegen. Sagen wir mal so: sie waren angebliche Gegner. Tatsächlich standen sie schon immer auf der Seite des Großkapitals", sagt Olav.

„Spielte Frau Weidel nicht sogar die Rolle einer oppositionellen Super-Woman, die ewigen Widerstand gegen das deutsche und amerikanische Establishment geschworen hat? Mit Ausnahme von Trump, den sie als Gesinnungsgenossen schätzte", sage ich. „Hat sie nicht die »Neue Weltordnung« verschrien? Und jetzt geht sie in die Knie, wenn New York anruft."

„Sie drehen sich wie die Fähnlein im Wind. Jetzt sind sie am Drücker, und die Schöne Neue Welt, dieses autokratisch-diktatorische System, entspricht haargenau ihren Ambitionen", erregt sich Olav. „Das genau ist die Brühe, aus der heraus sie an Land gekrochen kamen. Die Evolution der Rechten – aus der Mitte der Corona-Pandemie, aus der Mitte der Gesellschaft heraus haben sie Beine und Arme entwickelt und stehen nun auf beiden Pfoten. Weil Oligarchie, Autoritarismus und Lügen die lebenswichtigen Innenorgane der Konservativen und Ultra-Rechten sind. Und weil die Medien, für die ich gearbeitet habe, versagt haben."

„Wir haben uns eigentlich so viel Wichtigeres zu erzählen", lenke ich zu meinem Thema hin. „Aber sag: Soll ich dich nun Ole oder Olav nennen?

Ole möchte Olav genannt werden – aus Sicherheitsgründen. Er erzählt uns seine Geschichte, eine Geschichte der Verfolgung. Aber hauptsächlich möchte er, dass wir *unsere* Geschichte erzählen. Wir klären ihn über unsere Reise auf, erläutern ihm, wie wichtig es uns erscheint, alte Dokumente vor ihrer obligatorischen »Übersetzung« ins Neusprech im Originalzustand zu sichten, sie zu kopieren und sie für die Nachgeborenen zu erhalten.

„Da rennt ihr bei mir als altem Journalismus-Hasen offene Türen ein", sagt Olav.

„Kannst du uns bei der Beschaffung behilflich sein? Wir möchten vorzugsweise ein digitales Archiv aufbauen. Das hat den Vorteil, dass du mit Sicherheit deine guten alten Stücke behalten kannst."

„Natürlich helfe ich euch. Und natürlich habe ich einige alte Bücher und Broschüren versteckt, habe eine Auswahl von Akten mit Briefwechseln und betriebsinternen Protokollen von Redaktionssitzungen aufbewahrt, habe Zeitschriften und DVD's in bescheidenem Umfang retten können. Alles war eine Frage der Raumkapazität. Glücklicher Weise hat ein guter Bekannter von mir bereits vor über zehn Jahren einen Bunker unter dem Potsdamer Platz gekauft – er hat ein Möbellager dort eingerichtet, weil er früher mit antiken Gegenständen handelte. In diesem Bunker existiert ein sogenanntes »vergessenes Zimmer«. Es war einmal der Vorratsraum gewesen. Eine Schiebewand verdeckt den Eingang, und die zahlreichen Möbel verdecken die Schiebewand – ein ideales Versteck für geheime Dokumente. In den nächsten Tagen können wir dort hinein und ihr scannt oder fotografiert all das, was euch wichtig erscheint."

Eine Servicemitarbeiterin kommt und serviert uns den vor einer Viertelstunde bestellten Wein. Es ist ein ähnlich saures Gesöff, wie es in unserer Südrepublik gang und gäbe ist. Scheußlich. Doch Winston genießt das Gebräu. Olav und ich, die wir aus früheren Zeiten besseres gewohnt sind, können uns nur zu einem gelegentlichen Nippen am Glas überwinden.

„Auf der Fahrt hierher hat mich Winston gefragt, was wir damals – ich glaube es war im Februar 2022 – über »Gain of function« und »Lab leak« gewusst haben. Ich kann mich nicht mehr genau erinnern. Du hattest dich da sehr eingearbeitet …"

„Oh ja", bekräftigt Olav. „Auf einige Punkte kann ich im Detail eingehen, wenn ihr wollt."

„We want", sagt Winston.

„Als erstes stellt sich die Frage: Was verstand man damals unter »gain of function research«? Es war Forschung, um Viren gefährlicher zu machen, was im *Institut für Virologie* in Wuhan, China, betrieben und von US-Firmen und Stiftungen, darunter die Gates- und Rockefeller-Stiftung, aber auch von Anthony Fauci großzügig finanziert worden war.

Mr Fauci war der Berater des amerikanischen Präsidenten und Chef der zentralen US-Gesundheitsbehörde gewesen – also vergleichbar Dr. Wieler, dem ehemaligem Leiter des staatlichen Robert-Koch-Instituts. Faucis' Sponsoring des Wuhan-Labors und seine Zusammenarbeit mit den Chinesen bei der Herstellung hochgefährlicher Virenmutanten wurde nach der Abwahl Trumps und während Bidens Präsidentschaft im amerikanischen Kongress hoch und runter diskutiert, aber …"

„Davon hatte ich damals überhaupt nichts mitbekommen", wende ich ein.

„Kein Wunder", fährt Olav fort, „denn selbst wir – in meiner damaligen ARD-Redaktion – hatten nichts Substanzielles dazu gehört oder gelesen. Die Presseagenturen hatten nichts zu diesem Thema geliefert. Schließlich fanden ich und ein paar Kollegen heraus, dass diese Forschung in sogenannten P4-Laboren stattfindet. In ihnen wurde bereits seit Jahrzehnten daran gearbeitet, wie man im Tierreich vorkommende Viren derart verändern kann, dass sie auch für den Menschen gefährlich werden.

ARD und *ZDF* hatten um diese Thematik mehrere Jahre lang einen großen Bogen geschlagen – und das, obwohl dazu ein deutlicher Diskussionsbedarf bestand hatte. Eine erste zu diskutierende Frage hätte zum Beispiel lauten können: Wollen wir als Gesellschaft eine solche Forschung überhaupt?"

„Hattest du diese Frage in deiner Redaktionsrunde gestellt?", frage ich.

„Ja klar, aber die Antwort war niederschmetternd: »Wir wollen uns nicht mit verschwörungstheoretischen Fragen abgeben«. Basta. Aus. Niente! Das war das einzige Wort und zugleich das Schlusswort des Redaktionsleiters."

„Und die Sache mit dem Leck im Labor?", bohre ich nach.

„Zur »lab leak theorie« – also der Annahme, dass SARS-CoV-2 aus dem Wuhan-Labor stammen könnte – gab es schon im März 2022 zahlreiche Berichte. Dabei muss erwähnt werden, dass dieses Thema im Jahr davor sofort als Verschwörungsmythos gebrandmarkt worden war – noch bevor sich Wissenschaftler mit anderer Ansicht und anderen Informationen dazu äußern konnten. Alternative Medien, die dieser Spur nachgegangen sind, wurden von Sozialen Netzwerken wie *YouTube, Instagram, Facebook* und *Twitter* verbannt, und die Informationen wurden einfach gelöscht, schlichtweg gelöscht.

Wissenschaftler, die diese These äußerten, wurden massiv angegriffen. Heute wissen wir, dass die »lab leak theorie« mindestens genauso plausibel war wie die Übertragung durch eine Fledermaus, *mindestens!* Ich bin aufgrund neueren Wissens sogar der festen Überzeugung, dass dies die einzige Erklärung ist, denn der Laborstandort und der Ausbruchsort können wohl kaum dem Zufall geschuldet sein. Doch ich möchte gleich einschränken: Ich würde nicht so weit gehen und behaupten, dass das Virus damals *absichtlich* freigesetzt wurde. Der amerikanische Investigativ-Journalist Paul Thacker hatte im *British Medical Journal* die Ergebnisse seiner minutiösen Recherche veröffentlicht. Dazu schrieb Dr. Ingrid Mühlhauser etwas, was ich mir der Bedeutung halber zu jener Zeit in meinem Handy archivierte. Ich suche es gerade einmal, einen Moment …"

Ich nippe am sauren Wein, Winston schlürft laut und genüsslich, während Olav erläutert: „Dr. Mühlhauser ist Professorin für Gesundheitswissenschaften an der Uni Hamburg, sie ist Expertin auf dem Gebiet medizinischer Recherchen … Wartet … einen Moment noch … hier hab' ich es:

»Schritt für Schritt zeigt Thacker auf, wie Betreiber einer amerikanischen Laborgruppe gezielt eine Verschwörungstheorie entwickeln, um ihren Laborunfall in Wuhan als Verschwörung zu verschleiern. Gestützt wird der Mythos von renommierten Zeitschriften wie dem Lancet. Wissenschaftsjournalisten und Dienstleister für Faktenchecks übernehmen unreflektiert die Informationen. Beteiligte Wissenschaftler schweigen, aus Angst davor, Prestige und Forschungsförderung zu verlieren. Facebook blockiert fast ein Jahr lang Meldungen, die den natürlichen Ursprung von SARS-CoV-2 in Frage stellen. Sollte sich die These des Laborunfalls bestätigen, hätten ZDF und andere Medien Verschwörungsmythen verteidigt.« Soweit also, das wär's erst einmal", sagt Olav und trinkt einen Schluck des sauren Weins.

Ich bedanke mich und stoße mit den beiden an. „Wir können ja beim nächsten Treffen noch das eine oder andere für unseren britischen Gast »aufwärmen«, wenn es gewünscht ist", sage ich.

„Wie auch immer", meint Olav. „Noch funktioniert meine Erinnerung ganz gut. Die Liste der Ungereimtheiten und offenen Fragen, die damals keine substanzielle Berichterstattung bekommen haben, war sehr groß: Warum erfuhren wir so wenig über „gain of function research"? Warum mussten sich

Menschen, die bereits Covid-19 hatten, nochmal impfen, obwohl sie mindestens genauso gut geschützt waren, wie geimpfte Menschen? Warum wurde über das »Event 201« und die globalen Pandemieübungen im Vorfeld der Ausbreitung von SARS-CoV-2 nicht berichtet, beziehungsweise warum wurde darüber nur in Verbindung mit Verschwörungsmythen gesprochen? Und so weiter ...."

Olav macht eine kleine Pause und sieht uns in die Augen. „Ich glaube, ihr müsst ins Hotel zurück. Erstens wegen der limitierten Zeit, die man in Berlin draußen verbringen darf. Und zweitens, weil ihr wirklich ziemlich übermüdet ausschaut ..."

Auf dem Weg ins Hotel erläutere ich Winston die Sache mit »Event 201«. Am 18. Oktober 2019 fand unter Beteiligung von Vertretern und Mitarbeitern der chinesischen Gesundheitsbehörde, des Weltwirtschafts-Forums, der Bill-und-Melinda-Gates-Stiftung und der CIA die Simulations-Übung *Event 201* statt. Die Durchführung dieser Simulation konnte ich auf der Website der *John Hopkins Centre for Health Security* nachlesen, inklusive ausführlicher Video-Mitschnitte der Vorträge.

Es war ein globaler Corona-Ausbruch simuliert worden, der mit einer Übung in Brasilien begann. Es hörte sich bis ins Detail so an, wie das, was sich ab Dezember 2019, beginnend in der chinesischen Millionenstadt Wuhan, weltweit abspielte.

Aus den Gesprächsbeiträgen, die großenteils als Video-Mitschnitte zur Verfügung gestellt wurden, konnte man entnehmen, dass die Zielrichtung der dort versammelten Personen und Institutionen darin lag, die Kompetenzen einer »Global Governance« erheblich auszubauen und Strategien zur Errichtung einer »schnellen finanziellen Eingreiftruppe« zu entwerfen.

„Verstehst du, Winston, was das bedeutet?"

Winston nickt.

Im Hotel-Fernsehen läuft eine Talkshow mit Alice Weidel. Ich finde die abgesprochenen Fragen und die gestelzten Antworten höchst langweilig, als wären die Sätze ein Produkt der neuen Künstlichen Intelligenz. Winston findet die Show wohl auch eintönig und leer, denn er fragt mir in unserem luxuriösen Hotelzimmer an diesem späten Abend noch luxuriöse Löcher in den Bauch. Doch ich bin zu erschöpft, um alles befriedigend zu beantworten.

Die Antworten kommen – aber nur für mich. Sie kommen allerdings mitten in der Nacht, als ich denke, ich würde tief und fest schlafen, stattdessen jagt ein Albtraum den anderen. Ohne dass ich aufwache. Aber ich kann mir die Träume später anschauen; sie werden automatisch in meinem Laptop aufgezeichnet. Die Künstliche Intelligenz vermag heutzutage all das, nur viel komplexer, was – um es in etwa in einen passenden Vergleich zu bringen – was das früher bekannte Enzephalogramm vermochte.

Man braucht sich aber nicht mehr anstöpseln, dieser Umstand ist entfallen. Auch werden die Daten vom Laptop nicht nur an die zuständigen staatlichen Überwachungsdienste geleitet, sondern praktischer Weise auch auf mein Handy, sodass ich jederzeit nachprüfen kann, was ich denke oder einmal vor längerer Zeit gedacht oder eben geträumt habe. Gewiss, da fallen Massen von Daten an.

Aber das ist das geringste Problem. Die Massendatenverarbeitung von heute ist nicht der Rede wert, weshalb dieser Begriff völlig überflüssig geworden ist. Nur einigen Wenigen aus meiner Generation ist dieses Wort noch in seiner ehemaligen Bedeutungswucht bekannt: Massendatenverarbeitung! Heute gehören »Massendaten« zur normalen Standardverarbeitung.

Mein Gott, meine Träume in jener Nacht! Die Träume bestehen aus einer Aneinanderreihung unterschiedlichster Episoden und Sequenzen. Da stehe ich vor den verschlossenen Toren der Microsoft Corporation in Redmond, Washington, und trommele hilflos dagegen. Sicherheitsleute kommen und schleppen mich in einen Google-Kerker. Morgens mittags, abends gibt es dasselbe: Kohlsuppe aus Google-Suppentellern.

Kaum aus diesem verruchten Kerker entlassen, stehe ich vor den verschlossenen Bürotüren der philanthropisch anmutenden *Bill & Melinda Gates Foundation* in Seattle, begehre Einlass, trommele und trommele. Ich trommele hilflos gegen alles, wogegen man trommeln kann, ohne sich zu verletzten. Aber dann bluten meine Hände dennoch, und mit blutigen Händen kritzele ich das Wort »Demokratie!« an die klinisch-weiße Eingangspforte. Freundliche Menschen ohne jeglichen Geschlechts, vielleicht divers, vielleicht pervers, vielleicht Fisch oder Fleisch führen mich an der Hand in ein Propagandabüro in der Hochschule für Emotionstechnik. Ich muss mich einer Zwangsimpfung unterziehen, die nicht intramuskulär, vielmehr intrathalamös, direkt ins Gehirn, verabreicht wird. »Keine Gehirnwäsche!«, schreie ich lautlos, aber sie spritzen einfach drauf los.

Dann begegne ich Sigmund Freud, der mit einem Hubschrauber auf dem Dach des Propagandapalastes landet und von Melinda Gates zur Begrüßung umarmt wird. Beide wenden sich mir zu und sie fordert mich höflich auf: „Wenn Sie uns bitte folgen wollen!" Ich werde in einen menschenleeren Hörsaal geführt, wo ein alter Mann vorn am Pult steht. Melinda und Sigmund verabschieden sich, indem sie mich beide herzlich drücken und umarmen, und lassen mich dann allein in diesem Saal zurück. Der alte Mann beginnt zu dozieren: »Mein Name ist Doktor Helmholtz, und was mich in die Einsamkeit trieb, waren zu große Geistesgaben. Ich bin Dozent am Lehrstuhl für Schriftsteller und arbeite in meiner Freizeit als Gefühlsingenieur. Ich schreibe täglich für den WAR, verfasse Fühlfilmdrehbücher, Merksprüche und Regierungserklärungen."

Ich glaube, davon bin ich aufgewacht, aber vor Erschöpfung gleich wieder eingeschlafen. Ich habe mir die Träume später auf dem Handy angeschaut, auf der Heimfahrt nach Frankfurt, als alles erledigt war. Wir hatten im Bunker von Olavs Freund die Dokumente gesichtet, gescannt oder teilweise fotografiert. Ich übertrug alles auf den Stick und löschte auf den Geräten nach jedem Vorgang die Daten. Vier Bücher vertraute mir Olav an: *Die erdrückte Freiheit* von Wolfgang Kubicki, *nsa* von Andreas Eschbach, *1984* von George Orwell und *Schöne neue Welt* von Aldous Huxley.

Olav warnte ein letztes Mal: „Auch wenn es gewagt ist – rettet die Dinge vor dem Feldzug gegen die Vergangenheit. Es ist alles schon schlimm genug: die Schließung der meisten Museen, die Sprengungen der historischen Denkmäler und die Umarbeitung übriggebliebener Texte in Neusprech. Wenn man euch mit den Büchern erwischt, werden wir uns kaum mehr wiedersehen. Auch wenn ihr als Kulturbotschafter unterwegs seid, man wird es euch nicht verzeihen. Wollt ihr unter diesen Umständen trotzdem …?“

Wir wollten.

Wir bestiegen das bereitgestellte »SD-Charly-1782« und fuhren zurück. Die Wetterlage hatte sich nicht geändert. Es war heiß, sehr heiß, brütend heiß, und wenn das Railmobil keine Aircondition besessen hätte, wären wir in den sieben Fahrtstunden buchstäblich zu Einmachgut verkocht worden.

Wir freuten uns auf unser gewohntes Zuhause. Niemals hätte ich gedacht, dass ich mich auf Lauterbachs plumpe Regierungsgebäude einmal freuen könnte.

Aber ich freute mich auch auf Stella.

Und auf Ben.

Die Gewohnheit.

Vieles ist so festgefahren.

Vieles tue ich so unüberlegt.

So automatisch.

Vieles scheint in Fleisch und Blut überzugehen.

Man macht etwas, weil man es immer so macht.

Man denkt so, weil man immer so denkt.

Aber jetzt waren wir fertig.

»mission accomplished!«

Wir waren fertig.

Mit Weidels Fünftem Reich waren wir fertig.

Mit AH waren wir fertig.

Mit Hilfe von Olav Sambras haben wir wichtige Kulturgüter gerettet. Und nur das zählt.

Alles war getan, was zu tun gewesen war.

Würden die Nachgeborenen jemals danach fragen, könnten sie in Jahrhunderten bei ihren Ausgrabungen unsere Dinge finden und die Fragen vielleicht beantworten:

Da gab es zum Beispiel Dinger, die man Pyramiden nannte.

Da gab es ein Gebäude mitten in Berlin, auf dem stand: *Dem deutschen Volke.* Man nannte es Reichstag. Hier tagten betagte Reichsbürger, an ihrer Spitze Reichspräsidentin Weidel.

Aber da gab es auch andere Parlamente in anderen Ländern. Das waren Gebäude, in denen man versuchte, mit dem Kopf und dem Gesäß zu regieren und nicht mit der Faust. Die dort saßen, führten vor 200 Jahren die allgemeine Verbrauchspflicht, die allgemeine Digitalisierung und die Abschaffung der Reisefreiheit ein.

»Revolutionäre sind außergewöhnliche Menschen mit außergewöhnlichen Wünschen: Zurück zur Natur! Zurück zur Kultur! Zurück ins Zurück! Nach vorne nimmer, nach hinten immer!« stand auf einem erhalten gebliebenen Stück Stoff, das man mühsam restauriert hatte. Ein Transparent? Aber wofür?

»Gewissensverweigerer« war ein gängiger Begriff. Gewissenverweigerer waren Ärzte, die keine Gewissensbisse kannten. Die Leichen aus bestimmten Epochen sprachen Bände.

Es gab einen Turm, der höchstwahrscheinlich in der Eifel stand, einsam, damals aber weltbekannt, man nannte ihn »Eifelturm«. Mit wie vielen „f"? Es ist nicht von archäologischem Interesse.

Da gab es ein Ding, das man »Brillenkamera« nannte. Lächerlich und nutzlos aus Sicht der Zukunft, aus Sicht des Jahres 3033.

Paris? Eine Stadt? Zuletzt war es ein Trümmerfeld der Liebe.

Pigalle? Man kann nichts mehr damit anfangen.

Moulin Rouge – ein Menü? Ein Stadtteil? Eine Bushaltestelle?

Da gab es etwas zu kaufen; man bekam es nur in kleinen Portionen und nannte es »Demokratie«.

Was war Mutterschaft? Was waren Monogamie und Romantik? Es waren Dinge, die man nicht kaufen konnte, das hatten die Archäologen herausgefunden, auch wenn diese Dinge manchmal im Gefrierfach gelegen haben mussten.

»Ficken« – ein Familienname? Ein Tier? Eine Sorte Mehl? Ein Passwort?

Was war Eigentum? »Jedermann ist seines Nächsten Eigentum« stand auf einer toten Tontafel.

Da gab es ein Rohr, in dem ein Briefkuvert steckte. „Sie nannten es Rohrpost. Es gab aber auch Leitungsrohre, durch die etwas floss, dass man wahrscheinlich mit Zucker versetzte und das man »Süßwasser« nannte“, erklärt der Hochschullehrer.

Und es gab gepresste kleine, handliche Stapel, eingefasst von plumper Pappe oder vielleicht chromiertem starkem Papier. Wenn man das Innenteil, bevor es zerbröselte, vorsichtig voneinander löste, sah man auf einer dünnen Vorlage (es waren wahrscheinlich ehemals Buchseiten, dessen Beschaffenheit unbekannt war) komische Zeichen, die keinen Sinn mehr ergaben. Buchstaben? Suppe?

Noch einmal ein Jahrhundert später:

Es gab keine Sprachwissenschaftler mehr, keine Grammatik, kein Neusprech. Ein Buch, die Schrift, das geschriebene Wort, der Buchstabe – alles unbekannt. Die Digitalisierung hatte sich selbst digitalisiert und nannte sich selbst »artificial intelligence«.

Da gab es zersplitterte Büsten, geschundene Denkmäler. Wenn wir, die wir heute leben, die Reste dieser Erinnerungskultur sehen würden, könnten wir sie alle erkennen und beim Namen nennen: Elon Musk, Jeff Bezos, Bill Gates, Mark Zuckerberg, Larry Page, George Soros, Warren Buffet, die Gebrüder Charles und David Koch, Peter Thiel von »Palantir« – die versammelte amerikanische Geld-Elite. Alle, die damals die Strippen zogen und die Demokratie begruben. Geld regierte die Welt.

Da gab es harmlose Häuser, auf denen ein Gemälde zu sehen war. Es war ein komisches Gemälde, das in etwa so aussah: C a F f é. Kein Mensch konnte sich den Sinn erklären.

In drei Metern Tiefe fand man Kartoffelschäler, eine Taschenlampe, einen Rasierapparat, eine Kaffee-Maschine – alles völlig überflüssige Dinge. „Damals herrschte Kaufzwang“, doziert der neue maschinelle Dozent. Er sagt die Wahrheit.

Man fand eine kleine runde, glänzende Scheibe – die Bedeutung war den Findern unbekannt. Kein Archäologe konnte ihnen den Sinn der Scheibe erklären. Noch dreihundert Jahre zuvor hätte man sich mit hoher Wahrscheinlichkeit an die Himmelsscheibe von Nebra erinnern können. Man hätte ziemlich bald bemerkt, dass es das nicht war. Dass es eine Scheibe mit Musik darauf gewesen war, eine Scheibe, deren Bezeichnung im Unklaren blieb.

*

„Bist du mit dem Musical fertig geworden?“, frage ich Winston. „Wir müssen liefern, wenn wir zurück sind.“

Winston schiebt die Scheibe in den Schlitz. Während wir geräuschlos durch die dürre, verkohlte Landschaft gleiten, hören wir sein Musical.

Ich kann mir gut vorstellen, wie Herr Lauterbach und Frau Weidel mit dem Schauspieler Adolf Hitler gemeinsam Hände schüttelnd auf der Bühne des Deutschen Reichstheaters stehen, unterhalb der Bühne das große Kammerorchester der 5. Strafkammer. Kann mir vorstellen, wie der Vorsitzende Richter den Dirigentenstab schwingt, wie das Publikum begeistert aufspringt.

Wie wir alle die langersehnte Wiedervereinigung feiern. Wie wir alle hinaufschauen auf die großartigen, großformatigen Porträts. Da hängt der Große

Liebe Bruder. Da hängt die Große Liebe Schwester. Vielleicht bitten uns die neuen Häuptlinge hinauf auf die Bühne, um den zwei kreativen Musical-Komponisten ihren Dank auszusprechen. Vorstellbar, dass Winston und ich gehorsam Folge leisten. *Es ist beschämend: Aber ich kann es mir wahrhaftig vorstellen …****

Auch die Nachkommen von Bill und Melinda Gates und von Klaus Schwab sind auf die Bühne gekommen. Und dann singen wir alle gemeinsam mit starker Stimme das Weltvereinigungslied. Die Hymne des *WAR*, die beschwörende Hymne eines Neuen Schönen Zeitalters.

Freude, schöner Reset-Funken
Bruder aus Elysium
Wir sind alle tief versunken
In dein Neues Heiligtum

Neuer Zauber bindet wieder
Was das Alte streng geteilt
Jetzt sind alle Menschen Brüder
Wo der Große Bruder weilt

Weil der große Wurf gelungen
Neue Weltordnung zu sein
Wer die Zukunft hat errungen
Mische seinen Jubel ein

Ja, wer auch nur eine Seele
Sein nennt auf dem Erdenrund
Und wer‘s nie gekonnt, der stehle
Heulend sich aus diesem Bund

*

*** [Vielleicht aber weigere ich mich im letzten Moment … und schreibe einen Roman]

Dank?

Siehe nächste Seite

Dank
an

Jo, Markus, Steffi, Peter, Stella
Und an alle meine (weiblichen) Leserinnen
Und an alle (männlichen) Laser
(verzeihen Sie mir bitte
diesen überflüssigen kindischen Scheißwitz)

Diese fantastische Zeitreise
soll nicht zum Schaden
meiner verehrten Leserschaft gewesen sein

Denn,
wie Sie schon wissen,
Buch macht kluch

Und Bücher machen klücher

Gleich geht es im Anhang noch etwas weiter.
Kein Grund zur Verzweiflung.
Wenn Sie wollen,
hören Sie hier einfach auf.
Ansonsten blättern Sie bitte um.

Anhang
Dokumente aus dem Bunker

Dokument I (Ole Skambraks hässliche Fragen)

Warum wurde das den Medien bekannte, interne Papier aus dem Bundesinnenministerium nicht in Gänze veröffentlicht – und in der Öffentlichkeit diskutiert, in dem gefordert wurde, dass Behörden eine „Schockwirkung" erzielen müssten, um Auswirkungen der Corona-Pandemie auf die menschliche Gesellschaft zu verdeutlichen?

Warum schafft es die Studie von Prof. Ioannidis zur Überlebensrate (99,41 % bei unter 70-Jährigen) in keine Headline, die fatal falschen Hochrechnungen des *Imperial College* aber schon (Neil Fergusson prophezeite im Frühjahr 2020 eine halbe Million Corona-Tote in Großbritannien und über 2 Millionen in den USA bis zum Ende des Jahres)?

Warum hat Bremen mit Abstand die höchste Inzidenz (1.540 am 28.01.2022) und gleichzeitig mit Abstand die höchste Impfquote in Deutschland (87 % Ende Januar 2022)?

Warum sind Zahlungen von 4 Millionen Euro auf einem Familienkonto der EU-Gesundheitskommissarin Stella Kyriakides eingegangen, die für das

Abschließen der ersten EU-Impfstoffverträge mit den Pharmakonzernen verantwortlich war?

Warum werden Menschen mit schweren Impfnebenwirkungen nicht im gleichen Maß porträtiert wie im Jahr 2020 die Menschen mit schweren Covid-19-Verläufen?

Warum stört niemanden die unsaubere Zählweise bei „Impfdurchbrüchen"?

Warum melden die Niederlande deutlich mehr Nebenwirkungen der Covid-19-Impfstoffe als andere Länder?

Warum hat sich die Wirksamkeitsbeschreibung der Covid-19-Impfstoffe auf der Seite des *Paul-Ehrlich-Instituts* in den letzten Wochen dreimal geändert? *„COVID-19-Impfstoffe schützen vor Infektionen mit dem SARS-CoV-2 Virus."* (15. August 2021) *„COVID-19-Impfstoffe schützen vor einem schweren Verlauf einer Infektion mit dem SARS-CoV-2 Virus."* (7. September 2021) *„COVID-19-Impfstoffe sind indiziert zur aktiven Immunisierung zur Vorbeugung der durch das SARS-CoV-2-Virus verursachten COVID-19-Erkrankung."* (27. September 2021).

Dokument II (Ole Skambraks zu »Ivermectin und Alternativen zur Impfung«)

Seit Monaten ist ersichtlich, dass es effektive und kostengünstige Behandlungsmittel für Covid-19 gibt, die nicht eingesetzt werden dürfen. Die Datenlage dazu ist eindeutig. Doch die pseudowissenschaftlichen Desinformationskampagnen gegen diese Mittel sind bezeichnend für den Zustand unserer Medizin. Seit Jahrzehnten ist Hydroxychloroquin, HCQ, bekannt und wurde millionenfach bei Malaria und rheumatischen Erkrankungen eingesetzt. Im letzten Jahr wurde es plötzlich für gefährlich erklärt. Die Aussage von Präsident Donald Trump, Hydroxychloroquin sei ein „game changer" tat den Rest zur Diskreditierung. Die politische Räson ließ eine wissenschaftliche Auseinandersetzung mit HCQ nicht mehr zu.

Über die katastrophale Lage in Indien durch die Verbreitung der Deltavariante haben alle Medien im Frühjahr groß berichtet (damals war noch von der indischen Variante des Virus die Rede). Dass Indien die Situation relativ schnell unter Kontrolle gebracht hat und dass dabei das Medikament Ivermectin in großen Bundesstaaten wie Uttar Pradesh eine entscheidende Rolle gespielt hat, war dagegen nicht mehr berichtenswert.

Ivermectin hat auch in Tschechien und der Slowakei eine vorläufige Zulassung für die Behandlung von Covid-19-Patienten. Darüber berichtet immerhin der *MDR*, wenn auch mit negativer Konnotation.

In der Liste möglicher Medikamente vom *Bayerischen Rundfunk* wird Ivermectin nicht einmal erwähnt, und zu Hydroxychloroquin werden nur negative und keine positiven Studien zitiert.

Das Molekül Clofoctol zeigte in Labortests im Sommer 2020 ebenfalls eine gute Wirkung gegen SARS-CoV-2. Bis 2005 war das Antibiotikum in Frankreich und Italien unter den Namen Octofene und Gramplus im Handel. Mehrfach wurde das *Institut Pasteur* in Lille von den französischen Behörden daran gehindert, eine Studie mit Covid-19-Patienten aufzusetzen. Nach mehreren Anläufen haben sie Anfang September den ersten Patienten dafür rekrutiert.

Warum stellen sich Gesundheitsbehörden vehement gegen Behandlungsmittel, die von Beginn der Pandemie an zur Verfügung gestanden hätten? Dazu hätte ich mir investigative Recherchen der *ARD* gewünscht! Es sei noch erwähnt, dass die neuen Corona-Impfstoffe nur deshalb eine Notzulassung bekommen konnten, weil es kein offiziell anerkanntes Behandlungsmittel für SARS-CoV-2 gegeben hat.

Es geht mir nicht darum, irgendein Corona-Wundermittel anzupreisen. Ich möchte Sachverhalte aufzeigen, die nicht die nötige Beachtung bekommen haben.

Was folgt aus dieser Datenlage in Deutschland? Ein Lockdown speziell für Ungeimpfte oder etwas euphemistisch ausgedrückt: die „2G-Regel". Die Gesellschaft wird de facto in zwei Klassen gespalten. Die Geimpften bekommen ihre Freiheiten zurück (weil angeblich ohne Gefahrenpotenzial für andere), die Ungeimpften (weil angeblich mit Gefahrenpotenzial für andere) müssen sich Tests unterziehen, die sie selber bezahlen sollen, und bekommen im Quarantänefall keine Lohnfortzahlung mehr. Auch Beschäftigungsverbote und Kündigungen aufgrund des Impfstatus sind nicht mehr ausgeschlossen und Krankenkassen könnten Ungeimpften künftig ungünstigere Tarife vorschreiben. Warum dieser Druck auf Ungeimpfte? Wissenschaftlich ist das nicht begründbar und gesellschaftlich überaus schädlich.

Immerhin hatte der damalige Gesundheitsminister Jens Spahn angekündigt, dass auch ein Antikörpernachweis zulässig werden soll. Um offiziell als immun zu gelten, muss aber immer noch eine Impfung folgen. Wer versteht diese Logik? Ein *CNN*-Interview mit Dr. Anthony Fauci, dem Vorsitzenden des *National Health Institute* (das amerikanische Pendant des *RKI*) macht die Absurdität anschaulich. Menschen mit natürlicher Immunität werden bis jetzt von der Politik nicht bedacht!

Ich kenne eine Ärztin, die verzweifelt versucht, von Gesundheitsbehörden und dem *RKI* eine Antwort zu dieser Thematik zu bekommen: Einer ihrer Patienten hat einen IgG-Antikörper-Titer von 400 AU/ml – deutlich mehr als viele Impflinge. Sein Corona-Infekt ist schon über sechs Monate her, damit gilt er nicht mehr als immun. Die Antwort, die sie bekommen hat, war: „Impfen sie ihn doch!“, was die Ärztin bei diesem Titer ablehnt.

Dokument III (Ole Skambraks zum fehlenden journalistischen Grundverständnis)

Der von Politik und Medien propagierte Weg aus der Pandemie entpuppt sich als Dauerimpfabonnement. Wissenschaftlerinnen, die einen anderen Umgang mit Corona fordern, bekommen immer noch keine adäquate Bühne bei den öffentlich-rechtlichen Medien, wie die zum Teil diffamierende Berichterstattung zur Aktion #allesaufdentisch wieder gezeigt hat. Anstatt mit den Beteiligten über die Inhalte der Videos zu diskutieren, hat man sich Experten gesucht, die die Kampagne diskreditieren. Damit begehen die Öffentlich-Rechtlichen genau den Fehler, den sie #allesaufdentisch vorwerfen.

Der Spiegel-Journalist Anton Rainer sagte im SWR-Interview über die Videoaktion, es handle sich nicht um Interviews im klassischen Sinne: „Im Prinzip sieht man jeweils zwei Menschen, die sich gegenseitig Recht geben." Ich hatte Bauchschmerzen, nachdem ich mir die Berichterstattung meines Senders angehört hatte, und war vollkommen irritiert vom fehlenden journalistischen Grundverständnis, auch die Gegenseite zu Wort kommen zu lassen. Meine Bedenken habe ich den Beteiligten und der Redaktionsleitung per Mail mitgeteilt.

Ein klassischer Spruch ist in Konferenzen, dass ein Thema „schon gemacht" sei. So zum Beispiel, als ich die sehr wahrscheinliche Untererfassung von Impfkomplikationen angesprochen habe. Ja, richtig, das Thema wurde erörtert mit dem hauseigenen Experten, der – es wundert wenig – zu dem Schluss gekommen ist, dass es keine Untererfassung gibt. „Die andere Seite" wird zwar hier und da erwähnt, doch bekommt sie sehr selten Gesicht in der Form, dass tatsächlich mit den Menschen gesprochen wird, die kritische Standpunkte einnehmen.

Dokument IV

(Ole Skambraks: Kritiker unter Druck)

Die deutlichsten Kritiker*innen müssen mit Hausdurchsuchungen, Strafverfolgung, Kontosperrung, Versetzung oder Entlassung rechnen, bis hin zur Einweisung in die Psychiatrie. Auch wenn es sich um Meinungen handelt, deren Positionen man nicht teilt – in einem Rechtsstaat darf es so etwas nicht geben.

In den USA wird schon diskutiert, ob Wissenschaftskritik als „hate crime" (Verbrechen aus Hass) gelabelt werden sollte. Die *Rockefeller Foundation* hat 13,5 Millionen Dollar für die Zensur von Fehlinformationen im Gesundheitsbereich ausgelobt.

WDR-Fernsehdirektor Jörg Schönenborn hat erklärt „Fakten sind Fakten, die stehen fest". Wenn das so wäre, wie ist es dann möglich, dass hinter verschlossenen Türen sich Wissenschaftler*innen unentwegt streiten und sich sogar in einigen recht grundlegenden Fragen zutiefst uneinig sind? So lange wir uns das nicht klar machen, führt jede Annahme einer vermeintlichen Objektivität in eine Sackgasse. Wir können uns „Realität" immer nur annähern – und das geht nur in einem offenen Diskurs der Meinungen und wissenschaftlichen Erkenntnisse.

Was gerade stattfindet, ist kein aufrichtiger Kampf gegen „fake news". Vielmehr entsteht der Eindruck, dass jegliche Informationen, Beweise oder Diskussionen, die im Gegensatz zum offiziellen Narrativ stehen, unterbunden werden.

Ein aktuelles Beispiel ist das sachliche und wissenschaftlich transparente Video des Informatikers Marcel Barz. Bei einer Rohdatenanalyse stellt Barz erstaunt fest, dass weder die Zahlen zur Übersterblichkeit noch zur Bettenbelegung oder zum Infektionsgeschehen dem entsprechen, was wir seit anderthalb Jahren von Medien und der Politik zu lesen oder hören bekommen. Er zeigt auch, wie man mit diesen Daten durchaus eine Pandemie darstellen kann, und erklärt, warum dies für ihn unredlich ist. Das Video wurde von YouTube bei 145.000 Klicks nach drei Tagen gelöscht (und erst nach Einspruch von Barz und viel Protest wieder zugänglich gemacht). Der angegebene Grund: „medizinische Fehlinformationen". Auch hier die Frage: Wer hat auf welcher Grundlage so entschieden?

Die Faktenchecker vom *Volksverpetzer* diskreditieren Marcel Barz als Fake. Das Urteil von *Correctiv* ist ein bisschen milder (Barz hat darauf öffentlich und ausführlich geantwortet). Das für das Bundesgesundheitsministerium erstellte Gutachten, dem zu entnehmen ist, dass die Auslastung der Krankenhäuser im Jahr 2020 durch Covid-19-Patienten nur 2 % betragen hat, gibt ihm recht. Barz hat mit seiner Analyse die Presse kontaktiert, doch keine Aufmerksamkeit bekommen. In einem funktionierenden Diskurs würden unsere Medien ihn zum Streitgespräch einladen.

Millionenfach werden Inhalte zu Corona-Themen mittlerweile gelöscht, wie die Journalistin Laurie Clarke im *British Medical Journal* zeigt. *Facebook* und Co. sind private Unternehmen und können deshalb entscheiden, was auf ihren Plattformen publiziert wird. Aber dürfen sie damit auch den Diskurs steuern?

Der öffentlich-rechtliche Rundfunk könnte einen wichtigen Ausgleich schaffen, indem er einen offenen Meinungsaustausch gewährleistet. Doch leider Fehlanzeige!

Dokument V (Ole Skambraks zum Thema »Digitale Impfpässe und Überwachung«)

Die Gates- und Rockefeller-Stiftungen haben die *WHO*-Richtlinien für die digitalen Impfpässe entworfen und finanziert. Weltweit werden sie mittlerweile eingeführt. Nur mit ihnen soll das öffentliche Leben möglich sein – egal, ob es darum geht, Straßenbahn zu fahren, einen Kaffee zu trinken oder eine medizinische Behandlung in Anspruch zu nehmen. Ein Beispiel aus Frankreich zeigt, dass dieser digitale Ausweis auch nach Beendigung der Pandemie bestehen bleiben soll. Die Abgeordnete Emanuelle Ménard hat folgenden Zusatz im Gesetzestext gefordert: Der digitale Impfpass „endet, wenn die

Verbreitung des Virus keine ausreichende Gefahr mehr darstellt, um seine Anwendung zu rechtfertigen." Ihr Änderungsvorschlag wurde abgelehnt. Damit ist der Schritt hin zur globalen Bevölkerungskontrolle oder gar zum Überwachungsstaat durch Projekte wie *ID2020* sehr klein.

Australien testet mittlerweile eine Gesichtserkennungs-App, um sicher zu stellen, das Menschen in Quarantäne zu Hause bleiben. Israel benutzt dafür elektronische Armbänder. In einer italienischen Stadt werden Drohnen zur Temperaturmessung von Strandbesuchern getestet und in Frankreich wird gerade das Gesetz geändert, um Drohnenüberwachung großflächig möglich zu machen.

All diese Themen brauchen einen intensiven und kritischen Austausch innerhalb der Gesellschaft. Doch er findet nicht zur Genüge in der Berichterstattung unserer Rundfunkanstalten statt und war auch nicht Wahlkampfthema.

Dokument VI

(Ole Skambraks: Verengter Blickwinkel)

Die Art und Weise, wie der Blickwinkel des Diskurses verengt wird, ist bezeichnend für die „Gatekeeper der Information". Ein aktuelles Beispiel liefert der TV-Unterhalter Jan Böhmermann mit seiner Forderung, dem Virologen Hendrik Streeck und Professor Alexander S. Kekulé keine Bühne mehr zu geben, da sie nicht kompetent seien.

Abgesehen davon, dass die beiden Mediziner eine äußerst respektable Vita haben, hat Böhmermann damit die Scheuklappen neu justiert. Sollen jetzt nicht einmal mehr die Menschen gehört werden, die ihre Kritik am Regierungskurs mit Samthandschuhen präsentieren?

Die Einschränkung des Diskurses geht mittlerweile so weit, dass der *Bayerische Rundfunk* mehrfach bei der Übertragung von Parlamentsdebatten des Landtags die Reden von Abgeordneten, die kritisch zu den Maßnahmen stehen, nicht ausgestrahlt hat.

Sieht so das neue Demokratieverständnis des öffentlich-rechtlichen Rundfunks aus? Alternative Medienplattformen florieren zuallererst, weil die Etablierten ihren Aufgaben als demokratisches Korrektiv nicht mehr nachkommen.

Es ist etwas schiefgelaufen

Lange Zeit konnte ich mit Stolz und Freude sagen, dass ich beim öffentlich-rechtlichen Rundfunk arbeite. Viele herausragende Recherchen, Formate und Inhalte kommen von *ARD*, *ZDF* und dem *Deutschlandradio*. Die Qualitätsstandards sind extrem hoch und tausende Mitarbeiterinnen und Mitarbeiter leisten auch unter erhöhtem Kostendruck und Sparvorgaben hervorragende Arbeit. Doch bei Corona ist etwas schiefgelaufen. Plötzlich nehme ich einen Tunnelblick und Scheuklappen wahr und einen vermeintlichen Konsens, der nicht mehr hinterfragt wird.

Dass es sehr wohl anders geht, zeigt der österreichische Sender *Servus TV*. In der Sendung „Corona-Quartett“ / „Talk im Hanger 7“ kommen

Befürworterinnen und Kritiker gleichermaßen zu Wort. Warum soll das im deutschen Fernsehen nicht möglich sein? „Man darf nicht jedem Spinner eine Bühne geben", lautet die schnelle Antwort. Die *false balance*, der Umstand, dass seriöse wie auch unseriöse Meinungen gleichermaßen gehört werden, müsse vermieden werden. – Ein Totschlagargument, das zudem unwissenschaftlich ist. Das Grundprinzip der Wissenschaft ist das Anzweifeln, das Hinterfragen, das Überprüfen. Wenn das nicht mehr stattfindet, wird Wissenschaft zur Religion.

Ja, es gibt tatsächlich eine *false balance*. Es ist der blinde Fleck, der in unseren Köpfen eingekehrt ist, der keine wahrhaftige Auseinandersetzung mehr zulässt. Wir werfen uns scheinbare Fakten um die Ohren, aber können uns nicht mehr zuhören. Verachtung tritt an die Stelle von Verständnis, das Bekämpfen der anderen Meinung ersetzt Toleranz. Grundwerte unserer Gesellschaft werden hoppladihopp über Bord geworfen. Hier sagt man: Menschen, die sich nicht impfen wollen, seien bekloppt, dort heißt es: „Schande über die Schlafschafe".

Während wir streiten, merken wir nicht, dass sich die Welt um uns herum in rasender Geschwindigkeit ändert. So gut wie alle Bereiche unseres Lebens befinden sich in einer Transformation. Wie diese verläuft, liegt maßgeblich an unserer Fähigkeit der Kooperation, des Mitgefühls und des Bewusstseins von uns selbst und unseren Worten und Taten. Für unsere geistige Gesundheit täten wir gut daran, den Debattenraum zu öffnen – in Achtsamkeit,

Respekt und Verständnis für unterschiedliche Perspektiven.

Diese Zeilen schreibend komme ich mir vor wie ein Ketzer; jemand, der Hochverrat begeht und mit Strafe rechnen muss. Vielleicht ist es gar nicht so. Vielleicht riskiere ich hiermit gar nicht meinen Job, und Meinungsfreiheit und Pluralismus sind nicht gefährdet. Ich wünsche es mir sehr und freue mich über einen konstruktiven Austausch mit Kolleginnen und Kollegen.

Dokument VII (Ein Artikel aus den »Nachdenkseiten« von Tobias Riegel; 10.12.2021)

Corona und Obdachlose: Die Kälte erobert die Gesellschaft

Der Berliner Senat verbannt Obdachlose auch bei Kälte von Bahnsteigen, wenn sie nicht 3G erfüllen. Dieses Vorgehen sticht heraus – selbst noch aus den vielen Beispielen, die den angeblich „solidarischen“ Charakter der Corona-Politik bereits als Drangsalierung entlarvt haben (etwa gegenüber den Kindern). Es ist eine Demonstration der menschlichen Kälte, die nur wegen der überwältigenden Corona-Kampagne keinen Aufschrei mehr auslöst: Die Bürger wurden mit der Umdeutung des Begriffes „Schutz“ gegen eine ungeheuerliche Politik abgestumpft. Die Angstkampagnen, Zahlenmanipulationen und die darauf aufgebaute Corona-Politik zeigen schlimme

Wirkung: Es ist etwas zerbrochen in dieser Gesellschaft. Das wird von den (Un-)Verantwortlichen billigend in Kauf genommen – und sogar noch zugespitzt.

Obdachlose ohne 3G-Nachweis dürfen in Berlin nicht mehr vor der Kälte auf Bahnsteigen Zuflucht suchen, wie Medien berichten. Der rot-rot-grüne Senat bedauere die Entscheidung, bleibe aber hart.

Der Zynismus der Corona-Politik

Die 3G-Regel, nach der nur Geimpfte, Genesene und Getestete mit Bahnen und Bussen fahren dürfen, wird laut den Berichten auf die Bahnsteige erweitert. Dies betrifft dann auch Obdachlose, die dort im kalten Winter oft Zuflucht suchen.

„Grundsätzlich ist es so, dass Kontrolleure Personen abweisen müssen, die die 3G-Bedingung nicht erfüllen", teilte die Berliner Sozialverwaltung mit. Es sei „nicht möglich, eine Ausnahme für obdachlose Personen zu schaffen", heißt es von der Sozialverwaltung: „Aus Gründen des Infektionsschutzes ist eine Ausnahmeregelung nicht erwünscht." Man wisse jedoch, wie problematisch diese Situation für obdachlose Menschen sei. „Daher unternehmen wir viele Anstrengungen, Obdachlosen eine Impfung und weitere Tests zu ermöglichen", so die Sozialverwaltung. Die „Berliner Zeitung" bringt diesen Zynismus auf den Punkt:

„Berlin will Obdachlosen helfen, die Corona-Regeln einzuhalten, aber mit Nachsicht können sie nicht rechnen."

Das Maß der Schikane darf vom sozialen Status abhängen.

Mit medizinischen Argumenten ist das Vorgehen nur schwer zu rechtfertigen, selbst im normalen Bahnbetrieb nicht, wie etwa eine Untersuchung der Charité nahelegt:

„Wer Busse und Bahnen im Regio-Verkehr benutzt, hat kein höheres Infektionsrisiko als Pendlerinnen und Pendler, die regelmäßig mit dem Auto, dem Fahrrad oder zu Fuß unterwegs sind."

Diese Aussagen rücken alle 3G-Regeln im Berliner Nahverkehr in die Nähe von unangemessener Schikane, auch die für die „normalen" Fahrgäste. Zusätzlich ist es bereits akzeptiert, dass das Maß der Schikane möglicherweise auch vom sozialen Status abhängen darf (schließlich „haben wir Pandemie!"), wie unter vielem anderen etwa ein Bericht von RT über das 2G-Modell bei einer Münchner Essens-Tafel zeigte. Bürger, die finanziell nicht auf solche Hilfen angewiesen sind, werden von den Schikanen und dadurch vom Impfdruck erheblich weniger getroffen – eine klare Ungleichbehandlung, die kaum noch Empörung hervorruft.

Soziale Kälte und Versagen

Immerhin soll in Berlin wohl nicht über das unsoziale Mittel von kostenpflichtigen Tests zusätzlicher Druck auf Arme ausgeübt werden: Zur Unterstützung obdachloser Menschen in der Pandemie sei das Testangebot speziell für diese Personengruppe bereits erheblich ausgeweitet worden, so die Berliner

Sozialverwaltung. Doch was passiert mit einem Obdachlosen, der bei Minusgraden nur einen positiven Test vorweisen kann, wie André Tautenhahn bereits in den »Hinweisen des Tages« der Nachdenkseiten gefragt hat:

„Wo sollen sich Obdachlose denn im Sinne der Absonderungsverfügungen isolieren?"

Zu der behördlichen Kälte kommt das Versagen in der Praxis: Nochmals zugespitzt wird die Situation in Berlin dadurch, dass kleineren Tagesstätten und Suppenküchen, in denen Obdachlose betreut und versorgt werden, die Corona-Schnelltests auszugehen drohen, wie Medien berichten. Das habe gravierende Folgen für die Betroffenen. „Ohne Tests können die Einrichtungen die wohnungslosen Menschen nicht aufnehmen", sagte Ina Zimmermann vom Diakonischen Werk Berlin-Brandenburg.

„Wo gehobelt wird, da fallen Späne"

Die Berliner Maßnahmen im Nahverkehr machen nicht einmal innerhalb des offiziellen Corona-„Narrativs" Sinn. Darum sind sie auch ein Beispiel für die Auswüchse bei den nicht evidenzbasierten Aussagen in der Corona-Politik: Nicht der Senat muss nun beweisen, dass die Infektionsgefahr beim Übernachten in geräumigen Bahnhöfen ohne 3G so hoch ist, dass mit dieser Gefahr das mutmaßliche Delikt der unterlassenen Hilfeleistung gerechtfertigt ist. Nein: Nach den seit Corona umgedeuteten Begriffen, Kriterien und Paradigmen kann diese Gefahr einfach

behauptet werden und es gibt kaum eine Instanz mehr, die Beweise einfordert.
Argumentativ herausgefordert wird vor allem die Seite, die solche Auswüchse der Corona-Politik kritisiert.

Und vermutlich gibt es nun sogar Akteure, die das Thematisieren des Berliner Skandals deswegen fragwürdig finden, weil das „Wasser auf die Mühlen der Querdenker" sei. Auf dieses bedrückende intellektuelle Niveau wurde die Corona-Debatte inzwischen degradiert.

In dem Berliner Beispiel manifestiert sich das Prinzip: „Wo gehobelt wird, da fallen Späne." Und es geht noch darüber hinaus: Wegen der mutmaßlich stark manipulierten Zahlenbasis zu Corona ist bereits die Frage stark umstritten, ob überhaupt in der erlebten Form „gehobelt" werden müsste.

Wegen der fragwürdigen Datenbasis müsste die gesamte Corona-Politik (im Sinne des Grundsatzes zur Verhältnismäßigkeit) daraufhin geprüft werden, ob sie „geeignet" und „angemessen" ist – noch vorher wäre zu klären, ob sie überhaupt „erforderlich" ist und ob sie einen „legitimen Zweck" verfolgt.

Da die Intensivbetten-Belegung ein Hauptargument für die Schikanen ist, muss immer wieder betont werden: Auch Akteure, die dazu beigetragen haben, die Krankenhäuser teilzuprivatisieren und das Personal zu vertreiben, markieren nun die nicht geimpften Bürger als Sündenböcke für die eigene Politik – und viele Bürger lassen sich von dieser durchschaubaren Ablenkung aufwiegeln.

Die „Solidarität" von „Linken"

Der kalte Umgang mit Obdachlosen ist die Art von „Solidarität", wie sie seit Corona auch von LINKE, SPD und den Grünen definiert wird. Die verantwortlichen Politiker sollten sich auch nicht hinter der Kälte des jeweils handelnden Amtes verstecken dürfen: Der Geist der Kälte wurde von „ganz oben" durch Politiker und Journalisten vorsätzlich in unserer Gesellschaft gestreut – wenn nun niedere Beamte danach handeln, sind Medien und Politik immer mitverantwortlich. Der Geist der Kälte hat sich seit Corona bereits in Besuchsverboten für Sterbende geäußert oder in monatelangen Einschränkungen bei Bildung, Bewegung und Kontakten für Kinder oder in einer allgemeinen und vorsätzlichen Polarisierung der Gesellschaft. Dieser Geist kommt noch zu den bereits vor Corona bestehenden sozialen Gräben hinzu. Dem real existierenden Corona-Virus hätte auf anderen Wegen begegnet werden können und müssen.

Indem die LINKE die Impfpflicht unterstützt (im Land Berlin und im Bund), bemäntelt sie ebenso wie die Ampel-Parteien unsoziale und autoritäre Tendenzen. Viele Bürger vermuten „hinter" der Impfkampagne zusätzlich noch die Ebene der Überwachung, der Datenbanken und der Passierscheine – nach dieser Sichtweise wäre die Impfkampagne auch Vehikel und Einfallstor für Elemente der Kontrolle.

Die ausbleibende (breite und hörbare) Empörung über die Berliner Vorgänge zeigt: Es ist etwas zerbrochen in dieser Gesellschaft – und diese Brüche werden von den (Un-)Verantwortlichen billigend in Kauf genommen und sogar noch zusätzlich geschürt, wie die letzten Tage einmal mehr verdeutlicht haben: Die Verantwortlichen für das Skandal-Urteil des Verfassungsgerichts, für die Ankündigung der Impfpflicht oder für die Berufung Karl Lauterbachs möchten nicht versöhnen: Sie möchten provozieren und bestehende Konflikte vorsätzlich und zusätzlich eskalieren.

Verstörend ist einmal mehr, dass von „linker" Seite teils besonders autoritäre Corona-Forderungen erklingen. Wie die Ärmsten „durch die Pandemie kommen", haben wir hier gerade gelesen. Wie obszön die Superreichen gleichzeitig von der unsozialen Corona-Politik profitieren, macht ein aktueller Bericht deutlich.

Dokument VIII (Zur Änderung des deutschen Arzneimittelgesetzes und der EG-Richtlinie; Verfasser unbekannt)

Im Jahr 2009 haben es die Änderung des deutschen Arzneimittelgesetzes und der EG-Richtlinie möglich gemacht, dass Gentherapeutika, die zum Zwecke der Impfung verwendet werden, nicht unter die Regulierung der Gen-Therapeutika fallen. Und die ist sehr streng.

Seitdem sind Impfstoffe gegen Infektionskrankheiten keine Gentherapeutika und fallen somit *nicht* unter die Regulierung.

Dr. Robert Malone, der Erfinder der mRNA-Impfstoffe, hat gesagt, dass „niemand diese Impfung jemals nehmen soll, unter keinen Umständen". Er hat das Vakzin als Erster geschaffen und er sagt, „Tu es niemals. Dein eigenes Immunsystem wird um 35 Prozent dramatisch reduziert."

Im Oktober 2021 betonte Malone, er sei kein Impfgegner, sondern habe selbst mehr als 30 Jahre seines Lebens der Entwicklung von Impfstoffen gewidmet. Doch er kenne die Zulassungsprozesse, und die Corona-Impfstoffe hätten nicht die Regularien erfüllt. Sie hätten nicht die nötigen Tests durchlaufen. Sie sollten nur für ältere, krankhaft fettleibige, immungeschwächte und andere Hochrisikogruppen eingesetzt werden, für alle anderen nicht, besonders nicht für Jugendliche und Kinder.

<u>Anmerkung des Autors:</u>

Ich möchte die Leserschaft daran erinnern, dass es einen unabwendbaren Grund gibt, weshalb hier nur impfpflicht*kritische* Dokumente angehängt werden konnten: Olav hatte nur sie aufbewahrt und versteckt, weil, wie er befürchtete, allein sie der unmittelbaren Gefahr der Umschreibung, der Transkription ins Neusprech ausgesetzt waren.

Falls es Sie interessiert …

… weitere Bücher von Stefan Koenig

Freie Republik Lich – 2023

Lich, 2023. Fast hätte die Pandemie zum Bürgerkrieg geführt. Bevor es dazu kam, zerfiel die Bundesrepublik Deutschland in drei Teile: die Südstaaten, den Nordost- und den Westbund. Nur uns, in Deutschlands Mitte, hatten die Generalstäbe vergessen. Für sie waren wir Niemandsland. Wir machten das Beste daraus und riefen die Freie Republik aus. Und Arnold Aurora, dieser charismatische junge Mann in Jesuslatschen, wurde unser Staatschef. Nun mussten wir sehen, wie wir mit dem Logistikmonster klarkamen. Die Wüst AG hatte einen starken Sicherheitsdienst engagiert. Aber wir hatten eine kluge Verteidigungsministerin und eine tapfere Bürgerwehr – und dann kam plötzlich dieser schreckliche Nebel … zum Glück!

»Der Thriller bewegt sich zwischen beißender Satire und grausamer Realpolitik. Nichts für schwache Nerven« (MAZ, 31. März 2033)

Worum es geht in:
Sturm über Lich - 2022

Die Natur spielt verrückt. Und so erzählt man sich in einer geheimnisvollen Villa auf einem Hügel in Lich gleichfalls verrückte Geschichten – das Grauen über Lich kam mit dem Logistikmonster, da ist man sich sicher. Aber die Zusammenhänge bleiben im Unklaren. Mit einem schrecklichen Wintersturm im Januar 2022 bricht von einem Tag auf den anderen ein weiteres Unheil über die liebliche Kleinstadt in der Mitte Deutschlands herein. Neben der Naturkatastrophe bestimmen plötzlich auch Mord, Intrigen und dämonische Kräfte das Leben der Bewohner.
Das Böse scheint von einem Fremden, Niko Lamor, auszugehen. Denn dieser Mensch, wenn er denn einer ist, stellt eine

Forderung, die den Bürgern schleierhaft bleibt … Mit »Sturm über Lich – 2022« erweitert Stefan Koenig seinen fiktionalen Thriller »Freie Republik Lich - 2023« um eine literarische Verarbeitung von politischer Moral und hausgemachter Klimakatastrophe.

Worum es geht in:
Der Fremde – Lich, 19. Januar 2022

Es handelt sich um die Fortsetzung von »Sturm über Lich«. Ein Jahrhundertsturm wütet. Und ein Fremder, ein unheimlicher Mensch – wenn er denn ein Mensch ist – hält eine Kleinstadt in Atem. Er verfügt über das Talent eines dämonischen Zauberers mit der Gabe, die Bürger gegeneinander auszuspielen und Misstrauen und Zwietracht zu säen. Ist er auch der Urheber eines monströsen Zerstörungsprojektes, das sich als Logistikmonster darstellt? Die Gemeinschaft der Bürger wird auf eine harte Probe gestellt.

Stefan Koenigs neuer Roman »Der Fremde« gleicht einer postmodernen Parabel, versetzt mit Elementen eines mystischen Thrillers – und dreht sich um politische Doppelmoral, um Schuld, um Sühne und um Naturdesaster, von denen wir seit 40 Jahren wissen und die uns heute fluten. Überraschung? Überraschend nimmt Koenigs Geschichte eine Wende, als der jung erscheinende, gut aussehende Fremde sein wahres, uraltes Gesicht zeigt. Und er hat ein Auge auf die Kinder der Gemeinde …

Worum es geht in:
Sexy Zeiten – 1968 etc.

Der erste Band dieser realen Zeitreise-Serie ist eine Reise in die bewegte Jugendzeit der jungen Bundesrepublik in den Jahren 1966 bis 1969. Aus dem Inhalt: Wie wir aufwachten * Schmetterlinge in der Arktis * Kiesgrubenromantik * Schüler & die liebe Schule * Wer nicht verkehrt, lebt verkehrt * Love & Peace * Demo macht Spaß * Revolutionäres Kamasutra * Nicht allein das ABC bringt den Penis in die Höh‘ * Wie wir bangten, wie wir hofften * Auf nach Holland! * Sexy Rauchbomben * Berlin, der Schah & Benno Ohnesorg * Hair – das Musical * Medizin für Vietnam * Woodstock * Liebesgutscheine zum Geburtstag

Worum es geht in:
Wilde Zeiten – 1970 etc.

Im ersten Band der Zeitreise-Serie, *»Sexy Zeiten – 1968 etc.«*, habe ich unser jugendliches Aufbegehren in seinen Anfängen geschildert, zum Teil eine individuelle, teils eine Familien- und im Ganzen eine gesellschaftliche Geschichte. Geschichte in Form eines Romans. Nun reisen wir von den Sechzigern weiter in die erste Hälfte der Siebziger Jahre. Auch hier erleben wir den Protest in all seinen Variationen. Und wir verspüren bereits erste gesellschaftliche Veränderungen – einige von uns gingen auf den großen Hippie-Trail, andere versanken im Studium von Marx und Engels, engagierten sich in Kirchen, Kinderläden, Verbänden und Parteien. Einige standen, however, abseits. Der Vietnam-Krieg – Antrieb unserer Rebellion – ging zu Ende. Die Politik trieb Wandel durch Handel und wurde etwas weniger aggressiv. In diesem Moment wurde die alte Bundesrepublik bunter. Das allgegenwärtige Grau blätterte ab und eine andere Fassade kam zum Vorschein. Was bewegte uns damals?

Worum es geht in:
Crazy Zeiten – 1975 etc.

Mitte der Siebziger Jahre – eine spannende Zeit & eine Zeitreise mit einem persönlichen Spannungsbogen ... Was und wer spielte alles eine Rolle auf der großen Bühne der Weltkultur und Politik? Und speziell bei uns im geteilten Deutschland? Im Westen: Rio Reiser * Hare Krishna * Pop & Folk * The Kelly Kids, wie sie sich damals noch nannten * Dutschke & sein Attentäter * Hippies Revival * Heroin & der Tod auf Raten * Liebe contra Sex * RAF & Terror * Beckenbauer wurde Kaiser * Christiane F. * Ilja Richter * Schmidt-Schnauze * Pink Floyd & das rosa Schwein * Whyl & Brokdorf * Udo Lindenberg * Und im Osten? Wolf Biermann & die AKW Rheinsberg & Greifswald * Nina Hagen hatte den Farbfilm vergessen & die Weltjugendfestspiele waren over

Worum es geht in:
Bunte Zeiten – 1980 etc.

Punks & der New Wave Tsunami * Dead Kennedys & San Francisco * Earthquake & Donuts & American Love * Frequenz ist Trumpf & Rollerblades in L.A. * Der Weihnachtsmann von Hawaii * Verfolgung auf mexikanisch * Kuhfladen & Crazy Pilze * Berliner Instandbesetzung & Rebellion * Da, Da, Da & die Deutsche Welle * Fitzcarraldo & das Schiff auf dem Berg * Der verrückte Kinski & der Bierglas-Wurf * Bullen sind lieb & Uschi Obermaier ist einsam * Rocky Horror Picture Show * Das Rockpalast-Festival * Flick & Kohl & Sweet Spendenland * Bahnhof Zoo & Heroin * Der alternative Bauernhof & Rio Reiser * Otto & die Ottifanden

Worum es geht in:
Rasante Zeiten – 1985 etc.

Die 1980er Jahre. Die Spät-68er wurden erwachsen. Peter Maffay und die DDR-Band Karat ließen uns über sieben Brücken gehen. Udo Jürgens sang »Adler sterben« und Rio Reiser hielt dagegen mit »Alles Lüge«. Madonna und Michael Jackson starteten sexy durch. Trendy und überlebenswichtig wurde das Thema Umweltschutz. Uwe Barschel überlebte seine Beziehungen zum organisierten Waffenhandel nicht. In Genf, dem Drehpunkt der Politmafiosi, lag er tot in der Badewanne. Die CIA trieb ihr Unwesen, aber die Stasi geriet in Verdacht. Die Corona-Krise von damals war die Nuklearkatastrophe von Tschernobyl. Wir kauften säckeweise Milchpulver. Verstrahlte Frischmilch, cäsiumbelastetes Gemüse und Obst waren tabu. Nie wieder wollten wir eine solch schlimme Krise erleben. Aber wir tanzten trotzdem.

Worum es geht in:
Blühende Zeiten – 1989 etc.

Das Jahr 1989. Irgendwas veränderte sich. Irgendwas rumorte. Hier wie dort. Im Privaten. Im öffentlichen Raum. Herzflimmern. Die Mauer fiel, die Mauer blieb. Dann diese Treuhand. Es gab Verrat. Und die Wendehälse. Und die Kalte-Kriegs-Gewinnler. Die Im-Stich-Gelassenen. Die falschen Versprechungen. Die Tricks. Die Morde. Die Verschwörungen. Dann die Folgejahre. Und die Folgen. Blühende Landschaften? Unsere Kinder wurden älter und alte Probleme blühten neu auf. Manche von uns wurden arbeitslos. Einige machten Karriere. Viele hatten zu viel um die Ohren. Andere wussten den Tag nicht zu füllen. Wir hörten Musik und schalteten ab, wenn es zu heftig wurde. Wir suchten neue Kontakte, fanden neue Freunde und manche teilten die Welt neu auf. In Ossis und Wessis. Aber die alte Teilung blieb – in Oben und Unten. In eine Welt des Friedens und eine des Krieges. In Reich und Arm.

Worum es geht in:
Neue Zeiten – 1990 etc.

Die Jahre zwischen 1990 und 1992. Alles war neu. Hoch wurde gepokert. Hoch wurde gestapelt. Was war Treue wert? Wo war die treue Hand der Treuhand? Wer schützte wen? Und wem gehörte das Volkseigentum? Video-CD's waren auf dem Vormarsch. Die DM-Armee marschierte gen Osten. Alles wurde teurer, dafür bunter. Eine neue Kälte zog ein. Aber die heiße Liebe war nicht totzukriegen. Love & Peace waren aktuell wie nie. Udo Lindenberg besang die »Bunte Republik Deutschland«. Und die Wendehälse reckten ihre Hälse empor und konnten sie nicht vollkriegen. In Leuna liefen tausende Arbeitslose zu den Ämtern. Unsere Kinder fanden neue Helden. Ein Hippiefestival erlebte ein Revival. Die Flower-Power-Geister von Burg Herzberg feierten weit über Mitternacht. Das erste Wacken fand statt – in Wacken.

Zum Autor:
Stefan Koenig (Pseudonym), geboren in Frankfurt am Main, Volontariat als Verlagsredakteur, Studium der Philosophie, Politik-, und Verwaltungswissenschaft in Berlin, Berkeley und Frankfurt am Main, 18-monatiger Forschungsaufenthalt in den USA, danach freier Journalist, 10 Jahre als Unternehmer in der Erwachsenenbildung tätig mit dem Schwerpunkt Ökologie und Umweltinformatik sowie als Unternehmens-Consultant und seit 1998 als Autor von Sach- sowie Foto- und Kinderbüchern und Romanen tätig, lebt in Laubach.

Geplante Folgeromane in der Zeitreise-Serie:
Verflixte Zeiten – 1995 etc. (ab August 2022)
Schöne Zeiten – 2000 etc. (ab Februar 2023)

Bisher erschienen von Stefan Koenig:

Sexy Zeiten – 1968 etc.
Zeitreise-Roman, Band 1, 2018, 432 Seiten
*

Wilde Zeiten – 1970 etc.
Zeitreise-Roman, Band 2, 2019, 432 Seiten
*

Crazy Zeiten – 1975 etc.
Zeitreise-Roman, Band 3, 2019, 432 Seiten
*

Bunte Zeiten – 1980 etc.
Zeitreise-Roman, Band 4, 2020, 432 Seiten
*

Rasante Zeiten – 1985 etc.
Zeitreise-Roman, Band 5, 2020, 432 Seiten
*

Blühende Zeiten – 1989 etc.
Zeitreise-Roman, Band 6, 2020, 432 Seiten
*

Neue Zeiten – 1990 etc.
Zeitreise-Roman, Band 7, 2021, 432 Seiten
*

Freie Republik Lich – 2023 etc.
Fantastischer Zeitreise-Roman, Band 8, 2021, 412 Seiten
*

Pitti Pinkbär
Eine bärenstarke Geschichte
Kinderbuch, 2020, 120 Seiten
*

Bei Hempels unterm Sofa …wohnt Familie Simpson
Kinderbuch, 2020, 120 Seiten
*

Mollath, Frau Merkel und ich
Psycho-Roman, 2015, 344 Seiten
Nur noch über den Verlag erhältlich
*

Tag 1 - Als Gott entstand
Woher wir kommen. Wer wir sind.
Ideengeschichte der Menschheit, 2018, 512 Seiten